Sparkys Edition

Das Buch

Das Schweizer Mädchen Leela ist sieben Jahre alt, als seine Eltern Ende der 1970er Jahre der Bhagwan-Sekte beitreten. Für die kleine Leela beginnt eine wilde Achter-bahnfahrt in einem abgeschotteten Paralleluniversum, an deren Ende im Idealfall die Erleuchtung winkt.

Wenn ich groß bin, bin ich erleuchtet – Oshos vergessene Kinder erzählt aus kindlicher Perspektive, wie die Bewegung um den indischen „Sex-Guru" Bhagwan Shree Rajneesh zuerst mit freier Liebe, bewusstseinserweiternder Meditation und bahnbrechenden Denkansätzen das Leben des „New Man", des vollständig erwachten Menschen, feiert – und sich dann mehr und mehr in ein totalitäres System verwandelt.

Mit Phantasie, Mut und Neugier umschifft Leela die Schwierigkeiten ihres wilden, bunten und zunehmend dogmatischen Kommunenlebens in Zürich und Rajneeshpuram, der legendären Sannyas-Stadt in der Wüste Oregons. Ihre größte Angst: Es darf auf keinen Fall herauskommen, wie sehr sie ein normales Leben mit Mama, Papa, Haus und Katz vermisst. Sonst nämlich muss nicht nur sie, sondern auch ihre linientreue Mutter den Kreis der Auserwählten verlassen und in die grausam unterentwickelte „Draußen-Welt" zurück.

Und das wäre der Untergang. Deshalb will Leela unter allen Umständen eine echte Sannyasin werden. Denn Erleuchtung, was auch immer das sein mag, ist nun mal das Wichtigste auf der Welt!

Leela Goldmund

Wenn ich groß bin, bin ich erleuchtet

Oshos vergessene Kinder

Autobiografischer Roman

Bibliografische Information der Deutschen Nationalbibliothek: Die Deutsche Nationalbibliothek verzeichnet diese Publikation in der Deutschen Nationalbiografie; detaillierte bibliografische Daten sind im Internet über dnb.dnb.de abrufbar.

E-Mail: service@sparkys-edition.de
1. Auflage Dezember 2020
2. Auflage April 2021

Umschlaggestaltung: Designwerk-Kussmaul, Weilheim/Teck,
www.designwerk-kussmaul.de
Herstellung und Verlag: Sparkys Edition,
Zu den Schafhofäckern 134, 73230 Kirchheim/Teck
Druck: Stückle Druck Ettenheim

ISBN: Softcover: 978-3-949768-23-1

Books for Future®
umweltfreundliche Buch- und Bindeprodukte
49/015/001/24
www.books-for-future.de

Für Wulf († *2010*)

„Kinder müssen mit Erwachsenen sehr viel Nachsicht haben.“

Antoine de Saint-Exupéry

A New Man is emerging. The image of the New Man is not yet clear, but the horizon is becoming red and the sun will soon be there. The morning mist is there and the image of the New Man is vague, but still a few things are very crystal clear about the New Man.

He will be meditative. The New Man will become discontinuous with this insane past. He will believe in love, not in war. He will believe in life, not in death. He will be creative, not destructive. His science, his art – all will serve creativity. He will not create bombs. He will not be political, because politics is out of hatred.

Bhagwan Shree Rajneesh/Osho

Vorwort

Was ich hier wiedergebe, entspringt meiner eigenen Erinnerung, persönlichen Erzählungen von Zeitzeugen sowie einzelnen Medien- und anderen Zeitdokumenten. Ich habe mich entschlossen, bei meinem Bericht die subjektive, in weiten Teilen kindliche Sicht der Dinge beizubehalten. Dadurch ergibt sich eine sicher perspektivisch eingeschränkte, dafür aber authentische Geschichte.

Wahr und wirklich geschehen an der vorliegenden Erzählung sind alle genannten Fakten, zeitlichen Abläufe und Anekdoten. Hingegen versteht es sich von selbst, dass ich mich an die wiedergegeben Dialoge nicht wortwörtlich erinnere. Doch fasse ich heute meine kindlichen Eindrücke von damals, so gut es geht, in Worte. Um die Persönlichkeitsrechte aller Beteiligten zu schützen, habe ich alle Namen bis auf die der beiden Personen des öffentlichen Zeitgeschehens, Bhagwan/Osho und Sheela, geändert.

Da sich Bhagwan erst im Jahr 1989 in Osho umbenannte, läuft er in diesem Buch unter dem Namen Bhagwan – den aber heute kaum noch jemand kennt. Ich möchte daher mit dem Titel „Wenn ich groß bin, bin ich erleuchtet – Oshos vergessene Kinder" explizit eine Brücke schlagen zwischen dem heute geachteten und vielzitierten Mystiker und dem ehemals in der westlichen Welt eher verrufenen Sex-Guru, Rolls-Royce-Sammler, Kriminellen und Lachgassüchtigen Bhagwan. Ja, das ist ein und dieselbe Person (...und genau genommen hieß er weder Bhagwan noch Osho, sondern Chandra Mohan Jain.)

Tatsächlich hat Bhagwan schon damals stark polarisiert: Für die einen war er der Jahrhunderterleuchtete, für andere eben der Sex-Guru, für wieder andere ein teuflischer Sektierer. Und manchen war er auch einfach nur schnurzegal. Ich sehe mich nicht als Anwalt, nicht als Richter und auch nicht als Opfer der Bhagwan-Bewegung. Ich war einfach nur eins ihrer zufälligen Kinder.

Formale Hinweise:

Für einen ungestörten Lesefluss wurden nur die schwierigeren schweizerdeutschen Passagen in Fußnoten übersetzt.

Typische Sannyas-Begriffe stehen bei der ersten Nennung in einfachen Anführungszeichen, typische Sannyas-Redewendungen sind kursiv gehalten. Allgemeine englische Passagen sind nicht hervorgehoben. Englische Substantive im deutschen Text wurden zugunsten der besseren Lesbarkeit großgeschrieben.

Prolog

2008, München

Kurz vor meinem 35. Geburtstag brach ich von einem Tag auf den anderen einfach zusammen. Bis dahin hatte ich geglaubt, genau dies mache es aus, das Leben: Hinfallen. Aufstehen. Mund abwischen. Weiterlaufen. Tag um Tag. Mal um Mal. Jahr um Jahr. So rannte ich immer weiter. Und ich kam ziemlich weit. Und ich war auch ziemlich schnell. Ich hätte nie geglaubt, dass ich eines Tages so erschöpft sein würde, dass außer Zurückblicken nichts mehr möglich war.

Dabei fing alles so harmlos an. Als ich der Crux am Leben zum ersten Mal begegnete, war ich sieben Jahre alt. Alles begann damit, dass meine Katze eines Tages ohne Schwanz nach Hause kam. Wir lebten am Rande eines kleinen Schweizer Dorfes, in der Nähe von Thun im Kanton Bern. Unser Zuhause lag in einem neu entstandenen Wohnquartier. Mein Vater, Zimmermann und Holzingenieur, hatte das Haus im Rohbau übernommen und selbst ausgebaut. Damals steckte eine kleine Tanne auf dem Dachgiebel, und meine Eltern und ein paar Freunde tranken Sekt auf der Baustelle. Später entstand ein riesiger Garten, der, wie mir schien, um das ganze Haus herumreichte, ja, das Haus lag in einem einzigen Garten voller Blumen, Gemüse und Erdbeeren, sodass ich manchmal ganz vergaß, wo vorne und wo hinten war. Für mich als Kind war es nicht das kleinbürgerliche, popelige Einfamilienhaus, als das ich es heute wohl sehen würde, sondern unser Haus. Mein Haus. Das Haus, das mein Vater für uns gebaut hatte: meine Mutter, mich und meine kleine Schwester.

Wenn man morgens die Tür öffnete, blickte man direkt auf die blühenden Oleanderbüsche. Mir kommt es heute so vor, als ob meistens leichter Bodennebel herrschte. Die Luft war sehr frisch, direkt von den Bergen. Meine rabenschwarze Katze Mischa wartete immer schon draußen, und miaute, wenn sie meine Schritte hörte. Dann lief ich hin, schloss die Tür auf, und die Katze, mir dankend zunickend, rannte schnurstracks in die Küche, um dort ihre frische Morgenmilch vorzufinden. So war es auch an diesem Morgen: wie ein Pfeil schoss sie an mir vorbei. Doch sie würdigte mich keines Blickes. Und von hinten sah ich, meinen Augen kaum trauend, ihren Schwanz, oder vielmehr das, was noch davon übrig war: ein Stummel, daraus ein paar Knochensplitter und blutige Fetzen, statt dem samtigen, tiefschwarzen, wendigen Schwanz nur noch eine Wunde. Ich schlug die Hände vor die Augen, riss den Mund auf und schrie, so laut ich konnte, wie noch nie zuvor in meinem Leben.

Ein Telefon klingelt, weit weg. Ich bin so müde. So viele Orte. So viele Menschen. So viele Leben. Ist all das wirklich passiert? Bin all das wirklich ich? Bin ich die Summe von all dem? Es sind nun schon viele Tage vergangen. Gedankenfetzen blitzen vorüber. Gedanken sollten wie Wolken sein, die über den Himmel ziehen, *like clouds in the sky,* doch das sind sie nicht, sie peitschen haltlos aus dem Nichts heran und verschwinden wieder, sodass ich sie vergesse, noch ehe ich sie zu Ende denken kann. Ich bekomme keine Luft mehr. Dann schlafe ich wieder, manchmal zwanzig Stunden am Stück.

Wieder versinke ich in einem Zeitloch. Ich sehe einen Garten, das Licht ist diesig, als blende die Sonne, das Bild ist grün und voller sich im lauen Wind wiegender Blumen. Ein kleines Mädchen sitzt versunken vor den schmalen Beeten entlang der Steinplatten zum Haus, sie gräbt in der sonnenwarmen Erde, es gibt kleine Käfer, und Bienen erzählen von ihren Reisen. Sie kann sich an nichts erinnern, aber sie hört es summen, weiter weg ruft jemand nach ihr, es ist ihre Mutter, aber das Mädchen weiß, diese erwartet nicht wirklich, dass sie kommt, sie wird sie in Ruhe hier sitzen lassen und spielen. Und so vergisst sie das Rufen im selben Augenblick. Die Haut des kleinen Mädchens ist sehr hell, sie hat weißblonde feine Haare, trägt eine Latzhose mit einem gelben Blumenflicken auf der Brust und hat ein Pflaster am Kinn. Jetzt ist sie wieder alleine mit den Blumen und den Bienen, hat schon wieder vergessen, wer sie ist, aber in einem fernen Winkel ihres Herzens weiß sie, dass sie ein Glückskind ist. Ja, und das ist die Wahrheit, nichts als die Wahrheit. Sie wird ein glückliches Leben haben. Sie weiß es. Ganz genau.

Eine ganz normale Familie

1979, Berner Oberland

„Brigittli, was wotsch üüs verzelle?"

Mann, war ich froh, als meine Lehrerin endlich den Startschuss gab. Damals hieß ich noch Brigitte, oder eben, in unserer Schweizer Dorfschule, Brigittli. Mit wirrem Haar und Herzen stand ich an jenem Morgen Ende der 1970er Jahre vor meiner Zweiten Klasse, die mich aus großen Augen ansah, und erzählte von meiner Katze Mischa, die heute früh mit nur noch halbem Schwanz von ihrem nächtlichen Streifzug heimgekehrt war. Immer wieder wurde ich unterbrochen und ergänzt von meiner lieben Lehrerin Frau Schneider, die der Geschichte Hand und Fuß gab. „Drum isch's Brigittli hüt sehr uf'gregt, gäll, Brigittli", schloss sie am Ende.

Es bereitete mir einen gewissen Trost, mich derart verstanden zu wissen. Erschöpft ließ ich mich auf meinen Stuhl sinken. Vom restlichen Unterricht bekam ich dann nichts mehr mit. Ich stand wohl noch immer unter Schock.

Am Nachmittag fuhren wir zum Tierarzt, der erklärte, nun würde alles wieder gut. In Wirklichkeit war dies eine sehr gewagte Behauptung, denn unter „gut" stellte ich mir etwas gänzlich anderes vor – eine Katze mit ganzem Schwanz, zum Beispiel. Dabei schnitt der Doktor der Katze sogar noch ein Stückchen Schwanz ab, zog das Fell über den Stummel und verknotete das Ganze – „gut", nehme ich an.

Meine arme Mischa. Sie war eine sehr liebe Katze und mein nächster Angehöriger. Nachts kam sie immer heimlich zu mir, um auf meiner Bettdecke zu schnurren, obwohl meine Mutter uns beiden das nachhaltig und wiederholt verboten hatte. Und jetzt das. Ich konnte es einfach nicht fassen und wünschte, es wäre noch gestern gewesen.

Trotzdem, es ist keineswegs so, dass mich das Ereignis der verstümmelten Katze nachhaltig traumatisiert hätte.

Ich war ja glücklich, dass ich meine Mischa überhaupt noch hatte. Nachdem ich den ersten Schrecken überwunden hatte, adelte dieses Unglück unsere Katze in meinen Augen sogar noch, und zwar zur absoluten Heldin unter den Quartiers-Katzen. Was genau geschehen war, fanden wir übrigens nie heraus, mutmaßten jedoch, dass sie beim Mausen auf dem warmen Schotter der nahegelegenen Bahngleise vom Regionalzug nach Bern gestört worden war. Selbst dem Tod noch von der Schippe gesprungen – war sie nicht ein Teufelsbraten, meine Mischa?! Das Bezeichnende an dem ganzen Vorfall war also weniger seine Nachhaltigkeit als vielmehr die Tatsache, dass er mir nachträglich als Auftakt erscheint zu der ganzen Kaskade an Ereignissen, die danach folgen sollte.

Vorausschickend muss ich sagen, dass ich bis dahin eine sehr glückliche Kindheit verlebt hatte. Wir waren, wie man ja so gerne sagt, eine Bilderbuchfamilie. Klar passierten auch bei uns weniger schöne Dinge. Einmal lief in unserem ersten Haus – Hanglage – der Keller voll Wasser, wodurch es den mühsam ersparten Renault R4 meines Vaters bis unter die Garagendecke hob, wo er von der Macht des Wassers zerdrückt wurde wie eine rostige alte Sardinenbüchse. Mein erstes Meerschweinchen Blacky starb einen tragischen Hungertod, und das mitten in der Schweiz, nur weil die Nachbarn während unseres Urlaubes zwar täglich die Blumen gegossen, jedoch nicht daran gedacht hatten, auch den armen Blacky mit Speis und Trank zu versorgen.

Als ich ungefähr vier Jahre alt war, zogen wir um, wodurch ich meine liebste Spielkameradin, mit ihrem bemerkenswerten Repertoire an Streichen rückblickend meine erste Bekanntschaft zu einer quasi „Klein-Kriminellen“, verlor. Im Großen und Ganzen jedoch hatte ich es äußerst gut getroffen. Ich war ein Wunschkind, ebenso meine Schwester. Meine Mutter war in erster Linie Hausfrau und beschäftigte sich ausführlich mit uns. Ich hatte tonnenweise wunderschöne, pädagogisch wertvolle Bilderbücher, Hörbücher und kindgerechte Musik-LPs. Mein Vater, durch und durch Handwerker, fertigte einen Großteil meiner Spielsachen eigenhändig an. Ich durfte Gitarrenunterricht und Tanzstunden nehmen und besuchte eine Rhythmikgruppe zur frühkindlichen Schulung der Kreativität. Ich malte und bastelte gerne und bekam alles zur Verfügung gestellt, was man sich in diesem Bereich bloß wünschen konnte.

Die restliche Zeit spielte ich draußen mit den anderen Kindern. Im Garten hatte ich meinen eigenen Quadratmeter, in dem ich nach Herzenslust meinen kuriosen botanischen Experimenten frönen konnte. Dort steckte ich all das Fundgut in die Erde, das mich meine Mutter in ihrem Garten nicht pflanzen lassen wollte. Zudem verhängte ich über mein Hexengärtchen ein strenges Jätverbot. Auf diese Weise gediehen dort die, wie ich fand, wunderlichsten Dinge. In einer Ecke unseres Gartens hatte ich sogar einen eigenen Baum, eine Lärche, die anlässlich meiner Geburt gepflanzt worden war. Jeden Abend wurde mir vorgelesen, und in den großen Ferien fuhren wir mit einem befreundeten Paar meiner Eltern, das zwei Kinder im gleichen Alter hatte, nach Korsika oder Sardinien zum Zelten. In kürzeren Ferien besuchten wir regelmäßig die eindrücklich gelegene Berghütte meiner Großeltern im Berner Oberland, wo wir in Gesellschaft ähnlich gesinnter Familien Schnitzeljagden veranstalteten und Cervelats über dem offenen Lagerfeuer brieten. In der Schweiz steht dieses Bürgerrecht nämlich sogar über der Waldbrandgefahr: Jedem Schweizer sein Lagerfeuer und seine Cervelat.

Meine Eltern hörten mir grundsätzlich immer zu. Mein Vater war stets bemüht, jede meiner Fragen ernsthaft zu beantworten. Auf diese Weise erfuhr ich auch viele Dinge, die ich eigentlich nie hatte wissen wollen. Wenn ich etwas ausgefressen hatte, was mir versehentlich ständig passierte, setzte mich meine Mutter auf ihren Schoß und versuchte mit Engelsgeduld zu eruieren, wie ich bloß wieder auf diese und jene bescheuerte Idee gekommen war. Selten bestraften mich meine Eltern, und niemals legten sie Hand an mich. Alles in allem – ich war ein glückliches, zufriedenes, mehr oder weniger ausgeglichenes Kind gewesen. Bis zu jenem Vorfall mit der Katze. Von da an war irgendwie der Wurm drin.

Zuerst tat das Leben so, als sei alles wieder normal, wie immer. In Wirklichkeit aber geschahen merkwürdige Dinge. Und zwar am laufenden Band. Im Radio kam, dass in Deutschland die RAF wieder zugeschlagen habe, die ich mir als namensgebendes raffgieriges Ungeheuer mit riesigem Schlund und endlosen Fangarmen vorstellte. Meine Eltern hielten erschrocken die Luft an und machten große Augen, ich selbst duckte mich auf der hölzernen Küchenbank unwillkürlich zusammen und hörte auf, mit den Füßen zu baumeln. Gut, dass Deutschland im Ausland war, also weit weg. Etwas später wurde berichtet, dass John Lennon erschossen worden sei.

„Was?!“, sagte mein Vater. „Gott!“, wisperte meine Mutter.

Meine Eltern waren über diese Nachricht so schockiert, dass ich dachte, jetzt kommt Krieg. Stattdessen spielten sie dann auffällig viel fröhliche Musik auf DRS1.

„Das sind die Beatles“, erklärte mein Vater, und ich nahm mir vor, mir dieses Orchester zu merken.

Kurz vor dem Krippenspiel in der Schule wurde ich krank mit Fieber, sodass ich meine Blockflöte vergaß und später bei meinem Auftritt als Engel Gabriel ziemlich blank da stand. Mit glänzenden Augen und hochrotem Kopf hielt ich stumm meinen Auftritt durch, während es im Publikum raunte und flüsterte. Und, last, but not least: In der Ehe meiner Eltern kriselte es.

So war unser aller Alltag also ohnehin schon in leichtem Aufruhr, als eines Tages ein Mann an unserer Tür läutete. Mit diesem Besuch änderte sich unser Leben grundlegend. Denn dieser Mann, der an unsere Tür klopfte wie ein Hausierer, kaufte – zumindest für eine gewisse Zeit – unsere Seelen. Quasi. Doch das merkte ich erst sehr viel später. An jenem Tag machte ich einfach nur die Haustür weit auf und musterte den Unbekannten mit jener unverhohlenen Neugier, wie sie Kindern und Hunden eigen ist.

„Isch dä Papi da?“, schnarrte er.

Aus seinem, nein neben seinem Kopf stieg Rauch auf. Der Mann war dick, hatte eine kokelnde Zigarette im Mundwinkel und redete sehr viel. In meiner Erinnerung trägt er einen Hut mit Feder, doch in Wirklichkeit war er wohl einfach mit der landes- und altersüblichen Halbglatze gestraft. An seinem Arm hing etwas, was vermutlich eine Dame war, jedenfalls hatte ich eine solche Frau noch nie gesehen. Sie hatte Haare wie ein Helm und trug eine Bluse, die suggerieren sollte, dass sie ein Tiger sei. Ihre Lippen und Krallen waren tiefrot. Zudem trug die Frau prunkigen Schmuck mit offensichtlich viel zu schweren Edelsteinen, der ihre Ohrläppchen grotesk in die Länge zog. Auch sie rauchte ununterbrochen, wie ein Fabrikschornstein. Zu allem Überfluss verströmte sie einen süßlichen Geruch, der in unserem agrikulturell geprägten Dorf mehr als verpönt war – Parfum!

Meine Eltern, inzwischen hinzugetreten, machten viel Hallo und wollten den Mann hereinbitten. Der jedoch zögerte, die Türschwelle zu übertreten. „Gömmer i's Rössli?", fragte er stattdessen.

Das Rössli war ein, oder besser gesagt das Gasthaus bei uns im Ort. Ich machte spitze Ohren. Rössli! Restaurant! Meine Eltern waren sehr sparsam, Restaurants besuchten wir fast nie. Das Rössli kannte ich nur von außen, mochte dieses Lokal aber ausnehmend gerne, da es als Aushängeschild einen sehr hübschen, metallenen Schimmel oben an der Hausecke montiert hatte, auf dem „Zum Rössli" stand. Und Pferde liebte ich nun einmal einfach mehr als alles andere auf der Welt. Meine Eltern tauschten Blicke und tuschelten kurz.

„Klar, d'Chind chönd mitcho" [1], sagte der Fremde daraufhin laut.

„Ja!", jauchzte ich. Das war ja wie ein Festtag!

Überhaupt herrschte plötzlich eine merkwürdig aufgemischte, fast feierliche Stimmung. Ich wollte auf keinen Fall etwas verpassen.

---

1 Klar, die Kinder können mitkommen.

„Aber dann münd iihr ganz liislig sii“[2], bedingte meine Mutter.

Ich stimmte unumwunden zu. Ich liebte Geschichten schon damals: Märchen, Abenteuer, Wahres, Erfundenes und, vor allem, erfundenes Wahres. Der fremde Besuch, das Tuscheln der Erwachsenen und der überraschende Restaurantbesuch sprachen Bände: Meine Phantasie, damals in erster Linie von den Grimmschen Brüdern, Astrid Lindgren, biblischen Halbwahrheiten sowie einigen Volkssagen gespeist, suggerierte mir sofort eine einzigartige Erzählung. Mehr noch – instinktiv ahnte ich, dass dies die Geschichte meines Lebens werden würde.

Im Rössli durften wir uns bestellen, was wir wollten. Für die Erwachsenen orderte der Fremde dunklen, fast schwarzen Wein. Der Mann transpirierte stark, fuchtelte ständig herum und verbreitete insgesamt eine unruhige und eher disharmonische Stimmung. Mit etwas Aufklärung konnte man das sogar verstehen. Die Sache war nämlich die: Seine Tochter war abgehauen. Nach Indien! Indien war ein sehr weites, fernes und heißes Land über dem Meer. Dort lebten die Leute noch so wie wir hier vor hundert Jahren. Aber sonst war dort alles ziemlich normal. Schließlich, in der Schweiz waren die Leute ja auch schon vor hundert Jahren normal gewesen. Also waren die Inder sicher auch normal, auch wenn man das möglicherweise nicht sah.

Was die Tochter dort wiederum trieb und vor allem, was daran so schlimm sein sollte, begriff ich erst nicht. Der Dicke wollte aber auch nicht so richtig herausrücken mit der Sprache; er druckste und stammelte herum, wand und bog sich wie ein Käfer im Mist, bei dem man ja auch nicht so genau weiß, ob es ihm gefällt oder nicht. Endlich zog er tief die Luft ein, sodass sich sein Bauch noch weiter aufblähte, und ließ sie dann mit einem schweren Seufzer wieder entweichen.

---

2 Aber dann müsst ihr ganz leise sein.

„Si isch in'ere Sekte!", brach es endlich aus ihm heraus.

Auf einmal wurde es totenstill. Die Erwachsenen starrten betreten auf ihre Kuchenteller. Nur meine Schwester führte weiterhin stoisch einen Löffel nach dem anderen zum Mund. Hatte ich richtig gehört? In einer Insekte?! Ich hielt bestürzt den Atem an. Vor meinem inneren Auge erschien ein kleines Mädchen im rosa Kleidchen, einsam im Bauch einer indischen Mutationsform einer Riesenheuschrecke sitzend, ähnlich dem Jonas im Wal, nur ohne Bücher; Jonas hatte laut dem Bild in meiner Kinderbibel ja wenigstens genug zu lesen dabeigehabt, weshalb es am Ende eigentlich doch noch ganz gemütlich wurde. Doch gab es in Indien heutzutage wirklich noch solche Ungeheuer? Wer weiß, möglich war's. In Schottland gab es ja auch das Monster von Loch Ness. Und ich konnte mir nur zu gut vorstellen, wie sich eine solche Insekte die Tentakel danach leckte, zwischen all den Indern auch mal eine Schweizer Tochter zu erwischen!

Mir war klar, nun war wichtig, dass ich mich auf den weiteren Verlauf des Gesprächs konzentrierte. Nach einer kurzen Schweigeminute fuhr der Mann mit seinem Bericht fort. Doch er redete und redete, ohne viel zu sagen. Die Tochter sei in einem ‚Ashram', erklärte er, und müsse gerettet werden. Er hatte ihr Briefe geschrieben, die sie aber entweder nicht erhalten hatte oder aber nicht beantworten wollte. Einmal hatten sie telefoniert, mit einem unglaublichen Aufwand, da die Tochter dazu extra auf ein Postamt gehen musste, dessen geheimnisvolle Öffnungszeiten zudem, ganz anders als in der Schweiz, nach einem unsichtbaren Muster variierten und nur eingeweihten Personen bekannt waren. Er, der Vater, hatte erst gebeten, dann geschimpft und am Schluss befohlen, die Tochter müsse nach Hause kommen. Doch diese habe nur gelacht.

„Wie alt isch d'Dochter?", fragte ich meine Mutter mit vorsichtigem Ärmelzupfen.

„Schsch!", sagte sie.

Der Mann holte erneut tief Luft und wischte sich mit einem großen karierten Schnupftuch über die feuchte Stirn.

Die Sache sei die: Er brauche jemanden, der in den Ashram fahre und seine Tochter nach Hause hole. Und, jetzt kommt's: Für diese ehrenwerte Aufgabe habe er ausgerechnet meinen Vater auserkoren. Wieder wurde es schlagartig still. Meine Schwester hielt in ihrem Kauen inne und beobachtete eine dicke Fliege, die träge über das rot-weiß-karierte Wachstischtuch kroch. Davon abgesehen zeugte nur noch der stetig aufsteigende Zigarettenrauch von Leben auf diesem Planeten. Ich überlegte. Mein Vater, ein Drachentöter? Das erstaunte mich zwar kaum, denn mein Vater war ja groß und stark und hatte vor nichts Angst. Andererseits hatte ich wenig Bock, dass ausgerechnet mein Papi mit einem Rieseninsekt, Ashram oder was weiß ich kämpfen sollte. Überhaupt, warum fuhr der Dicke nicht selbst? Es war schließlich seine Tochter! Das musste doch gefährlich sein!

„Mami, was isch en Aschram?“, versuchte ich es noch einmal.

„Schsch“, zischte sie erneut. Sie wirkte sehr angespannt.

Meine kleine Schwester wiederum hatte sich wieder ihrem riesigen Berg Meringue mit Rahm zugewandt, den sie langsam, aber beharrlich abtrug, als ob sie all das nichts anginge. Allerdings war sie damals auch erst vier.

Letztendlich war ich froh, als der Restaurantbesuch vorüber war. Der Dicke und seine komische Tigerfrau, die im Übrigen kein Wort gesagt hatte, gingen mir auf den Geist. Meine Eltern waren zu dieser Zeit sehr aufmerksame Eltern, die sich, soweit möglich, stets politisch und kindlich korrekt verhielten. Also wurde ich, sobald wir die vor der restlichen Welt sicheren vier Wände unserer Küche erreicht hatten, in verständlichem Deutsch über die Sachlage aufgeklärt.

Wie sich herausstellte, war der Dicke ein Geschäftskontakt meines Vaters, Herr Mattis, dem er während eines entsprechenden Mittagessens einmal von seinen meist jugendlichen Reisen erzählt hatte. Neben verschiedenen abenteuerlichen Touren auf einem Eingangrad durch Europa waren auch ernsthafte Ziele dabei: „Finnland, aha!“ und „New York? Tatsächlich?!“

Man glaubt es nicht, wo mein Vater es in seinem juvenilen Übermut mit leeren Taschen, doch dem Kopf voller Flausen, vom hinterwäldlerischen Schlierseer Bahnhof aus überall hingeschafft hat. Und das, obwohl der Bahnhof damals nur ein Gleis hatte! Der Dicke jedenfalls, gebürtiger Emmentaler Bauernbub und bereits immens stolz darauf, seinen Dipl. Ing. am Tech im fernen Zürich gemacht zu haben, war schwer beeindruckt. „Respekt, Goldmund, da händ Sie ja scho allerhand g'seh!“ zollte er, und nahm noch einen Schluck Beaujolais, bevor er sich die Mundwinkel tupfte.

Zwar war auch er inzwischen ein Mann von Welt, der beruflich gut vorangekommen war: Er wohnte in einem eigenen Häuschen in der Nähe vom Thuner See – nicht in Sichtweite zwar, aber durchaus recht nah – hatte eine Beteiligung an einem Segelboot auf selbigem Gewässer und, nicht zuletzt, eine bereits erwachsene Tochter, 24 Jahre alt, zusammen mit der Tigerfrau ohne Worte. Und diese Tochter, ihre einzige, war nun eben vor einigen Monaten nach Indien gereist, um, oh Graus, ihr Selbst zu suchen.

Im Rahmen dieses Projekts war sie unglückseligerweise diesem Guru begegnet, dem vermaledeiten.

Der Guru war ein Mann mit einem langen weißen Bart und wohnte in einem Ashram, das ist ein Ort, wo viele Menschen zusammenleben. Der Guru ist der Boss des Ashrams, ähnlich wie die Bienenkönigin im Bienenstock, weil er mehr vom Leben weiß als alle anderen, die wiederum vom Guru lernen wollen, indem sie seinen Vorträgen lauschen und ‚meditieren'. Das ist wie Beten, nur ohne gefaltete Hände. Im Gegenzug für das geteilte Guru-Wissen versorgen die Anhänger den Guru mit allen Dingen des täglichen Bedarfs, wie Essen, Trinken, Wohnung und vermutlich Spielzeug. So weit, so gut. Das Beunruhigende an dem Ganzen jedoch ist, dass die Menschen, die dem Guru zuhören, plötzlich ganz vergessen, dass sie wieder nach Hause fahren müssen. Ihnen gefällt es im Ashram so gut, dass sie gar nicht mehr wegwollen. Und genau das war nun der Tochter passiert.

„Ja und?“ meinte ich. „Söll sie doch dörtbliibe, sie isch ja scho groß!“

Tja, sagten meine Eltern, genau dieser Meinung seien sie eigentlich auch. Der Dicke allerdings, der sah das anders. Der fürchtete um den Geisteszustand sowie den Gesamtverbleib der Tochter und war bereit, alles zu tun, um die Frucht seiner Lenden wieder auf eidgenössischen Boden zu schaffen. Er wollte einfach nicht, dass die Tochter beim Guru in Indien blieb, ganz egal wie erwachsen sie war oder noch werden sollte.

Das also war des Pudels Kern! Dabei hatte ich immer gedacht, wenn man groß ist, muss man nicht mehr machen, was die Eltern sagen; und offensichtlich dachte genau das die Tochter auch. Wie auch immer. Selber zu reisen kam für den eher vorsichtig veranlagten Geschäftsmann aus Thun jedenfalls nicht infrage. Natürlich machten sie durchaus hin und wieder Ferienreisen, früher zu dritt, jetzt meistens nur noch zu zweit, da fuhren sie manchmal an die Adria, selber, mit dem Citroën, aber lieber eigentlich noch nach Frankreich, Côte d'Azur, wegen dem Französischen, das lag einem als Schweizer halt dann letztendlich doch näher. Weite Reisen hingegen konnten ihm gestohlen bleiben. Fliegen, fremde Sprachen, zweifelhafte Kulturen im soziologischen wie auch im infektiologischen Sinne, all das war seine Sache nicht. Indien! Was man sich da alles holen konnte! Und wie sollte man sich zurechtfinden, wenn die Leute keine anständige Sprache sprachen? Auch konnte er ja wohl kaum seine Frau so lange alleine lassen. Und das Büro schon gleich dreimal nicht. Tja. Und da war ihm dieser Deutsche eingefallen, der Goldmund.

Als Deutscher war man damals nämlich noch eine richtige Rarität in der Schweiz. Deutsche waren dem Schweizer der Sechziger Jahre das, was dem Deutschen der Italiener war – eine günstige, flexible und formbare Arbeitskraft, die zwar ihre Qualität erst noch mühsam würde unter Beweis stellen müssen, andererseits dafür aber auch gerne mal für unkonventionelle Aufgaben zur Verfügung stand. Ja, und der Goldmund hatte sich als Abteilungsleiter einer namhaften Baustofffirma durchaus als verantwortungsvoller, gewissenhafter und seriöser Mensch hervorgetan. Darüber hinaus verfügte der, im Gegensatz zu den vielen Schweizer Bünzlis in ähnlicher Position, auch noch über solide Reiseerfahrung. Nicht zuletzt war der Mann, sofern man seinen Erzählungen glauben durfte, immer gern für ein Abenteuer zu haben. Der würde schon wissen, wie man nach Indien kam und, vor allem, wieder zurück.

Meinem Vater wiederum, die letzten Kriegs- und Flüchtlingsjahre schon rein genetisch noch in den Knochen, war die helvetische Ur-Ängstlichkeit vor der Fremde fremd. Er fühlte sich vielmehr, als habe man ihm gerade den Jackpot vor die Füße geworfen: Eine mehrwöchige, komplett finanzierte Reise nach Indien! Zudem die Aussicht auf ein beträchtliches Kopfgeld, sollte er die Tochter tatsächlich heil nach Hause schaffen. Keine Minute des Zweifelns, die Koffer in Gedanken noch am selben Abend gepackt, war die Sache für ihn geritzt.

Schon wenige Wochen später ging es los. Die Sache duldete keinen Aufschub. Zwar hatte ich noch immer keinen Plan, was genau ich mir unter Ashram, Sekte und Guru konkret vorzustellen hatte, doch in Gedanken an diese ganze Aktion ging mir ganz schön der Reis. Trotzdem war ich auch ein bisschen stolz: Mein Papa, der einzige Mann im Kanton Bern, der mutig genug war, um nach Indien zu reisen! Zu den Wilden. Zu den Roten. Zu der Sirene in Gestalt eines alten Mannes, der keinen Menschen, der seinem Wort gelauscht hatte, jemals wieder nach Hause kehren ließ.

* * *

Nachdem mein Vater auf seine Rettungsexpedition gestartet war, lief bei uns ein normaler Sommer ab. Ich ging mit meinen Schulkameraden ins Freibad, machte mein alljährliches Schwimmabzeichen und versuchte, meiner Mutter jeden Tag ein extra Eis aus den Rippen zu leiern.

Wochenlang konnte ich mit dem Fahrrad zur Schule fahren, sodass meine sonnengebleichten Haare im milden Sommerwind nur so flatterten. Ich bekam eine gesunde Hautfarbe und viele Sommersprossen. Die Vogelfutterkerne aus dem winterlichen Restbestand an Kerndlknödeln, die ich im Frühjahr in einem unbeobachteten Moment großzügig im Garten verstreut hatte, waren zu meterhohen Sonnenblumen herangewachsen. Ich las Bücher von Astrid Lindgren, ging einmal in der Woche zur Gitarrenstunde und war glücklich.

Zwischendurch kam ein Brief von unserem Vater. Staunend bewunderte ich die bunten Briefmarken, die komischen Buchstaben der indischen Stempel und den merkwürdigen Geruch, der dem speckigen Umschlag entströmte. Wie konnte Papier nur so riechen, vor allem, nachdem es per Luftpost geflogen war? Unserem Vater ging es gut, und ja, er hatte den Ashram gefunden. Er habe die Tochter sehr lange suchen müssen, doch jetzt habe er auch sie aufgespürt. Trotzdem brauche er noch etwas Zeit, da sie alles andere als einsichtig sei. Seine eigene Rückreise werde sich daher um einige Wochen verspäten. Ich fand das besorgniserregend, doch meine Mutter beruhigte mich. Es gäbe eben sehr viel zu sehen in Indien. Und ich bin sicher, sie hatte recht, wenn sie auch nicht die Elefanten und Baströckchen-Eingeborenen meiner Vorstellung meinte.

Als die Tage kürzer und die Nächte kühler wurden, war es irgendwann soweit. Wir fuhren nach Genf zum Flughafen, um den verlorenen Vater in Empfang zu nehmen. Meine Mutter druckste schon seit Tagen herum und versuchte, uns auf etwas vorzubereiten, von dem sie wohl selbst nicht so genau wusste, was es war. Der Papi werde bestimmt verändert sein, sagte sie. Und wahrscheinlich ziemlich anders aussehen.

Na und? Mir war das wurscht. Das steigerte meine Spannung höchstens noch. Nichtsdestotrotz muss ich rückblickend zugeben: Bingo Mami, damit hattest du vollkommen recht! Es war bei Gott nicht schwer, unseren Heimkehrer zu erkennen. Verschiedene Flugzeuge hatten gerade ihre Bäuche entleert. Hinter der Scheibe sahen wir, wie die Passagiere zielstrebig zu den Gepäckbändern eilten. Aus der Masse ordentlicher Schweizer Bürger in dezenten Grau-, Braun- und Beigetönen und dem gewohnten eintönigen, pseudo-erhabenen Savoir-vivre-Gesichtsausdruck geschäftlich Flugreisender stach einer wie ein Gockel hervor: mein Vater! Mein Vater nämlich trug trotz der herbstlichen Frische eine Art luftige, knallrote Kutte, einen wilden Rauschebart und klobige Sandalen, wie ich es bisher nur aus meiner Kinderbibel kannte. Auffällig war zudem, dass er, ohne ersichtlichen Grund, übers ganze Gesicht grinste. Mit seinem gemächlich schlendernden Gang wirkte er in all der Hektik wie diese Fische, die stromaufwärts irgendwo ihr Gelege platzieren wollen, obwohl alle anderen Richtung Meer schwimmen.

„Da isch dä Papi!" rief ich, doch meine Mutter schluckte nur stumm.

Voller Vorfreude beobachtete ich interessiert das Geschehen. Um meinen Vater hatte sich eine Art luftleerer Raum gebildet, etwa so wie um einen Stier, der auf der Weide ja auch immer etwas abseits steht. Als es soweit war, schnappte er mit viel Verve sein Köfferchen vom Band und schritt dynamisch durch die Wartenden, die instinktiv zurückwichen und so eine Art Rettungsgasse bildeten. Bei jedem Schritt wurden seine Wadeln von dem neuen Gewand umweht, das auch sonst alles zuverlässig abbildete.

Nachdem er mit munteren Späßchen nach links und rechts die Security passiert hatte, brachten wir unseren kernveränderten Vater heil nach Hause. Um den Hals trug er eine Kette aus Holzperlen, an der das Bildnis eines ernst, fast grimmig dreinblickenden alten Mannes hing. Woher kannte er diesen Typen?

„Das isch de Bhagwan", erklärte er uns mit leuchtenden Augen, „und das" – er zeigte auf die Kette selbst – „isch mini neu Mala."

Aha. Comme ci, comme ça. Ich war sehr glücklich, dass mein Vater wieder sicher zu Hause war. Meine Mutter indes guckte immer noch sehr streng und sagte den ganzen Tag lang fast gar nichts mehr. Nur wenn meine Schwester und ich nicht im Raum waren, hörte ich die beiden durch die Tür in ernstem Ton murmeln, in dieser gepressten Frequenz, von der Erwachsene glauben, Kinder könnten sie nicht hören. Ja, Jeanette, also die Tochter, lebte noch immer im Ashram des Bhagwans[3].

Zwar hatte mein Vater sie recht schnell aufgetrieben und versucht, sie mit verschiedenen Tricks – Worten und Geld – dazu zu bewegen, mit ihm in die Schweiz zurückzukehren. Doch die Tochter war supergut drauf und dachte überhaupt nicht daran abzureisen. Sie nahm das Geld und richtete alles Liebe für ihren Vater aus.

Mein Vater wiederum war beeindruckt von der Kaltschnäuzigkeit der Tochter und dachte sich, diesen Ashram mit Bhagwan müsse er sich auch einmal aus der Nähe ansehen. Und, surprise, surprise: auch ihm gefiel ausnehmend gut, was er sah. So erzählte er es uns. Der Bhagwan nämlich ist ein sehr kluger Mann, der mehr weiß als alle anderen Leute. Er hilft den Menschen, wieder glücklich zu werden. Seine Schüler, die sogenannten Sannyasins, sind fröhlich und haben sich alle lieb. Sie genießen das Leben, suchen aber auch Gott und vor allem sich selbst. Und das alles gleichzeitig. Wo sonst gab es das schon?!

Also beschloss mein Vater ganz spontan, auch ein Schüler von Bhagwan zu werden. Zur Einweihung bekam er die Holzkette und einen neuen Namen, den er fortan ausschließlich benutzen solle: Swami Dhyan Rahasya.

Das einzige, was er sonst noch dafür tun musste, war, zu versprechen, dass er ab jetzt nur noch rote Kleider tragen würde.

Was für meinen Vater keine allzu große Sache war. Mein Vater war nämlich nicht nur Exil-Deutscher in der Schweiz, er war darüber hinaus auch noch im Freistaat Bayern aufgewachsen. Das bedeutet, er hatte eine Sozialisation im Sinne des bayerischen Einzelkämpfertums genossen. Will sagen:

---

3 Bhagwan ist derselbe Mann wie Osho, der sich 1989 umbenannte.

Er war es gewohnt, nicht dazu zu gehören. Ein Bayer bemüht sich in der Regel nicht groß um Zugehörigkeit, schon gleich gar nicht jenseits der bayerischen Landesgrenze. Macht ja keinen Sinn! Man muss sich ja schon überlegen, wo man dazu gehören will. Reiflich. Und bis dahin verharrt man im mir san mir, wobei mir vor allem ich meint. Es gibt nur ein Wort, dass aus dieser Perspektive für die lieben Mitmenschen im Zweifel immer passt: Depp. Und zwar überall auf der Welt.

Mein Vater seinerseits identifizierte sich wiederum nicht mal hundertprozentig mit dem mir san mir. Denn seine Familie war eine Flüchtlingsfamilie gewesen, aus Schlesien, und gehörte damit also auch nicht wirklich nach Bayern. Was man die zugereisten Goldmunds auch jahrzehntelang spüren ließ. Das einzige, das mein Vater aus dem bayerischen Brauchtum voll übernommen hatte, war das einsame Ich-und-mein-Berg-Ding. Das dafür dann aber tausendprozentig. Kurzum: Gesellschaftlich betrachtet hatte er nicht viel zu verlieren. Keinen Ruf, keine Stammtischrunde, keine jahrhundertealte Dorftradition. Daher zog er das Ding mit dem Bhagwan, den roten Klamotten und der Holzkette voll durch. Eiskalt, knallhart. Gleich am nächsten Montag ließ er meine Mutter in der Drogerie Textilfarbe besorgen und schmiss den gesamten Inhalt seines Kleiderschranks mit dem Zeug in die Waschmaschine. Das Ergebnis war modisch fragwürdig, aber auf jeden Fall lustig.

Seine Kollegen in der Firma staunten sicher nicht schlecht: immerhin war mein Vater Abteilungsleiter. Verreist als solvente Führungskraft in Anzug und Krawatte mit hehrem Auftrag kam er nun auf einmal mit Vollbart, rot verfärbter Garderobe, Guru-Kette und offensichtlich vernebeltem Geist daher. Bis zu diesem Zeitpunkt hatten die Kollegen, anständige Bürgersleute, wie alle normalen Leute hin und wieder in der Kantine über den zweifelhaften Verein des Bhagwans gelästert.

„Händ ihr scho de neu *Stern* g'seh? S'isch wieder emal en B'richt über de Sex-Guru drin. Luuter Wiiber mit nackte

Büppi. Unglaublich, wie viel Spinner es git, wo bi dem Typ mitmache!"[4]

Damit war nun schlagartig Schluss. Betreten, doch mit versiegelten Lippen nahm man zur Kenntnis, dass einer der wichtigsten Köpfe des Unternehmens unübersehbar retardiert, ja zum Feind übergelaufen war. Einmal fragte ich meinen Vater, ob ihn die Kollegen in der Firma wegen seiner roten Kleider, der Mala und dem neuen Rauschebart nicht hänselten.

„Nei", antwortete er, „es hät niemer äs Wort g'seit."

Die Leute schauten nur verlegen zur Seite, und falls sie tuschelten, verbargen sie es gut. Wie bei *Des Kaisers neue Kleider*. Bis zu seiner Kündigung ein paar Jahre später gab mein Vater nie ein Wort der Erklärung ab.

* * *

Nach der Rückkehr meines Vaters ging es zunächst schnell wieder zurück zum Alltagsgeschäft. Aus Indien hatte Papi einen Koffer voller märchenhafter Kuriositäten mitgebracht: Spiegelbesetzte Stoffe, Silberschmuck mit bunten Steinen, kleine Figürchen von ungeheuerlichen Menschen- und Tiergestalten, die aussahen wie Missgeburten, von denen mein Vater aber stur behauptete, sie stellten indische Gottheiten dar. Na ja, das glaubten die Inder ja wohl selber nicht! Stolz präsentierte er überdies eine vergrößerte Schwarzweiß-Fotografie, sorgfältig gerahmt und hinter Glas: todernsten Blickes saß er dem Bhagwan gegenüber. Der Bhagwan beugte sich in einem langen weißen Gewand, das meiner Meinung nach eigentlich Frauenkleidung war, zu meinem Vater hin, hielt mit einer Hand die neue Mala, die er ihm offenbar gerade übergehängt hatte, und drückte meinem Vater mit der anderen den Finger an den Kopf –

4 Habt ihr schon den neuen Stern gesehen? Es ist wieder einmal ein Bericht über den Sex-Guru darin. Lauter Weiber mit nackten Titten. Unglaublich wie viele Spinner es gibt, die bei diesem Typen mitmachen!

nicht so, wie wenn man einen Vogel zeigt, sondern mit dem Daumen mitten drauf auf die Stirn. Dabei wirkte er sehr konzentriert, mein Vater hingegen alles andere als begeistert, aber er wehrte sich auch nicht.

„Was macht dä Bhagwan denn da?“, fragte ich.

„Das“, erklärte mein Vater stolz, „isch mini Sannyas-Iiweihig gsi! De Bhagwan git mir en Enerdschi Darschan.“[5]

„En was?!“

Ein ‚Energy Darshan‘ – eine Energie-Dusche, quasi. Mein Vater erklärte, er schaue so ernst drein, weil er eben etwas Angst gehabt habe, immerhin begann für ihm mit dem Sannyas-Nehmen ein völlig neues Leben, wie bei einer zweiten Geburt. Und damit er das nie vergaß, bekam er auch einen neuen Namen: Swami Dhyan Rahasya. Jedenfalls, einen Energy Darshan von Bhagwan persönlich bekam man grundsätzlich nur sehr selten, damals aber eben noch standardmäßig bei persönlichen Einweihungen. Und einen Energy Darshan von Bhagwan zu bekommen war ein großes Glück. Der Bhagwan war ja erleuchtet, und deshalb, erklärte mein Vater, ströme aus seinen Händen Energie und Kraft, sodass es einen durchriesele.

„Wieso häsch du Chraft brucht?“, fragte ich, „bisch chrank gsi?“[6]

Mein Vater lachte. Ja, das könne man so sagen. Auf jeden Fall erlebe man bei diesem Ritual instinktiv für einen kurzen Augenblick, was es bedeutete, erleuchtet zu sein.

„Was isch erlüüchtet?“

Mein Vater erklärte, ein erleuchteter Mensch habe keine Sorgen mehr. Er sei am Ende des Lebensrades angelangt, habe alles gelernt, was es zu lernen gab und müsse nun nicht mehr auf die Erde kommen. Nicht mehr auf die Erde kommen? Und das sollte toll sein?! Wieder lachte mein Vater, und erklärte, das Leben hier auf der Erde sei einem dann

---

5 Das (...) war meine Sannyas-Einweihung! Bhagwan gibt mir gerade einen Energy Darshan.

6 Wieso hast du Kraft gebraucht? (...), warst du krank?

nicht mehr wichtig. Ein Erleuchteter sei mit ganz wenig zufrieden, er verstehe, wie alles zusammenhinge und sei einfach immer, ohne bestimmten Grund, glücklich.

Doch darunter konnte ich mir nichts vorstellen. Was der Bhagwan denn so könne, fragte ich, das ihn von den normalen Menschen unterschied? Solche Sachen wie Jesus, also Essen zaubern und auf dem Wasser laufen? Nein. Nein? Was dann, war er besonders stark? Nein, auch das nicht, Bhagwan war ja schon ein alter Mann! Konnte Bhagwan Tricks, wie Houdini? Nein, ganz anders, Bhagwan sei ein Mann der Wahrheit, Houdini dagegen ein Täuscher gewesen. Das könne man nun wirklich nicht vergleichen. Ja, aber was er denn dann könne, löcherte ich meinen Vater. Der seufzte. Zum Beispiel, setzte er an, wisse Bhagwan ganz viel. Viel? Viel wissen doch viele. Weiß er alles? Nein, alles nicht! Kein Mensch wisse alles. Ja, aber was wisse oder könne er denn, was ihn von anderen, Nicht-Erleuchteten, unterscheide?

„Das kann man nicht erklären“, wand sich mein Vater, und ich sah schon die Standarderklärung aufkeimen, Kinder könnten das eben noch nicht verstehen.

Doch damit würde ich ihn heute nicht davonkommen lassen. Er musste doch irgendetwas Besonderes können, der Bhagwan, wenn die Leute bis nach Indien fuhren, nur um ihn zu sehen!

„Also“, kam mein Vater endlich zur Sache, „er chan zum Biispil es Buech ganz schnell läse.“

„Echt? Wie schnell denn?“

Na ja, er müsse einfach nur das Buch in die Hand nehmen, kurz hineinmeditieren, ein bisschen blättern und dann habe er schon das ganze Wissen aus dem Buch intus.

Aha. Und deswegen trugen Menschen ihr ganzes Leben lang sein Bild um den Hals? Ehrlich gesagt riss mich das nicht gerade vom Hocker. Mein Vater hingegen hielt den Bhagwan ganz offensichtlich für einen Wundermann. Egal. Für mich zählte vor allem, dass ich meinen Papi wiederhatte und dass wir den Dicken mit der Tigerlady los waren.

Ansonsten interessierte mich dieser Bhagwan, der Superschnellleser, nicht allzu groß; viel spannender fand ich den Rest von Indien.

Eine Woche nach seiner Rückkehr nämlich hielt mein Vater einen Dia-Vortrag in unserem Wohnzimmer ab, zu dem meine Eltern einige Bekannte eingeladen hatten. Ich freute mich schon wie ein Schnitzel. Nun würde ich endlich all das sehen, was meinen Vater so lange in Indien gehalten hatte! Die beiden Paare im Alter meiner Eltern hatten auch Kinder, die sie aber Zuhause gelassen hatten. Warum, verstand ich überhaupt nicht. „Warum sind d'Chind nit mitcho?", fragte ich.

Doch die Erwachsenen lächelten nur gequält. Weil es schon so spät sei, antworteten sie, aber das konnte es nicht sein, ich war ja schließlich auch noch auf. Erwachsene waren manchmal echt beknackt.

Man kannte sich aus dem „Wir-Eltern-Club" in Thun, eine Initiative, die meine Eltern mitbegründet hatten, um Gleichgesinnte, also andere Leute mit Kindern, kennen zu lernen. Mein Vater kurbelte die Rollläden herunter, weil es draußen noch hell war, und stellte eine Leinwand auf einem Ständer auf. Dann ging es auch schon los. Der Diaprojektor ratterte wie ein Traktor, doch sonst machte er seine Sache gut. Ich war begeistert von den Bildern und wahnsinnig stolz auf meinen Papa. Die Bilder leuchteten geradezu. Ich sah weite, bis zum Horizont gestreckte Landschaften, tief ins weiche Licht der untergehenden Sonne getaucht, Frauen in quietschbunten Gewändern, Bettler in Lumpen und magere Kühe, die mitten auf der Straße lagen. Mein Vater hatte auch einige Tempel in der Umgebung besucht, und sogar einige Äffchen waren ihm vor die Linse gekommen! Der Bhagwan selber kam leider nicht vor, Fotografieren war im Ashram nämlich verboten. Lediglich einige rote Sannyasins und das Ashram-Tor von außen waren zu sehen. Mir war das wurscht. „Häsch kein Elefant g'seh?", krähte ich.

„Elefant?!" Nein. Hatte er nicht. Ich merkte schon, dass den Gästen des Abends ganz andere Fragen auf der Zunge brannten, die sie sich aber nicht zu stellen trauten. Wie stumme Fragezeichen hockten sie in unseren abgeschabten 70er Jahre Club-Sesseln und knabberten Pommes-Chips zur Beruhigung und damit man nicht merkte, dass sie nichts zu fragen wagten. Man merkte es trotzdem, und der Abend war insgesamt eigentlich ziemlich komisch. Ich musste praktisch die ganze Unterhaltung alleine bestreiten. Jedenfalls, am Ende des Vortrags war ich heilfroh, dass ich in der Schweiz lebte – mir blieben von Indien hauptsächlich die hohläugigen, verdreckten und offensichtlich hungernden Kinder hängen.

Nach diesem Abend dachte ich eigentlich, das Thema Indien wäre nun endlich durch. Tatsächlich änderte sich, abgesehen davon, dass mein Vater nun in Rot rumlief und einen Bart trug, zunächst nicht allzu viel. Da er sehr viel arbeitete und am Wochenende Berge bezwang, kann man auch sagen, es änderte sich eigentlich gar nichts, außer dass ich wusste, dass er all dies nun in Rot und mit Bart tat. Damit konnte ich leben. Ich war froh, dass nach diesem aufregenden Sommer nun alles langsam wieder normal zu werden schien. Allerdings hatte ich da die Rechnung ohne meine Eltern gemacht.

* * *

Es war mir völlig unverständlich: Doch es schien, dass meine Mutter meinem Vater seine Indienreise missgönnte. Dabei war mein Vater doch jetzt auf einmal ständig so verdammt gut drauf! Er lachte viel mehr, legte fröhliche Musik aus dem Ashram auf und tanzte ausgelassen im Wohnzimmer herum, einfach so. Manchmal saß er auch einfach nur eine Stunde lang regungslos da und behauptete, das sei das wahre Leben. Trotzdem, meine Eltern stritten sich mehr als je zuvor, und die Stimmung wurde zunehmend bedrückender. Worauf sollte dieses unheilvolle Gezanke nur hinauslaufen? Ich traute mich kaum, den Gedanken zu Ende zu denken. In der Tat dauerte es keine zwei Monate, bis meine Mutter erklärte, nun sei sie dran. Sie wolle jetzt auch nach Indien! Und, vor allem, in den Ashram. Also nach Poona[7].

Was? Wieso das denn?! Ich verstand überhaupt nichts mehr. Die Mission der verlorenen Tochter war doch längst gelaufen, was zum Henker also sollte jetzt meine Mutter noch dort? Meine Mutter aber sagte, sie wolle den Bhagwan jetzt auch kennenlernen. In der Abwesenheit meines Vaters hatte sie sich nämlich umgehört, in Thun und in Bern. Sie hatte Kontakt aufgenommen zur lokalen Sannyas-Szene, um sich zu informieren. Dabei hatte sie festgestellt, dass die Sannyasins allesamt ausgesprochen gut drauf waren und im Reinen mit sich zu sein schienen. Denn der Bhagwan, der lehre einen, wie man „besser zusammenleben" könne. Und genau diese Lektion erschien meiner Mutter für unsere Familie dringend vonnöten. Mir sei doch bestimmt auch aufgefallen, wie viel Mami und Papi sich in der letzten Zeit gestritten hätten?

Es stimmte. Es war schwer von der Hand zu weisen, dass eine entsprechende Lektion meinen Eltern ganz guttun könnte. Doch musste man dafür wirklich nach Indien fliegen? In der Schweiz gab es doch auch Leute, die gut miteinander lebten, die konnten meinen Eltern vielleicht Tipps geben? Ich versuchte, meinen Eltern diese Überlegungen nahe zu bringen, machte jedoch eine Erfahrung, die sich die folgenden Jahre noch ein ums andere Mal bestätigen sollte – meine Meinung wurde im Schatten schlechten Gewissens zwar scheinbar interessiert angehört, war am Ende aber nicht mehr wert als ein Furz im warmen Wind. Was wichtig war, war eben wichtig, vor allem, wenn es essentiell wichtig war. Und Bhagwan war nun mal essentiell, ja, geradezu die Essenz schlechthin.

Meine Mutter führte lange Gespräche mit mir, während derer sie versuchte mir zu erklären, weshalb diese Reise so unverzichtbar war für sie. Sie sagte, sie habe, wie viele Erwachsene aus ihrer Generation, eben eine sehr strenge

---

[7] Heute: Pune, Metropole im indischen Bundesstaat Maharashtra.

Kindheit gehabt, die sie nun aufarbeiten müsse, um wieder besser, sprich glücklicher, freier und erfüllter leben zu können. Und dabei helfe ihr Bhagwan. Ich aber verstand nur Bahnhof und kapierte einfach nicht, warum sie uns verlassen wollte. Das wolle sie doch gar nicht, sagte sie, sie wolle halt nur mal zu Bhagwan! Und, langsam am Ende ihrer Geduld: sie müsse jetzt halt einfach auch einmal etwas für sich tun. Auch das verstand ich nicht und fand es eigentlich ziemlich frech: „auch einmal etwas"? Waren wir etwa nichts?

Wie konnte sie irgendjemanden – den sie noch dazu noch nicht einmal kannte! – uns, ihrer Familie, vorziehen?

Doch es half alles nichts, ich konnte sie nicht aufhalten. Meine Mutter packte ihre Koffer und ging East. Ich hatte große Angst, versuchte aber, tapfer zu sein. Mein Vater arrangierte für mich einen Platz bei den Nachbarn, bei denen ich tagsüber nach der Schule bleiben konnte, da er selbst ja arbeitete, also sehr früh aus dem Haus musste und sehr spät wieder heimkam. Meine kleine Schwester wurde für die nächsten sechs Wochen bei ihrer Patentante in Zürich einquartiert. Sie ging ja noch nicht zur Schule und war somit ortsungebunden. Die Nachbarn, also meine neue Pflegefamilie, waren sehr lieb zu mir und verbrachten viel Zeit mit mir. Ich merkte, dass ich ihnen leidtat, was mir nun wieder peinlich war.

Am Anfang ging ich oft in unser Haus hinüber. Ich rief nach Mischa, der Katze, setzte mich mit ihr ins Wohnzimmer und versuchte mir vorzustellen, alles sei normal und meine Eltern wären nur eben schnell kurz außer Haus. In manchen Geschichten hatte ich gehört, dass leere Häuser manchmal zu einem sprechen, wie ein Freund. Doch unser Haus blieb still. Kein Ächzen im Gebälk, kein Flüstern aus den Wänden. Von all dem Horchen wurde mir immer ganz komisch, sodass ich à la longue meine Heimatbesuche einstellte und ganz bei den Nachbarn blieb. Sie hatten mir im Kinderzimmer eine Schlafstatt eingerichtet, mit blauer Bettwäsche, auf der Sonne, Mond und Sterne waren, um auf mich Acht zu geben. An Ostern bekam ich sowohl von meinen „Pflegeeltern“ als auch von meinem unsichtbar gewordenen Vater ein Osternest vor die Tür gestellt, was zu Missstimmung mit den familieneigenen Kindern führte, die behaupteten, ich würde bevorzugt. Ich dagegen fühlte mich alles andere als das, gleichzeitig schämte ich mich. Die Schokolade blieb mir förmlich im Halse stecken.

Meine Mutter schrieb fast nie, doch mein Vater beruhigte mich bei seinen samstäglichen Besuchen. Das sei eben schwierig in Indien, erklärte er. Bestimmt ginge es ihr gut. Das sagten auch meine Dauergastgeber.

Meine Mutter verschob ihre Rückreise zweimal.

Aus sechs Wochen wurden drei Monate. Jedes Mal brach eine Welt für mich zusammen. Was um alles in der Welt hielt sie dort nur? Hatte sie uns vergessen?! Ich machte mir große Sorgen, sie könnte am Ende gar nicht mehr heimkommen, wie Jeanette, die verlorene Tochter des dicken Herrn Mattis.

Doch dann, halleluja, war es eines Tages endlich soweit! Mein Vater holte meine Schwester und mich nach Hause. Er hatte sich extra frei genommen, und auch für mich hatte er bei der Klassenlehrerin persönlich eine Schulbefreiung erwirkt. Wegen besonderer Umstände. Gemeinsam dekorierten wir das Haus. Mir schien, als lächelte es. Ich malte ein Willkommensschild und bat meinen Vater um Geld für einen kleinen Spielzeughasen mit echtem Fell, den ich gesehen hatte und von dem ich meinte, er sei das Schönste auf der Welt und meine Mutter müsse ihn unbedingt bekommen. Es war Sommer, und ich weiß noch, dass meine Schwester und ich beide das Gleiche trugen, ein luftiges, buntgestreiftes Kleidchen, ich in groß, sie in klein. Mein Vater sperrte die Haustür zweimal ab, wie immer. Der Oleander blühte in sattem Magenta. Ich hüpfte vor lauter Vorfreude die warmen Steinplatten entlang. Im Auto war es heiß. Auf der Autobahn gab mein Vater richtig Gummi, damit wir ja nicht zu spät kämen. Aus dem Radio schepperte Supertramp, ich sang laut mit, was ich konnte, und auch, was ich nicht konnte. Meine Schwester sah mit zugekniffenen Augen aus dem offenen Fenster und hielt irgendein Stofftier auf dem Schoß.

Was dann geschah, war ein Déjà-vu in Rot. Wie die Orgelpfeifen standen wir in der Ankunftshalle des Genfer Flughafens, halb hoffend, halb bangend, ob sie heute auch wirklich kommen würde, und wenn ja, dass wir sie auch ja nicht verpassen würden. Doch zumindest letztere Sorge war völlig unbegründet. Während wir mit suchenden Blicken die Schar der Gelandeten abtasteten, tauchte sie plötzlich auf, meine Mutter: Eine Explosion in Rot. Anders kann man es nicht sagen. Sie trug mehrere flatternde, bestickte und bespiegelte Röcke übereinander, oben herum ein knappes Trägertop, zwischendrin irgendwelche fransigen Tücher. Sogar die neuen Riemchensandalen waren aus rotem Leder. An ihren braungebrannten Armen stapelten sich unzählige Armreifen. Ihre Fußgelenke zierten Kettchen, die bei jedem Schritt lustig klirrten. Riesige Ohrgehänge baumelten ihr bis fast auf die Schultern, und, die Krönung der Gesamterscheinung: Ihren Kopf zierte ein überdimensionaler Afro. Als sie uns sah, winkte sie strahlend und kam wiegenden Schrittes auf uns zu. Mamma mia! Es war nicht zu übersehen: Auch meiner Mutter hatte der Bhagwan offensichtlich gut gefallen. Sie trug eine Mala. Zwischen Lachen und Weinen umarmte sie uns und erklärte, sie hieße nun Ma Deva Mohani.

Eigentlich dachte ich, jetzt endlich würde alles wieder so werden wie früher: Meine Eltern waren doch ganz offensichtlich einer Meinung, fanden beide Indien und Bhagwan supi und trugen beide nur noch Rot. Außerdem hatten sie jetzt doch bei Bhagwan gelernt, wie man besser zusammenlebt, womit ja nun eigentlich endlich alles in Butter sein müsste. Stattdessen wurde es immer noch komplizierter. Meine Eltern waren sich alles andere als einig – das war das Einzige, worin sie sich einig waren. Ständig diskutierten und stritten sie über irgendwelches Zeug, von dem ich kein Wort verstand. Sie gingen getrennt aus und verbrachten abwechselnd Wochenenden auf irgendwelchen therapeutisch motivierten *Sannyas-Gruppen.* Dort nämlich, erklärten sie mir, könne man noch gezielter lernen, wie man „besser miteinander leben" könne, sowie „Altes" aufarbeiten. Aha. Ich kapierte überhaupt nicht, wieso man ständig lernen sollte, besser miteinander zu leben. In Wirklichkeit hatten wir doch ganz gut gelebt, bis der Dicke an unsere Tür geklopft und von dem Bhagwan erzählt hatte. Aber ich mischte mich nicht weiter ein, irgendwann würde das alles schon wieder aufhören. Oder doch nicht?

Zu allem Überfluss bekam ich mit, dass beide plötzlich auch mit anderen Partnern verkehrten. Und zwar verkehrten, genauso, wie ich es aus meinem pädagogisch korrekten Biologiebuch für angehende Schulkinder kannte. Natürlich fand ich das höchst verwunderlich, ganz abgesehen davon, dass ich die ganze Chose per se ohnehin unsäglich unappetitlich fand. Gleichzeitig hätte ich jedoch erwartet, dass aufgrund der Tatsache, dass sie es beide unverhohlen taten, zumindest in diesem Punkt Einigkeit herrschte. Doch auch das war nicht der Fall. Sie stritten, zankten, diskutierten. Hin und wieder versuchten sie verlegen, mir zu erklären, „all das" sei Teil des „Prozesses".

Doch es gab auch noch andere Veränderungen in unserem Haushalt. Der soziale Umgang meiner Eltern hatte sich ganz gravierend gewandelt. Statt der „Wir-Eltern-Club"-Treffen veranstalteten sie nun regelmäßig Meditationsabende bei uns zu Hause, bei denen sich mehrere rot gekleidete Männer und Frauen in unserem Hobbykeller einfanden. Die Meditationen dauerten jeweils eine Stunde und brauchten immer viel laute Musik. Die Leute zappelten, hüpften oder schrien die ganze Zeit herum, je nach Art der Meditation, und am Ende saßen oder lagen sie still da vor lauter Erschöpfung. Danach fühle man sich wunderbar ausgeglichen und zufrieden, behaupteten sie.

Manchmal „kam" während der Meditation auch „etwas hoch". Damit meinten sie aber nicht Kotze oder so, sondern Erinnerungen oder Gefühle und solche Sachen. Dann heulten oder schrien sie noch mehr, was aber nichts Schlimmes sei, wie mir versichert wurde, sondern im Gegenteil ein gutes und erfreuliches, ja geradezu ein begehrenswertes Zeichen für den Erfolg der Meditation war. Während der Meditationen trugen die Sannyasins oft Augenbinden, um sich ganz auf sich selbst konzentrieren zu können. Dass das notwendig war, leuchtete ein, denn keiner würde beim Anblick seiner Mit-Meditierer ernst bleiben können, soviel war klar. Ich fand das alles hoch interessant und liebte es, durch das Kellerfenster spähend meine Studien zu vertiefen. Ich hätte nie gedacht, dass Erwachsene sich derart gebärden könnten. Hätten wir Kinder uns so aufgeführt, hätte man uns resolut zur Ordnung gerufen:

„Tut nicht so blöd!“, „Spinned ihr jetzt endgültig?!“ oder „He! Jetzt git's bald es paar hinter d'Ohre!“

Meine Schwester wiederum ließ das alles völlig kalt. Sie zog es vor, ihrem üblichen Tagwerk nachzugehen. Dafür fanden einige der Nachbarskinder Gefallen an unseren Keller-Sessionen. Bald gab es an unserem Kellerfenster ein solches Gedränge, dass ich überlegte, Eintritt zu verlangen. Nicht zuletzt dieser kindlichen Forscher wegen begann die Situation nach und nach, aus dem Ruder zu laufen. Zwar waren die Sannyasins immer freundlich zu allen Kindern. Sie lachten und spielten mit uns und machten allerhand Blödsinn mit. Bei unseren erwachsenen Nachbarn dagegen kam das alles gar nicht gut an, weder das Gebrülle während der Meditationen, noch die manchmal exzentrischen roten Hippies, die zu unserem Grundstück pilgerten, noch die neue sexuelle Experimentierfreudigkeit meiner Eltern. Am allerwenigsten aber gefiel ihnen, dass diese Spinner nun auch noch anfingen, sich an ihre Kinder „ranzumachen“, wie sie die Spionagetätigkeit des eigenen Nachwuchses zu bezeichnen beliebten. Obwohl es ja die Nachbarskinder waren, die zu uns kamen und nicht anders herum.

Spätestens nach jenem fatalen Sonntagnachmittag, an dem eine Sannyas-Frau von Mitte zwanzig einer widerspenstigen Zweijährigen das Dreirad entrang und damit laut

„tü tüüüüt!“ brüllend durch die Quartiersstraße fuhr, war es endgültig vorbei.

Die Goldmunds waren wohl endgültig übergeschnappt! Es war der Gipfel. Früher waren das anständige Bürger gewesen, doch offensichtlich waren sie innerhalb kürzester Zeit komplett abgerutscht. Tragisch. Die sind jetzt bei Bhagwan, tuschelte man, diesem halsabschneiderischen Sex-Tyrannen. Gott bewahre! Sodom und Gomorrha! Einige der Nachbarskinder bekamen Spielverbot mit mir. Womöglich war das ansteckend! Die eigenen Kinder mit mir spielen zu lassen war unverantwortlich, fahrlässig, ja möglicherweise sogar gefährlich geworden. Man konnte schließlich nur ahnen, wie diese Wahnsinnigen tickten!

Ich meinerseits bemerkte, wie die Leute um mich herum begannen, mich mehr und mehr zu beobachten. Das war insofern ungewöhnlich, als wir auf dem Land lebten, wo Kinder damals noch weniger als Individuen, sondern mehr als kollektive Schar wahrgenommen wurden, die eben irgendwie so mitlief. Aber jetzt war „s’Goldmund Brigittli“ auf einmal namentlich bekannt.

Plötzlich begannen Eltern von Schulkameraden, mit denen ich bis dato kaum je ein Wort gewechselt hatte, mich eindringlich zu mustern, und, wenn sie es gar nicht mehr aushielten, auszuhorchen. Ob das mit meinen Eltern stimme, brach es aus ihnen heraus. Wer denn der Opa an der Holzkette sei, und, mit unverhohlener Scheinheiligkeit, was meine Eltern denn in Indien gemacht hätten? Was meine Mutter mit ihren Besuchern anstelle und was denn die vielen Leute in unserem Hobbykeller täten, was sie derart stöhnen und schreien ließ?

„Nüüt“, sagte ich, „Aha!“, darauf sie.

Selbst als Achtjährige wusste ich ihre vorgehaltene Hand und das geile Glitzern in den Augen zu deuten. Was waren Erwachsene erbärmlich! Ich hüllte mich in Schweigen und ließ sie denken, was sie denken wollten. Am Ärgerlichsten an der ganzen Situation jedoch fand ich, dass mich einige Leute offensichtlich bemitleideten.

„Das Arme, äs isch ja ganz verstockt!“ raunten sie einander zu, „wer weiß, was äs alles mues g'seh.“[8]

Mir reichte es. Ich fand, es sei an der Zeit, ein Zeichen zu setzen. Also erklärte ich meinen überraschten Eltern, ich wolle jetzt auch ein Sannyasin werden. Auch meine kleine Schwester fand den Plan, eine eigene Kette zu bekommen, gut. Meine Eltern machten große Augen und zankten erst eine Weile herum, da sie beide den jeweils anderen verdächtigten, mich zum Beitritt überredet zu haben, was Bhagwans Auffassung strikt widersprochen hätte. Denn keiner sollte zu Spiritualität und/oder Religion gezwungen werden, sondern auch den Weg zu ihm, Bhagwan, unbedingt bewusst und eigenständig wählen. Doch letztendlich ließen sie mir meinen Willen. Wir schickten entsprechende Antragsformulare nach Poona. Und für meine kleine Schwester gleich mit.

* * *

Von nun an wartete ich täglich auf Post. Mehrmals am Tag sah ich durch den Schlitz unseres Briefkastens, ob nicht vielleicht doch schon eine Antwort aus Indien gekommen war. Was war das alles aufregend! Bald würde auch ich eine neue Geburt erleben. Wie es wohl werden würde, das Leben danach?

Einige Wochen später kam der langersehnte Brief, der uns in der Gemeinschaft willkommen hieß. Gespannt saßen wir mit unserer Mutter am Küchentisch. Das weitgereiste Kuvert war aus dickem, gräulichem Papier mit Büttenfutter, das beim Aufschlitzen verheißungsvoll knisterte. Das Schreiben selbst wurde von einem kostbaren Emblem geziert, der Prägung einer goldenen Scheibe mit zwei Zugvögeln im Flug, einem großen weißen im Vordergrund und einem kleinen roten dahinter. Ich wusste, dass dies das Sannyas-Symbol war: Die goldene Scheibe stellte die Sonne dar,

---

8 Die Arme, sie ist ja ganz verstockt! (...) Wer weiß, was sie alles mitansehen muss.

der große weiße Vogel symbolisierte den spirituellen Meister, also Bhagwan, und der kleinere rote die Sannyasins. Zusammen flogen sie der Sonne entgegen, um zu lernen, wie man besser zusammenlebte, wobei der große weiße Vogel wusste, wo's langging, und der kleine rote vertrauensvoll folgte. Ungefähr so wie ich meinen Eltern.

Im Bescheid standen unsere neuen Namen: Ich hieß nun Ma Anand Leela, meine Schwester Ma Prem Toshi. Mein Name, Leela, bedeutete ‚play', was sinngemäß bedeuten sollte, dass der Weg der spielerischen Leichtigkeit in diesem Leben mein Königsweg sein würde, der Dreh- und Angelpunkt für Glück, Reife, Erfolg und Scheitern zugleich, je nachdem, wie gut ich meine Aufgaben meistern würde. Diese Namensbedeutung war vollkommen in Ordnung für mich, ich hatte nichts gegen Spaß und Spielen und war froh, dass ich nicht etwas so Langweiliges wie „pure Meditation", „Vorhof des Mondes" oder „stille Freudenträne der Göttlichkeit" bekommen hatte. In unserer Familie gebrauchten wir von jetzt an nur noch unsere Sannyas-Namen, denn auch die Eltern sollten nicht mehr Mami und Papi, sondern nach den Regeln der Sannyasins ausschließlich bei den neuen Namen gerufen werden.

Damit die vielen neuen Schüler Bhagwans auf der ganzen Welt nicht extra nach Indien reisen mussten, um ihre Mala in Empfang zu nehmen, wurden in den verschiedenen Sannyas-Centern regelmäßig große Einweihungs-Feste abgehalten. So geschah es nun auch mit uns. Wir würden nach Zürich fahren, wo sich das größte Sannyas-Center der Schweiz befand. Unser Termin würde der 15. August sein, ein Datum, dem ich jetzt entgegenfieberte wie keinem anderen Datum jemals zuvor. Ich wusste: Wenn man Sannyas nimmt, beginnt ein neues Leben. Der 15. August würde von nun an also mein neuer Geburtstag sein. Alles vor diesem Datum würde nur eine Art Vorlauf gewesen sein zu meinem neuen, wahrhaftigen, echten Leben.

Endlich war der Tag da. Es war ein Samstag. Ich hatte die ganze Nacht kaum geschlafen. Schon in aller Hergottsfrüh zog ich meine rote Pluderhose an, die meine Mutter genäht hatte, sowie einen farblich sich böse mit der Hose beißenden, doch letztendlich ebenfalls roten Plüschpulli. Dazu sang ich: „Rot, rot, rot sind alle meine Kleider. Rot, rot, rot, ist alles was ich hab‘!“

Ich war ja so gespannt! Von nun an würde ich nur noch rote Kleider tragen.

Nach dem Frühstück, bei dem ich kaum einen Bissen herunterbekommen hatte, setzte sich unser Vater mit meiner Schwester und mir ins Auto und hielt Kurs auf Zürich. Es war heiß, mein Vater kurbelte das Fenster herunter und drehte das Radio so laut, dass man trotz des starken Fahrtwinds den singenden Cat Stevens noch immer gut verstand. Die ländliche, leicht güllig riechende Sommerluft wirbelte in meinen Haaren. Unterwegs hielten wir an der Autobahnraststätte Würenlos, wo wir zur Feier des Tages jede einen Mövenpick-Eisbecher bekamen. Also so einen richtigen Eisbecher aus der Coup-Karte. Das machten wir sonst nie! Auch mein Vater war sichtlich freudig erregt. Was für ein Ereignis! Zu diesem speziellen Datum war nämlich Arup aus Indien angereist, um Sannyas zu geben, eine persönliche Assistentin Bhagwans und somit semi-heilige Person. Das war eine einzigartige Gelegenheit und der Termin für unsere Initiierung folglich unaufschiebbar, obwohl meine Mutter an diesem Wochenende „auf einer Gruppe“ war und nicht dabei sein konnte.

Unsere ‚Sannyas Celebration‘ – die Einweihungsfeier – fand in einer gemieteten Stadthalle statt. Das Gebäude war riesig und sah aus wie ein Amt. Wir stiegen die steinerne Treppe hinauf in den ersten Stock, wo eine überdimensionale, schwere Flügeltür offenstand, die zunächst in einen Garderobenbereich führte. Musik, Stimmengewirr und Lachen drangen heraus. Wir gaben unsere Jacken ab und gingen einen langen Flur entlang, an dessen Ende man den Eingang zur Halle sah. Auf einmal fühlte ich mich wie in einem Bienenstock. Wo kamen nur die ganzen Leute her! Staunend krallte ich mich in den Ärmel meines Vaters, der alle naselang jemanden umarmend begrüßte, meistens Frauen. Kannte er die alle? Alle lächelten mich an, als wüssten sie längst, wer ich war. Es war fast ein bisschen unheimlich.

Ich sagte, „wer isch das, Papi?“, doch da waren sie auch schon wieder weg.

Dann traten wir ein. Feuchtwarme Luft schlug uns entgegen. Bis zu diesem Tag hatte ich so etwas noch nie gesehen: Die Halle, groß wie ein Fußballfeld, war proppenvoll mit Menschen, die alle rote Kleider und eine Mala um den Hals trugen. Einige Frauen trugen als Rock einfach nur ein Tuch und oben rum einen Bikini. Die meisten hatten lange Haare, auch viele der Männer. Total verrückt! An den Seiten waren Tische aufgereiht, die als Buffet fungierten. Auf einer erhöhten Bühne an der hinteren Seite der Halle spielte eine ebenfalls rot gewandete Band. Davor wogte die Menge in, wie ich vermutete, Ekstase, jedenfalls außer Rand und Band. Einige Erwachsene tobten so wild herum, dass der Schweiß in Strömen floss und ihre Kleider dunkle, teils tellergroße Flecken zeigten. Vereinzelt entdeckte ich Kinder, die zwischen den stampfenden und hüpfenden Beinen Fangen spielten, auch sie in Rot und mit winzigen Malas. Ich wusste gar nicht, wo ich zuerst hinsehen sollte. Eins musste man gelten lassen: hier war auf jeden Fall eine super Stimmung!

Meine Schwester und ich umklammerten die Hände unseres Vaters, um in der Menge ja nicht verloren zu gehen. Wie hätte man sich hier auch jemals wiederfinden sollen? Die Leute sahen ja alle gleich aus!

Irgendwann verstummte die Band, und wie auf ein geheimes Signal ließen sich alle zu Boden sinken. Einige Wenige hatten kleine Kissen dabei, die meisten hockten sich einfach aufs nackte Parkett. Auch unser Vater setzte sich, wir neben ihn. Ich sah mich um. Die Sannyasins schlossen die Augen, versenkten sich andachtsvoll und wurden plötzlich ganz still. Endlich konnte man mal nach vorne sehen. Dort saß nun, auf einem dicken, weinroten Kissen, eine ältere Frau mit kurzen grauen Haaren im Schneidersitz, mit geschlossenen Augen in sich hineinlächelnd.

„Das isch'd Arup!“ flüsterte mein Vater, also die Quasi-Heilige.

Links und rechts wurde sie flankiert von schönen Frauen mit vielen Haaren, überdimensionalen Blumensträußen in meterhohen Vasen sowie trotz des hochsommerlichen Tages zwei riesigen, hüfthohen Kerzen, die leise flackerten. Auf dem Boden vor Arup lag ein zweites Kissen, welches zunächst unbesetzt war. Die Band spielte nun eine ruhige, ernste Musik, zu der sich die Sannyasins sachte wiegten. Hier und da wurde andächtig mitgesummt: *Fly, fly high, from the earth, touch the sky!*

Verstohlen sah ich mich um. Diese Klänge hatten offenbar eine ganz erstaunliche Wirkung auf manche, jedenfalls kam mir der Gesichtsausdruck des einen oder anderen plötzlich besorgniserregend debil vor. Vorsichtig schielte ich zu meinem Vater. Wenigstens der riss sich noch zusammen. Er schaute relativ normal und schien einfach nur abzuwarten. Nach einer Weile hörte die Musik auf, und ein Tonband wurde gespielt.

Ich wusste, dass dies die Stimme von Bhagwan war. Man erkannte sie daran, dass er sehr langsam sprach, wie eine Kassette, die zu lange im Auto in der Sonne gelegen hatte. Die Konsonanten sprach er sehr weich. Die S-Laute zog er zudem noch extra in die Länge, als kämen sie von weit her geflogen. Zwischendurch entwichen ihm glucksende Laute, die mir gut gefielen. Ich mochte die Stimme, sie klang freundlich und vertrauenserweckend. Allerdings fand ich, Bhagwan hätte ruhig einen Zahn zulegen können. Aber meine Eltern hatten mir bereits erklärt, dass Bhagwan absichtlich so langsam spreche – nicht nur, weil er als Erleuchteter nicht länger den Beschränkungen von Raum und Zeit ausgesetzt war, sondern weil Zeitlupenmodus auch ein Instrument war, um seine Zuhörer in Meditation zu führen. Denn zwischen jedem Satz gab es lange Momente der Stille. Und diese Pausen waren das eigentlich Essentielle an seinen Vorträgen – Augenblicke des Innehaltens, der Ruhe, der leeren Luft. Diese Momente waren es, die Bhagwans Worten ihre transformierende Wirkung verliehen, ungefähr so, wie ja auch erst die Löcher im Käse den Emmentaler machen.

Bhagwan jedenfalls hatte mehr als genug Mut zur Lücke. Ich gähnte. Wie lange sollte das jetzt wohl so weitergehen? Vorsichtig sah ich mich um, wie sich die anderen Kinder verhielten. Die saßen jetzt zwar auch, schnitten sich jedoch Grimassen oder machten irgendwelchen anderen Blödsinn, den die Erwachsenen entweder stoisch hinnahmen oder aber gar nicht mitzubekommen schienen. Ein Mädchen mit roten Haaren in ungefähr meinem Alter sah neugierig zu mir herüber.

Plötzlich wurde ein Name aufgerufen. Ich bemerkte, dass Bhagwans Stimme schon seit einigen Momenten verstummt war. Ein Mann erhob sich aus der Menge und ging nach vorne, um auf dem großen Kissen vor Arup Platz zu nehmen. Ich hielt die Luft an. Der traute sich was! Arup sagte etwas zu ihm, und ich sah, wie er ihr den Kopf zuneigte. Da drückte sie ihm ihren Daumen auf die Stirn und hängte ihm mit der anderen Hand eine Mala über den Kopf. Im gleichen Moment setzte tosend die Musik ein, und alle jubelten wie auf Kommando los. Erschrocken blickte ich umher. Einige Sannyasins standen schon wieder auf und begannen, sich im Takt der Musik zu bewegen oder zu schütteln. Die konnten aber auch wirklich nicht genug kriegen! Manche fuchtelten wild mit den Armen in der Luft herum und schüttelten den Kopf, als wären sie von allen guten Geistern verlassen. Der Mann vorne bei Arup seinerseits war sichtlich gerührt. Auch sonst schien eine Menge zu passieren bei ihm, denn auch er hob jetzt die Arme in die Luft, legte den Kopf in den Nacken und schwang sanft hin und her, wie eine Pusteblume im Wind. Lachte oder weinte er? Oder beides zugleich?!

Es war wirklich hochinteressant. Dann beruhigte er sich langsam und endete in einem feierlichen Namasté, dem indischen Gruß mit den aneinandergelegten Handflächen. Er erhob sich und ging wieder nach hinten auf seinen Platz.

Nahtlos wurde sogleich ein weiterer Name aufgerufen, und ein neuer werdender Sannyasin nahm Platz auf dem großen Kissen. So ging es weiter, Mann um Frau, bis am Ende unsere Namen fielen. Ich hatte zwar Angst davor, nach vorne zu müssen, fand es aber trotzdem komisch, dass wir so lange warten mussten. Auf der Post oder auf Behörden durfte man mit Kindern immer als erstes, manchmal auch an der Supermarktkasse. Aber bei den Sannyasins war das anders, da kamen Kinder immer erst am Schluss oder auch einfach gar nicht dran, wie ich noch zur Genüge würde feststellen müssen.

Ich war während des Wartens langsam ziemlich nervös geworden. Musste ich diesen ganzen Zinnober etwa auch bieten? Ich wusste doch gar nicht richtig, wie das ging! Aber jetzt war es zu spät für einen Rückzieher. Es wurde etwas ins Mikrofon gesagt, das ich nicht verstand. Was? Schon schob mich mein Vater nach vorne. „Jetzt ihr!“, nickte er mir ermunternd zu.

Also stand ich todesmutig auf. Um mich brauste alles, als ich mich mit meiner Schwester an der Hand durch die tanzenden und zuckenden Beine nach vorne kämpfte. Das Kissen war mit Samt bezogen, sehr weich und riesig, sodass wir zwei Spargel locker Platz darauf fanden. Arup lächelte uns an und sagte etwas. Doch es war sehr laut um uns herum, außerdem sprach sie Englisch.

„Was?“, fragte ich.

Doch sie lächelte einfach weiter und hängte mir, schneller als ich gucken konnte, meine neue Mala um. Die Leute rundherum waren darüber offensichtlich tief bewegt oder begeistert, je nach Temperament. Die Musik wurde noch lauter. Dann war auch schon meine Schwester dran. Bekamen wir nicht den Daumen? Arup lächelte und redete wieder irgendetwas auf Englisch. Abwartend blieben wir auf dem Kissen sitzen, bis Arup noch mehr lachte und eine ihrer Begleiterinnen uns freundlich auf Deutsch erklärte, wir könnten nun wieder nach hinten gehen.

Als wir aufstanden, applaudierten alle, und ich hatte das Gefühl, etwas sehr Wichtiges sei passiert. Ich weiß auch nicht warum, aber auf einmal freute ich mich wie Harry, fast mehr als an Weihnachten. Mein Vater stand hinten und hüpfte jetzt genauso herum wie die meisten anderen. Wir zeigten ihm unsere Mini-Malas, und auch er freute sich diebisch. Dann tanzte er weiter, und ich merkte instinktiv, dass man da lieber nicht weiter störte. Suchend sah ich mich nach den anderen Kindern um. Da kam das Mädchen von vorhin mit den roten Haaren zu mir gerannt, nahm meine Hände und tanzte wild mit mir im Kreis herum. „Jetzt bisch eini vo üüs!“, schrie sie, um die Musik zu übertönen.

Nach den vergangenen Monaten ging mir das runter wie Öl. Endlich gehörte ich wieder irgendwo dazu! Plötzlich ließ sie mich los, klatschte mich auf den Arm, rief „du bisch!“ und lief geschickt zwischen den zappelnden Beinen davon, auf dass ich sie finge.

* * *

Meine Sannyas-Feier hatte mich schwer beeindruckt. Ich war absolut froh, nun auch zu denen zu gehören. Die Sannyasins waren freundliche Menschen und verstanden es auf jeden Fall, Spaß zu haben. Vor ihnen musste man keine Angst haben. Bhagwan selber hingegen war mir immer noch fremd. Ich fand ihn auf den Bildern mit seinem bohrenden Blick und dem langen Bart eher bedrohlich. Doch das würde sich sicherlich noch geben.

Bald darauf eröffnete auch in Bern ein kleines Sannyas-Center, wo sich die Sannyasins vor Ort regelmäßig zum Meditieren, Plauschen und Feiern trafen. Mindestens einmal in der Woche fuhren meine Eltern dorthin, meistens am Freitagabend zur Kundalini Meditation. Die „Kundalini“ war eine der klassischen von Bhagwan entwickelten aktiven Meditationen, die sich in vier Phasen unterteilte. Jede Phase dauerte fünfzehn Minuten und wurde von entsprechender Musik begleitet.

Während der ersten Phase sollte man seinen Körper schütteln, um die ‚Kundalini-Energy‘, die Lebensenergie des ersten Chakras, zu mobilisieren. In der zweiten Phase wurde diese Energie durch Tanzen zum Ausdruck gebracht und transformiert. Derart physisch ausgeglichen folgte in der dritten Phase stilles Sitzen und Meditieren, und in der vierten Phase durfte man sich liegend erholen von den ganzen Strapazen. Hin und wieder sahen meine Schwester und ich uns das Spektakel an, doch war es immer das Gleiche und zudem aus dem heimischen Hobbykeller hinlänglich bekannt.

Also saßen wir, während die Erwachsenen oben im gemieteten Seminarraum meditierten, in der unten gelegenen Beiz, dem „Teestübli", und machten Hausaufgaben oder lasen ein Buch. Das Teestübli war eine alternative Kneipe, in der es vegetarische Speisen gab und nahezu bissresistente Backwaren, in denen so wenig Zucker enthalten war, dass sie in ihrer ganzen Ungenießbarkeit schon wieder interessant schmeckten. Meine Schwester und ich tranken literweise Hollersirup, der als Spezialangebot für Kinder besonders billig und außerdem sehr süß war. Ich stellte mir immer vor, dass die Leute vom Teestübli allen Zucker, den sie sich an den übrigen Gerichten sparten, in den Kindersirup mischten, weil sie genau wussten, dass Kinder anspruchsvoll waren und sich nicht so leicht verarschen ließen; wenn es eklig schmeckte, würden die das Zeug einfach nicht trinken, im Gegensatz zu den meisten Erwachsenen, die als Opfer ihrer guten Kinderstube glaubten, alles Eklige sei gesund sowie andersrum.

Nach der Kundalini kamen alle nach unten, um ‚eis z'zieh' – etwas zu trinken –, einem weiteren Körnergericht eine Chance zu geben und um zu ‚Sharen', also sich auszutauschen. Irgendwann kapierte ich, dass sie damit einfach nur anstrengendes Reden meinten. Diese Stammtischsituation war der erfreulichste Teil des Abends für uns Kinder, und, so vermutete ich, auch für die Erwachsenen, ähnlich wie der Sonntagsbraten nach der Kirche.

Die Gespräche der Sannyasins waren auf jeden Fall viel interessanter als die der normalen Erwachsenen.

Sie pflegten Tacheles zu reden und schreckten auch vor wüsten Worten nicht zurück. Immer wieder Stoff für stundenlange Diskussionen am runden Tisch bot der Themenkreis Liebe, Sex und Zärtlichkeit sowie sämtliche sich daraus speisenden weniger schönen Nebenprodukte der menschlichen Gefühlswelt. Als zweites großes Diskussionsfeld dienten therapeutische Prozesse und selbsterfahrende Erlebnisse, wie etwa, dass ihnen etwas klar- oder bewusst geworden oder eben auch wieder „hochgekommen" war. Ich lauschte all dem gespannt und staunte, was einem als Erwachsener so alles zustoßen konnte, ohne dass viel passierte. Ich nahm mir fest vor, in meinem eigenen Leben sämtliche sich eventuell anbahnenden problematischen Schlüsselsituationen schon im Vorfeld gleich im Keim zu ersticken.

Bemerkenswert war auch, dass die Sannyasins ungemein und ständig auf ihr eigenes Wachstum bedacht waren, im Gegensatz zu den anderen Erwachsenen, die in der Regel mit ihrem „Er-Wachsen" ja ausgewachsen waren und nie wieder über Reifungsprozesse oder ähnliches sprachen, zumindest nicht jenseits ihres Gartens und schon gar nicht im Hinblick auf die eigene Person.

Einzigartig war zudem, dass ich mich als Kind jederzeit in die Gespräche der erwachsenen Sannyasins einmischen konnte. Sie betrachteten mich offenbar als gleichwertig, hörten mir zu und gaben mir bereitwillig Auskunft. Gerne alberten und witzelten sie auch mit mir herum, was deutlich unterhaltsamer war als die „Gasch gärn i'd Schuel?"-Gespräche, die normale Erwachsene mit uns Kindern zu führen pflegten. Ich fühlte mich ernst genommen und geschmeichelt. Wenn sie zu lange über ihren Meditationskram quatschten, klinkte ich mich einfach aus. Dem konnte ich nun wirklich nichts abgewinnen. Auch das war in Ordnung, dann ließen sie mich einfach in Ruhe mit meinem Malbuch oder meiner Lektüre. Ich fühlte mich wohl.

Einige Monate ging es so dahin. Seit meiner Sannyas-Feier trug ich ausnahmslos rote Kleidung. Ursprünglich waren die Sannyasins orange gekleidet gewesen, wie alle Schüler eines spirituellen Meisters in Indien.

Dann hatte Bhagwan beschlossen, dass seine Sannyasins Rottöne tragen sollten, die Farbe der Liebe, der Provokation, der Kraft, des pulsierenden Lebens – der Morgenröte, des Tagesanbruchs, der Geburt des Zeitalters des sogenannten *New Man*. Ich fand's gut. Wie sonst sollte man merken, dass wir besonders waren? Kurz nach meiner Zürcher *Sannyas* Initiation ging meine Mutter mit mir in die Drogerie, und ich suchte mir im Regal mit den Textilfarben einen Rotton aus. Zu Hause warfen wir alle Kleider von der Jeans bis zur Unterhose in die Waschmaschine. Eine Stunde saß ich vor der Maschine wie beim Ostereierfärben vor dem kochenden Farbtopf und wartete gespannt, was mir das Ende des Waschgangs bescheren würde. Da es zu jener Zeit wenig rote Kleidung zu kaufen gab, wurde „Färben" zu einem regelmäßigen Bestandteil unseres Lebens. Die große Vielfalt der käuflichen Textilfarben versuchte offensichtlich darüber hinweg zu täuschen, dass man keinerlei Einfluss auf das Farbergebnis hatte, jedenfalls stellten sich diese Färb-Aktionen zunehmend als eine Art Lotterie heraus; welche Farben die eigene Garderobe am Ende haben würde, wusste Gott allein. Aber mir war's egal. Ich trug von nun an nur noch Rot, auch wenn das bisweilen Lila, Schweinchenrosa oder Rost- bis Kackbraun bedeutete.

Ich bemühte mich, einen Mittelweg zwischen der Solidarität zu meinen Eltern und dem dörflichen Alltag zu finden, was nicht immer einfach war. Ich versuchte, meinen Eltern das Sannyas-Kind zu sein, das sie sich vermutlich wünschten, und hätte gleichzeitig alles dafür getan, um mich weiterhin in der dörflichen Normalität und Unsichtbarkeit auflösen zu können. Einige Kinder und ihre Familien behandelten mich weiterhin, als sei nichts passiert, andere hingegen wollten nichts mehr mit mir zu tun haben und schrien mir über die Straße Fick-Schimpfwörter zu. Immerzu hoffte ich, dass meine Eltern sich ruhig und brav verhielten, um diese bösen Zungen nicht noch extra zu beflügeln. Ich sah mich schlichtweg nicht in der Lage, meine Eltern für Dinge zu entschuldigen, die ich selber nicht verstand.

Ein schwieriger Punkt zwischen meinen Eltern und mir blieb in jenen Monaten der Besuch der örtlichen Sonntagsschule. Aus Sicht meiner frischgebackenen Sannyas-Eltern war das eine teuflische Veranstaltung, in der hinter angeblich kindgerechter Fassade aus Vorlese- und Singstunde der reine Geist des Kindes mit bedenklichem christlich-konservativem Gedankengut indoktriniert wurde, um auf diese hinterrückse Weise spätere ängstliche und unmündige Gesellschaftssklaven heranzuzüchten. Doch schickten sämtliche Eltern des Dorfes ihre Kinder in die Sonntagsschule, vor allem vermutlich deshalb, um sich selbst dadurch ein paar kindfreie Stunden zu verschaffen. Nur ich musste das nicht, im Gegenteil, ich durfte nicht.

Dabei liebte ich die Sonntagsschule und litt geradezu unter diesem Verbot. In der Sonntagsschule bekam man aus der Bibel vorgelesen, einem endlos dicken Buch mit spannenden Geschichten von früher, die außerdem alle tatsächlich passiert waren. Der Held der Geschichten war meistens Jesus, in den ich schon seit der Kindergartenzeit heimlich verliebt war. Neben dem Vorlesen sangen wir noch Lieder aus einem Gesangsbuch, und jede Stunde gab uns die Lehrerin ein Thema, zu dem wir ein Bild malen sollten: Jesus beim Brotteilen, Jesus beim Übers-Wasser-Gehen, Jesus mit seinen Jüngern beim Z'nacht. Meine Bilder wurden immer sehr gelobt, worauf ich sehr stolz war. Alle Kinder kamen an meinen Tisch, manche bewundernd, manche neidisch, ich kam mir vor wie eine Prinzessin. Und hier sollte ich nicht mehr hindürfen?! Abgesehen von dem Spaß, der mir damit entging, waren die Sonntagvormittagsstunden ohne die Sonntagsschule die langweiligsten der Woche: meine Eltern lagen bis Mittag im Bett, die Quartiersstraße war wie leergefegt. Niemand zum Spielen weit und breit. Einige Male rang ich meinen Eltern noch eine Ausnahme ab, einige wenige Male ging ich heimlich hin. Doch letztendlich trieb mich mein schlechtes Gewissen dazu, diesen in Wahrheit perfiden Christentummanipulationseinheiten fern zu bleiben. Ein Sannyasin tat so etwas nicht.

Zwar hatte Bhagwan nichts gegen Jesus Christus, im Gegenteil, er sprach oft von ihm, wie auch von vielen anderen Erleuchteten. Das Christentum jedoch als die abendländische Institution, wie sie heutzutage bestand, lehnte er entschieden ab. Bhagwan sagte, Jesus würde sich im Grab umdrehen, wenn er wüsste, was die Menschheit in seinem Namen so alles veranstaltete. Trotzdem war es nun wohl an der Zeit, meine Fokussierung von Jesus auf Bhagwan zu verlegen. Das war gar nicht so einfach, immerhin war Jesus den Büchern nach ein schöner junger Mann gewesen, Bhagwan hingegen älter als mein Großvater. Allerdings, argumentierte meine Mutter, biete Bhagwan einen ganz entscheidenden Wettbewerbsvorteil: er lebte. Und Jesus nicht.

Mein Fehlen in der Sonntagsschule stieß nicht überall auf Zustimmung.

„Du, Brigittli, chunnsch jetzt gar nümme?“[9], fragte mich die unterrichtende Lehrerin, als ich sie einmal auf der Straße traf.

Ich sah die Sorge in ihrem Gesicht, mit der sie mich hoffnungslos im Sektensumpf versinken sah. „Nei“, erklärte ich ihr, „mir sind jetzt Sannyasins.“

Sie nickte verlegen. „Aber gäll, Brigittli, bätte duesch scho no jede Tag vor em Schlafe“[10], und jetzt nickte ich verlegen. Denn eigentlich hätte ich das ja jetzt auch nicht mehr tun dürfen.

Aber Beten war so etwas wie ein gratis Frei-Wunsch beim lieben Gott, ganz ohne Bezahlen oder sonstige lästige Verpflichtungen. Das war nur bei ihm so und sonst fast nirgends im Leben, wo man für alles, was man bekam, immer etwas zurückgeben musste. Logisch, dafür war er schließlich der liebe Gott, und nicht der doofe Gott! Bei aller Solidarität

9 Du, Brigittli, kommst du jetzt gar nicht mehr?

10 Aber gell, Brigittli, beten tust du schon noch jeden Tag vor dem Schlafengehen?

mit dem alten Bhagwan – ich dachte gar nicht daran, dieses Privileg einfach so aufzugeben.

Ich begann, mich an mein neues Leben zu gewöhnen. Eigentlich hatte sich ja gar nicht so viel verändert. Wir trugen nun Rot und meine Eltern hatten ein paar komische neue Freunde, na und.

Doch es kam ganz anders. Nur wenige Monate später nämlich düste mein Vater kurz entschlossen schon wieder ab nach Indien, dieses Mal völlig ohne Anlass oder auch nur Vorwand. Er wolle einfach wieder in den Ashram. Schneller als ich gucken konnte war er verschwunden. Ich nahm mir vor, meiner Mutter zuliebe tapfer zu sein. Wir verbrachten sogar Weihnachten ohne ihn, als quasi saisonale, also indische Besonderheit mit am Boden gedecktem „Tisch". Meine Schwester und ich hatten uns das so gewünscht, da wir auch einmal sehen wollten, wie man so lebt in Indien. Ich versuchte zu verstehen, wieso mein Vater Indien so toll fand. Ich fand „am Boden essen" schon auch lustig und toll, aber so toll dann auch wieder nicht. Trotzdem war Heiligabend am Ende doch nicht so traurig, wie ich befürchtet hatte. Mein Vater war geistig präsent, er hatte mir sogar ein Päckchen hinterlassen mit einem sogenannten Baski. Der Baski war eine Holzpuppe mit echtem Kaninchenfell auf dem Kopf, die unter der Schweizer Jugend damals sehr populär war und die ich mir sehnlichst gewünscht hatte. Über den Baski gab es zahlreiche mit künstlerischen Foto-grafien gestaltete Bilderbücher, die sich ausnahmslos in freier Natur abspielten und, ebenfalls ohne Ausnahme, von Frieden, Freude, Eierkuchen handelten. Außer dem Baski selbst spielten in seinen Abenteuern nur die vier Elemente und ein paar Wildtiere mit. Dementsprechend waren auch Handlung, Botschaft und Moral der Geschichten stets friedlich, freundlich, klar und rein, und damit, vor allem, hundertprozentig vorhersehbar. Das war genau meine Welt. Ich wünschte, mein Leben spielte im Baski-Universum.

***

Als mein Vater irgendwann im grauen neuen Jahr zurückkam, kühlte das Verhältnis zwischen meinen Eltern weiter ab. Mein Vater zog ins Gästezimmer. Wenn sie sich mal unterhielten, geschah das im besten Fall in gereiztem, im schlechteren in deutlich überzimmerlautstarkem Ton. Ich wusste nun langsam wirklich nicht mehr, was ich noch tun sollte. Ich sah das Ende kommen und konnte es doch nicht aufhalten. Irgendwann im Frühjahr erklärten meine Eltern, sie würden sich scheiden lassen. Für mich brach eine Welt zusammen. Ich kroch unter meine Bettdecke, hielt die Luft an und hoffte, irgendwann aufzuwachen aus dem Alptraum. Ich verstand einfach nicht, wie es dazu hatte kommen können. Deshalb waren wir doch zu Bhagwan gegangen, damit er uns erklärte, wie man besser zusammenlebte! Und das sollte nun das Ergebnis sein? Warum hatten meine Eltern nicht aufgehört mit dem Streiten, das hatte ihnen Bhagwan doch sicher geraten?

In dieser Sache aber ließen sie nicht mit sich reden, das wurde mir schnell klar. Ich merkte, dass sie uns Kindern gegenüber ein schlechtes Gewissen hatten, aber das änderte nichts an ihrem Beschluss. Oh doch, die Entscheidung mit Bhagwan sei auf jeden Fall die richtige gewesen, denn mit seiner Hilfe hatten sie erkannt, dass sie eigentlich gar nicht zusammenpassten: Sie gingen sich auf den Keks, hatten unterschiedliche Freizeitinteressen (er Berge, sie Familie) und die Chemie stimmte auch nicht mehr. Das Leben aber sei zu wertvoll, um unter selbst auferlegten Umständen zu leiden. Vielmehr solle man jeden Augenblick im Hier und Jetzt genießen. Alles andere sei ein Drücken vor der Verantwortung dem eigenen Leben gegenüber. Der persönliche Reifeprozess erfordere eben manchmal drastische Entscheidungen. Außerdem sei es überhaupt kein Drama, wenn eine Familie nicht funktioniere, denn, so lehre Bhagwan, rigide Konstrukte wie die Kleinfamilie und Ehe seien ohnehin eine gesellschaftliche Illusion, die gar nicht funktionieren könne. Voilà. Also ginge man mit dem ‚Flow‘ und setze dem Übel ein Ende. Wir lassen uns scheiden.

Scheidung war eine große Sache damals. Ein Wort, das man nur mit vorgehaltener Hand und angehaltenem Atem flüsterte, böse, dunkel und zerstörerisch wie ein Fluch oder der Tod. Mal wieder waren wir Skandal-Thema Nr. 1 im Dorf. Leise verzog ich mich in mein Zimmer zu meinen Büchern. Zu dieser Zeit war ich endlich soweit, fließend lesen zu können und saugte alles in mich auf, was ich in die Finger bekam. Ich versank so komplett in den Tiefen meiner Bücher, dass ich manchmal kaum noch unterscheiden konnte, wer, was und wann ich nun eigentlich war. Bisweilen waren mir die Charaktere meiner Romane näher als meine eigene Familie.

Manche Bücher begann ich nach dem Auslesen gleich wieder von vorne, um mich nicht von den lieb gewonnenen Begleitern trennen zu müssen. Es beruhigte mich zu wissen, dass ich beispielsweise auf Seite 248 immer wieder Heidis Rückkehr auf die Alm oder auf Seite 35 den Kräuterkuchen von „Hörbe mit dem großen Hut“ würde finden können.

Die Ereignisse folgten nun Schlag auf Schlag. Mein Vater bezog eine kleine Souterrain-Wohnung am Rand von Thun. Eigentlich war es ein richtiges Loch, und ich hasste es, ihn dort leben zu sehen. Ich hatte nach wie vor keinen Schimmer, was denn eigentlich passiert war – ich dachte, wir hätten den ganzen Bhagwan-Zinnober auf uns genommen, um unsere Familie zu retten. Nun erkannte ich bitter, dass dem gar nicht so war – vielmehr hatten meine Eltern das alles veranstaltet, um sich am Ende doch zu trennen. Das ganze Bhagwan-Zeugs blieb trotzdem. Ich fühle mich ziemlich verarscht.

Nachdem mein Vater ausgezogen war, durchlief eine Reihe von Untermietern unser Haus. Sie alle blieben nicht lange; jeder hatte seine ganz eigene, individuelle Macke mit der einzigen Gemeinsamkeit, dass sie alle Sannyasins waren. Am längsten blieb leider eine Freundin meiner Mutter, die ich gleichzeitig als die Schlimmste empfand. Sie brachte ihren Sohn mit, einen verzogenen kleinen Drecksbengel von vier Jahren, der meine Bücher zerriss und meine Schwester haute, die zwar größer war als er, aber nicht so gut im Futter stand und sich vermutlich aus diesem Grund, sehr zu meinem Ärger, nie wehrte. Wiederholt bekam ich von seiner Mutter eine gescheuert, weil ich versuchte, eins von beiden gegen den kleinen Fettsack zu verteidigen. Die Frau hatte sich zudem allein schon deshalb meine Antipathie eingefangen, weil sie mich in ihrer ostentativen, fast aggressiv zur Schau getragenen Weiblichkeit geradezu abstieß. Ich war weiß Gott nicht bieder erzogen worden, doch täglich mit ihrem üppigen Schamhaar und ihren spitzen Brüsten konfrontiert zu werden, bloß weil sie so „natürlich" unterwegs war, konsequentest nackt vom Bad in das von ihr annektierte Gästezimmer zu schlendern, war einfach mehr, als ich ertragen konnte. Zu meinem Entsetzen stellte ich fest, dass sich meine Mutter unter dem Einfluss unserer Invasorin ebenfalls zunehmend „befreite". Offensichtlich war sie fest entschlossen, sich von nun an voll auszuleben, auch und gerade in ihrem Frausein. Na dann prost Mahlzeit. Ich versuchte, nicht hinzusehen, und senkte den Blick in meine wenigen noch intakten Bücher.

Ich fühlte mich zunehmend fremd in meinem eigenen Leben.

* * *

Die Höhepunkte der damaligen Zeit waren die Wochenenden, die wir alle vierzehn Tage bei unserem Vater verbrachten. Genau genommen hatten wir nun sogar mehr Zeit mit ihm als zuvor, ja er mutierte zu einem echten Traumvater. Wenn wir bei ihm waren, „kochte" er reihum unsere Leibspeisen: Toast Hawaii, Milchreis und Ravioli aus der Dose von Migros. Außerdem war er schon aus eigenem Interesse stets großzügig mit Schleckzeug. Um die plötzliche große Menge an gemeinsamer Zeit kindgerecht zu füllen, ging er mit uns ins Heimatmuseum, zum Schlittschuhlaufen, ins Kino und in den Zirkus. Stundenlang erklärte er uns dies und jenes und ließ mich sogar an seiner Stereoanlage herumdrehen, zumindest so lange, bis sie nicht mehr lief. Im Auto durfte ich von nun an vorne sitzen, obwohl ich noch lange keine 12 war. Neuerdings hörte er grundsätzlich laut Musik, wenn er Auto fuhr, die Beatles, Cat Stevens oder Supertramp.

Im Großen und Ganzen lebte mein Vater weiterhin das Sannyas-Leben, für das er sich entschieden hatte, nur einfach ohne Familie. Wenn er Kinderwochenende hatte, nahm er uns abends einfach mit auf die Sannyas-Veranstaltungen, die gerade anstanden, meistens Konzerte oder Feste. Regelmäßig übernachteten wir bei diesen Gelegenheiten spontan auswärts, auf irgendwelchen Matratzen oder Polstern in irgendeinem Wohnzimmer oder Flur von irgendwem. Mir machte das nichts aus, Hauptsache, wir waren dabei. Wir schliefen in Discotheken, auf Feiern, an Seen, im Auto und sogar in einem Konzert des damals in der alternativen Szene sehr beliebten Harfenspielers Andreas Vollenweider. Letzteres hatte ich freilich nicht geplant, doch das Konzert war so spät, ich so müde und die Musik so öde, dass ich irgendwann einfach nicht mehr ankam gegen den Schlaf. Nach dem Konzert versuchte mein Vater, den Eintrittspreis für meine Karte zurückzubekommen, da ich ja gar nicht zugehört, sondern eben geschlafen habe. Erstaunlicherweise ließ sich das Kassenpersonal immerhin auf eine langatmige Diskussion ein, die jedoch zu nichts führte. Um meinen enttäuschten Vater zu trösten, erklärte ich, keineswegs die ganze Zeit geschlafen, sondern den zum Sterben langweiligen Sound tatsächlich – mit geschlossenen Augen zwar, aber vom Bewusstsein her hellwach – in vollsten Zügen genossen zu haben. Keine Ahnung, ob er mir glaubte, auf alle Fälle aber beruhigte ihn das etwas.

Auf den Streifzügen mit unserem Vater durch die Sannyas-Welt trafen wir neben einem Haufen bunter Menschen stets auch viele aufgeschlossene junge Frauen. Hin und wieder war eine von denen bei uns, also meinem Vater, zu Besuch. Die Frauen waren immer sehr fröhlich und meistens lustig. Sie drehten Sannyas-Musik auf, zu jenen frühen Zeiten meistens miserable Live-Aufnahmen aus Poona, und tanzten ekstatisch im Wohnzimmer herum. Manchmal dachte ich, mein Vater habe nun eine Freundin, doch zwei Wochen später besuchten wir dann doch wieder jemand anderen, nur um das Mal darauf wieder jene von vor sechs Wochen vom Bahnhof abzuholen. Kurz – ich blickte schon lange nicht mehr durch und wartete eigentlich nur darauf, dass bitte endlich alles wieder so werden würde wie früher.

Ende des Sommers verkrachte sich meine Mutter endlich mit ihrer Freundin, die daraufhin schmollend mit ihrem inzwischen noch feisteren Sohn, der mir vorkam wie ein überdimensionaler Kuckuck, der uns monatelang das Futter weggefressen hatte, wieder in die Thuner Eigentumswohnung ihrer Reiche-Schnösel-Eltern zog. So. Die zumindest waren wir los.

Ich wollte gerade aufatmen, da zog meine Mutter das nächste Kaninchen aus dem Sack: Sie habe beschlossen, mit uns in ‚die Kommune' zu gehen.

Ich glaubte, mich verhört zu haben. Die Kommune...?!

Ja. Ja, denn was bliebe ihr nun noch anderes übrig? Mit Giselle hatte es ja nicht geklappt, und sie schaffe das einfach nicht alleine mit uns, sie brauche dringend Unterstützung. In Zürich gab es ja diese große Sannyas-Kommune, das „Gyandip", in der auch andere Kinder lebten. Dort würden wir unsere neue Familie finden.

Spätestens jetzt war ich sicher, dass im Kopf meiner Mutter etwas nicht mehr stimmte. Neue Familie? Wie konnte man denn eine „neue Familie finden", so etwas war doch wohl biologisch bedingt und nichts, das man wechseln konnte wie alte Unterhosen?

Und dann: Wegziehen...? Aus unserem Haus...?! Und: Nach Zürich?!

Zürich, die Stadt der feinen Pinkel, das war für einen Berner fast genauso schlimm wie Deutschland. Ich überlegte, ob meine Mutter vielleicht ausnahmsweise einen Witz machte. Doch ihr entschlossener, todernster Blick ließ keine Zweifel zu. Verzweifelt sah ich meine letzten Felle davon schwimmen. Meine Mutter musste komplett übergeschnappt sein. Das war das Ende. Um diesem existenzbedrohlichen Plan entgegenzuwirken, legte ich den letzten Wutanfall meiner Kindheit aufs Parkett. Schreiend lag ich auf der Küchen-eckbank und hämmerte mit den Fäusten auf das Holz. Ich glaubte, sterben zu müssen – die Vorstellung, nun auch noch unser Haus zu verlieren, überstieg mein Fassungsvermögen.

Meine Mutter jedoch war augenscheinlich ebenfalls am Rande des Nervenzusammenbruchs und ertrug überhaupt keine Widerrede. Wie aufs Stichwort verlor sie sofort die Contenance und behauptete heulend, ihr bliebe ja keine andere Wahl, nachdem unser Vater sie sitzengelassen habe, so ganz allein mit zwei Kindern. Ich merkte, wie hilflos sie war, und schwankte zwischen meinen eigenen Bedürfnissen und dem Pflichtgefühl, eine gute „große" Tochter sein zu wollen. Schließlich rang ich ihr in letzter Verzweiflung das Versprechen ab, meine Katze Mischa mit nach Zürich nehmen zu dürfen. Meine Schwester indes verzog keine Miene. Aber sie war ja auch erst fünf.

Love, life, laughter!

1981 – 1983, Zürcher Kommune (I)

Es war also beschlossene Sache. Das Schuljahr ging zu Ende, meine Mutter meldete mich ab. Während der Sommerferien packten wir.

„Bruuch'sch das no?" fragte mich meine Mutter bei jedem Spielzeug.

Es machte mich fast wahnsinnig. Neben Trennungsschmerz plagte mich schlechtes Gewissen: Nach welchen Kriterien sollte ich denn meine geliebten Puppen und Kuscheltiere aussortieren? War es fair, denjenigen den Vorzug zu geben, die man lieber mochte, und welche Rolle spielte dabei die Herkunft eines Teddys? Durfte man das Kuscheltier von der einen Oma lieber mögen als das der anderen, oder war man vielmehr moralisch verpflichtet, wenn, dann beide wegzugeben?

Die Aufgabe der unfreiwilligen Entrümpelung stellte mich vor schier unlösbare Herausforderungen. Doch die Zeit ließ keinen Raum für große philosophische Fragen. In wenigen Wochen mussten wir unseren gesamten Hausrat von einem gut bestückten Einfamilienhaus auf das Minimum weniger Koffer schrumpfen. Möbel, Geschirr, Spielzeug, Bastelkram, Kleider, Bücher, Papiere, Fotoalben, Ski-, Camping- und Strandausrüstung – you name it. In der Kommune würde für nichts von all dem Raum sein. Wir würden noch nicht einmal ein eigenes Zimmer, sondern lediglich jede eine Schlafstätte haben. Für Sentimentalitäten war da kein Platz.

Meine Mutter war im Stress und wusste schon nicht mehr, wohin mit all dem Gerümpel. Einige wenige wichtige Papiere oder Erinnerungsstücke konnten in Bananenkisten bei unserer Tante in Bern gelagert werden. Der große Rest musste weg. Wir veranstalteten einen Verschenk-Flohmarkt, bei dem wir sämtliche Nachbarn einluden, zuzugreifen, und zu dem vornehmlich Kinder erschienen. Bei den Erwachsenen kam die Aktion weniger gut an – keiner wollte den ausrangierten Kram von den Sektenopfern, als könne man sich dadurch anstecken, und mehr als eine Mutter pfefferte die ungefragt mit nach Hause gebrachten Puppen wutentbrannt wieder zurück auf unser Grundstück. „B'haltet öie Schiißdräck g'fälligscht selber!" brüllte man und empfahl sich.

Plötzlich war der Tag des Umzugs da. Ein Berner Sannyasin mit *Connections* hielt mit einem riesigen Umzugslaster vor der Garage. Ein paar rote Männer beluden das Gefährt. Es herrschte eine hektische Stimmung; meine Mutter drängte, einem unsichtbaren Zeitplan folgend, zur Eile, ja sie gebärdete sich, als wären wir auf der Flucht vor der Pest oder sonst einer tödlichen Gefahr. Mit wehenden Fahnen und schier panikartig verließen wir innerhalb weniger Stunden unser Zuhause.

Ich konnte mir überhaupt nicht vorstellen, dass wir nun nie wieder nach Hause kommen würden. Benommen saß ich in einem weiteren geliehenen, bis unter die Decke beladenen PKW auf der Rückbank, die hysterische Katze mehr oder weniger auf dem Schoß. Wir steuerten Zürich-Höngg an. Die Zürcher Kommune Gyandip war nämlich zweigeteilt: Im urban gelegenen Stadtteil Oerlikon lag das zweistöckige Meditationszentrum, wo sich das gesamte Social Life der Kommunenmitglieder abspielte, und das auch auswärtigen Besuchern zum Meditieren, Feiern, Therapieren, *Connecten* und Essen offenstand, wie etwa den *Outside-Sannyasins.* Denn nicht alle Sannyasins lebten in den weltweit vernetzten Kommunen, der sogenannten *Commune*: Manche hatten zwar Sannyas genommen, behielten jedoch ihren alten Lebensstil in der Draußen-Gesellschaft bei.

Die *Commune-Sannyasins*, die sich beim Kommuneneintritt mit all ihrem Geld, Ersparten und sämtlichen Habseligkeiten „einbringen" mussten, belächelten diese Outside-Sannyasins wegen ihres halbherzigen Sannyastums. Andererseits nahm man ihr regulär verdientes Geld gerne an. In Zürich allerdings nur im offiziellen Kommunen-Teil, eben jenem in Oerlikon.

Der zweite Teil der Kommune, der Wohn- und Schlaf-Teil, befand sich im ländlich gelegenen Vorort Höngg, wo die Sannyasins mit etwa 300 Personen eine kleine Wohnsiedlung bewohnten, die sie ihren Vorstellungen entsprechend umfunktioniert hatten:

In einer der Wohnung im obersten Stock war ein Gemeinschaftsbereich eingerichtet worden, der sogenannte *Living Room*, wo man sich abends auf ein Gläschen, zum Plauschen, Connecten, Sharen und Kuscheln treffen konnte. Die restlichen Wohnungen beherbergten ausschließlich *Spaces*, also Schlafstätten, in denen sich, je nach Zimmergröße, zwei bis vier Personen ein Zimmer teilten. Ein Space bestand aus einer Matratze am Boden und einem Nachttischchen mit hier und da etwas Persönlichem, in der Regel irgendein esoterischer Deko-Gegenstand, eine kleine Kerze oder ein Buch. Zudem hing in jedem Zimmer ein Bhagwan-Bild an der Wand. Der eine oder andere besaß vielleicht noch ein Tonbandgerät, aber das war's dann auch.

Es war kein Platz für mehr, die Leute hatten kein Geld, und, vor allem, war es verpönt, auf irgendetwas so Schnödes wie materielle Güter Wert zu legen. Zweckmäßig standen einzelne Schränke oder Regale in den Zimmern oder auf den Fluren, in denen jeder Bewohner anteilig Regalfläche für Kleidung zur Verfügung hatte. Dasselbe im Bad, wobei Zahnpasta, Duschgel, Shampoo, Seife, Körperlotion und Deo ohnehin für alle die gleichen Produkte waren und vom Putztrupp regelmäßig kontrolliert und aufgefüllt wurden, ebenso Toilettenpapier, Watte, Q-Tips, Desinfektionsmittel, Damenhygieneartikel und ein sehr großzügiger Vorrat an Kondomen.

Trotz der spartanischen Anmutung wirkten die Zimmer freundlich und gemütlich, und ich hatte nie den Eindruck, dass den Leuten, die hier lebten, irgendwas fehlte. Auf sein Space ging man ohnehin nur zum Schlafen. Und es war ja alles, was man wirklich benötigte, vorhanden. Das war eben der Deal: Man opferte allen persönlichen materiellen Besitz der Kommune, dafür erhielt man ein Dach über dem Kopf und spirituelles Wachstum par excellence.

Was klingen mag wie ein Leben im Heim oder einer Strafvollzugsanstalt, fühlte sich für uns an wie eine große Familie. Seine Schmutzwäsche warf man, mit eingenähten Namensschildchen versehen, einfach in den Wäschekorb im Bad, um sie wenige Tage später gewaschen und gefaltet in einem entsprechenden Regalfach in der Wäscherei abzuholen. Bettwäsche und Handtücher landeten wie von Zauberhand frisch gemangelt im Gemeinschaftsschrank. Auch geputzt, gekocht und eingekauft wurde wie von selbst. Zu regelmäßigen Zeiten setzte man sich an den gedeckten Tisch und aufs gereinigte Klo. Wenn man etwas anderes Alltägliches brauchte, zum Beispiel Kleidung, wurde im kommuneninternen Fundus nachgesehen, ob etwas Passendes vorhanden war. Auch dieser Bestand wurde zentral aufgestockt, weshalb keinerlei Grund bestand, jemals ein Draußen-Kaufhaus aufzusuchen – ganz abgesehen davon, dass man als ehrliches Kommunenmitglied ja eigentlich ohnehin kein eigenes Geld mehr hatte. Wer trotzdem etwas Exklusiveres wünschte und zufällig flüssig war, konnte die semi-öffentliche Sannyas-Boutique im Center in Oerlikon besuchen, in der normalerweise vor allem Outside-Sannyasins shoppten.

So gab es eigentlich kaum Anlässe, die einen Besuch der *Outside World* – der Draußen-Welt – notwendig machten. Worüber alle froh waren, denn niemand war scharf auf Interaktionen mit den unbewussten *Outside People*, also *Draußen-Menschen*, die man als ähnlich fremd empfand wie Marsmännchen. Zum Glück konnte man weitgehend unter sich bleiben. Tagsüber arbeiteten die Kommunen-Mitglieder, abends meditierten und aßen sie gemeinsam im Center. Danach konnte man noch in der Bar einen Drink nehmen, oder man fuhr mit dem kommuneninternen Shuttle-Bus – private Fahrzeuge gab es nicht – zurück nach Höngg, wo man vor dem Schlafen im gemeinschaftlichen Wohnzimmer nette Gespräche, ein Gläschen Wein, Musik, Bücher,

Comics oder auch eine unkomplizierte Begleitung für die Nacht finden konnte. Im Fernsehzimmer wartete weitere Unterhaltung. Als Höhepunkt der Woche gab es am Freitag die ‚Music Group', eine Art Party, wo die Leute tanzen und feiern konnten. Es war also nicht nur so, dass man ohne persönliches Geld die eigenen „vier Wände" nur schlecht verlassen konnte. Es gab auch schlicht keinerlei Grund dazu.

Da wir alle eine große Familie waren, war klar, dass Kinder nicht in unmittelbarer Nähe der leiblichen Eltern schliefen, sondern unter sich wohnten, so wie ja auch in Kleinfamilien die Geschwister miteinander ein Zimmer teilen und nicht mit den Eltern. Alle Kommunen-Mitglieder waren gleichermaßen als unsere Eltern zu sehen. Wir durften, nein sollten in kompletter Freiheit und Unabhängigkeit von leiblichen familiären Bindungen aufwachsen. So bewohnten wir Kinder zwei 4-Zimmer-Wohnungen im Erdgeschoss nach dem gleichen Prinzip wie die Erwachsenen: Jeder hatte ein ‚Space' und vielleicht noch einen persönlichen Teddy, der Rest war Gemeinschaftseigentum. Oder hätte es zumindest sein sollen, denn wir Kinder vertraten unsere jeweiligen Besitzansprüche wesentlich resoluter, als die Erwachsenen das wagten, sodass es regelmäßig Streitereien gab:

„Das ist meins!"

„Hier gibt's kein deins!"

„Gib jetzt her, du Arsch!"

Insgesamt waren wir etwa 15 Kinder im Alter von 4 bis 10 Jahren. Zahl und Zusammensetzung unserer kleinen Gruppe schwankten stark, trotzdem gab es einen festen Kern an Kindern, die von Anfang bis Ende dabei waren.

Zu meiner Freude traf ich in Höngg Arjuna wieder, das Mädchen mit den roten Haaren von meiner Sannyas-Einweihung. Wir waren beide im gleichen Alter und damit quasi als Freundinnen vorherbestimmt. Grundsätzlich verlief das Zusammenleben in der *Kids Flat* harmonisch. Da wir keinerlei Kontakt zur Außenwelt hatten, blieb uns auch gar nichts anderes übrig. Wir saßen alle im selben Boot. Wir hatten nur einander. Mehr oder weniger betreut wurden wir jeweils von einer sogenannten *Kids Mama* oder einem *Kids Papa*. Das war irgendwer aus der Kommune, der gerade *Energy* dafür hatte, sprich, der Lust oder Berufung zu diesem Job verspürte. Da wir, irgendwo zwischen grenzenloser Freiheit und Vernachlässigung, alles andere als ein betreuerfreundlicher Haufen waren, musste diese Stelle permanent neu besetzt werden. Manche der Kids Mamas oder Papas hatten wir lieb, andere weniger. Oft gingen leider die falschen, ohne dass wir verstanden hätten, warum eigentlich. Vermutlich hatte das auch gar nicht immer mit uns zu tun, sondern vielmehr damit, dass die jeweiligen Mas oder Swamis einfach fühlten, dass ihre Energy sie nun in eine andere Richtung trieb.

Ohnehin waren die Betreuer zumindest für uns Größeren, also ab etwa sechs Jahren, kaum noch von Bedeutung. Wir verbrachten einen Großteil unserer Zeit unter uns, häufig draußen in Wald, Wiese und Flur unterwegs. Abends um 18 Uhr hatten wir uns in der Garage einzufinden, wo der Shuttle –Bus losfuhr, der uns zum Abendessen nach Oerlikon ins Center fuhr. Manchmal trafen wir bei dieser Gelegenheit unsere Eltern, meistens jedoch nicht. Die reguläre Essensausgabe begann um 19 Uhr und zog sich über den ganzen Abend, wir Kinder jedoch waren schon um halb sieben dran, zu einer Zeit, zu der die meisten Erwachsenen noch arbeiteten oder meditierten. Wenn die arbeitssamen Bienchen dann endlich zum Essen erschienen, war unser brachialer Auftritt zur Erleichterung Aller meist längst erledigt.

* * *

In der Anfangszeit unseres Kommunenlebens litt ich sehr darunter, meine Mutter so selten zu sehen. In den ersten Wochen kam sie noch jeden Abend gegen zwanzig Uhr zum Gutenachtsagen vorbei, doch das legte sich bedauerlicherweise schnell. Als sie das erste Mal nicht kam, geriet ich regelrecht in Panik. War ihr etwas passiert?

Blutüberströmt sah ich sie vor meinem inneren Auge im verunglückten Kommunenbus liegen. Ich konnte mir einfach nicht vorstellen, dass sie aus freier Entscheidung wegblieb, und versuchte verzweifelt, alternative Erklärungen zu finden. Vielleicht musste sie noch arbeiten? Oder war ihr nur etwas anderes dazwischengekommen, und wenn ja, was um alles in der Welt konnte das sein, dass sie darüber uns, ihre Kinder, vergaß? Als meine Not zu groß wurde, überwand ich mich und fragte die Kids Mama, wo denn meine Mutter sei. Bisher hatte ich kaum mit ihr gesprochen. Die Kids Mama meiner ersten Wochen war eine Frau Anfang 20 aus Chur, die von den Kindern heiß geliebt wurde. Sie hatte einen riesigen Busen, auf den sie sehr stolz war, und ein Gesicht wie aus einem Walt-Disney-Film. „Dis Mami? Wieso, die isch doch erscht geschter abig do gsi! Lass ihre halt au emol e freie Aabig!“ gab sie zurück.

Hä? Freier Abend, was sollte das heißen? Wir waren doch keine Arbeit! Meine Mutter kam doch wohl gerne zu uns, wir waren schließlich ihre Kinder, außerdem blieb sie ohnehin höchstens für eine halbe Stunde. Die Kids Mama hatte keinen blassen Dunst. Ich würde mein Problem wohl alleine lösen müssen. Ich sah auf die Uhr. Inzwischen war es neun. Wo blieb sie nur? Ich versuchte, mich selbst zu beruhigen. Bestimmt tauchte sie jeden Moment auf. Fast meinte ich, schon ihre Schritte zu hören. Doch sie kam nicht.

Gegen zehn hielt ich es nicht mehr aus. Zum x-ten Mal ging ich hinüber zu ihrem Space, um nachzusehen, ob sie inzwischen da gewesen war. Doch nichts. Keine Tasche, keine Schuhe, keine Mama. Zuletzt stieg ich die Treppen hinauf in den dritten Stock, zum Living Room, obwohl wir Kinder dort abends eigentlich nicht reindurften. Dort traf ich auf irgendwelche mir völlig fremden Sannyasins, die entspannt und fröhlich plaudernd, trinkend und schmusend auf bodennahen Kissen- und Matratzen-Arrangements beisammensaßen.

„Weisch du, wo mis Mami isch?“ fragte ich jeden, der mir begegnete.

Sie lächelten mich freundlich desinteressiert an und antworteten „Nei, wär isch denn dis Mami?“

Um 23 Uhr war Schicht im Schacht. Ich wusste, dass ich schon längst im Bett hätte sein sollen, und das wusste auch die Kids Mama, die gerade auf ihr Feierabendbierchen im Living Room hereinschneite. „Leela, da bisch du!“ schnauzte sie, „du weisch doch, dass Chind am Aabig im Living Room verbote sind! Und hör jetzt endlich uuf mit dim G'stürm, lass emol dis Mami in Ruhe, du bisch doch keis Baby me! Gang jetzt endlich abe! Bed time!“[11]

Mit schwerem Herzen und flatterndem Magen ging ich ins Bett, nicht ohne vorher noch schnell einen Zettel auf dem Bett meiner Mutter zu hinterlassen, dass sie bitte sofort, unbedingt, dringend bei uns in der Kids Flat vorbeischauen solle.

Den ganzen nächsten Tag verbrachte in Angst und Schrecken. Ich wusste, ich hatte keine Chance, vor dem Abend etwas von meiner Mutter zu hören. Sie war arbeiten, und ein Telefon hatten wir nicht. Aber wenn ihr etwas passiert wäre, hätte ich doch bestimmt davon gehört?

Punkt acht Uhr dieses Abends traf meine völlig gestresste Mutter bei uns ein. „Was isch los? Isch öpis passiert? Wo isch d'Toshi?!“

Mir hingegen fiel ein Stein vom Herzen, sie lebend zu sehen. „Mami, warum bisch geschter nit cho?“ lief ich ihr entgegen, halb heulend, halb vorwurfsvoll.

„Warum, was isch denn passiert?!“

Nein, passiert war nichts. Aber warum war sie denn gestern Abend einfach nicht gekommen? Das war doch so abgemacht und versprochen gewesen?

Gestern? Ach so. Ja, da war sie noch ein wenig im Center geblieben, in der Bar. Nichts Schlimmes.

Aber sie hatte doch versprochen, am Abend zu kommen!, rief ich empört.

---

[11] … du weißt doch, dass Kinder am Abend im Living Room verboten sind! Und hör jetzt endlich auf mit dem Gejammer, lass einmal deine Mami in Ruhe, du bist doch kein Baby mehr! Geh jetzt endlich runter!

Meine Mutter seufzte etwas ratlos – sie wusste natürlich, dass man Versprechen halten musste, das hatte sie mir ja selbst eingebläut, wenn auch eher für den umgekehrten Fall.

Doch noch bevor sie etwas entgegnen konnte, fuhr aus heiterem Himmel und wie von der Tarantel gestochen die Kids Mama dazwischen. Wild gestikulierend, als hätte sie nur auf ihr Stichwort gewartet, brüllte sie drauf los: „Weisch Leela, am liebschte würd ich dir emol säge, du bisch so e dummi Chue! Du bisch uuf eme totale *Power Trip*! Anstatt dass du emol seisch, schön, Mohani, dass du da bisch, gasch du nur is Negative! Chasch du net eifach emol im Moment läbe? Sie isch doch jetzt do, g'nüss es doch eifach! Stattdesse motzisch du umenand, meinsch du, so hät sie Freud, wider emol z'cho? Wenn ich dis Mami wär, ich würd nümme cho! Würkli nöd!!“[12]

Ihr stattlicher Vorbau wogte, ihre großen Bambi-Augen rollten weit aufgerissen hin und her. Ich staunte fast über diesen gewaltigen Ausbruch, gleichzeitig war ich zutiefst erschrocken. In meinem ganzen Leben war ich noch nie in dieser Heftigkeit angebrüllt worden. War das, was ich getan hatte, wirklich so schlimm?

„Isch scho guet“, versuchte meine Mutter die junge Frau unsicher und fast unterwürfig zu beschwichtigen. Man merkte, wie peinlich es ihr war, dass sich ihre Tochter so unsannyasmäßig und kindisch verhielt. Eilig zog sie mich zu meinem Space und machte die Tür zu. Wir ließen uns auf meiner Matratze nieder, wo sie sogleich ansetzte, sie müsse mir nun einmal etwas Grundlegendes erklären. Es sei so: Es sei sehr schwierig gewesen, überhaupt in die Kommune aufgenommen zu werden. Und zwar wegen uns beiden Kindern.

---

12 Weißt du Leela, am liebsten würde ich dir einmal sagen, du bist so eine dumme Kuh! Du bist auf einem totalen Power Trip! Anstatt dass du mal sagst, schön, Mohani, dass du da bist, gehst du nur ins Negative! Kannst du nicht einfach mal im Moment leben? Sie ist doch jetzt da, genieß es einfach! Stattdessen motzt du nur rum, meinst du, so hat sie Freude wieder mal zu kommen? Wenn ich deine Mami wäre, würde ich nicht mehr kommen! Wirklich nicht!!

Denn Kinder kosteten ja nur Geld und brachten überhaupt nichts ein in die Kommune. Deshalb müsse sie als unsere Mutter ganz besonders viel arbeiten und „reingeben", um unsere beiden Null-Runden zumindest ansatzweise etwas auszugleichen. Vor allem deswegen habe man meine Mutter auch als *Outside Worker* eingeteilt, um Geld für die Kommune ranzuschaffen; sie musste nun als Sekretärin in einem Büro in der Draußen-Welt arbeiten, obwohl sie viel lieber als *Inside Worker* gearbeitet hätte. Aber sie musste eben, weil sie Tippen konnte, und, vor allem, wegen uns Kindern. Und dieser ‚Outside Job' koste nun mal sehr viel Zeit und Energy. Sie könne daher nicht mehr jeden Abend vorbeikommen, auch wenn sie das gerne wolle.

Kinderkriegen war in der Sannyas-Welt nämlich eigentlich per se ein No-go. Eine völlig unbewusste Ego-Handlung, die in ihrem ganzen Zeit- und Energieaufwand nur unnötig von der Erleuchtung abhielt; ein bewusster Mensch – und ein Sannyasin also dreimal mehr – strebte nach Erleuchtung, statt seine Zeit mit dem Aufziehen von Kindern zu verplempern. Und Sex war laut Bhagwan ein Mittel spirituellen Wachstums, nicht der Fortpflanzung. Die Erde war sowieso schon maßlos überbevölkert. Wie konnte man da so unbewusst sein, selbst auch noch aktiv zur zerstörerischen Ausuferung der Menschheit beizutragen?

Nur hoffnungslos verkopfte Egoisten meinten, sich irgendwie in Nachwuchs manifestieren zu müssen. Ein Sannyasin jedenfalls tat das nicht. Während bereits vorhandene Kinder als Jugendsünden oder bedauerliche Unfälle zumindest irgendwie noch toleriert wurden – bekanntlich hat ja jeder früher mal Fehler gemacht –, stieß eine aktuell gewünschte oder gar geplante Schwangerschaft auf völliges Unverständnis. Ein Sannyas-Paar in Zürich, das in der Wohnung über der Kids Flat wohnte und eröffnete, seine „zufällig" entstandene Schwangerschaft nicht abbrechen zu wollen, wurde aufgefordert, die Kommune sofort zu verlassen. Nur eine Woche später war das Space von Swami Kirti und Ma Mangala leer.

Auf dieser Grundlage war es tatsächlich fast ein Wunder, dass meine Mutter mit sogar zwei Kindern aufgenommen worden war. Dieses Wunder wiederum setzte meine Mutter unter massiven Druck. Es war, als wären wir Kinder ihr Makel, ihr Schandfleck, ihre unheilbare Achillesferse, die sie dazu trieb, noch strebsamer und folgsamer als alle anderen zu parieren, meditieren, leben, lieben und lachen zu müssen. Schuldbewusst und mit zunehmend schlechtem Gewissen hörte ich mir ihre Ausführungen an. Es war also im Prinzip sogar unsere eigene Schuld, dass sie uns nun nicht mehr so oft besuchen konnte. Auf keinen Fall durfte ich ihr dafür jetzt auch noch ein schlechtes Gefühl machen.

Ich wusste, dass es für meine Mutter sehr wichtig, ja geradezu existentiell war, hier in der Kommune zu leben. Wir alle aus der kranken Gesellschaft mussten bekanntermaßen lernen, besser zusammenzuleben. Da war es eine riesige Gnade für uns, dass wir das hier in der Kommune tun durften, mit der besten, ja einzig richtigen Lebensweise – und das, obwohl wir ja eigentlich eine Sannyas-Mogelpackung waren: Ein großer, echter Sannyasin, und zwei kleine, nur geduldete Schmarotzer, die weder Geld noch Energy „reingaben“. Keinesfalls durfte ich unser Glück, hier sein zu dürfen, aufs Spiel setzten. Also durfte ich in Zukunft niemandem mehr von meinem Kummer erzählen. Mehr noch, eigentlich hätte ich gar keinen haben dürfen. Ich schämte mich für mein unbewusstes und egoistisches Verhalten.

Wie undankbar und peinlich ich gewesen war! Noch tagelang hing mir der Anpfiff der Kids Mama nach. Was war ich für ein schlechter Sannyasin! Ich hoffte inbrünstig, sie erzähle davon nichts der Center-Leitung. Ich glaubte, sie möge mich nicht, weil ich kein gutes Sannyas-Kind war und bisher ganz offensichtlich nichts kapiert hatte: Ich hing an meiner Mutter, dabei gab es so etwas bei den Sannyasins gar nicht. Ich motzte und heulte, dabei sollte ich das Positive sehen, und wenn ich dennoch ein Problem hatte, gefälligst fern der anderen ein Kissen verdreschen. Seine negative Energy auf andere loszulassen, das ging gar nicht, ja alleine schon das Ausstrahlen schlechter Vibes war total daneben. Man sollte gut drauf sein sowie Freude und ‚juicy' Energy verbreiten. Ich beschloss also, von nun an ein braves Sannyas-Kind zu sein, das sich nicht beschwerte, nicht negativ war und nicht nach seiner Mutter heulte wie ein Baby. Bhagwan war schließlich immer bei mir. Was mehr brauchte ich da schon?

Wann immer ich von nun an traurig war oder Angst hatte, betrachtete ich jetzt Bhagwans Foto auf meinem Nachttisch, wie es mich meine Mutter gelehrt hatte. Gleichzeitig schämte ich mich dafür, dass mir das so gar nichts gab. Ich muss meine Mutter loslassen, betete ich mir immer wieder vor, meine Vergangenheit, meinen Vater, meine schlechten Gefühle, meine Zweifel, meine negativen Gedanken. *Just let go,* hieß es doch, *don't identify.* Bhagwan war nun mein Lebensmittelpunkt. Bhagwan war hier und jetzt und immer. Bhagwan war es nun, der mich liebte, beschützte und leitete. Bhagwan. Und sonst keiner.

Strebsam und diszipliniert gab ich in der selbstverordneten Gehirnwäsche von nun an mein Bestes. In der Tat machte ich Fortschritte: Mit der Zeit rechnete ich einfach nicht mehr mit dem Besuch meiner Mutter, was zur Folge hatte, dass ich mich jedes Mal umso mehr freute, wenn sie hin und wieder doch überraschenderweise vorbeikam. Davon abgesehen würde ich versuchen, so schnell wie möglich groß zu werden, um vollwertig mitarbeiten und meditieren zu können, damit ich der Kommune nicht länger zur Last fiel und, vor allem, meiner Mutter nicht länger zum Vorwurf gemacht werden konnte.

Und ich wurde belohnt: Nachdem ich meine Mutter schon ein paar Wochen nicht mehr gesehen hatte und sie sich offenbar plötzlich doch wunderte, dass keiner von uns nach ihr suchte, führte meine Mutter den „Montagabend" ein. Das sollte von nun an der Abend sein, den sie mit uns verbringen wollte. Dieser Abend war für die kurze Episode seiner Existenz der absolute Höhepunkt der Woche. Einmal in der Woche gingen wir nun zusammen essen, spazieren oder einmal auch ins Kino, weil ich mir sehr gewünscht hatte, E.T. anzusehen. Ich war noch nie im Kino gewesen. Da meine Schwester noch zu jung war, durfte sie nicht mit. Eigentlich war auch ich noch lange nicht 12, aber weil ich relativ groß war, hoffte ich das Beste. Schon tagelang im Voraus betete ich heimlich zu Jesus um eine nette Kassiererin, die mich entweder für 12 halten oder aber trotzdem reinlassen würde.

Ich war furchtbar aufgeregt. Mit dem Tram fuhren wir in die Zürcher Innenstadt. Obwohl unser Umzug nun schon einige Monate zurücklag, hatte ich die Kommune noch nie verlassen. Es war wie ein Traum. All diese Menschen, all diese Lichter, das bunte Treiben da draußen. Und der Film, ja der Film war einfach wunderbar. Er handelte von Freundschaft, Liebe und Heimkehr. In der Mitte des Films gab es eine Pause, damit man sich von den aufwühlenden Geschehnissen etwas erholen konnte, und meine Mutter kaufte mir ein Eis. Dieser Ausflug versetzte mich so in Hochstimmung, dass ich noch wochenlang davon zehrte. Es war, als hätte ich E.T. selber kennengelernt und nun heimlich einen Begleiter an der Seite, dessen Auffassung von Freundschaft und Treue jegliche Grenzen von Raum und Zeit sprengte.

Leider wurden die Montagabende schnell wieder seltener, bis sie bald ganz aufhörten. Es war einfach immer irgendetwas, und ich wusste ja, dass meine Mutter es sich wegen uns nicht erlauben konnte, etwas einzufordern. Also ging ich einfach dazu über, einen Zettel auf Mohanis Bett im Nebengebäude zu legen, wenn ich etwas Bestimmtes von ihr brauchte. Manchmal passierte es, dass ihr Space kurzfristig umgezogen worden war, sodass auf dem Bett meiner Mutter plötzlich ein fremder Überzug und Pyjama lagen. Dann rannte ich eben durch alle Wohnungen der Siedlung, bis ich das Bett mit den vertrauten Utensilien gefunden hatte.

Doch auch meine Besuche am Bett meiner Mutter wurden immer seltener, denn im Großen und Ganzen hatte Mohani mit meinen alltäglichen Belangen nichts zu tun – Zahnarzt, neue Unterhosen, Wut im Bauch, für alles war die Kids

Mama zuständig, wenn überhaupt. Meine Mutter jedenfalls hatte weder eigenes Geld, noch Zeit, noch Ortskenntnisse. Meine Schwester und ich hatten uns vielmehr rein zufällig in ausgerechnet ihrem Uterus inkarniert, und ihre Aufgabe war mit unserer Geburt im Prinzip erledigt. Wir hatten es doch wirklich gut: In der Kommune hatte man Hunderte von Mamas und Papas, die einen mit Liebe und Energy geradezu überfluteten. Nach der Vorstellung der Sannyasins erlebten wir die Kindheit, die sie sich immer gewünscht hatten, und die verhindert hätte, dass sie heute die waren, die sie eben waren: Menschen, die in ihrer Kindheit emotional zu kurz gekommen waren, sodass sie nun unter Bhagwans Geleit und Güte das ganze Nichtvorhandene nachholen mussten, die Leere zu- oder wegmeditieren sowie Vögeln, was das Zeug hielt, um die rigide Konditionierung ihres eigenen Lebens, das ihrer Vorfahren sowie der gesamten abendländischen Gesellschaft per se zu durchbrechen.

Fast alle Sannyasins klagten, in ihrer Kindheit nicht genug Liebe oder auch nur Aufmerksamkeit von ihren Eltern bekommen zu haben – „nie" seien diese da gewesen. Doch uns könne so etwas beileibe nie passieren: Wir hätten ja ungezählte Mamas und Papas! Tatsächlich konnte man als Kind von fast jedem und jederzeit ein nettes Wort, einen lieben Scherz und auch eine Umarmung bekommen, kein Problem. Ich habe zumindest nie erlebt, dass ein zufällig im Living Room aufgestöberter Erwachsener ein Kind, das es sich auf seinem Schoß gemütlich machen wollte, abgewiesen hätte. Besonders tiefgehend, persönlich und beständig waren solche „Zufallsbekanntschaften" freilich eher nicht.

* * *

Bhagwan selbst sprach in seinen Vorträgen viel und gern über seine eigene Kindheit, die er als „golden" erlebt hat[13]. Er sagte, jedes Kind trage eine Art Fahrplan in sich, der ihm

13 Bhagwan Shree Rajneesh: „Glimpses of a Golden Childhood".

eine gesunde und bewusstheitsfördernde Entwicklung erlaube, wenn nur die Erwachsenen nicht unnötig dazwischen pfuschten, sondern es in Ruhe wachsen ließen. Ob in Bezug auf Achselhaare, Liebe oder die boomende Weltwirtschaft – „let it grow“ war ja generell ein beliebtes Motto jener Zeit. Warum also nicht auch für Kinder?

Auf jeden Fall sei hier weniger mehr, wie bei Orchideen und Kakteen, die ja auch unter einem Zuwenig besser gedeihen als an einem Zuviel an Wasser. *Existence takes care,* und wenn doch nicht, dann war das eben auf das jeweilige persönliche Karma zurückzuführen, auch im Falle eines Kindes. Dann konnte der fünfjährige Swami XY notfalls immer noch über seine Misere meditieren, viel mehr konnten die Erwachsenen in einer scheinbar unerfreulichen Situation ja auch nicht unternehmen. Bhagwan sagte, Kinder bräuchten keine Aufsicht, einschränkende Grenzen und Autoritäten. Nur Freiheit und Liebe. In der Commune war man daher der festen Überzeugung, man nehme uns in Bhagwans Sinne ernst und behandle uns als vollwertige Menschen anstatt wie unfertige halbe Portionen, als die die Draußen-Gesellschaft ihre Kinder zu entmündigen und manipulieren beliebte. Man war stolz darauf, dass die Sannyas-Kinder, da frei, so deutlich privilegiert aufwachsen konnten, ganz wie der kleine Rajneesh ehedem.

Was man in der Commune freilich übersah, war der feine Unterschied zwischen Bhagwans und unserer „freien Kindheit“: Bhagwans erziehende Großeltern „ließen“ ihm seine Freiheit. Bei uns hingegen war schlicht niemand da, der uns hätte „Freiheit lassen“ können. Uns überließ man. Uns selbst, dem Hier und Jetzt, den Zufälligkeiten des unförmig wabernden Gebildes Commune. Zwar waren sie alle unsere Eltern. Aber dann eben auch wieder keiner.

Trotzdem: Etwas hatten wir, das uns Trost und Halt gab inmitten all der ungefragten Freiheit. Einander.

Dieser Haufen wild zusammengewürfelter Kinder verschiedenster Altersstufen, Herkunftsfamilien und Nationalitäten bildete eine Art Familie – eine Familie, wie sie unsere

Eltern ganz bewusst nicht haben wollten. Wir lebten Tag und Nacht zusammen. Wir hatten Hierarchien, Vorlieben und schwarze Schafe. Wir hatten unsere eigenen Regeln und Rituale. Es gab Außenseiter, besonders Beliebte und solche, die andere an die Obrigkeit, also die Erwachsenen, verpfiffen, wenn das auch keinen von denen groß interessierte. Und wenn es hart auf hart kam, war man füreinander da. Auf jeden Fall. Die anderen Kinder waren die nächsten Anderen. Um nicht zu sagen, die einzigen Anderen.

Umso tragischer war es, dass auch diese Verbindungen von heute auf morgen gekappt werden konnten wie ein alter Zopf. Die Sannyasins waren ja sehr unstete Charaktere, die ständig „im Moment" lebten, wie sie es nannten. Das bedeutete, sie feierten ihr Dasein fern jeder Verantwortung und Verbindlichkeit und nannten das Freiheit. Hatte etwa eine Sannyas-Mutter den spontanen Impuls, in eine Kommune in der Toskana zu wechseln – sei es, weil sie einen neuen Lover dort hatte, sei es, weil sie Sonne oder Pasta besonders gern mochte – packte sie einfach schnell ihre sieben Sachen, holte ihr Kind im Erdgeschoss ab, fuhr zum Bahnhof und übergab ihr Kind in der Toskaner Kommune der dortigen Kids Mama, wo sich ihr Nachwuchs erst einmal in der ansässigen Bande beweisen konnte. Umzüge dieser Art wurden sehr lax gesehen. Schließlich waren wir alle eine große Familie.

Das Heimweh nach der alten Kommune, im Prinzip eh nix anderes als ein doofer Mechanismus unseres Minds, der sich ja grundsätzlich gegen Neues wehrte, würde mit der Zeit vergehen, denn, wie Bhagwan lehrte, *home is, where the heart is*, also praktischerweise immer dabei. Der Landessprache mächtig zu werden dauerte in der Regel etwas länger, doch auch das gab sich mit der Zeit. Und alles andere kam einem in der Regel sowieso bekannt und vertraut vor. Für die zurückgebliebenen Kinder war die abrupte Trennung oft etwas schwieriger. Schließlich war die bis gestern engste Bezugsperson von einem Tag auf den nächsten so flüchtig wie ein Furz im Wind.

Vor allem wenn es einer Mutter einfiel, die Kommune ganz zu verlassen und wieder eine bürgerliche Existenz aufzunehmen, war der kleine Mensch in ihrem Schlepptau für immer verschwunden von der schmalen Bildfläche der Kommunen-Kinder. Denn wir alle trugen in der Kommune ja ausschließlich unsere Sannyas-Namen, die bürgerlichen Namen der anderen kannten wir im Normalfall nicht. Wozu auch? Diese Namen waren nur Schall und Rauch eines alten, überholten, als falsch widerlegten und abgelegten Lebensabschnitts. Das bedeutete, außerhalb des Sannyas-Universums waren die ehemaligen Zufallsgeschwister unauffindbar, da Ämter oder auch nur das Telefonbuch ohne Kenntnis der legalen Namen nicht zurate gezogen werden konnten. Wie also sollte man Swami Dhyan Sumuka aus der Zürcher Kommune jemals wiederfinden, nachdem er nun mit seiner Mutter in einem Düsseldorfer Vorort eine Existenz als Mäxchen Mustermann frönte?

Aber darüber sollte man sich auch gar nicht den Kopf zerbrechen. Schließlich: keine ‚Attachments', bitte. An jemandem hängen, gar klammern, Sehnsucht haben oder, die Kardinalsünde, Eifersucht empfinden – all diese niederen Gefühle waren bei den Sannyasins verpönt, waren sie doch Beweise für Unbewusstheit, eine unreife Gefühlswelt sowie einen generellen Mangel an Liebe und Mitgefühl für sich selbst und andere. Da half nur eines: meditieren, meditieren und nochmals meditieren. Wer sich emotional zu sehr auf jemanden einschoss, also fixierte, war praktisch ein Süchtiger und brauchte einen Entzug. Schlimmer noch, er beraubte das Objekt seiner Begierde der Freiheit und verletzte so dessen Integrität. Emotionale Abhängigkeit ist unnatürlich und ungesund für alle Beteiligten! Liebe will nicht, Liebe fragt nicht, Liebe ist. Deshalb – leb wohl, mein Herz, mein Augenstern, und führe, einfach so, ein super Leben ohne mich. Das war Liebe. Das hatte Liebe zu sein.

Auch wenn es keiner wissen durfte: Ich kam mit der dauerhaften Instabilität nur schlecht zurecht. Mich erinnerte die fehlende Sesshaftigkeit der Sannyasins an die Geschichten, die meine Oma vom Krieg erzählte, in denen „Lebwohl" auf der Tagesordnung stand. Das sollte Freiheit sein?

Wer will sich schon ständig verabschieden?

Doch immerhin, lieber früh als spät lernten wir auf diese Weise: Binde dich nicht. Hänge dein Herz an nichts, und, vor allem, niemanden. Glaube keinem, der von „Love" spricht, denn für ihn zählt nur das Hier und Jetzt. „Beloveds, no shoes please", stand an der Medi-Halle, „Bitte räumt euren Müll gefälligst selber weg, love, Cleaning Department", „Beloveds, wer sich nicht an die Regeln hält, fliegt raus". Egal wie bitter der Inhalt einer Message war – mit der generellen Sannyas-Anrede *Beloveds* galt jede noch so freche Forderung als legitim und respektvoll.

So war das mit der Liebe. Man musste immer bewusst sein! Bewusstsein pur. Das alleine war letztendlich ‚pure bliss'. Wir lernten: *You are not your body. You are not your mind. You are not your feelings.* Du bist mehr als all das, du bist Teil des Großen und Ganzen. Du bist ein Teil von allem. Ich übersetzte, ist gleich: Du bist ein Teil von nichts. Du bist: Nichts.

Die Wochen vergingen. Manchmal fragte ich mich, ob ich eines Morgens aufwachen würde und alles wäre wieder normal. Die einzige Verbindung zu meinem früheren Leben war meine Katze Mischa. Da der aktuelle Lover unserer aktuellen Kids Mama eine Katzenallergie hatte, durfte sie nicht bei mir wohnen, sondern war im Zimmer meiner Mutter im Nachbarshaus untergebracht. Weil sie noch immer desorientiert war, musste sie eingesperrt bleiben. Das bedrückte mich über die Maßen. Mehrmals täglich ging ich hinüber, um sie zu streicheln und gleichzeitig mein Heimweh in ihrem Fell loszuwerden. Auch die Katze war unglücklich. Sie war es ja gewohnt, frei über bäuerliche Wiesen zu streunen. Sie miaute ununterbrochen und entwickelte einen unruhig flackernden Blick. Zweimal büxte sie mir aus, einmal aus der Terrassen-, einmal aus der Haustür. Beide Male war sie schneller weg, als ich gucken konnte, und kam auch auf mein verzweifeltes Rufen und Rascheln mit der Futterpackung nicht wieder zurück.

Einige Tage später erhielten wir jeweils einen Anruf unseres Vaters, dass die neuen Besitzer unseres Hauses im Dorf ihm verstimmt die Ankunft des Katzentiers gemeldet hätten. Zweimal brachte mein Vater meine Mischa wieder zurück zu uns nach Zürich, zweimal lief sie wieder nach Hause. Es war eine lange Distanz von Zürich nach Bern, und ich bewunderte meine Katze zutiefst für das, wozu sie in der Lage war. Wovon ich nur träumte – sie tat es einfach.

Schweren Herzens musste ich mir schließlich eingestehen, dass das Heimweh der Katze stärker war als ihre Bindung an mich. Mein Vater verhandelte mit den neuen Hausbesitzern, die Katze nachträglich als festen Bestandteil der Immobilie zu akzeptieren. Die Herrschaften sträubten sich, ließen sich aber erbarmen. Also stimmte auch ich letzten Endes zu, die Katze in ihr und mein altes Zuhause zurückkehren zu lassen. Ich verstand sie ja. Und ich wollte ihr geben, was sie sich am meisten wünschte. Ich hoffte, sie verzieh mir, dass ich nicht mehr selber vor Ort war, um ihr Gesellschaft zu leisten. Ich hoffte, ihre neue Familie würde sie gut behandeln. Ich hoffte, sie würde viele neue Katzenfreunde finden und hier und da an mich denken.

Mit der Heimkehr der Katze war für mich der Schritt in unser neues Leben endgültig vollzogen. Es war, als werde es mir erst jetzt richtig klar, dass wir tatsächlich nie wieder nach Hause gehen würden.

* * *

Ein großes Problem in der Kommune war das Thema Essen. Das merkte ich sehr schnell. Ganz zu Anfang meiner Zeit in der Kommune war es noch so, dass uns Kindern das Essen aus Oerlikon nach Höngg geliefert wurde. Pünktlich zwischen 18 und 20 Uhr rief uns die Kids Mama zu Tisch: „Chömet, Chind! Z'nacht! Es git Söiefleisch!“

„Wow, far out!“, schallte es zurück.

Far out war in der Kommune der Begeisterungs-Ausruf am Platz, soviel hatte ich schon gemerkt. Es schien also etwas Leckeres zu geben. Ich erinnere mich noch gut an mein erstes Abendmahl. Schüchtern setzte ich mich in die Runde am riesigen Tisch. Unser Höngger-Essbereich lag in einer der Wohnungen im Erdgeschoss, die insgesamt als „die Kids Flat" bezeichnet wurden, in unserem Kids Living Room. Neben dem Esstisch, der in einem Erker vor der meist kalten Küche stand, gab es im angrenzenden Raum die üblichen kommunalen Sitzkissen am Boden sowie einige Kisten mit Spielzeug, welches sich aber nur in Ausnahmefällen in den dafür vorgesehenen Behältern befand; in der Regel herrschte ein heilloses Durcheinander, das eigentlich lediglich dadurch noch zu kontrollieren war, dass die Kids Flat von Haus aus nur spärlich mit Möbeln und Spielzeug ausgestattet war.

An diesem Abend waren wir etwa acht Kinder am Tisch, die einen erstaunlichen Lärmpegel zustande brachten. Abgezählte Teller unterschiedlichster Größen und Couleur waren chaotisch auf dem Tisch verteilt, und die Kinder stritten sich lautstark, wer welchen bekam. Die Stärksten siegten. Auf dem Tisch befanden sich zudem Gabeln, Löffel, Gläser und ein großer Krug Wasser. In die Mitte stellte die Kids Mama drei riesige Pötte, aus denen es vielversprechend dampfte. Sie hob den Deckel und ich versuchte, einen ersten Blick zu erhaschen, ohne allzu gierig zu wirken. Im ersten Topf waren Kartoffeln. Im zweiten lag ein Berg unglücklich wirkender, verschrumpelter grüner Bohnen, genannt Dörrbohnen. Von den sogenannten Dörrbohnen aß ich an jenem Abend zum ersten Mal in meinem Leben, von da an mindestens zweimal wöchentlich und nach meiner Zeit in der Zürcher Kommune nie wieder. Keine Ahnung, was dieses Gemüse in der Kommune derart populär machte, vermutlich seine schier endlose Haltbarkeit in den unsicheren Zeiten des Kalten Krieges. Im dritten Topf kam, zu guter Letzt, eine Art Gulasch zum Vorschein, was mich extrem erstaunte.

„Häsch gärn Söiefleisch, Leela?“ fragte mich die Churer Kids Mama gerade.

Söiefleisch? Bot mir die Kids Mama wirklich gerade Söiefleisch[14] an, also Schweinefleisch?! Ich glaubte, mich verhört zu haben. Ich wusste doch, dass die Sannyasins kein Fleisch aßen. Aber offenbar wusste sie es nicht! Ein Glücksfall! Also nickte ich kräftig, woraufhin eine Riesenportion des mutmaßlichen Fleischgerichts auf meinen Teller pflatschte. Doch ach! Wonach schmeckte dies? Man kann es nicht freundlicher formulieren: nach Arsch und Friedrich. Ich entschied im selben Moment, in dem das Zeug, das aussah und schmeckte wie Stücke aufgeweichter Spanplatte, auf meine Geschmacksknospen traf, dass ich Söiefleisch wohl doch nicht mochte. Nichtsdestotrotz kämpfte ich tapfer gegen den Riesenberg an und beschloss, von da an strikt alles zu meiden, das angeblich Schweinefleisch war, unabhängig davon, ob sich damit nun eine Gelegenheit zum Tabu-Bruch bot oder nicht.

Ich überlegte mir, ob es wohl sein könne, dass ich in meinem bisherigen Leben noch nie Schweinefleisch gegessen hatte. Meine Mutter jedenfalls hatte mich noch nie mit einem derartigen Gericht konfrontiert. Offenbar hatte sie einfach schon immer gewusst, wie indiskutabel Schwein schmeckte. Dass man von Fleischverzehr eine schlechte Aura bekam, wie Bhagwan behauptete, glaubte ich nach dieser Mahlzeit sofort. Bhagwan nämlich riet vor allem aus spirituellen Gründen zum Vegetarismus. Erst Wochen später erschloss sich mir, wie der Hase lief: Es handelte sich bei diesem in der Kommune gern und reichlich verwendeten Rohstoff mitnichten um Söie-, sondern vielmehr um Soyafleisch, also ein Kunstfleischprodukt aus aufgeschwemmten Soyamehlklößen. Diese Erkenntnis gewann ich, als wir eine neue Kids Mama mit anderem Dialekt bekamen.

Qualität und Schmackhaftigkeit der uns vorgesetzten Mahlzeiten variierten je nach Küchenbesetzung ganz

---

14 In manchen Regionen der Schweiz: „Sauenfleisch“.

dramatisch. Natürlich gab es grundsätzlich immer genug zu essen. Dies war ja trotz allem noch die Schweiz. Allerdings: wovon! Die massiv schwankenden Standards erklärten sich ganz leicht, wenn man den wirtschaftlichen Aufbau der Kommune betrachtete. In der Kommune gab es ja grundsätzlich zwei Arten von Arbeitern: ‚Inside' und ‚Outside Worker'. Erstere kümmerten sich um alles, was innerhalb der Kommune anfiel, wie Kochen, Putzen, Budgetplanung oder Therapieren. Zweitere hatten einen „bürgerlichen" Job in der freien Wirtschaft, also der Draußen-Welt.

Die meist gut ausgebildeten Worker dieser zweiten Gruppe, die in der Regel noch ihren alten, aus der verpönten „Früher"-Zeit herübergeretteten Beruf ausübten, waren existentiell wichtig für die Kommune, da sie Geld von „draußen" nach „drinnen" brachten. Die Inside Worker hingegen generierten gar kein Geld; schließlich hatte es keinerlei Einfluss auf den Profit, ob man vier oder zwanzig Leute mit dem Putzen der Toiletten beschäftigte. Trotzdem mussten all diese Mäuler natürlich gestopft werden. Und dummerweise war die Gruppe der Inside Worker weitaus reicher an Mitgliedern, da sich vermutlich gerade beruflich weniger Ambitionierte besonders gern in den Schoß einer Gemeinschaft sinken lassen. Im Übrigen wohl einer der Gründe dafür, weshalb das weltweite Projekt der vernetzten Sannyas-Kommunen letztendlich gar nicht anders konnte als scheitern. Doch dazu später mehr.

Die jeweilige Arbeitsmoral innerhalb der Inside Worker war offensichtlich etwas sehr Persönliches und variierte stark. Dieser Typus Mensch sah es in der Regel komplett entspannt, mit welcher Arbeitsbeschaffungsmethode – und welchem Zeitaufwand – er seinen Aufenthalt in der Kommune rechtfertigte. Also kochte, putzte, therapierte oder das Gemeinschafts-Budget verkalkulierte.

Die logische Konsequenz dieser Form der Stellenbesetzung war, dass sämtliche internen, alltäglichen Aufgaben zu einem großen Teil von willkürlich bestimmten Autodidakten erledigt wurden. Das Ergebnis derer Bemühungen fiel dementsprechend mal gut, mal weniger gut aus, also im Großen und Ganzen dem Zufallsprinzip entsprechend. Da wir Kinder ein sehr entspanntes Verhältnis zu Hygiene hatten und auch chaotische beziehungsweise nicht vorhandene Betreuung gewohnt waren, fiel uns die wahllose Arbeitsverteilung nur im Bereich „Kochen" negativ auf.

Mit der fleischlosen Sannyas-Küche hatten wir im Prinzip kein Problem – das Schlimme war vielmehr, was in diesem Zusammenhang als Ersatz auf den Tisch gebracht wurde. So machte ich schon in den ersten Tagen die brutale Bekanntschaft mit „weißem G'schlabber" (blanker Tofu), „Furzböhnli" (Hülsenfrüchte) sowie eben jenem kuriosen „Söiefleisch". Dazu gab es regelmäßig schwer gekochten Vollkornreis, schwer gekochte Vollkornnudeln, verkochte schwere Kartoffeln sowie in der Regel geschmacksneutralen Salat und/oder bis zum Zerfall gegartes Gemüse. Aufgepeppt wurde das Speiseangebot dann mit Ketchup, Mayo und Tabasco.

Sämtliche feinschmeckerischen Ambitionen mussten wir Kinder mittels der sogenannten ‚Vouchers' befriedigen, das waren kleine Papierkärtchen mit Kalenderaufdruck, mit denen man in der Center-Cafeteria einmal täglich einen Schokoriegel oder Softdrink erstehen konnte. Bargeld floss innerhalb der Sannyas-Kommunen nämlich grundsätzlich gar nicht. Die Vouchers wurden immer am Monatsersten verteilt. Wer konnte, konnte sich später noch welche nachkaufen. Doch wer konnte das schon. Ich für meinen Teil hielt es normalerweise wie folgt: Ich füllte meinen Magen mit der Pampe du jour und schob danach zur Linderung des Schocks einen Schokoriegel nach, den ich mir sorgfältig über den Tag verteilt einteilte.

Zwar kamen bei uns durchaus auch kulinarische Spitzenzeiten vor, während derer ein original italienischer Koch das Zepter führte, ein französischer Chef de cuisine oder auch mal ein verirrter Profi-Japaner. Leider blieben diese Traumkandidaten nie für lange in der internen Küche, sondern wurden schnell in die kommerzielle Sannyas-Gastronomie versetzt, um für die Draußen-Welt gegen Geld zu kochen. Die lern- und entwicklungsresistenten „Leben, Lieben, Lachen“ -Typen dagegen waren kaum auszurotten und blieben mit ihrem ganzen desaströsen Wirken umso länger am Herd.

Bei einem unserer Streifzüge durch das vierstöckige Verwaltungs-, Verpflegungs- und Geschäftsgebäude in Oerlikon beobachteten wir mehrfach einen Hilfskoch dabei, wie er sich mit ein paar rohen Eiern in der roten Schürzentasche aus der Küche auf die Center-Toilette stahl, um sich dort das Gelege dann höchst persönlich über den Schädel zu schlagen. Wir pressten uns die Hände vor den Mund, um nicht laut loszuprusten, und passten Tag für Tag auf, ob sich das Schauspiel wiederholen würde. Wir wurden nicht enttäuscht. Zwar klärte mich Jahre später meine Schlierseer Oma darüber auf, dass eine Haarpackung aus Eigelb das beste Hausmittel gegen brüchiges und kraftloses Haar sei. Damals jedoch fanden wir das Ritual dieses Swamis wunderbar kurios und griffen das Spiel nur zu gerne auf, in jener leicht abgeänderten Form, dass wir die Eier nicht uns selbst, sondern anderen über den Kopf zogen. Unser rapide ansteigender Eierkonsum blieb jedoch nicht lange unbemerkt und kam in der Küche überhaupt nicht gut an. Wir verpfiffen den Hilfskoch, der sofort versetzt wurde, und mussten unsererseits bei der Center-Leiterin zum ‚Sharing‘ antreten, die höchstmögliche aller Sanktionen. Verschwendung, und das auch noch durch uns Kinder, die wir ja nichts in die Kommune reingaben, ging gar nicht!

Mit das Leckerste, das der Kommunen-Speiseplan zu bieten hatte, war ‚Piinatbötter“ (Peanutbutter). Ebenso wie weißer Schlabber, Furzböhnli und Söiefleisch begegnete mir Piinatbötter in der Kommune zum ersten Mal. Im Gegensatz zu den anderen Standards war jener schwer streichbare, erdige Aufstrich ein richtiges Highlight, ja geradezu ein Geschmackserlebnis der Extraklasse. Da wir alle Nahrungsmittel in neutralen, einheitlichen großen Eimern geliefert bekamen, wie man sie etwa aus der Viehwirtschaft kennt, konnte ich lange nicht eruieren, aus was Piinatbötter eigentlich bestand. In Farbe und Konsistenz jedenfalls wies dieses Lebensmittel eine verblüffende Ähnlichkeit auf mit dem, was Windeln von verdauungsgestörten Kleinkindern offenbaren.

Unser zeitweiliger Kids Papa, damals mit knapp zwanzig selber kaum den Kinderschuhen entwachsen, konnte sich dieser Assoziation offensichtlich auch nicht entziehen und erzählte uns mit viel Enthusiasmus eine Geschichte, nach der er einmal in Vorbereitung auf eine längere Zugreise die zündende Idee gehabt habe, sich zum Zwecke der Wegzehrung etwas Piinatbötter zwischen die Hinterbacken zu schmieren. Als dann während der Zugfahrt der kleine Hunger kam, steckte er sich logischerweise einfach den Finger in den Arsch, holte einen Schwung Piinatbötter heraus und lutschte genüsslich daran.

„Iiiiieehhh!!" schrien wir, hin- und hergerissen zwischen Begeisterung und Entsetzen, „händ die andere Lüüt nüüt gseit?!"

Na ja, erklärte er, die alten Damen im Zugabteil ihm gegenüber schauten in der Tat entgeistert, wagten aber nicht, etwas zu sagen. Sie waren natürlich aus der Draußen-Welt und hatten keine Ahnung, was abging. Wer weiß, was die sich in ihrer unterdrückten, perversen Phantasie ausmalten! Jedenfalls kam er auf diese Weise munter, gestärkt und gut genährt am Zielort an, während die anderen Fahrgäste schon fast vom Fleisch fielen und sich schwach und blutleer übers Perron schleppten. Deshalb schwöre er noch heute, auf, und jetzt alle: „Piiiiiiiieeeehhhhnatbötter!!!"

Diese Geschichte liebten wir mit schaurigem Grausen so sehr, dass wir sie uns ein ums andere Mal erzählen ließen. Denn natürlich liebten wir, wie alle Kinder, Fäkalhumor über alles. In diesem Zusammenhang kam uns sehr zugute, dass unser allgegenwärtiger Meister aus Indien kam, wo zweifelsfrei eine andere Nähe zum Fäkalen besteht als generell in der Schweiz üblich. Ich stellte mir dieses Land direkt als Paradies allerhand Ekelkrams vor. So hatte mir mein Vater etwa berichtet, dass sich die Leute dort einfach am Straßenrand hinkauerten, um zu kacken, gut und gerne auch noch in ein ausführliches Gespräch vertieft mit dem jeweiligen Nachbarn, und in Ermangelung von Klopapier einfach die Hand benutzten, um sich zu „säubern". Prost Mahlzeit, das nannte ich mal ein „Säubern"! Ich fand die Vorstellung dieser Intimhygiene einfach ungeheuerlich und glaubte sie erst, nachdem ich sie mir von diversen Augenzeugen hatte bestätigen lassen. Denn viele Sannyasins waren nicht nur Hippies, Blumenkinder, Alternative, Freaks sowie diverse Mischformen all dessen, sondern naturgemäß gleichzeitig auch noch erfahrene Indienreisende. Zu meiner Freude verfügten diese Weitgereisten über deutlich aufgeweichte Schmerzgrenzen bezüglich guter westeuropäischer Sitten, sodass wir uns über einen Mangel an geschmacksfernen Geschichten wirklich nicht beklagen konnten. Diese Seite der kommunalen Eltern-Kind-Kommunikation war wirklich paradiesisch.

Noch tausendmal präsenter als alles Fäkale jedoch war in der Kommune das Thema Sex. Es war ja überhaupt die Zeit der „freien" Liebe. Die sexuellen Befreiungsversuche und ihre Auswüchse grassierten bekannterweise spätestens seit den 1970er Jahren mehr oder weniger in der gesamten westeuropäischen Gesellschaft. Man sagte, das sei die natürliche Reaktion auf das biedere Sexualverhaltenskorsett der Jahrzehnte davor. Der materialisierte Traum, nackt über eine taufeuchte Wiese zu laufen, heute mit Irmi, morgen mit Jörg in die Kiste zu hüpfen, im Öffentlichen Nahverkehr demonstrativ ein Busenblatt zu lesen und im Tea-Room mit ebenso aufgeschlossenen Frauen und Männern die neueste Generation weiblicher Orgasmustechniken oder libidostimulierender Druckmassagepraktiken via Prostata zu diskutieren – all das war also keineswegs reines „Sektengut", sondern knallharter, allseits präsenter Tenor des rebellierenden Jugend-Zeitgeists.

Bhagwans besonderer Beitrag wiederum war, als i-Tüpfelchen quasi, die spirituelle Komponente. Er erklärte, nur ein Mensch, der seine Sexualität voll und frei ausgelebt habe, könne zu erfüllter Spiritualität und in letzter Instanz Erleuchtung finden. Denn ein Mensch, der in seiner Sexualität nicht befreit sei, beschäftige sich gedanklich so unverhältnismäßig viel und intensiv mit dieser Thematik, dass er für andere Lebensfragen häufig blockiert sei. Bhagwan sprach davon, wie in der Menschheitsgeschichte Sexualität im großen Stil unterdrückt, missbraucht, manipuliert und reglementiert worden sei. Für seine Schüler wünschte er sich, dass sie sich dieser Fesseln entledigten, um dann mündige, glückliche und spirituelle Menschen zu werden.

Bei Bhagwan war Sex nichts Geheimes, Schmutziges oder auch nur zwangsläufig Intimes. Im Gegenteil, sexuelle Bedürfnisse zu haben war quasi der wünschenswerte Normalzustand und geradezu Voraussetzung für weitere spirituelle Reifung. Sein Weg zu einem emotional und sexuell befreiten und damit unabhängigen Dasein schien einfach: Wenn alle immer erhielten, was sie brauchten, würden emotionale, körperliche und sexuelle Defizite gar nicht erst aufkommen. Auch die negativen Begleiterscheinungen der Liebe wie Bedürftigkeit, Neid, Sehnsucht, Verlassenheitsschmerz und Eifersucht würden gar nicht erst entstehen.

Soweit die schöne Theorie.

Die Sannyasins in unserer Kommune vergoren diese Weisheiten wie folgt: Befreie dich von allen moralischen, emotionalen und sonstwie anerzogenen Beschränkungen und teile das Bett mit wem auch immer du willst. Auf jeden Fall sollte immer und unbedingt die Kundalini-Energy im Fluss bleiben, denn blockierte Kundalini-Energy führte zu Stockungen des gesamten Energiekreislaufs, hemmte Meditation und Spiritualität und verhindert im Extremfall, wenn's ganz blöd lief, sogar die Erleuchtung. Deshalb galt: frohen Mutes ran an den Speck! Kein Sex war so schlecht wie der nicht-stattgefundene.

Auf diese Weise durchdrang das Thema Sex unseren Alltag in allen Bereichen, und das in einer Zeit, zu der es noch keine Dauerberieselung durch entsprechende Fernsehsendungen gab, geschweige denn das Internet. Trotz aller Befreiungsversuche war Sexualität Ende der 70er Jahre zumindest in der Schweizer Realität noch etwas, das sich normalerweise in den eigenen vier Wänden abspielte, oder aber eben auch nicht. Kinder wurden, wenn sie Glück hatten, „aufgeklärt", ansonsten mussten sie sich mit der altgedienten Geschichte von den Bienchen begnügen. Von solch informativer Wüstenei konnte in unseren Reihen allerdings beileibe keine Rede sein. Im Living Room lagen der Playboy und Porno-Comics mitten zwischen Asterix-, Lucky-Luke- und Tintin-Heften. In den Badezimmern wurde der kollektive Vorrat an Kondomen, Gleitcreme und Konsorten täglich kontrolliert und bei Bedarf großzügig aufgefüllt. Regelmäßig wurde man ungewollt Zeuge lautstarker Streitgespräche, weil zum Beispiel Ma A, Freundin von Swami B, mit Swami C im Bett war, was Swami B Scheiße fand, aber eigentlich nicht Scheiße finden durfte, denn Attachments und Eifersucht waren ja verpönt; wenn Ma A und Swami C eine Energy zu sharen hatten, dann war das deren Sache und hatte nichts mit Swami B zu tun. Wenn Swami B ein Problem damit hatte, war er auf einem persönlichen Power Trip und musste dringend an seinen Persönlichkeitsstrukturen und Glaubenssätzen arbeiten, mehr meditieren – oder halt derweil mit Ma D „i's Näscht"[15]. Denn bei aller „sexueller Freiheit" war eines doch recht deutlich zu spüren: Es herrschte eine Art unausgesprochener „Leistungsdruck", seine Sexualität eben möglichst „frei" auszuleben, wobei frei vor allem kurz entschlossen, spontan und mit möglichst vielen unterschiedlichen Partnern bedeutete. Und, ganz wichtig, ohne Rücksicht auf mögliche moralische Bedenken, welche man als „gesellschaftlich konditioniert" grundsätzlich und rigoros ablehnte. Und so wurde es in der Regel dann auch gehandhabt. Letzten Endes konnte man also gar nicht anders, als regelmäßig an kopulierende Paare heranlaufen, schließlich teilten sich immer mehrere Leute ein Schlafzimmer.

---

15 in die Kiste.

Die ersten Male schrak ich noch zurück, doch nach einigen Begegnungen dieser Art schlug ich einfach die Tür wieder zu und zog kommentarlos meiner Wege.

***

Eines Tages tauchten in der Kids Flat eine Reihe erotischer Bildbände auf. Keiner hatte bemerkt, wie sie in unser *Book Shelf* gerieten, sie waren plötzlich einfach da. Unsere neuen Bücher zeigten naturalistisch gezeichnete, frühpubertierende Mädchen mit ersten Brustansätzen, aber noch kindlich unbehaart, in aufreizenden Posen: Eine saß mit gespreizten Beinen und unschuldig dargebotener Scham im hohen Gras und sah den Betrachter sehnsuchtsvoll an, eine andere bearbeitete ihre Brüste, als ob sie dadurch schneller wüchsen, eine dritte stand mit zurückgeworfenem Kopf und halb geöffnetem Mund unter einem Wasserfall, der ihr irgendwie Lust zu verschaffen schien. Sie alle hatten puppenartig hübsche Gesichter, glänzende Lippen und langes volles Haar. Manche von ihnen waren mit Blumen oder Bändern geschmückt, hier und dort sah man ein Lämmchen oder Häschen durch die taufeuchten Wiesen hüpfen. Ich sah mir diese Bücher gerne und mit einer Art wissenschaftlichem Interesse an, vor allem weil mich faszinierte, wie naturgetreu die Bilder gezeichnet waren.

Dann tauchte eines Tages ein Swami in der Kids Flat auf. Ich saß in unserer ebenerdigen Leseecke, ein paar kleinere Kinder bewarfen sich mit Bauklötzen. Der Swami blickte sich suchend um, schlich etwas hin und her und erkundigte sich dann mit leiser Stimme in die Runde, ob uns eigentlich diese Bücher gefielen, er habe sie extra für uns besorgt, da es ja Bilderbücher seien. Die Kleinen beachteten ihn nicht, mittlerweile heulte einer und schließlich rannten alle zusammen brüllend aus dem Zimmer. Ich sah den Swami unverwandt an. Sollte ich die Bücherfrage jetzt im Sinne aller beantworten, oder wie? Er nahm eines der Bücher aus dem Regal und fragte mich, ob ich wohl Lust hätte, mit ihm zusammen ein wenig darin zu schmökern. Ich zuckte die Schultern. Ich hatte den Typen noch nie gesehen. Eigentlich besuchte uns ja nie jemand in der Kids Flat, der nicht mit uns blutsverwandt war oder bei uns arbeitete, und irgendwie war es ja nett, dass er sich einfach so für uns interessierte.

„OK“, sagte ich also, während sich der Swami inzwischen ungefragt neben mich in die Sitzecke gequetscht hatte. Man wollte ja nicht unhöflich sein, obwohl ich in Wahrheit Bücher mit etwas mehr Buchstaben und Abwechslung bevorzugte. Außerdem, fand ich, wies das Werk inhaltlich beträchtliche Lücken auf. So fragte ich mich zum Beispiel, wieso es in dem ganzen Buch keinen einzigen nackten Buben gab, was doch allein schon der Vollständigkeit halber naheliegend gewesen wäre. Dem Swami jedoch fiel dieses Manko offenbar gar nicht auf, er sah mich nur aus glitzernden Äuglein an und grinste gerade erwartungsfroh, als auf einmal unsere aktuelle Kids Mama um die Ecke bog. Der literaturinteressierte Swami hatte inzwischen eine Hand auf meinem Bein geparkt. Ma Prem Vasumati sah von mir, zu ihm, zum Buch, und stockte.

„He. Was machsch du da?“, herrschte sie den Swami an, der inzwischen eng an mich herangerückt war und meinen Oberschenkel knetete. Ich fand das komisch, wusste aber auch, dass bei den Sannyasins Körperkontakt hoch im Kurs stand. Wahrscheinlich also war das normal.

„Häsch du die Büecher öpe hie aa’gschleift?!“[16], keifte die Kids Mama gerade. Es stand wie ein Elefant im Zimmer, irgendwas passte ihr gar nicht.

„He, was isch diis Problem?“ gab der Swami zurück. „Das sind ganz normali Büecher mit ganz normale, schöne, blute Meitli. Was duesch au so verchlemmt? Das isch doch ganz natürli. Und du g‘sehsch ja, de Chind g’fallts.

16 Hast du etwa diese Bücher hier angeschleppt?!

Die sind ebe not nit so gstört. Was isch mit dir los, häsch öpe scho lang kei Maa me im Näscht gha?"[17]

Vasumati klappte die Kinnlade runter. Dann stieß sie einen spitzen Schrei aus, griff ein Kissen und zog es dem Swami mit voller Kraft über die Rübe. „Aber du, oder? Arschloch!!"

„He, spinsch eigentli, du blödi Chue? Da han I wohl i's Schwarze troffe!"

Jetzt kreischte die Kids Mama wie eine wütende Katze und schwang erneut das Kissen. Auweia. An dieser Stelle machte ich mich aus dem Staub, bevor es noch wüster wurde. Ausgewachsene Katharsen waren gar nicht mein Ding. Die rabiate Vasumati jedenfalls warf den Swami am Ende aus der Wohnung und die Bücher gleich hinterher. Sie fragte mich, was der „Schleimer" sonst noch gesagt oder gemacht habe, und ich sagte ahnungslos: „Nüüt."

Langsam beruhigte sie sich etwas und bläute mir ein, dieser Typ sei ein Wahnsinniger und wir sollten ihn nie wieder in die Kids Flat lassen. Tatsächlich tauchte er noch ein bis zweimal auf, doch nachdem er lautstark mit „Huusverbot! Huusverbot!" empfangen worden war, blieb er schlussendlich weg. Vasumati erklärte uns, solche Bücher seien Erwachsenen-Bücher und gehörten nicht in die Kids Flat. Regelmäßig sammelte sie auch die Porno-Comics ein, die wir zum Teil auch immer wieder selbst aus dem Living Room nach unten holten, einfach, weil wir diesen Schweinekram nicht glauben konnten.

Wir fanden das zensierende Verhalten dieser Kids Mama etwas komisch und führten ihre „Verklemmtheit" auf ihr biblisches Alter von fast 30 Jahren zurück. Für uns war es einfach so, dass der ganze Formenkreis der Sexualität durch seine Dauerpräsenz zwangsläufig mit am meisten

17 He, was ist dein Problem? (...) Das sind ganz normale Bücher mit ganz normalen, schönen, nackten Mädchen. Was tust du so verklemmt? Das ist doch ganz natürlich. Und du siehst ja, den Kindern gefällt's. Die sind eben noch nicht so gestört. Was ist mit dir los, hattest du etwa schon lang keinen Mann mehr im Bett?

Spielmaterial und -inhalte bereithielt. In Ermangelung eines klassischen Spielzeugangebots nahmen wir alles mit, was unser direktes Umfeld so bot, und dieses war nun einmal dominiert vom vitalen Sexualgebaren der Erwachsenen. So machten wir uns einen Sport daraus, anhand schwindender Verhütungsvorräte nachzuvollziehen, wer wohl wann mit wem seine Energy ausgelebt hatte. Wir beobachteten die Erwachsenen bei ihren Schäferstündchen und staunten nicht schlecht, zu was die sich so alles hergaben. Mit schaurigem Gruseln erzählten wir einander, was für unglaubliche Ferkeleien wir jeweils beobachtet hatten. Und dann auch noch die mit dem! Igiiiiittt!

Innerhalb der Kids Flat benutzten wir das so Erlernte in erster Linie als Waffe und Strafmaßnahmen.

Dä wo verlüürt, mues dem Yogi än Zungekuss gä!", „wänn'd jetzt nit sofort uufhörsch, leg I mi mit em nackte Schnäbi i dis Bett und tue wichse!", oder „Pass uf was'd seisch, oder ich tue dir äs Schamhaar uss de Duschi i's Esse!"[18]

Wenn wir Hänsel und Gretel spielten, landeten die Geschwister nicht bei der Hexe im Wald, sondern in einem Puff. Wir erfanden immer wieder neue Spiele, die einen sagenhaften Verschleiß von Kondomen und Co. erforderten. Wir liebten es, Passanten der Draußen-Welt mit wassergefüllten „Pariser"-Luftballons, pantomimischen Kopulationseinlagen und einschlägigem Stöhnen „zu erschrecken" und dann kreischend wegzulaufen. Lange vor der eigenen Geschlechtsreife setzten wir uns mit Beischlafstellungen und Praktiken auseinander, die normalerweise höchstens Anwärter zur letzten Tantraweihe beschäftigen.

„He, Premgit, weisch du wie'd Rossantilopeschtellig gaat?"

---

18 Wer verliert, muß Yogi einen Zungenkuss geben! Wenn du jetzt nicht sofort aufhörst, lege ich mich mit nacktem Pimmel in dein Bett und wichse! (...) Pass auf was du sagst, oder ich tue dir ein Schamhaar aus der Dusche ins Essen!

„Ou du wider, ja sicher, das isch ja babyeifach! Aber weisch du, was ´Pfau füetere´ isch?!“[19]

Wenn die Erwachsenen mitbekamen, was uns so alles umtrieb, lachten sie. Während sie sich selbst als gesellschaftlich verkorkst empfanden, beobachteten sie gerne, wie sich vermeintlich frei und natürlich aufwachsende Kinder entwickelten. Manche, viele selbst erst Anfang zwanzig, fanden es zudem interessant, mit entsprechenden Fragen unseren „Reifegrad“ zu testen: „Häsch du eigentlich scho Schamhaar?“ musste man sich von dem einen oder anderen schon als Grundschulkind fragen lassen, oder auch „I wele Maa vo de Kommune bisch du am eheschte verliebt?“

Wir, die gesegneten Kommunen-Kinder, hatten in ihren Augen ein Riesenglück. Schließlich war die Befreiung von bürgerlichen Konventionen, gesellschaftlichen Konditionierungen sowie lust- und damit lebensfeindlichen Tabus eine wichtige Essenz des Sannyas-Daseins. Wir jedenfalls würden später sicherlich keine jahrelange Therapie benötigen, um erziehungsbedingte sexuelle Verdrängungen, Ängste und Kränkungen aufzuarbeiten!

* * *

Mit das Schönste, was die Zürcher Kommune uns Kindern zu bieten hatte, war die direkte Umgebung. Unsere Wohnsiedlung lag am Stadtrand, umgeben von Feldern, Wald und ein paar Bauernhöfen. Wir verbrachten sehr viel Zeit mit Draußen-Herumstreunen. Wir hatten einen großen Leiterwagen, in den wir die kleineren Kinder packten und stundenlang über die Felder zogen. Ganz besonders liebten wir es, im Wald zu spielen. Wir machten Lagerfeuer und brieten in Ermangelung von Grillgut Bananen, die wir aus der kommunalen Speisekammer stibitzt hatten. Eines unserer Lieblingsspiele neben Hänsel und Gretel im Puff war

---

19 He, Premgit, weißt du wie die Rossantilopenstellung geht? Mei, du wieder, das ist ja babyeinfach! Aber weißt du, was „Pfau füttern“ ist?!

Winnetou, beziehungsweise das, was wir uns darunter vorstellten. Auf Luftpferden galoppierten wir durchs Unterholz und ergingen uns in furchterregendem Geheul. Tiefer im Wald gab es eine Schlucht, deren Bäume über und über mit einer Art Lianen verhangen waren. Hier wechselten wir von Winnetou auf Tarzan, hingen uns an das brüchige Zeug und versuchten, lebend vom einen Ende zum anderen zu schwingen. Es klappte. Später spielten wir „Rauchen", indem wir Stücke von den reisigtrockenen Lianen anzündeten und wie Zigaretten pafften. Der bestialisch stinkende Rauch brannte beißend in der Lunge, genau wie bei einer richtigen Zigarette.

Wenn der kleine Hunger kam, besuchten wir manchmal die Obstgärten der umliegenden Bauernhöfe, in denen, je nach Saison, Kirschen, Äpfel, Birnen oder Aprikosen auf den Verzehr warteten. Mit größter Selbstverständlichkeit pflückten wir das sonnengereifte Obst und steckten es direkt vom Ast in den Mund, bis wir beim besten Willen nicht mehr konnten. Manchmal sahen wir, wie die eine oder andere Bauersfrau, die uns von der Tür ihres Hauses aus sicherer Entfernung beobachtete, irgendetwas rief und wild mit dem Arm fuchtelte. Freundlich winkten wir zurück. Wir waren ja schließlich nicht asozial. Erst Jahre später kam mir in den Sinn, dass das Winken möglicherweise nicht als Gruß gemeint war; die Bauern konnten ja kaum einverstanden gewesen sein mit unseren Raubzügen und glaubten offenbar, ihre sichtbare Präsenz allein würde ausreichen, um uns in die Flucht zu schlagen, wie es bei Kindern mit normalem Autoritätsempfinden wohl auch der Fall gewesen wäre. Weit gefehlt, nicht so bei uns – wir waren uns keinerlei Schuld bewusst, ja wir kamen noch nicht einmal auf die Idee, dass jemand etwas gegen unsere Mahlzeiten haben könnte. Wie hätten wir auch ahnen sollen, dass die frei herumstehenden Bäume jemandem gehörten? Das alles war doch einfach die Natur, die Welt, *Existence.* Und so standen wir manchmal zu zehnt auf der Wiese und schlugen uns die Bäuche voll bis uns schlecht war, um dann wie ein roter Heuschreckenschwarm zum nächsten Feld zu ziehen.

Wir jedenfalls, wir ernteten gerne. Ich persönlich liebte das bäuerliche Leben oder das, was ich mir darunter vorstellte. Im Herbst fuhren wir mit unserem klappernden Leiterwagen aufs Feld und beluden ihn schwer mit Kartoffeln, die wir zu Hause in den Kühlschränken der verwaisten Kommunen-Küchen abluden. Gerne holten wir auch Futtermaiskolben, die wir dann alternativ zu den sonst sehr beliebten Bananen auf abendlichen Lagerfeuern rösteten. Ein paar Mal planten wir, anschließend im Freien zu übernachten, wahlweise im frischgeschnittenen Heu oder im Wald. Wir dachten, wenn wir ein Feuer machten, würden wir gut und gerne mit ein paar dünnen Wolldecken ausgestattet durch die Nacht kommen, die Indianer machten das bekanntlich auch nicht anders. So richtig klappte es jedoch nie, weil uns in letzter Instanz immer irgendeiner von den Kleinen bei der Kids Mama verpfiff.

Einmal in der Woche, am Freitagabend, fand im Center die Music Group statt, ein Disco-ähnliches Event mit Live-Music. Die Music Group war das Highlight der Woche, eine Mischung aus Tanzfest, Stammtisch und meditativer Veranstaltung, zu der immer auch viele Outside-Sannyasins, also externe Besucher, kamen. Gespielt wurden ausschließlich eigens komponierte Sannyas-Lieder, aber eben solche zum Tanzen. Tanzen war bei den Sannyasins einerseits ein beliebtes Ausdrucksmittel um zu zeigen, wie sehr man das Leben genoss, andererseits immer auch Selbsterfahrung und Meditation. Die Sannyas-Lieder waren selbst bei objektiver Betrachtung immer gute, eingängige, emotionsgeladene und tanzbare Stücke. Unter den Sannyasins gab es viele kreative Menschen, gerade auch Musiker. Regelmäßig entstanden neue Hits, die dann weltweit in den Kommunen auf den Music Groups gespielt wurden. Dabei gab es auch bei uns, wie in jeder „Gesellschaft“, verschiedene Moden, Dynamiken und Strömungen. Textlich ging es in den Songs um *love, life, laughter*, um die spirituelle Suche und Meditation im Allgemeinen und um Bhagwan im Speziellen.

Auch wir Kinder liebten die Music Group. Immer wieder versuchten verschiedene Kids Mamas, uns deren Besuch auszureden, da die Music Group doch sehr spät stattfand, wobei ihr Veto weniger durch die Sorge um unseren Schlaf motiviert war als vielmehr durch die Überlegung, dass irgendjemand, vermutlich also sie selbst, uns am Ende auch wieder nach Hause schaffen lassen musste. Eine Aufgabe, die man nur ungern während einer Music Group auf sich nahm. Die Music Group war nämlich quasi die Manifestation von *go with the flow,* in dem zumindest theoretisch von Spiel und Spaß über ein erotisches Abenteuer bis hin zu einem lupenreinen *Samadhi-Zustand* alles möglich war. Ungern blockierte man sich da mit lästigen Verpflichtungen ein paar herrenlosen Gören gegenüber. Zum Glück gab es auch immer wieder Kids Mamas, die es mit ihren ohnehin nicht näher definierten Aufgaben sehr lax nahmen, sodass wir schalten und walten konnten, wie es uns beliebte. Irgendwie kamen wir immer wieder nach Höngg. Schließlich mussten ja auch die Erwachsenen irgendwann nach Hause, und welche unserer ungezählten Eltern im Shuttle-Bus am Ende neben uns saßen, war ja letztendlich auch egal.

Das Schöne an der Music Group war, dass sie uns einerseits Gelegenheit bot, mal wieder richtig „abzufahren“, andererseits aber auch immer viel neue Inspiration brachte. Während die Sannyasins sich und andere in Ekstase tanzten, erfanden wir neben den üblichen Dauerbrennern wie Fangen und Verstecken regelmäßig neue Spiele. Besonders beliebt etwa war das Nachäffen der bescheuertsten Tänzer, entsprechende Ratespiele („wer bin ich?“) oder der Versuch, Tanzende zu irritieren, ohne dass diese bemerkten, woher die Störung kam, was jedoch selten gelang; diese Übung war der Master Class vorbehalten.

Ganz besonders gern mochten wir jeweils die Band. Eine spezielle Herausforderung war es, möglichst lange und nah genau vor den Speakern auszuharren, ohne dass einem das

Trommelfell platzte. Auch das Ausstöpseln einzelner Instrumente und das Manipulieren der Verstärker war ein Spaßgarant, der seinen einzigartigen Höhepunkt im plötzlichen Umlegen des Hauptschalters fand. Zu komisch war der ungläubig fragende Anblick der unsanft aus Trance und Seligkeit gerissenen Tänzer! Es funktionierte immer.

Eines Tages hatten wir die Idee, dass wir doch eigentlich auch einmal auftreten könnten. Unter dem Versprechen, dass wir dafür in Zukunft das Herumstöpseln an den Geräten unterlassen würden, erteilte uns der Music Group Leader die Erlaubnis dazu auf dem Fuß: In der nächsten Woche bereits würde man uns die Bühne für einen kurzen Gig überlassen. Selbstverständlich würden wir unsere „eigenen Instrumente" mitbringen müssen. Har har. Vermutlich glaubte der Band Leader, uns damit einen Strich durch die Rechnung zu machen. Doch da musste er früher aufstehen – ich war ja selber stolze Besitzerin einer Gitarre!

Diese Gitarre hatte ich noch zuhause im Dorf bekommen, als in der Schule angeregt worden war, die Kinder möchten doch bitte ein Instrument lernen. Ein Sannyasin, den meine Mutter aus dem Berner Center kannte, hatte uns daraufhin seine alte Gitarre verkauft. Die Gitarre hatte vorne helles Holz und an den Seiten schwarzbraunes. Ich fand sie wunderschön. Mit viel Elan war ich von da an mit dem Fahrrad jede Woche zum Gitarrenunterricht gefahren, zu einer schwergewichtigen Lehrerin, Frau Brenzlikoffer, deren erstaunlich zylinderförmiger kleiner Hund sich unter dem Tisch an meinen Beinen rieb, während ich versuchte, meine kurzen Finger auf die Saiten zu drücken. Zum Leidwesen meiner Eltern lehrte mich die Lehrerin in erster Linie Schlager, die ich fortan begeistert Nachmittag für Nachmittag in meinem Kinderzimmer zum Besten gab. Ich war definitiv keines jener Kinder, die von den Eltern zum Üben gebettelt werden müssen!

Als wir dann in die Kommune zogen, hatte ich die Gitarre mitgenommen und mein dörfliches Repertoire um ein paar einfache Sannyas-Lieder ergänzt, die mir der eine oder andere Swami beigebracht hatte. Ein Lied davon hatte ich ziemlich gut drauf, den beliebten Kassenschlager „Yes, Bhagwan, yes: Yes, Bhagwan yes! Yes Bhagwan yes! Yes, Bhagwan yes, yes, yes! Yeah yeah yeah yeah yes, Bhagwan, yes!“ und so weiter.

Ich fand das ziemlich leicht zu merken, auch wenn es auf Englisch war, und die Akkorde waren einfach A, E, D. Dass die Sannyasins diese Performance fressen würden, war so sicher wie das Amen in der Kirche. Doch brauchte ich darüber hinaus noch einen neuen, eigenen Hit, etwas, dass die Menge so richtig zum Brodeln bringen würde.

Zum Glück hatte ich aus meinem früheren Gitarrenunterricht bei Frau Brenzlikoffer noch eine Mappe mit Liedern, die ich zusammen mit meiner Kindergitarre in mein neues Leben herübergerettet hatte. Ich suchte nach einem passenden Stück, was nicht ganz einfach war – Frau Brenzlikoffer war eine Art Hobbypfadfinderin gewesen, deren Musikbildung sich in Volks- und Wanderliedern sowie ausgewählten Schlagern erschöpfte, wie etwa „Marmor, Stein und Eisen bricht“, „Marina, Marina, Marina“ und „Ein Bett im Kornfeld“, was zwar letztes Jahr in der Hitparade gewesen war, dessen Text ich aber wegen meiner Strohallergie doof fand.

Überhaupt erschienen mir diese Werke für meine Zielgruppe unpassend. Das einzige Lied, das am Ende infrage kam, weil ich es gleichzeitig auf der Gitarre begleiten und singen konnte, war „Hüa ho, alter Schimmel“. Ich fand, das Lied berge zudem durchaus eine kräftige Portion Lebensweisheit, man konnte beim besten Willen nichts gegen seine Botschaft einwenden:

„Hüa ho, alter Schimmel, hüa ho, hüa ho! Geht’s bergab, sind wir alle beide froh, beide froh! Aber geht es dann bergauf, hört die gute Laune auf, hüa ho, alter Schimmel, hüa ho!“

Das passte doch wie die Faust aufs Auge. Eine Woche lang übten wir immer mal wieder in der Kids Flat. Ich rief alle Kinder zusammen und trichterte ihnen den Text ein, was sie anstandslos mitmachten, denn sie alle waren scharf auf eine Karriere in einer Popgruppe, wie etwa die Jackson Five, bei denen ja auch ein paar Kinder mitmachten und die weltberühmt und reich waren.

Am folgenden Freitag war es endlich soweit. Ich war richtig aufgeregt. Mein erster Auftritt als Rocker vor großem Publikum! Zwar kostete es trotz der letztwöchigen Abmachung mal wieder einiges an Überzeugungs- und Erinnerungsarbeit – die Sannyasins lebten einfach ständig so extrem im Moment, dass es manchmal echt nervte –, aber letztendlich räumte die Band dann doch murrend die Bühne und überließ uns das Feld. Ich schloss meine Klampfe mittels eines Einhängmikrofons an einen Verstärker an, den anderen Kindern lieh die Band großzügigerweise spontan ein paar Rasseln, Trommeln und Triangeln. Das durchschlagende Element des Auftritts jedoch würden ohnehin die Vocals sein. Wir stellten daher drei Mikrofone auf, ein höheres für uns Größere und zwei kürzere für die Kleinen. Als alle Kinder in Startposition gebracht waren, keimte in mir nun doch plötzlich die leise Befürchtung auf, dass der ungewohnte Musikstil von „Hüa ho, alter Schimmel“ die Sannyasins irritieren könnte. Daher beschloss ich eine spontane Programmänderung und begann mit „Yes, Bhagwan, yes“, um sie etwas anzuwärmen. Und siehe da: die Menge tobte! Zwar sangen die Kleinen sehr falsch, aber das merkte man in all dem Lärm kaum. Nachdem wir also die Gunst des Publikums auf unsere Seite gebracht hatten, setzten wir an zum Höhepunkt des Abends. Und tatsächlich, es war kaum zu glauben: Die Sannyasins gingen auch auf „Hüa ho, alter Schimmel“ ab wie Nachbars Lumpi! Es machte unglaublichen Spaß. Ich verstand jetzt, wieso so viele Leute Popstar werden wollten, und beschloss, dieses Berufsziel auf jeden Fall auch in meine Überlegungen miteinzubeziehen.

* * *

Eine Sache war klar wie Kloßbrühe: In der Kommune machte man wenig Aufhebens um Kinder. Am ehesten vergleichbar war unser Lebensalltag vielleicht mit dem einer einfachen Schweizer Bauernfamilie im 19. Jahrhundert, wo die Kinder als eine Art landwirtschaftlicher Begleitumstand vor sich hinwuchsen, wie auch das Vieh, die knorrigen Obstbäume und die Güllegrube hinterm Haus. Und wenn sie schon mal da waren, die Blagen, konnten sie auch gleich mitarbeiten, essen taten sie ja schließlich auch. Lesen lernten sie vom Vater, bisschen Rechnen, das reichte. Wenn sie mal spielen durften, begnügten sich die Kinder mit dem, was sie draußen so fanden. Sie lasen die Bücher der Erwachsenen und hörten deren Radiosender. Ansonsten lebte man auf dem einsamen Hof wie auf einer Insel. Interaktion mit der Außenwelt gab es praktisch nicht.

Bei uns war das nicht viel anders.

Dementsprechend hatten in unserem Sonder-Universum all jene Dinge und Unternehmungen einen besonderen Reiz, die in unserem isolierten Kommunenalltag fehlten: Süßigkeiten, die im schmalen Sortiment der Center-Cafeteria nicht vorkamen, Jugendbücher, neue Spielsachen, aber auch Zirkusbesuche, Zooausflüge, Hallenbad und Ponyreiten. Kindliche Wünsche waren in der Kommune nicht vorgesehen. Trotzdem wurden sie hin und wieder erfüllt. Die Sache war die: Für solche Specials brauchte man Kontakte zur Draußen-Welt, regulär in der Form von Verwandten.

Je nach persönlicher Vorgeschichte trennte sich hier die Spreu vom Weizen: Die einen Kinder waren wie von Gott und der Welt verlassen, andere wurden durch „draußen“ lebende Verwandte mit regelmäßigen Zuwendungen versorgt. Solche Kinder hatten, ähnlich wie in der DDR, Zugang zu ein paar Extrawürsten: Eine spezielle Schokoladensorte aus der Migros, neue, selbst ausgesuchte Turnschuhe, ein eigenes Asterix-Heft oder ein persönlicher Füller. Mit so etwas war man der King in der Kids Flat, beneidet und bewundert zugleich. Das größte Glück aber war es, jemanden zu kennen, der einem nicht nur Geld, sondern auch noch Zeit widmete.

Meine Schwester und ich waren in dieser Beziehung deutlich privilegiert, ja geradezu reich. Wir nämlich hatten einen Draußen-Vater, den wir alle drei bis vier Wochen für ein Wochenende besuchen konnten, und Großeltern, die uns hin und wieder für die Schulferien einluden. Zu unserem Vater fuhren wir immer mit dem Zug. Dazu brachte uns jeweils irgendwer, in der Regel der diensthabende Fahrer des Shuttle-Busses, zum Bahnhof. Eigentlich hatte der den Auftrag, irgendeinen beliebigen Mitreisenden am Bahnsteig anzuquatschen, doch bitte ein Auge auf uns zu haben und darauf zu achten, dass wir am richtigen Ort ausstiegen. Zwar geschah dies nur in ungefähr der Hälfte der Fälle, doch war ich ohnehin nicht erpicht auf die Fürsorge fremder Draußen-Menschen. Die angesprochenen Leute waren regelmäßig schockiert, dass ihnen ein Fremder die Verantwortung für irgendwelche Kinder aufdrängte, noch dazu für welche mit roter Kleidung und Mala, mit denen ganz offensichtlich etwas nicht stimmte. Sollte man die Polizei informieren?

Oder das Jugendamt? Na ja, es ging einen ja eigentlich nichts an, und bis Bern waren es nur zwei Stunden. Peinlich berührt verkrochen sich unsere unfreiwilligen Begleiter hinter ihrer Lektüre, während meine Schwester und ich lesend und Walkman hörend gegenübersaßen. Die andere Hälfte der Zeit hatte der diensthabende Kommunenbusfahrer keinen Bock, irgendwen anzuhauen, was jedoch nur wenig änderte: Auch dann saßen wir Fremden gegenüber, die über ihren „Blick“ hinweg neugierig, mitleidig und bisweilen ängstlich zu uns herüber schielten, mit dem einzigen Unterschied, dass sie in Bern nicht „S'isch Bern, Chind, ihr münd, glaub ich, uusstiige“ stotterten.

Ich liebte den Moment, in dem der Zug im Berner Hauptbahnhof einfuhr. Erst über die große Aare-Brücke, unter der weit unten tiefblau der stolze Gletscherfluss direkt aus den Bergen floss, bei guter Witterung am nahen Horizont das Panorama von Eiger, Mönch und Jungfrau, wie wir es von unserem Zuhause im Dorf kannten. Ein paar Häuserdächer der mittelalterlichen Altstadt waren zu sehen, dann rechts die alte Reithalle, nostalgisch verfallen, verrucht und mit Graffiti-Geschmiere zweifelhaft verschönert. Ich roch Heimat. Dann quietschten die Gleise, und unter dem Geruch warmer Bremsschmiere kletterten wir mit unseren roten Taschen hinaus. Unser Vater wartete meistens schon auf Perron 12, und wenn nicht, war die Abmachung, dass wir uns nicht von der Stelle rührten. Dank seiner Größe und roten Kleidung war er immer schnell auszumachen in der Menge der Reisenden. Lächelnd kam er uns entgegen.

Die Besuche bei meinem Vater waren die Höhepunkte meines damaligen Lebens. Unsere Mutter war ja kaum noch greifbar und wenn doch, hatte sie meistens keine Zeit, keine Energy, kein Geld oder es lag sonstwie nicht in ihrer Macht, Gewünschtes umzusetzen. Bei meinem Vater dagegen herrschte das reinste Wunschkonzert. Wenn wir kamen, war er nur für uns da. Nachdem er uns vom Bahnhof abgeholt hatte, fragte er, was wir machen wollten. Wir liefen vom Bahnhof die Zytgloggengasse hinunter, um an der Zytglogge das Glockenspiel zu sehen. In der Bäckerei am Eck gegenüber kauften wir einen Nussgipfel auf die Hand.

Drinnen duftete es nach handgefertigten Backwaren und lauwarmem Brot. Die Verkäuferinnen waren immer dick und trugen weiße, gestärkte Schürzen. Dann ging es weiter, immer die pflasterbesteinte Einkaufsstraße hinunter. Der Fußgängerbereich links und rechts der Fahrbahn war etwas erhöht und überdacht von laubenartigem Mauerwerk. Unter den Geschäften lagen jeweils Kellergewölbe mit Falltüren, wo man zu weiteren Geschäften hinabsteigen konnte. Manche Türen zierten ritterliche Muster, andere bäuerliche Wappen.

Weiter ging es durch die schmalen, hohlen Gassen, in denen man sich immer fühlte wie in längst vergangenen Zeiten, geborgen und ehrwürdig, aber auch ein bisschen düster. An einem Platz besuchten wir den „Chindlifresser"-Brunnen, wo ein fieser Finsterling historischen Ursprungs gerade im Begriff war, mehrere Säuglinge zu verspeisen, während man unten an der Säule einen Schluck kühles Wasser trinken konnte, wenn man sich traute. Wegen der alten Pflastersteine mutete es immer irgendwie kühl und feucht an in Bern. Bisweilen hing ein leicht stumpfer Geruch in der Luft, oder vielleicht war es auch nur die Phantasie eines solchen Geruchs. Von weiter weg brachte der Wind je nach Wetterlage eine Ahnung von den Schneebergen, blühenden Sommergärten oder auch mal einem frisch gegüllten Acker. Allseits präsent waren das Quietschen der Trams, Spatzengezwitscher und berndeutsche Gesprächsfetzen.

Am Ende einer abschüssigen Nebenstraße kam man am Bärengraben an, dem Wahrzeichen der Stadt. Die Bären hatten Junge, und wir warfen ihnen vor Ort erstandene Rüblistücke zu. Ich war glücklich.

Mein Vater ließ sich jedes Mal etwas Neues einfallen für uns. Es gab immer was zu tun! Wir sahen „Das letzte Einhorn“ im Kino an, liefen im Eisstadion Schlittschuh und besuchten den Zirkus, der gerade in der Stadt gastierte. Wir gingen in den Tierpark, ins Wellenbad und machten halsbrecherische Schlauchboottouren auf der Aare. Bei heißem Wetter stiegen wir zum Marzili hinunter, das direkt an der Aare gelegene Freibad der Stadt Bern, das keinen Eintritt kostet, weil Badespaß in dieser Stadt ein Bürgerrecht ist. Einmal fuhren wir über Ostern zum Zelten und ein anderes Mal sogar in die Skiferien. Einer langen Familientradition mit tiefem Hang zu Süß- und Backwaren folgend besuchten wir bei jeder Gelegenheit eine der ausgezeichneten Schweizer Konditoreien, wo wir Torte unserer Wahl und heiße Ovomaltine bestellen durften.

Es hatte also absolut Vorteile, einen Outside-Sannyasin zum Vater zu haben, obwohl ich es andererseits auch peinlich fand. Denn ganz offensichtlich war er als solcher ja schlicht nicht bereit, seine sichere bürgerliche Existenz loszulassen, um das große Wagnis von Sannyas sowie in letzter Konsequenz der Erleuchtung einzugehen. Damit war er, wie so viele, ein reiner Wochenend-Meditierer. Ein Schönwetter-Sannyasins, quasi.

Die Sannyasins in den Kommunen hingegen hatten all ihren Mut zusammengenommen und den ‚Quantum Leap', den Quantensprung, gewagt. Sie hatten alles „Materielle" hinter sich beziehungsweise in der Commune gelassen und sich, wie sie meinten, von allen gesellschaftlichen Konventionen, ja der Gesellschaft schlechthin befreit. Sie widmeten ihr Leben ganz ihrem Meister und bemitleideten die rückratlosen „Draußen-Sannyasins", die offenbar einfach nicht ausreichend Bewusstheit und Schneid aufbrachten, sich wirklich zu *committen*. Als Outside-Sannyasin war man etwas wie ein Sannyasin zweiter Klasse, man gehörte einfach nicht wirklich dazu. Erst sehr viel später, als das weltweite System der Großkommunen zusammenbrach, würden die Letzten die Ersten gewesen sein.

Wie auch immer, meinem Vater war die Überheblichkeit der Commune-Sannyasins herzlich wurst, wie überhaupt so vieles. Er tat einfach so, als sei er ein richtiger Sannyasin, auch wenn er zu regulären Bedingungen in einem Draußen-Job angestellt war, Steuern zahlte, ein Auto besaß, in der Migros einkaufte und in den Urlaub fuhr. Davon abgesehen führte auch mein Vater kein bürgerliches Leben im klassischen Sinne: So arbeitete er zwar „normal", lebte jedoch in einer WG mit mehreren anderen Outside-Sannyasins. Dort schliefen wir bei unseren Besuchen auf immer wieder neu improvisierten Lagern und teilten Tisch und Bad mit den rege wechselnden Mitbewohnern. Meistens fand an den Wochenenden irgendein Meditationsabend oder ein Fest im Berner Sannyas-Center statt. Gelegentlich endete der Abend dann in der Wohnung irgendeiner Ma, mit der mein Vater eine Energy verspürte, die nach mehr rief. Dann wurde uns kurzerhand ein Provisorium auf der jeweiligen Wohnzimmercouch eingerichtet, während sich die beiden die übliche ebenerdige Matratze im Schlafzimmer teilten. Augenscheinlich plagte unseren Vater bei solchen Aktionen regelmäßig das schlechte Gewissen, doch ich mochte die fremden Wohnungen und Frühstückstische, die in jedem Fall immer unvergleichlich heimeliger und reichhaltiger waren als alles, was wir gewohnt waren.

Hin und wieder fragte mich mein Vater, ob ich glücklich sei in Zürich. Am Anfang hatte ich große Mühe, ihm die Antwort zu geben, die er hören wollte. Ich hatte schlimmes Heimweh nach unserem früheren Leben, nach unserem Haus, der Katze und nach der Schweiz an sich, die man in der Kommune irgendwie gar nicht mehr richtig mitbekam. Doch mit der Zeit hatte ich mich an die Kommune gewöhnt. Ich beruhigte ihn, dass ich mich wohlfühle in unserem jetzigen Lebensumstand, teils, weil es stimmte, teils, um ihm einen Gefallen zu tun. Ich hätte es unerträglich gefunden, ihm Sorgen zu machen. Am Sonntagabend brachte uns der Papi wieder zum Bahnhof. Manchmal, wenn wir zu spät dran waren und keine Zeit mehr gehabt hatten, Brote zu schmieren, kaufte er uns am Bahnhof einen Proviant sowie jedem ein Comic. Regelmäßig waren dann „Schinkenbrötli" ein Thema. Er wusste, dass ich – wie eigentlich jeder vernünftige Mensch – gerade Brötli mit Schinken immer besonders gern gemocht hatte, doch waren wir Sannyasins ja strenge Vegetarier. In der Kommune galt selbst einmaliger Fleischkonsum als Ausschlusskriterium, was wir auch alle für richtig hielten. Wir wollten keine von diesen Wurstzombies unter uns, die, wie Bhagwan sagte, die Todesangst der sterbenden Tiere in jeder Zelle trugen, negative Vibes aussendeten und mieses Karma verbreiteten, wo sie gingen und standen. Einfach widerlich und völlig unbewusst.

Mein Vater hingegen, der zwar auch Vegetarier, aber trotzdem noch selbstbestimmt war, vertrat die Meinung, wo kein Richter, da kein Henker, und ein ehrlich genossenes, wohlmundendes Schinkenbrötli habe noch keinen umgebracht, im Gegenteil, es hebe die Stimmung und die Freude am Leben im Allgemeinen ganz ungemein. Trotzdem kann ich mich nicht erinnern, der Versuchung jemals nachgegeben zu haben, nicht einmal 150 km von der Kommune entfernt. Ich fürchtete, man würde den Schinken noch Tage später in meinem Atem riechen, in meiner verpesteten Aura spüren, oder aber, am allerschlimmsten, ich würde in karmischer Weise für den spirituell unverzeihlichen Verzehr von Tierleichenware höllenmäßig bestraft werden.

„Nei danke", sagte ich also regelmäßig, „lieber Chäs."

„Lieber Chäs! Würkli, bisch sicher?! Jetzt dörftisch emal! Also guet. Zwei Chäsbrötli, bitte."

Für mich war das ungeplant gekaufte Sandwich auf jeden Fall schon aufregend genug. Fest umklammerte ich die Papiersäckchen mit den duftenden Brötli und das neue Comic, das ebenfalls verlockend und jungfräulich nach Druckerschwärze roch. Ich liebte diesen Geruch. Neue, von mir gewählte, extra für mich gekaufte Sachen! Ich fühlte mich reich wie ein König und gleichzeitig schuldig, eigenhändig so viele Kosten verursacht zu haben. Nur bei den Besuchen bei meinem Vater hielt ich solche Dinge in den Händen. Am Ende hastete er mit uns, üblicherweise im Laufschritt und in letzter Minute, auf den Perron, wo er eilig und mit sichtlichem Unbehagen jemanden suchte, in dessen Obhut er uns geben mochte.

Dann winkten wir ihm auch schon aus dem Zugfenster zu, bis er nicht mehr zu sehen war. Ich fürchtete diese Abschiede, die stets ein bedrückendes Gefühl in mir hinterließen, sodass ich die Zugfahrt über regelmäßig mit den Tränen kämpfte. Doch wollte ich um keinen Preis heulen, wegen unserer aktuellen Begleitperson, die uns hinter ihrem Boulevard-Blatt sowieso schon mitleidig beobachtete, und wegen meiner Schwester, weil ihr das vielleicht Angst gemacht hätte. In der Regel sprachen wir kein Wort, wir lasen oder hörten auf dem Walkman unsere aus dem Radio aufgenommenen Kassetten. Um die Tränen aufzuhalten, mampfte ich mein köstliches Chäsbrötli und versuchte, mich auf meinen neuen Schatz, in der Regel ein Bessy-Comic, zu konzentrieren. Ich gewöhnte mich auch an diese Fahrten, und spätestens zu Hause in Höngg war ich wieder OK.

Das größte, ja eigentlich einzige Problem unseres Lebensalltags war, dass er so stark davon abhing, wer uns gerade „betreute". Den Kids Mamas und wenigen Papas war es völlig selbst überlassen, was sie mit uns anstellten. Selbstverständlich sollten wir nach Sannyas-Grundsätzen behandelt und erzogen, also vielmehr nicht-erzogen werden. Da Sannyas jedoch ein sehr weites Feld war, bot diese Aufgabe schier unbegrenzten Raum für Experimente und Auswüchse aller Art. Eine Kids Mama etwa ließ uns regelmäßig selbstkreierte Tanzmeditationen absolvieren, bei denen sie uns Themen stellte. Zu unterschiedlichster Musik sollten wir uns mit verbundenen Augen „ausdrücken", während sie uns eingehend beobachtete. Hinterher war sie so freundlich, uns ihre tiefenpsychologischen Eindrücke unserer jeweiligen Bewegungsmuster und deren Zusammenhang zu unseren Neurosen unter die Nase zu reiben.

Eine weitere ließ uns nackt aufmarschieren, während sie und die jeweils restlichen Kinder den „Auftritt" bewerten durften. Eine Dritte führte den Gute-Nacht-Kuss ein, der in einem abendlichen Sitzkreis auf dem Teppich reihum absolviert wurde. Wahlweise könne das auch ein Zungenkuss sein, an dem sie sich auf Wunsch sogar selbst beteiligte. Auch sie vergab nicht gerade Noten, aber doch Bewertungen:

„Ii, d'Sahasi hät aber weichi Lippe! Händ ihr's au g'schpürt? Die wird später sicher emol e tolli Liebhaberin!"[20]

Am nachhaltigsten blieb mir jene Kids Mama in Erinnerung, die der Meinung war, wir wären zu aggressiv und lieblos im Umgang miteinander. Um Abhilfe zu schaffen, ließ sie uns täglich die gerade neu entstandene *Hugging-Meditation* absolvieren. Diese Meditation stammte aus dem Instrumentarium von Veeresh, dem damals berühmt-berüchtigten Enfant terrible unter Bhagwans Meisterschülern. Veeresh, Gründer und Leiter der sogenannten Humaniversity in den Niederlanden, entwickelte eine eigene Reihe von eigenen

---

20 Ui, die Sahasi hat aber weiche Lippen! Habt ihr es auch gespürt? Die wird später einmal bestimmt eine tolle Geliebte!

Techniken zur Selbsterfahrung, die von Bhagwan abgesegnet worden waren. Veereshs Techniken waren meist noch etwas extremer als die traditionellen Sannyas-Meditationen. Grundsätzlich gründete er seine persönliche Philosophie auf der Annahme, dass der Mensch im Prinzip nur eines brauche, um sein Potential entfalten und an Körper, Geist und Seele gesunden zu können: Liebe, Liebe und nochmals Liebe.

Aus diesem Gedankengut also stammte die Hugging-Meditation, die so simpel wie erschlagend war: Immer zwei und zwei nahmen sich in den Arm und atmeten tief in ihr Herz. Das Besondere daran war, dass man diese Übung nicht etwa mit seinem besten Kumpel oder Freund, sondern einfach mit einer x-beliebigen anderen Person exerzierte. Das war ja gerade der Clou: Es ging eben nicht um personenbezogene Zuneigung, sondern um den pauschalen Austausch von Herzensenergie. Liebe für alle, und das jeden Tag. Aus Kuscheln wird Meditation, negative Energien, Wut und Widerstände werden transformiert und quasi zu Liebe verpufft. Simsalabim!

Unsere Kids Mama ging sehr systematisch vor. Den ersten Hugging-Partner durfte man sich noch mehr oder weniger aussuchen. Nach fünf Minuten bediente sie die Zimbel, dann wurde durchgewechselt. Das Ganze wiederholte sich so oft, bis jeder mit jedem einmal hatte. Da wir mittlerweile fünfzehn bis zwanzig Kinder waren, dauerte das alles über eine Stunde. Die Übung ödete uns wahnsinnig an. Die Hugging-Meditation sollte unser Herz-Chakra öffnen, doch bekam man davon in erster Linie Schulterverspannungen und ein unangenehmes Kribbeln in den Beinen vom langen oder -stehen. Einige der kleineren Kinder fielen wie auf Kommando in Tiefschlaf und sabberten einem dann auf die Schulter. Zudem mochte ich manche der Kids einfach nicht besonders, weshalb ich wohl oder übel gezwungen war zu lernen, einem Menschen körperlich nahe zu sein, ohne auch nur ein Quäntchen Energie fließen zu lassen – eine Lernerfahrung, die angesichts des ständigen Zwangsumarmens in der Sannyas-Szene durchaus wertvoll sein konnte. Im Übrigen hatte die Kids Mama von da an tatsächlich weniger Gezanke zu ertragen. Allerdings nicht, weil wir weniger gestritten hätten, sondern weil wir uns weniger dabei erwischen ließen – wer wollte schon eine Hugging-Medi riskieren?

Das einzig Gute an all dem spirituellen Experimentalzauber war, dass er aufgrund der jeweils kurzen Halbwertszeit der Kids Mamas nie lange anhielt. Zudem hatten unsere Erziehungsbeauftragten wenig in der Hand, um ihre Vorstellungen durchzusetzen; ihre Möglichkeiten der Bestrafung beschränkten sich auf Schimpfen, Bitten sowie die allgemeine Androhung schlechten Karmas. Also blieben die Wilderen unter uns den Aktionen, die sie doof fanden, einfach fern. Ich dagegen gehörte in diesen Fällen zu den Braven, die in der Tat schlechtes Karma fürchteten. Wer wusste schon, was passierte, wenn ich wirklich zu verklemmt, zu latent aggressiv, oder einfach allgemein zu un-sannyasmäßig unterwegs war? Auf eine Wiedergeburt als KZ-Hühnchen oder Kanalratte hatte ich jedenfalls keinen Bock. Besser also, man tat sein Möglichstes. Darüber hinaus wollte ich es den Kids Mamas nicht unnötig schwerer machen, als sie es ohnehin schon hatten. Und so tat ich ihnen meistens den Gefallen, so bekloppt ich ihre Projekte auch fand.

* * *

Es gab etwas in der Zürcher Kommune, das wirklich konkurrenzlos toll war, und das war unsere Schule. Diese wurde kurz nach unserem eigenen Beitritt gegründet. Bis dahin hatten die wenigen schulpflichtigen Kinder der Zürcher Kommune eine der schrecklichen Draußen-Schulen der Umgebung besucht. Geboren aus jener Arroganz, wie sie für die Sannyasins bisweilen typisch war, entschied man jedoch, dass die Draußen-Schule nicht geeignet sei, um die Kinder der Sannyasins zu unterrichten. Das war nur konsequent, immerhin: Wie sollte man reinen Gewissens den eigenen Nachwuchs von jenem System erziehen, ja verziehen lassen, von dem sich die Erwachsenen gerade in langjährigen Prozessen zu bereinigen versuchten?

Hinzu kam, dass es in der Schweiz, bis noch vor wenigen Jahrzehnten ein Bauernstaat, landläufig erlaubt war, seine Kinder zu Hause zu unterrichten. Der Staat kontrollierte in solchen Fällen einmal jährlich in entsprechenden Prüfungen den Wissensstand der Kinder und damit gleichzeitig die Fähigkeit der Eltern oder wessen auch immer, dieser Aufgabe gebührend nachzukommen. Weitere Auflagen gab es nicht. Das Klassenziel musste erreicht werden, wie man das anstellte, blieb jedem selbst überlassen.

Also eröffnete man in der Zürcher Kommune kurzerhand eine Schule. Die Unterrichtsstruktur würde simpel sein. Da wir alle unterschiedlichen Alters waren, würden wir jeder für sich mit den jeweiligen Schulbüchern lernen, betreut von ein und demselben Lehrer, der uns dabei mit Rat und Tat zur Seite stehen würde. Die Schul- und Aufgabenbücher waren die gleichen, die auch die Kinder in den Draußen-Schulen verwendeten. Man fragte also ein bisschen in der Kommune herum, wer einmal Lehrer gewesen sei oder sonst Energy für diesen Job verspürte. Da Lehrer nicht gerade beliebt waren in der Sannyas-Szene – neben Eltern, Gesellschaft und Kirche wurden ja sie verantwortlich gemacht für die schädliche Konditionierung, mit der die Sannyasins nun zu ringen hatten –, war es nicht einfach, Willige aufzutreiben. Denn die paar ausgebildeten Lehrer, die es gab, schämten sich abgrundtief für ihre frühere Berufswahl, die große Manipulationslust und ein sehr niederes spirituelles Entwicklungsniveau offenbarte. Auf keinen Fall wollten sie jetzt, da sie von der Frucht der Erkenntnis gekostet hatten, noch einmal in dieser Weise „tätlich" werden! Auch war die Arbeit mit Kindern ja per se nicht besonders beliebt. Kurze Zeit schien es fast, als sollte das kommuneninterne Schulprojekt an Lehrermangel scheitern. Doch dann fand sich doch noch jemand, beziehungsweise immer mal wieder jemand.

Die erste Lehrerin, an die ich mich erinnern kann, war Rohani. Wir mochten sie alle gerne, sie war sehr freundlich und hatte ein liebes Gesicht. In Höngg wurde ein Wohnzimmer ausgeräumt, das fortan als Schulzimmer fungierte. Bei einem Auflösungsverkauf erstand man alte Schulbänke, die wir nach eigenem Geschmack eigenhändig streichen durften. Wir wählten Gelb für die Holzplatten und Orange fürs Gestänge. Danach wurden die sechs Tische kreisförmig in unserer neuen Mini-Schule aufgestellt. Wir hängten Bilder auf von Bhagwan sowie verschiedenen Tieren, richteten mit großen Kissen eine Sitzecke am Boden ein und platzierten ein paar Topfpflanzen. In der kleinen Küche konnte man Tee kochen, auf dem Balkon unsere zukünftigen Lehrer rauchen.

In der nächsten Instanz drohte das Projekt erneut zu scheitern, dieses Mal an der Schulbehörde. Eine einzelne Person durfte nämlich nicht mehr als fünf Kinder privat unterrichten – und wir waren circa zehn. Nachdem jedoch festgestellt worden war, dass sich bis auf fünf schulreife Schweizer Kinder alle anderen ohnehin illegal im Land aufhielten, war auch dieses Problem aus dem Weg. Zwar durften natürlich auch die Illegalen Lesen, Schreiben und Rechnen lernen, nur würde davon nie jemand etwas erfahren.

Ich freute mich riesig auf unseren ersten Schultag. Der Unterricht begann morgens um neun. Das erschien allen Beteiligten als christliche Zeit. Als erstes am Morgen gab es ein knappes Sharing auf den Sitzkissen. Danach setzten wir uns an unsere Bänke und werkelten jeder vor sich hin. Ein Sprechverbot gab es nicht. Wenn man eine Frage hatte, konnte man zu Rohani gehen. Gegen Ende der Unterrichtszeit vor dem Mittagessen wurde uns als Belohnung immer vorgelesen, aus einem Buch unserer Wahl. Ganz besonders liebten wir die Bücher von Astrid Lindgren, „Wir Kinder von Bullerbü“ und vor allem „Karlsson vom Dach“. Herr Karlsson war eine Figur, von der man, wie auch bei Bhagwan, nicht so genau wusste, ob sie ein Mensch war oder etwas Höheres. Er war ein kleiner dicker Mann mit einem Propeller auf dem Rücken, der durch das Fenster in das Leben des einsamen kleinen Jungen Lillebror hineingeflogen kam und jenem den notwendigen Schwung verlieh. Dabei scherte sich Karlsson nicht groß um Regeln, machte, was ihm grad in den Sinn kam und sagte immer seine Meinung, ganz wie bei uns in der Kommune. Brachte Lillebror eine seiner vielen Bedenken an, ging etwas zu Bruch oder geschah sonst eine Katastrophe, rief Karlsson einfach vergnügt: „Ach was! Das stört keinen großen Geist!" ein Zitat, das wir begeistert in unseren Wortschatz übernahmen und fortan gerne und oft verwendeten.

In der Schweiz war damals Ganztagsunterricht üblich. In unserer Kommunen-Schule jedoch stellten wir schnell fest, dass es völlig ausreichend war, vormittags Unterricht abzuhalten. So beschloss man, nur hin und wieder nachmittags mit der Lehrerin zusammenzukommen, um eine Exkursion in den Wald zu machen, zu Basteln oder einen Adventskalender in Keksform zu backen. Der eigentliche Lehrstoff wurde vormittags abgehandelt. Jeder von uns erstellte mit Rohanis Hilfe seinen eigenen Stundenplan, auf dem er festhielt, wann er welches Fach in welchem Umfang zu studieren gedachte. Sofern der Pflichtstoff, orientiert an den Schulbüchern und damit dem Lehrplan, untergebracht werden konnte, durften wir auch Fächer wie Malen, Handarbeit oder auch einfach nur Lesen aufnehmen. Hausaufgaben gab es bei uns nicht, wie auch, wenn man praktisch in der Schule wohnt – wir erledigten die Aufgaben einfach im Unterrichtszimmer vor Ort, sodass wir nachmittags draußen spielen konnten. Ohnehin war es weniger ein Problem, den Stoff durchzubringen, sondern vielmehr, die Stunden zu füllen und nicht allzu früh vor dem Schuljahresende fertig zu werden, denn dann wäre einem das Gelernte zum Zeitpunkt der Prüfung möglicherweise nicht mehr präsent gewesen. Wer trotzdem früher fertig wurde, machte eben ein paar Wochen Ferien oder suchte sich sonst eine Beschäftigung.

Die staatlichen Schulprüfungen waren peanuts. Dafür extra zu lernen, kam uns gar nicht in den Sinn – wir hatten ja alles Notwendige durchgearbeitet, anderes würde nicht abgefragt werden. Und so war es auch. Die Prüfungen setzten mich weder unter irgendeinen Druck, noch fürchtete ich, durchzufallen. Die erzielten Noten interessierten mich nicht, in unserer Schule gab es kein Notensystem. Eigentlich war unser Unterrichtskonzept für die damalige Zeit sehr fortschrittlich. Das Erstaunliche daran war, dass ich mich kaum erinnern kann, jemals etwas getan zu haben, dass mich genervt oder gelangweilt hätte, nicht einmal Mathematik. Ich hatte auch nie das Gefühl, dass ich besonders viel Zeit in der Schule verbracht hätte. Alles ging einfach wie von selbst. Das noch Erstaunlichere war, dass wir nicht nur alle problemlos durch die Prüfungen kamen, sondern später auch einen ausreichenden Bildungsstand erreicht hatten, um ohne Weiteres normale Schulen, zum Teil Gymnasien, zu besuchen. Ich fragte mich, was die Draußen-Kinder eigentlich den ganzen Tag über trieben in ihren Ganztags-Gefängnis-Schulen.

Der Gerechtigkeit halber sollte erwähnt werden, dass für die Lehrkraft der Unterricht nicht immer so entspannt ablief wie für uns. Es muss zu der Zeit begonnen haben, als die ersten Kinder anfingen zu pubertieren. Gnadenlos testeten wir unsere nicht vorhandenen Grenzen aus und machten dadurch unseren manchmal wöchentlich wechselnden Lehrern das Leben zur Hölle. Das Problem der Sannyas-Lehrer war das gleiche wie das unserer Betreuer, nämlich die komplette Abwesenheit von Autoritätsgefälle und Sanktionsmöglichkeiten. Härtere Arten der Bestrafung fielen ohnehin aus, doch selbst eine angedrohte Nachsitzstunde oder Zimmerarrest entbehrt jeder Relevanz, wenn der „Bestrafte“ einfach jederzeit aus der Tür spazieren oder aus dem Fenster klettern kann. Warum auch nicht? Lehrer XY fand vielleicht, man solle länger im Klassenzimmer bleiben, na und, man selbst fand das eben nicht, also ging man einfach. Schlüssel gab es an den Kommunen-Türen ja sowieso grundsätzlich keine. Und wenn Lehrer XY daraufhin eine Wut bekam, konnte er ja die „Dynamische“ machen! Diese von Bhagwan entwickelte aktive Meditation war schließlich extra dazu da, aufgestaute Aggressionen loszulassen – Bingo. Schulnoten und Sitzenbleiben gab es auch nicht und die Möglichkeit, Privilegien oder Besitztümer zu entziehen, erübrigte sich angesichts der Tatsache, dass wir ja ohnehin nichts hatten, ebenfalls.

Erwachsene waren für uns keine Autoritätspersonen, bloß weil sie alt und wir jung waren. So hatte man uns das gelehrt. Alle Erwachsenen wurden geduzt, wenn sie schrien, wurde zurückgeschrien, und wenn es, was in all den Jahren ein- oder zweimal vorkam, für eine besondere Unverschämtheit einmal eine Ohrfeige setzte, konnte der Austeilende damit rechnen, von einem Zehnjährigen gehörig eine zurückgepfeffert zu bekommen.

Sich so vogelfrei und machtvoll zu fühlen machte auf jeden Fall eine Menge Spaß, wenn auch zumindest ich persönlich hin und wieder mein Gewissen spürte; mir tat der Lehrer, regelmäßig am Ende seines Lateins, durchaus leid. Gleichzeitig wusste ich, sich raus- oder gar dagegenzuhalten war keine Lösung, sondern würde mich in den Reihen der anderen Kinder lediglich ruckzuck selbst zum nächsten Opfer machen. Und das musste ja nun auch nicht sein. Man saß im selben Boot, und es gab nur dieses eine. Besser also, man schwamm mit dem Strom. Und selbst das war gar nicht immer so einfach. Die Kids-Gruppe nämlich war ein sich ständig bewegendes Konstrukt, in dem man sich immer wieder aufs Neue beweisen musste. Denn zwangsläufig gab es in der Kommune auch unter den Kindern eine starke Fluktuation. Die Kinder kamen und gingen, wie es ihren Müttern gerade in den Kram passte. Die meisten Kinder hingen während der damaligen Phase noch irgendwie im Schlepptau ihrer leiblichen Eltern, beziehungsweise in der Regel alleinerziehenden Mutter, wenn auch einzelne Kinder in der Kommune einfach nur abgegeben worden waren wie ein Sack alter Kleider bei der Caritas, während ihre Mütter fröhlich durch die Welt tingelten.

Jedenfalls konnte es ohne Weiteres passieren, dass innerhalb weniger Wochen eine nahezu ausgewechselte Gruppe Kinder vor dem Lehrer saß. In der letzten Phase der Zürcher Kommunen-Schulzeit bestand diese größtenteils aus einer kleinen, aber unfeinen Gruppe frühpubertierender Nervensägen, die vor allem gemeinsam stark waren. Und gemeinsam waren wir ja zwangsläufig immer. Lucky us, poor him!

Auf dem Zenit unseres Lehrerquälens traf es einen freundlichen Swami namens Ravishantar. Ravishantar hatte, wie auch seine Vorgänger, die Aufgabe, uns zu unterrichten, jedoch keinerlei Möglichkeiten, dies auch durchzusetzen. Erschwerend kam hinzu, dass dem guten Mann jede Spur natürlicher Autorität vollkommen abging. Im Klartext: Unser Lehrer Ravishantar war eine arme Sau. Einmal gemerkt, wie ohnmächtig er uns gegenüber war, überlegten wir uns immer neue und immer krassere „Streiche". Am Anfang tobten wir nur herum, blieben morgens im Bett liegen, bewarfen ihn im Klassenzimmer mit irgendwelchem Ekelzeug oder rannten auf ein unsichtbares Kommando alle zusammen laut brüllend hinaus in den Wald. Wir organisierten einen Ghetto-Blaster, um Disco im Klassenzimmer zu veranstalten, und so oft er das Gerät auch ausmachte, stellte es einer von uns immer wieder an. Wir spielten Fangen zwischen den Schulpulten, ließen die Hosen herunter und drehten, während er erfolglos immer wieder nach einem von uns schnappte, den Volumen-Schalter des Ghetto-Blasters so hoch, dass die Fenster vibrierten. Ravishantar brüllte, wir brüllten, er bettelte, wir bettelten, er drohte, wir drohten. Wir hatten eine super Gaudi. Und er keine Chance. Die Hilflosigkeit unseres Lehrers ließ seine Stimme erzittern, sein Gesicht erröten und den Schweiß auf seine Stirn treten. Ich war ehrlich erstaunt, was für Reaktionen Kinder bei einem Erwachsenen erzeugen konnten. Sein Gesichtsausdruck wechselte von Ungläubigkeit über Ärger bis hin zu purer Verzweiflung.

Der Höhepunkt unserer diesbezüglichen Karriere war, als wir ihn mit Hilfe eines ausgeklügelten Manövers und unter Einsatz eines Lockvogels alleine im Klassenzimmer einsperrten, indem wir in Ermangelung des Türschlüssels einige schwere Möbelstücke vor die Tür rückten und uns dann auf eigene Faust auf den Weg in die Stadt machten, wo wir nach dem missglückten Versuch, eine Peepshow zu besuchen, in einer Spielhalle strandeten. Von dort aus riefen wir schließlich mit ein paar erbettelten Rappen die Kids Mama an, da wir weder Geld für den Bus noch irgendeine Ahnung hatten, wie es zurück nach Hause ging. Ernsten Gesichtes kam sie schließlich an, eine einsame, rotgekleidete, kleine junge Frau mit Mala im Zürcher Bahnhofsviertel. „Das isch jetzt ächt nit okay gsii, Chind", sagte sie mit ungewohnt ernster Miene.

Wir zuckten mit den Schultern, kicherten und flüsterten uns zu: „Das stört keinen großen Geist."

Wegen des Ausflugs in die Spielhalle mussten wir dann auch zur Gitika. Gitika war die Center-Leiterin, also der Häuptling der Zürcher Kommune und somit unseres gesamten Universums. Wir – und ich vermute, auch ein beträchtlicher Teil der Erwachsenen – schrieben ihr daher besondere Mächte zu. Zumindest ich hatte vor Gitika einen Heidenrespekt, der sich höchstens noch unwesentlich von Furcht unterschied. Wenn man zu Gitika gebeten wurde, drohte einem nicht nur, durchschaut, gerügt und im schlimmsten Fall samt fassungsloser Mutti der Kommune verwiesen zu werden, sondern auch die Schande, der Center-Leiterin Zeit, Energie und Aufmerksamkeit zu stehlen. Sie war nämlich zu viel Höherem berufen als dazu, unseren Kinderkram zu regeln. Immerhin regierte sie die Kommune! Daher war die Nachricht „Ihr münd zur Gitika" eine wahre Hiobs-Botschaft, die mir sofort den Puls durch die Blutbahn trieb. Insgesamt musste ich in den drei Jahren meiner Zürcher Zeit etwa zehn Mal zu Gitika. Dieses war noch eines der ersten Male. Ich erschien mit einem Gefühlsgemisch aus Angst, Schuldgefühl, Ehrfurcht und Neugier.

Gitika logierte in einem besonders schönen Office in der ersten Etage des Oerlikon-Centers. Die hierarchische Stufe eines Sannyasins erkannte man in der Kommune, in der ja alles zentral gesteuert und einheitlich in großen Mengen gekauft und verteilt wurde, an individuellen Kleinigkeiten, die sonst keiner hatte: Einzigartige Möbel, Kleidungsstücke oder auch Lebensmittel, die eindeutig nicht aus Kommunen-Beständen stammten. Ich war daher sehr neugierig, wie Gitikas Büro eingerichtet sein würde. Und ich wurde nicht enttäuscht. An der Wand standen zwei richtige, plüschige Sofas, die in der Kommune, in der es sonst nur bodennahes und oft improvisiertes Mobiliar gab, eine absolute Rarität darstellten. Gegenüber befanden sich eine verchromte Stehlampe, ein riesiger Schreibtisch sowie dahinter ein dunkler, mondäner Ledersessel, wie ich in der Kommune noch keinen gesehen hatte.

Das Spektakulärste im Raum jedoch war das überdimensionale Bhagwan-Porträt an der Wand. Bhagwan-Bilder waren Statussymbole: manche Bilder wurden wie Postkarten oder Poster vervielfältigt und für jedermann angeboten. Solche Bilder hingen zuhauf neben jedem Bett und über jedem Klo. Dagegen kamen nur die Mächtigsten der Belegschaft an einzigartige Bhagwan-Motive. Ehrfürchtig starrte ich auf dieses einmalige Bildnis meines fernen Meisters, das meinen Respekt vor Gitika gleich noch mal um ein Vielfaches steigerte.

„Hoi zäme, Chind!" begrüßte uns Gitika milde lächelnd, sich mit einer einzigen hoheitsvollen Bewegung hinter ihrem Schreibtisch erhebend.

Mit dem Arm machte sie eine einladende Geste à la my place is your place. Also platzierten wir uns artig im Halbkreis auf den weich nachgebenden Sofas. Unser Lehrer nahm in der Mitte neben Gitika Platz. Ich war noch nie auf einem so wichtigen *Meeting* gewesen und traute mich kaum zu atmen. Zuerst machten wir eine kurze Stille-Medi. Ich schielte unter halbgeschlossenen Lidern in die Runde und versuchte zu sehen, was die anderen machten. Wie merkte man, wann man die Augen wieder aufmachen sollte? Die meisten hatten die Augen zu, natürlich vor allem die beiden Erwachsenen, die sich offenbar sogar schon in so kurzer Zeit in einen Zustand tiefster Meditation versetzen konnten. Ich hoffte, Gitika hatte die Situation noch im Griff und würde bald wieder zu sich kommen. Ich hatte nämlich gehört, in tiefer Meditation lösten sich die Grenzen von Raum und Zeit komplett auf, sodass sich der einzelne Geist vollständig im allgegenwärtigen Sein verlor, eine Vorstellung, die ich reichlich bedrohlich fand. Was, wenn man von dort den Ausgang nicht mehr fand und für immer im Sein hängen blieb, ohne es zu merken? War man dann erleuchtet, und überhaupt, was hatte man denn davon, wenn man das nicht einmal mitbekam?

Meine Sorge war zumindest in jenem Moment unbegründet, denn nach einigen Minuten öffnete die Center-Leiterin wie auf ein geheimes Zeichen die Augen wieder und ergriff das Wort. „Sali, Chind. Jetzt sind ihr also bi mir glandet. Ihr wüsset ja, das I eigentlich kei Ziit für so öpis han. Aber ich ha ja scho die ganz Ziit immer wider vo eu ghört. Und I mues eu säge, das I würkli entüüscht bin vo eu. So chas würkli nümme wiiter gaa. Ihr mached mir ei Sannyasin nach em andere kabutt! Und langsam wird ich jetzt würkli hässig!“[21]

Kaputt? Ich erschrak. Wir machten die kaputt?! Ich dachte, die ganzen Lehrer und Kids Mamas verschwänden, weil sie einfach gerade keinen Bock mehr auf uns hätten. Keine Lust, keine Inspiration, keine Energy. Das sagten sie auch immer so: „S'isch nüüt Persönlichs, Chind.“ Sie wollten eben einfach auch einmal etwas anderes machen. Zum Beispiel Therapeut oder so.

---

21 Hallo, Kinder. Jetzt seid ihr also bei mir gelandet. Ihr wisst ja, dass ich eigentlich keine Zeit für so etwas habe. Aber ich habe ja schon die ganze Zeit immer wieder von euch gehört. Und ich muss euch sagen, dass ich wirklich enttäuscht bin von euch. So kann es wirklich nicht mehr weitergehen. Ihr macht mir einen Sannyasin nach dem anderen kaputt!

Doch wie sich nun herausstellte, sah die bittere Wahrheit anders aus. Ganz anders. Denn offenbar rannten einige unserer Lebensabschnittsbezugspersonen heulend zu Gitika und bettelten um Versetzung. Was diese dann als „kaputt" interpretierte. Nur weil sie heulten, etwa? Komisch, das war doch aber nur eine Katharsis, also doch eigentlich etwas Positives, jedenfalls bezahlten viele Leute viel Geld in den *Sessions*, um eine zu bekommen. Warum bedeutete das jetzt auf einmal „kaputt"?

„Der Ravishantar isch öie Lehrer. Er macht das für öi us Liebi. Wänn ihr nit ächli meh Reschpäkt chönt zeige, münd mir d'Schuel zue mache. Dänn chönd ihr i'd Dusse-Schuel. Was meined ihr denn, wie das wird? Dänn händ ihr nüüt me z'Lache!"[22]

Ui. Diese Drohung kam an. Betreten schauten wir alle auf den Boden. Es gab ja wenig, das uns beeindruckte. Doch in eine Draußen-Schule gehen zu müssen empfänden wir tatsächlich als tödlich. Die Menschen draußen waren nämlich grundsätzlich fast lebensgefährlich unbewusst. Keiner von uns wollte mit denen etwas zu tun haben. In der Draußen-Schule wären wir außerdem aufgrund der Altersunterschiede fast jeder alleine in einer Klasse. Allein unter lauter Draußen-Kindern. Alleine unter normalen Unbewussten. Keiner würde uns verstehen, man würde uns ausschließen, hänseln, diskriminieren und vielleicht quälen. Die Lehrer würden ungerecht sein und dumm, die anderen Schüler brutal und doof. Man würde uns zwingen, Dinge zu lernen, die nicht nur überflüssig waren, sondern darüber hinaus unsere Intelligenz verpesteten. Unsere Bewusstheit und Kreativität wiederum würde man verkümmern lassen. Die Draußen-Lehrer würden unsere Gehirne mit *Mind Fuck* zumüllen, konditionieren und traumatisieren sowie aller Wahrscheinlichkeit nach unsere ganzen

22 Der Ravishantar ist euer Lehrer. Er tut das für euch aus Liebe. Wenn ihr nicht etwas mehr Respekt zeigen könnt, müssen wir die Schule schließen. Dann müsst ihr in eine Draußen-Schule gehen. Was meint ihr denn, wie das wird? Dann habt ihr nichts mehr zu Lachen!

Chakren komplett verstopfen. Und all das nur, weil wir die große Gnade unserer eigenen Schule nicht zu würdigen gewusst hatten.

Schockschwerenot. Das durfte um keinen Preis passieren! Inbrünstig hoffte ich, dass sich Ravishantar noch einmal besänftigen ließe. Nach einigen Minuten drohenden Schweigens setzte Gitika ernsten Blickes erneut an. „Überhaupt, Chind. Überleget doch ämal. Was meinet ihr eigentlich, wie's am Ravishantar gaat, wenn ihr so gemein zu ihm siit?!", fragte sie mit leiser, sanfter Stimme, indem sie jedem von uns der Reihe nach in die Augen sah wie die Medusa.

Unruhig rutschte ich auf meinem Hintern hin und her und spürte, wie mir warm wurde. Ich schielte zu Ravishantar hinüber. Plötzlich sah ich mit aufsteigender Beklemmung, wie seine weiche, etwas wulstige Unterlippe zu zittern begann. Oi oi oi. Jetzt wurde es ungemütlich. Ich mochte es überhaupt nicht, wenn Erwachsene emotional wurden. Doch jahrelanges Training in „Lass es raus" hatte dazu geführt, dass die meisten Sannyasins sehr nahe am Wasser gebaut waren, wodurch ihre Gefühle beim kleinsten Anlass einfach überschwappten wie eine volle Güllegrube. Leichte Panik flog mich an. Ich mochte Ravishantar. Er war ein sehr lieber, wenn auch für den Job etwas zu naiver und gutmütiger Mensch aus dem Kanton Graubünden. Ich wollte nicht, dass er heulte, schon gleich gar nicht unseretwegen! Und doch musste ich unweigerlich beobachten, wie aus seinen randvoll gefüllten Augen nun eine dicke Krokodilsträne quoll. O Gott o Gott. Lange dauerte es nicht mehr und ich würde selber heulen. Nur einen Atemzug später entrang sich Ravishantars Brust ein tiefer Schluchzer.

Mir wurde heiß und kalt zugleich. Gitika saß mit ernstem Blick da, atmete tief und nickte bedächtig, als wisse sie haarscharf, was Ravishantar fühlte. Doch was nun? Auf einmal standen einige der Kinder auf, gingen zu Ravishantar hinüber und begannen, ihm tröstend über den Rücken zu streichen. Doch das machte das Ganze erst richtig schlimm. Ravishantar heulte nun auf wie ein Schlosshund und zitterte und bebte am ganzen Körper. Puh! Da kam ja richtig was hoch! Gitika nahm seine Hand und atmete tief mit ihm durch. „Jaaa“, sagte sie, „jaaaaa.“

Ich fühlte mich entsetzlich schuldig dafür, dass Ravishantar so weinen musste. Gleichzeitig war mir nicht so ganz klar, was eigentlich abging. Ich fühlte mich irgendwie erstarrt und begann, die Punkte im Muster des Teppichbodens zu zählen. Ich hoffte einfach, dass es bald vorbei sein würde. *This too shall pass,* zitierte Bhagwan gerne eine alte Zen-Geschichte.

Tatsächlich wurde Ravishantar irgendwann ruhiger.

„So, Chind“, sagte Gitika, und atmete hörbar ganz tief durch. „Dänn hämmers für hüüt. Ihr verstönd, dass ihr eu münd ändere?“[23]

Stumm nickten wir. Abschließend lobte sie die drei Kinder, die sich so liebevoll und mitfühlend um Ravishantars Rücken gekümmert hatten. Das sei Sannyas, sagte sie, und nickte bestärkend. „Ihr drü händ hüüt würkli öpis verstande.“[24]

Uns andere würdigte sie keines Blickes. Erneut spürte ich, wie mich Wellen der Scham durchwogten und wie mein Kopf röter als eine Tomate wurde. Ich hätte im Erdboden versinken mögen. Hätte ich doch nur auch getröstet! Was hatte ich nur für ein hartes Herz. Allerdings, überlegte ich, war es nicht eigentlich inkonsequent, jemanden zuerst in den Wahnsinn zu treiben und ihn anschließend zu trösten? Offensichtlich nicht. Offenbar hatte ich etwas falsch verstanden, etwas ganz Grundsätzliches nicht begriffen. Ich war ein schlechter Sannyasin. Es war, als hätte ich einen Stein im Bauch. Verunsichert und betreten schlich ich aus dem Zimmer, ohne dass es jemand sah.

* * *

---

23 So, Kinder, (...) Dann haben wir es für heute. Ihr versteht, dass ihr euch ändern müsst?

24 Ihr drei habt heute wirklich etwas verstanden.

Während die weltweite Sannyas-Bewegung laufend expandierte, kamen immer wieder besorge Messages, dass sich Bhagwans gesundheitliche Verfassung zunehmend verschlechtere. Neben seinem Asthma, dem Diabetes und diversen Allergien plagte ihn seit Neuestem eine schmerzhafte Bandscheibensymptomatik. Immer häufiger fielen im Ashram *Discourses* aus, weil er krank oder unpässlich war. Schon seit einer Weile war man anlässlich der langjährigen Querelen mit Nachbarschaft und Behörden auf der Suche nach einem alternativen Standort für den Ashram gewesen, und mit der Verschlechterung von Bhagwans Gesundheitszustand diskutierte man diese Option nun intensiver als je zuvor. Schließlich war die fulminante Luftverschmutzung der ständig wachsenden indischen Großstadt Poona, in der all das fröhlich herumtingelte, was die westlichen Zivilisationsländer wegen zu hohen Schadstoffausstoßes verboten und großzügig der dritten Welt gespendet hatten, einem Asthmatiker nicht gerade zuträglich. Man würde deshalb einen neuen Platz suchen, ein Gelände in dörflicher oder ländlicher Umgebung, wo man den Ashram neu aufbauen konnte. Ganz den gesundheitlichen Bedürfnissen des Meisters entsprechend und ohne auf spießige Anlieger Rücksicht nehmen zu müssen.

Überhaupt: Mit den unbewussten selbstzerstörerischen, politischen und gesellschaftlichen Entwicklungen der Draußen-Welt wollte man weniger denn je zu tun haben. In einer Ära, in der die Weltpolitik vom Kalten Krieg bestimmt wurde, träumten die Sannyasins von einer neuen Welt. Von ihrer Welt. Von einer Parallelgesellschaft, die völlig autonom wachsen, blühen und gedeihen würde. Um genau zu sein: Sie träumten von nichts weniger als dem Paradies.

Doch die Suche zog sich hin. Im April 1981 verkündete Bhagwan zum Erschrecken seiner Schüler nach längerer Krankheit, er werde von nun an gar keine *Lectures* vor großem Publikum mehr halten, da ihn diese Veranstaltungen einfach zu sehr anstrengten. Abgesehen von seiner schwachen Gesundheit seien seine Sannyasins nun außerdem zunehmend bereit, mehr und mehr „in die Stille zu gehen". Sie hätten nun eine höhere Stufe des Bewusstseins erreicht, in der das direkte Wort eines Meisters nicht mehr notwendig sei.

Während der weiterhin täglich stattfindenden Zusammenkünfte, den *Satsangs*, wurde nurmehr schweigend meditiert, unterbrochen von Musik oder kurzen Lesungen aus Bhagwans aufgezeichneten Vorträgen. In der Schülerschaft war man zwar geschockt und enttäuscht, trug es aber mit Fassung. Surrender. Reden war Silber, Schweigen ist Gold.

Nachträglich betrachtet stellte diese Veränderung einen Meilenstein in der Sannyas-Geschichte dar, deren ungeheure Folgen damals niemand auch nur ansatzweise vorhersehen konnte. Mit Beginn der meisterlichen Schweigephase nämlich gewannen Mittelsmänner und -frauen von einem Moment auf den anderen eine Macht, die sich als gewaltig herausstellen sollte. Man wusste es noch nicht. Aber Sheelas Ära dämmerte herauf.

Sheela Silverman, eine junge Inderin aus Baroda, war 22 Jahre alt, als sie 1972 zu Bhagwan kam. Sie war eine strebsame, hingebungsvolle und treue Schülerin, die ihren Meister glühend verehrte. Mit viel Ehrgeiz, Zielstrebigkeit und Herzblut schaffte sie es im Laufe der Jahre, immer weiter in Bhagwans direkte Nähe vorzurücken. Als 1981 die Notwendigkeit eines neuen Standortes immer drängender wurde, sah sie ihre Zeit gekommen. Bis zu diesem Zeitpunkt hatte Laxmi, tatsächlich Bhagwans allererste Sannyasin, Mitbegründerin des Ashrams (1971) und bisherige Secretary, bereits ganz Indien abgesucht. Und Indien war groß. Doch leider gestaltete sich das Unterfangen schwierig. Bhagwan hatte mittlerweile einen Ruf, der zwar nicht nur negativ, aber eben doch abschreckend wirkte. Er war weithin bekannt und man schätzte es durchaus, dass er als indischer Guru sogar im Westen auf Anklang stieß. Trotzdem stand man ihm skeptisch gegenüber. Erleuchtet konnte ja sein, wer wollte, aber den Skandal-Heiligen direkt vor der eigenen Haustür zu haben war dann doch noch mal eine ganz andere Nummer, auf die man gerne verzichtete. Verschiedene Aktionen wie etwa ein plötzlich vergifteter Brunnen auf einem fast schon gekauften Gelände machten deutlich, dass Bhagwan und sein Gefolge nicht willkommen waren.

In diese stagnierte Situation hinein betrat Ma Anand Sheela die Bühne. Verheiratet mit einem Amerikaner, Mr. Silverman, und viele Jahre in den USA ansässig, hatte sie noch immer gute Kontakte dorthin. Sie fand, Amerika sei ein gutes Land. Wenn Indien für Bhagwan nicht bereit war, musste man eben einen anderen Nährboden für den New Man finden! Ein Land, das sich zeitgenössischen Entwicklungen nicht derart verschloss. Und welches Land wäre dafür geeigneter als Amerika, das Land der Pioniere? In den USA war viel Platz. Zudem war die moderne amerikanische Gesellschaft sicherlich aufgeschlossener als die traditionsfixierte indische. Immerhin stammte inzwischen ein Großteil der Sannyasins aus dem Westen. Das bedeutete doch, dass Bhagwan dort eher akzeptiert werden würde als in seinem eigenen Land – traurig, aber wahr. Und, vor allem, wären Lebensstandard und -umfeld in den USA ohne Frage gesünder als die dräuende indische Millionenmetropole Poona. Bhagwan brauchte dringend eine ordentliche medizinische Betreuung. Und die würde er in den USA sicher bekommen.

Also begann Sheela, parallel zu Laxmis indischer Suche, auf dem amerikanischen Kontinent nach einem Standort zu fahnden. Überraschend schnell wurde sie fündig: Im östlichen Bundesstaat Oregon stieß sie auf die alte „Big Muddy Ranch". Dieses Areal von sagenhaften 25.600 Hektar Größe lag in the middle of nowhere mitten in der Wüste. Wonderful. Für über fünf Millionen Dollar erstand sie als Präsidentin der „Rajneesh Foundation International" das brachliegende Gelände. Hier, fernab der Gesellschaft und Zivilisation, würde man endlich so leben können, wie man wollte und sollte. Zwar hatte die Big Muddy Ranch einen kleinen Haken: Das gesamte Areal war als Landwirtschaftsgelände klassifiziert. Das bedeutete, es durfte der amerikanischen Gesetzeslage zufolge nur zur Landwirtschaft und zu nichts anderem genutzt werden. Doch leichter gesagt, als getan: Besah man sich das Umland der Ranch genauer, offenbarte sich sehr schnell, weshalb das Objekt seit Jahren leer stand. Trotzt des verheißungsvollen Namens nämlich gab es auf dem Grundstück viel zu wenig Wasser, als dass die sinnvolle Bewirtschaftung eines Areals dieses Ausmaßes möglich gewesen wäre. Gleichzeitig bedeutete die Klassifizierung als Agrarfläche, dass auf diesem Gelände nur eine minimale Zahl an Wohngebäuden erlaubt war. Was also anfangen mit einem Stück Land, das man nicht bestellen konnte und nicht bebauen durfte?

Es war überdeutlich: Nur ein Idiot würde die Muddy Ranch unter diesen Voraussetzungen kaufen. Sheelas Aufkreuzen muss für die Verkäufer der Muddy Ranch der Sechser im Lotto gewesen sein, an den sie vermutlich selbst nie richtig geglaubt hatten. Zwar war auch für Bhagwans Projekt – eine Stadt! – die Muddy Ranch mit ihren baulichen Auflagen und geographischen Gegebenheiten gänzlich ungeeignet. Doch Sheela war eine Sannyasin. Und Sheela war im Rausch. Sheela war dabei, in eine absolute Spitzenposition im Sannyas-Imperium aufzusteigen. Sie hatte das neue Land gefunden. Sie würde ihrem Meister und seinen Tausendschaften ermöglichen, wonach der Kern ihres Daseins am sehnlichsten dürstete. Landwirtschaft? Wasser? Baugenehmigung? Who the fuck cares! Sannyasins waren nicht vernünftig. Sannyasins lebten *the way of the heart* – "vom Herzen her". Wen kümmerten schon die bescheuerten Gesetze der unbewussten Draußen-Menschen? Sannyasins ließen sich nicht von Zukunftsängsten blockieren, sie lebten im Hier und Jetzt. No problem. Don't worry, be happy!

Zwar gab es noch ein, zwei andere Problemchen. Das waren zum einen die Einwanderungsbestimmungen der USA. Die wenigsten Sannyasins, geschweige denn Bhagwan selbst, besaßen ein Aufenthaltsrecht für die Staaten. Trotzdem plante man eine Einreise im ganz großen Stil. Aber, hey – wenn man im Moment lebte, stellte ja auch das erst einmal kein Hindernis dar. Außerdem gab es ja nicht wenige amerikanische Sannyasins, die jetzt vielfach aus Nächstenliebe oder hier und da auch gegen einen kleinen Geldbetrag einer Heirat mit dem meistbietenden *Fellow Disciple* zustimmten. Warum auch nicht? Wenn die Draußen-Menschen so bekloppte Regeln aufstellten, musste man eben auch zu entsprechenden Mitteln greifen. Die Ehe selbst galt linientreuen Sannyasins nicht mehr als eine bürokratische Flatulenz, einen Ehevertrag unterschrieb man folglich ähnlich emotionslos wie andere Leute den Kaufvertrag einer Waschmaschine.

Als zweiten Wermutstropfen hätte man die angrenzenden Farmer betrachten können: Beseelt von jener erzkonservativen Geistesgesinnung, an denen jeder Vertreter der Tea-Party-Bewegung seine hellste Freude gehabt hätte, waren sie über die neuen Nachbarn alles andere als begeistert. Doch auch dieser, im Prinzip schon mit Vertragsunterzeichnung offenliegende Konflikt wurde mit einem Jauchzer vom Tische gefegt. Klaro, dass diese unbewussten Oregoner Bauerntölpel keinen Bock hatten auf einen indischen Sex-Heiligen und seine ausgeflippte Bagage. Die wollten ihren tumben Lebenswandel aufrechterhalten, bei dem sie stumpfsinnig malochten, abends soffen, einmal die Woche freudlos ihre ehelichen Pflichten vollzogen, tonnenweise Tierleichenware in sich hineinschaufelten und sich am Sonntag durch den Gottesdienst quälten, bloß damit „die anderen“ nichts zu lästern hatten. Denen würde ein bisschen frischer *Buddhafield-Wind* nur guttun! Die wussten ja gar nicht, was für ein Glück sie hatten. Wenn sie auch nur ein bisschen *aware* wären, würden sie von der energetisierenden Nähe des Buddhafields praktisch unverdient sogar noch profitieren. Falls nicht, eben nicht – notfalls versauerten sie eben weiter in ihrem tristen Dasein vor sich hin, unser Problem war das nicht.

„America is ready for the New Man!“, verkündete Sheela stattdessen im Brustton der Überzeugung.

Ein Satz, ein Versprechen, eine Vision von historischer Bedeutung in der Sannyas-Historie.

Wo sie das hernahm – wir werden es nie erfahren. Aber sie war sehr überzeugt. Und überzeugend. Sie „vertraute“ einfach. Und Vertrauen war gut. Kontrolle fand man schlecht, zumindest in jenem Stadium noch. Vertrauen war für Mutige, Kontrolle für Ängstliche. Und ein Sannyasin war mutig. Ein Sannyasin wusste: *Existence takes care.* Deshalb: Wage den Sprung. *The quantum leap. The mind is fearful. The mind is tricky. Don't let your fears stop you! Follow your heart!*[25] Immer diese Ängste, ach was! *Think positive!* Bauland? Agrarwirtschaftliche Gesetzmäßigkeiten?

Politische Einwanderungsbestimmungen? Nachbarschaft? Hä? *Let's celebrate!*

* * *

Bhagwan entließ Laxmi und machte Sheela zur neuen organisatorischen Leiterin seiner Bewegung. Die Nachricht von seinem Umzug und der geplanten „Rajneesh-Stadt“ ging wie ein Lauffeuer um die Sannyas-Welt. Das Baby hatte auch schon einen Namen: „Rajneeshpuram“, der indische Begriff für Rajneesh-Stadt. Eine goldgräberähnliche Aufbruchsstimmung entbrannte und setzte ungeheure Energien frei. Was für eine Sensation! Was für ein Glück! Was für ein irrsinniger, wahnsinniger, sannyasmäßiger Schritt! Wie aufgescheuchte Hühner und über alle Backen strahlend liefen die Zürcher Sannyasins umher und riefen: „Händ ihr scho ghört, de Bhagwan gaat uuf Amerika!“ oder gleich: „Mir gönd uuf Amerika!!“

Auch ich liebte diese Vorstellung. Amerika! Ich liebte Winnetou, Indianer, wilde Pferde und Büffelherden. Schon in meiner dörflichen Grundschule hatte ich zur Ratlosigkeit meiner Mutter und zum Unverständnis meiner Klassenkameraden ein Büchereinbandpapier gewählt, das anstatt der

---

25 Die Existenz sorgt für alles. (Wage den Sprung.) Den Quantensprung. Der Verstand ist ängstlich. Der Verstand ist tückisch. Erlaube deinen Ängsten keine Kontrolle über dich! Folge deinem Herzen! (...) Denk positiv! (...) Lasst uns feiern!

mädchentypischen Blümchen, Bärchen oder Prinzessinnen dahinpreschende Cowboys und Indianer zeigte, also offensichtlich ein „Bubenpapier" war. Mir war das egal. Davon inspiriert träumte ich während des Unterrichts stundenlang von dem zugleich wilden und friedlichen Wildwestleben. In meiner Lieblingsphantasie war ich eine Squaw, die vor ihrem Tipi in einem riesigen Kessel über dem offenen Feuer Büffelsuppe für ihren Häuptling kochte, und die ein weißes Pony besaß, das sie ganz ohne Sattel und Zaumzeug reiten konnte. Aber auch die Lebensart eines ordentlichen Cowgirls war nicht zu verachten. In dieser Vision trug ich ein rotkariertes Hemd und bevorzugte einen schwarzweißen Schecken, den ich im Wildweststil ritt. Ich war die beste Rindviehhüterin im ganzen Land und berühmt dafür, dass alle Tiere mich liebten.

Und nun hatte Bhagwan eine eigene Ranch gekauft! Für uns alle! Man erzählte sogar, auf dem Gelände der Big Muddy Ranch seien früher John-Wayne-Filme gedreht worden.

Ich mochte zwar Clint Eastwood lieber, trotzdem war das alles ganz nach meinem Geschmack. Wenn Rajneeshpuram, oder, wie wir bald nur noch sagten, „die Ranch" bereit sein würde, würden wir alle dorthin ziehen, alle Sannyasins von der ganzen Welt. Auch mein Vater, meine Mutter, meine Schwester und ich. Wir würden auf Pferden reiten und in der unmittelbaren Nähe Bhagwans fast wie von selbst erleuchtet werden. Ich wusste, im unmittelbaren Umfeld, also Buddhafield eines erleuchteten Meisters, vor allem eines Jahrhunderterleuchteten wie Jesus, Mohammed, Gautama Buddha, Bhagwan und noch ein paar anderer, ging das Erleuchtetwerden besonders leicht. Deshalb wollten immer alle möglichst in der Nähe von Bhagwan leben. Und wenn das so war, wollte auch ich es. Denn Erleuchtung, was auch immer das sein mochte, war das Beste.

Ohne Aufschub machten sich die amerikanischen Sannyasins vor Ort sofort daran, auf dem verlassenen Gelände der Muddy Ranch die neue Oase aus dem Boden zu stampfen. Hier würden wir fernab der umnachteten Gesellschaft endlich ungestört so leben können, wie es uns passte. Und zwar nicht nur glücklich und frei, sondern, wie Bhagwan prophezeite, auch sicher. Der Aspekt der Sicherheit war einer, der mich grundlegend beschäftigte, denn wenig ängstigte mich zu jener Zeit mehr als die Bedrohungen des Kalten Krieges. In der Schweiz hatte jeder Landesbürger Anspruch auf einen Platz in einem Luftschutzbunker, und jedes neu gebaute Haus musste einen solchen nachweisen. Auch unser Haus im Dorf hatte einen Luftschutzkeller gehabt, ein kleiner Raum mit einer dicken, schweren Betontür, die nur mein Vater bewegen konnte. In der Stadt Luzern, wo meine Großeltern lebten, hatte man, da es dort noch viele alte Häuser ohne entsprechende Keller gab, extra einen Verkehrstunnel umgebaut. Dieser konnte nun im Notfall im Nu zu einem Bunker für 20.000 Menschen umfunktioniert werden, komplett mit Betten, sanitären Anlagen, lebensmitteltechnischer Versorgung und medizinischen Einrichtungen ausgestattet.

Da der Kalte Krieg wie ein Damoklesschwert über der ganzen Welt schwebte, machten sich auch die Sannyasins Gedanken über den Fall der nuklearen Katastrophe.

Denn der Atomkrieg würde kommen, die Frage war nur noch, wann. In den Kommunen zeigte man den aktuellen Spielfilm „The Day After“, und alle waren schockiert. Wir Kinder sahen den Film nicht, doch reichten mir schon die betretenen Mienen der Erwachsenen am nächsten Tag. Zumal uns allen klar war, dass die Luftschutzräume unserer Höngger Familiensiedlung wohl kaum Raum für unsere mittlerweile rund 500-köpfige Gemeinschaft bieten würden.

Doch Bhagwan und Sheela sorgten für uns: Für den Fall des Big Bang plane man, so stand es in der Sannyas-Zeitung „Rajneesh Times“, in Rajneeshpuram eine komplett unterirdische Parallelstadt zu errichten. Dort würden wir auch nach der ultimativen Bombe weiterleben wie bisher, und liebend, lachend und meditierend darauf warten, dass die Erde wieder bewohnbar würde.

Ich atmete auf. Die Bilder von der nuklearen Verwüstung bedrückten mich fast permanent, und ich war froh, dass Bhagwan sich Gedanken darüber machte, wie er uns davor beschützen konnte. Dass wir Sannyasins den Atomkrieg überlebten, lag nämlich nicht nur in unserem individuellen Interesse, sondern jenem der Menschheit überhaupt. Die Welt brauchte unsere Spiritualität dringend. In gewisser Weise würde die Welt nach dem Atomkrieg eine bessere sein: gereinigt von allen bösen, aggressiven und negativen Subjekten würde endlich eine neue Menschheit entstehen können. Ein spiritueller, liebevoller, intelligenter und reflektierter Mensch, der im Einklang mit der Natur und seinem Umfeld lebte. The New Man, eben. Die Erde reinigte sich von der Krätze Mensch mittels Atomkrieg und – wie sich bald zeigen würde, AIDS – quasi einfach selbst.

Ich fand den Plan mit der unterirdischen Stadt supi. Das Einzige, was mich beunruhigte, war erstens, dass man noch nicht wusste, wann man mit dem Bau dieser Stadt beginnen würde, und zweitens, dass ich mich fragte, wie wir alle rechtzeitig dorthin kommen sollten. Vielleicht wäre es am besten, seine Koffer stets gepackt zu haben? Ich fragte meinen Vater, wie er das handhabe, immerhin hatte er ja Erfahrung mit Krieg. Doch der schüttelte nur den Kopf und sagte, er glaube nicht an die unterirdische Sannyas-Stadt, das sei ja lachhaft.

Ich war schwer enttäuscht von ihm und hoffte, dass er eines Besseren belehrt werden würde. Ich jedenfalls glaubte fest daran. Während der Rest der Welt sich mit Atombomben bedrohte, die Umwelt zerstörte und einen Börsencrash nach dem nächsten fabrizierte, würden wir dort weiterhin nach Erleuchtung streben. Denn nichts anderes zählte am Ende. Was brachte es schon, in eine atomar verstrahlte, klimaerwärmte und überbevölkerte Welt wiedergeboren zu werden? Das war keine Aussicht. Das einzig wirklich ernsthaft Erstrebenswerte im Leben war und blieb die Erleuchtung, der glückselige Zielbahnhof allen Karmas und mühevoller Wiedergeburten.

Und auf der Ranch hatte man gute Chancen, den Absprung zu schaffen. Auf dem Gelände der alten Muddy

Ranch würden, so sagte es Bhagwan voraus, so viele Menschen an einem Ort erleuchtet werden wie nie zuvor in der Geschichte der Menschheit. Die Erleuchtungsdichte werde höher sein als irgendwo sonst auf der Welt und die spirituelle Energie damit so hoch, dass die Hürde zu dieser höchsten aller Bewusstheitsstufen auch für alle anderen Anwesenden leichter zu nehmen sein werde. Allein ein Aufenthalt in diesem gigantischen Buddhafield werde eine massiv transformierende Wirkung haben. Die neue Stadt Rajneeshpuram werde eine Insel der Glückseligen sein, eine Oase in der Wüste der unbewussten, griesgrämigen und kapitalistischen *Western World.*

Rajneeshpuram, unser Traum. Unsere Vision. Unser Paradies.

* * *

Der Sommer ging zur Neige, und bald auch der Herbst. Die Tage wurden kürzer. Wir sammelten Laub und pressten es zwischen Buchseiten, wie alle Kinder. Die Tage wurden noch kürzer. In unserer Schule zündeten wir nun jeden Tag Kerzen an. Wir buken Plätzchen, die wir mit bunten Streuseln verzierten. Ein paar von den Kleinen übergaben sich, weil sie zu viel Teig gegessen hatten.

An Weihnachten gab es eine besondere Music Group in der Medi-Halle. Zwar glaubten die Sannyasins nicht an Weihnachten, aber warum eine Gelegenheit zum Feiern auslassen? Es gab ein tolles Abendessen, und jeder bekam ein Päckchen mit einer Überraschung: Ein Pullover oder T-Shirt mit dem Sannyas-Emblem und dem Gyandip-Schriftzug drauf. Wir Kinder bekamen das gleiche – kleine, flauschige rosa Sweater mit Kapuze. Danach fuhren meine Schwester und ich für zwei Wochen zu unseren Luzerner Großeltern in die Ferien.

Ich vermute, diese zwei- bis dreimal jährlichen Aufenthalte waren vor allem dem Wunsch meiner Großeltern zu verdanken, uns für einige Wochen den Fängen der Sekte zu entreißen, beziehungsweise wenigstens ein bisschen Kontrolle über unsere Entwicklung zu behalten. Man musste meine Großeltern bewundern für ihre Loyalität, ihre Großzügigkeit und auch ihre Toleranz. Die Eltern meiner Mutter nämlich waren traditionsbewusste Christenmenschen, beide Lehrer und zudem überzeugte Schweizer. Das sagt alles. Allein die Existenz einer so windigen Gruppierung wie die der Sannyasins war im Prinzip ein Schlag ins Gesicht meines so wertebewussten, konservativen und bürgertreuen Großvaters. Und schon die Scheidung meiner Mutter war mehr gewesen, als er sich je hätte träumen lassen. „Bei den Sutters gibt es keine Scheidung", hatte er immer gesagt.

Der Opa war noch ein Patriarch der alten Schule. Und jetzt gab es plötzlich doch eine, eine Scheidung. Und nicht nur das: Seine Tochter zog mit ihren Kindern auch noch in eine Sekte. In die Sex-Sekte.

Nicht wenige Sannyasins berichteten mit fast stolzem Unterton, nach ihrem Sannyas-Nehmen von den Eltern verstoßen worden zu sein. Es wunderte mich wirklich, dass meiner Mutter dieses Schicksal erspart geblieben war. Denn, absolut: Die Großeltern waren entsetzt. Sie waren wirklich zutiefst schockiert darüber, was da auf einmal über die Familie hereingebrochen war, oder vielmehr von ihr weggebrochen. Doch anstatt meiner Mutter die Tür zu weisen, bemühten sie sich, den Kontakt zu halten. Sie unterstützten meine Mutter wann immer nötig und möglich und luden uns Kinder regelmäßig in die Ferien ein.

Die Wochen bei meinen Großeltern waren mit die friedlichsten jener Zeit. Oma und Opa lebten am Stadtrand von Luzern noch immer in demselben Haus, in dem auch meine Mutter großgeworden war. Ich liebte dieses Haus, nicht zuletzt aus dem Grund, weil es die einzige Adresse war, die in meinem Universum eine örtliche Kontinuität aufwies. Egal, wo auf der Welt ich gerade lebte: Dieses Haus blieb. Und auch im Inneren des Hauses blieb alles genau so, wie es immer schon gewesen war. Das knarzende Parkett. Die schweren

Möbel in der Diele. Der besondere Geruch gemangelter Wäsche im Gästezimmer. Die große Vogel-Voliere auf der Terrasse, das friedliche Kuhgebimmel in der Nacht. Der Geruch von warmem Holz, wenn morgens die Sonne auf die tannengrün gestrichenen Fensterläden schien, die sanft sich blähenden Gardinen aus gestärktem Musselin.

Immer zur vollen Stunde gongte die antike Standuhr des Urgroßvaters in der Stube, dunkel und majestätisch. Als ich noch klein gewesen war, hatte ich mir dann immer die Ohren zugehalten, weil ich mich fürchtete vor ihrem fast düsteren Ton, der zu jeder Zeit so klang, als wolle er die Geisterstunde einläuten. Auch fürchtete ich, in der Uhr eingesperrt zu werden, wie die sieben Geißlein. Ich hütete mich daher, der Uhr zu nahe zu kommen. Später hingegen fand ich die stetige Wiederholung des uralten Uhrwerks beruhigend und heimelig und wartete geradezu darauf, dass sich wieder eine Stunde vollendete. Gerne stellte ich mir dann vor, wie der Urgroßvater und seine Frau früher am schweren Stubentisch neben eben dieser Uhr gesessen hatten, er jassend mit einigen Kameraden, im Mundwinkel eine kokelnde Pfeife, vor sich einen Humpen Bier. Die Urgroßmutter etwas abseits, vielleicht mit einer lauwarmen Tasse Tee, strickend oder ein paar Wollsocken stopfend. Es roch noch leicht nach dem Sauerbraten vom Mittagessen. Aus dem Radio drang leise Ländlermusik, sonst war alles still und friedlich. Wenn die Uhr dann schlug, hielten die alten Leute inne, blickten auf das Ziffernblatt, und einer sagte gewiss: „Jetzt het's Zwölfi g'schlage."

Und die anderen nickten ehrfürchtig. Sobald die Uhr wieder ihr normales, sekündliches „Tick, Tack" verlauten ließ, würden die Männer weiter in ihr Blatt hineindösen, während die Stricknadeln der Urgroßmutter ihr monotones Klappern wiederaufnahmen. Über dieser Vorstellung schlief ich gerne ein, und schlief so tief und fest in dem gemangelten weißen Leinenbettzeug wie nirgendwo sonst.

Im ganzen Haus verteilt standen bis unter die Zimmerdecken Bücherregale. Meinem eigenen Alter entsprechend entdeckte ich darunter immer wieder Neues: Bilderbücher, Märchenbücher, GEOs, Romane, Krimis, Literaturklassiker, Nachschlagewerke, Sachbücher, Lexika und Opernführer. In meinen jüngeren Jahren liebte ich, wie alle meine Cousins und Cousinen, die Bücher um Globi, eine Art Schweizer Nationalheld in Comic-Form. Die Globi-Geschichten erzählten kleine Anekdoten über große Themen. Wir fanden nie heraus, was für ein Wesen der Globi eigentlich darstellen sollte: er ging aufrecht und sprach und handelte wie ein Mensch, war aber blau und hatte einen gelben Schnabel. Vermutlich, so rein nach dem Ausschlussverfahren besehen, war er eine Art Papagei.

Später liebte ich neben der alten „Ein Herz für Tiere“-Sammlung meines Onkels vor allem ein Sachbuch über die Entstehung der Erde. Darin gab es ein langes Kapitel über die Dinosaurier, die in Wirklichkeit ganz offensichtlich Monster waren. Ich konnte nicht glauben, dass diese Wesen wirklich einmal durch die Schweiz gestiefelt sein sollten. Bhagwan sagte ja, Raum und Zeit seien nur eine Illusion, in Wirklichkeit sei alles eins. Ich war mir aber ganz und gar nicht sicher, ob ich diesen Zustand, in dem Bhagwan lebte, wirklich jemals erreichen wollte. Müsste ich dann nicht ständig damit rechnen, dass mir zum Beispiel beim gemütlichen Bummel an Omas Hand durch die Luzerner Innenstadt auf einmal ein Flugsaurier die Krallen ins Haupt schlug?

Die größten Dinosaurier, die in dem Buch vorkamen, die Brontosaurier, waren 30 Meter lang und 70 Tonnen schwer. Beruhigenderweise waren sie Vegetarier. Damit war für mich bewiesen, dass letztendlich, Gott sei Dank, immer das Gute auf der Erde siegte. In dem Buch stand, dass die Dinosaurier 145 Millionen Jahre lang die Erde bevölkert hatten, der Mensch dagegen bisher nur ein paar Tausend Jahre, und auch das, wie Bhagwan ja sagte, sicher nicht mehr für lange. In diesem Vergleich mussten die Menschen der Erde vorkommen wie lästige kleine Insekten, deren sie sich, sobald sie ernstlich zu nerven begannen, mit etwas Feuerspucken,

Beben oder einem neuen Urknällchen entledigen würde. Wir Menschen waren mitnichten die Krone der Schöpfung, sondern im Gegenteil eine Art Schädlingsbefall. Wir waren auf der Erde höchstens geduldet. Es war nur eine Frage der Zeit. Besser man sah, wo man blieb, indem man sich rechtzeitig ins Nirvana verzupfte, bevor die Erde für unsere Inkarnationsform unbewohnbar wurde.

Ich liebte die Vorhersehbarkeit im Alltag meiner Großeltern. Alles war und blieb an Ort und Stelle und ging stets den gleichen Trott. Neben den vielen Büchern gab es in der großelterlichen Stube eine Sammlung von Langspielplatten mit Klassik, Opern und Hörspielen für Kinder, die alle immer in der gleichen Reihenfolge sortiert waren. Die Kinderplatten standen ganz links, die Schweizer Komiker und Liedermacher Emil, Mani Matter und Wolly Geiler, die wir auch sehr gerne hörten, etwa in der Mitte. Davor saß ich stundenlang mit einem überdimensionalen, gepolsterten Kopfhörer, um meine Großeltern nicht damit zu nerven, dass ich meine Lieblingsplatten ein- ums andere Mal immer und immer wieder hörte, bis mir der Kopf dröhnte.

Auf dem Buffet im Wohnzimmer hatten meine Großeltern jeweils, wenn eines ihrer fünf Kinder das Elternhaus verlassen hatte, eine gerahmte Fotografie zur Erinnerung aufgestellt. Bei jedem Besuch nahm ich alle Bilderrahmen nacheinander in die Hand und betrachtete sie eingehend. Meine Mutter und ihre Geschwister blieben immer gleich jung, glatt und schön. Sie wirkten glücklich. Als nach und nach Enkel auf die Welt kamen, bekamen auch diese ihren festen Platz auf dem Familienaltar. Auch meine Schwester und ich erschienen hier, noch mit normalen Kleidern, aufgenommen in unserem alten Garten. Unser Bild hier vorzufinden, beruhigte mich immer eigentümlich. Hier war er, der Beweis: Es gab uns.

Trotzdem war ich von unserer Fotografie mal mehr, mal weniger befremdet.

Wenn wir in Luzern am Bahnhof ankamen, war es, als schlüpften wir in andere, eigentlich abgelegte Identitäten:

jene von Brigitte und Bea. Nicht ein einziges Mal nahmen unsere Großeltern unsere Sannyas-Namen in den Mund. Auch sonst wurde das Thema einfach totgeschwiegen.

Und tatsächlich: Kaum war ich dort, schämte ich mich für unser Sannyas-Dasein. Ich wusste, dass mein Opa es nicht guthieß. Ich schämte mich dafür, dass er im „Stern" mit den nackten Brüsten irgendwelcher Mas konfrontiert wurde, oder mit der Information, dass man in den Kommunen jetzt nur noch mit Gummi vögelte. Ich empfand das als Angriff auf seine Integrität. Also versuchte ich, meinem Großvater zuliebe so wenig wie möglich von meinem Sannyas-Wesen durchblicken zu lassen, und fürchtete doch, es könne durchdrücken, wie der Geruch aus einer angeblich noch so dichten Windel.

Was auch immer meinen Großeltern durch den Kopf gegangen sein mag: Während unserer Luzerner Ferien wurden wir stets behandelt wie die Königskinder. Morgens gab es frische Gipfeli und Caotina. Jeden Tag fragte uns der Opa, was wir zum Mittagessen haben wollten, indem er uns zwischen zwei bis drei Gerichten wählen ließ. Er achtete peinlichst darauf, dass es mindestens jeden zweiten Tag ein Fleisch wurde, denn: Fleisch war ja unverzichtbar für die Knochen, und wenn wir schon sonst nie etwas Rechtes bekamen, so mussten wir wenigstens in den Luzerner Ferien ordentlich ernährt werden. Jeden Tag um 13 Uhr kam das Mittagessen auf den Tisch, während auf DRS1 die Nachrichten liefen. Während dieser Zeit durfte man nicht sprechen. Vorneweg gab es meistens eine kleine Schale Bouillon, die nur mein Opa schlürfen durfte, wir anderen aber unbedingt geräuschlos löffeln mussten.

Auch auf die Vermittlung gesellschaftlich notwendiger Manieren und Etikette war man bedacht. Jeden Morgen musste ich mir von der Oma mein normalerweise lose fallendes Haar in Zöpfe flechten lassen und den Pony mit Klammern aus der Stirn heften, denn herumhängendes Haar konnte mein Opa auf den Tod nicht ertragen. „Gang di go frisiere, Brigitt!", rief er dann.

Das Wort meines Großvaters duldete keine Widerrede. Zur immer gleichen Zeit wurden wir geweckt, machten wir unser Bett, putzten wir die Zähne.

„Gäbet dr Frau Brun s'Händli“, hieß es, „hol mir dä Blick vom Kiosk“, „halt de alte Frau d'Türe uuf!“

Opa legte großen Wert auf Strebsamkeit, Ehrgeiz und gute Noten, aber auch auf musikalische Erziehung und sportliche Wanderlust. Gerne erzählte er auch aus der Schweizer Geschichte, und wenn er in Stimmung war, fragte er das Gelehrte zu einem späteren Zeitpunkt ab. An sonnigen Sonntagen hisste er manchmal die Schweizer Fahne im Garten, deren leises Spiel im Wind wir dann kollektiv bewundern sollten.

Manchmal gingen mir die Regeln, Reglements und Befehle in diesem Haus auf den Keks. Doch war und blieb mein Opa in meinem Leben eine, ja die Autoritätsperson – im Leben nicht wäre mir ihm gegenüber ein in der Kommune so geläufiges „läck mi doch am Arsch“ über die Lippen gekommen. So sehr mich die spießigen Ansagen nervten, so sehr entspannte es mich, mein Leben für ein paar Tage in geordneten Bahnen zu wissen und nur „folgen“ zu müssen. Keine Entscheidungsfreiheit. Aber auch keine Verantwortung. Über die Grundregeln von Zucht und Ordnung hinaus bemühte sich der Opa, uns die Schönheiten der Schweizer Natur und Kultur nahe zu bringen. Jeden Tag unternahmen wir einen Ausflug, auf einen Berg, in ein Museum, mit einem alten Raddampfer über den Vierwaldstädtersee. Wir besuchten Kinderaufführungen im Luzerner Stadttheater, „Hänsel und Gretel“, „Frau Holle“ und „Die Schneekönigin“ – zweifellos kostspielig, aber unvergesslich. Die Oma wurde angewiesen, mit uns auf dem Weg zum Einkaufen an diesem und jenem Denkmal vorbeizugehen, und Oma erzählte uns, was es dazu eben Historisches zu erzählen gab. Ich wusste, all dieses gesellschaftliche Zeug war eigentlich nur Mind Fuck. Trotzdem hörte ich ihre Erzählungen gerne.

Teil unserer Ausflüge war routinemäßig auch der Besuch eines Cafés oder Restaurants, ein Luxus, den wir ja selten genossen. Draußen-Essen! Einfach bestellen, was man wollte! An Ostern besorgten sie für uns wunderschöne Schoko-Osterhasen, und zwar nicht die aus der Migros, sondern vom Niederegger, dem besten Confiseur am Platz.

Meine Mutter sagte ihren Eltern manchmal, das sei doch nicht notwendig, für Kinder, doch die Großeltern ließen sich nicht abbringen davon. Und eines war so sicher wie das Amen in der Kirche: Auch mein erst achtjähriger Gaumen wusste handgeschöpfte Chocolaterie-Produkte der freudlosen Massenware eindeutig vorzuziehen. Meine Großeltern hatten ihr Leben lang hart gearbeitet und immer sparsam gelebt. Doch jetzt, im Ruhestand, nahmen sie sich Zeit, die schönen Seiten des Lebens zu genießen. Für ihre Enkel war ihnen nichts zu schade.

Die Besuche bei Oma und Opa bedeuteten eine Reise zwischen den Welten. In Luzern wurde ich „Brigitt“, der „Leela“ peinlich war, in Zürich wieder das Sannyasin-Kind, das sich für das Fehlen der eigenen Integrität schämte. Denn als Brigitt empfand ich mich immer ein wenig als Verräterin von Bhagwans Werten. Wenn wir von den Großeltern in die Kommune zurückkehrten, hatte ich deshalb gewöhnlich einen ganzen Strauß schlechten Gewissens dabei: Weil ich Fleisch gegessen hatte, weil ich gesellschaftliches Zeug wie Wandern und Museumsbesuche gemacht und mich an materiellen Dingen erfreut hatte, weil ich gefolgt hatte, obwohl es vielleicht meinem momentanen Gefühl widersprochen hatte, und weil ich nicht immer geradeaus gesagt hatte, wenn mich etwas angekotzt hatte.

Vor allem aber schämte ich mich, weil ich die Zeit bei meinen total trockenen, spießigen und konservativen Großeltern heimlich genossen hatte, die Aufmerksamkeit, die hundertprozentige Ausrichtung auf uns Kinder, die friedliche, geordnete und sorglose Welt des Behütetseins. Wie unselbständig und duckmäuserisch! Ich hätte doch aufbegehren müssen! Ich betete inständig, dass niemand in der Kommune meine Doppelidentität jemals entdecken würde.

„Und, wie ischs gsii bi dä Großeltere?“[26], fragte etwa die Kids Mama mit zynisch wissendem Grinsen, dass ein Aufenthalt bei solchen Leuten ja nicht anders als ätzend gewesen sein könne.

„Langwiilig und bünzlig“[27], antwortete ich.

„O je“, sagte sie, „bisch froh, dass wider da bisch und e chli juicy Lüüt um di häsch, gäll“[28], und umarmte mich.

Ich nickte. Und das war noch nicht einmal gelogen. Ich verstand es eigentlich selber nicht, doch: Kaum war ich zurück in der Kommune, empfand ich das wirklich so. Ich war froh, wieder da zu sein.

* * *

Im fernen Oregon, dem neuen Sannyas-Mekka, schritten die Bauarbeiten täglich voran. Der rasante Ausbau der Ranch war fast beispiellos. Mein Vater, einer der glücklichen Besucher der ersten Stunde, berichtete mit leuchtenden Augen vom herrschenden Pioniergeist, von kernigen, bärtigen Amerikanern, die mit schweißglänzenden, nackten Oberkörpern und voller Elan, Power und Lebensfreude in endlosen Tagen unter der gleißenden Sonne gruben, baggerten, hämmerten und klopften. Dazwischen resolute junge Frauen mit lehmverschmutzten Hosen, roten Gummistiefeln und offenen Gesichtern, die Haare unter Tüchern verstaut oder zu Zöpfen gebunden. Nach getaner Arbeit wurde, natürlich, viel gelebt, geliebt und gelacht.

In jenen Monaten wurde der Begriff *Worshipping* eingeführt: Von nun an arbeitete man nicht mehr, man *worshippte*. Es war ganz einfach: Mit diesem Begriff wurde schwuppdiwupp jede Form der Tätigkeit zur Meditation erhoben, wodurch man jeden Moment seines Lebens voll und

26 Und, wie war es bei den Großeltern?

27 Langweilig und spießig.

28 O je (...), bist froh, dass du wieder da bist und ein paar juicy Leute um dich hast, gell.

ganz im Hier und Jetzt präsent war. Ob mit Klobürste, Vorschlaghammer oder Gemüseschäler in der Hand – Worshipping war das neue Meditieren! Spätestens ab jetzt gab es bei den Sannyasins auch kein Wochenende mehr. Der Tag hatte 24 Stunden, sieben Tage die Woche, und bestand in jedem Fall immer aus Hier und Jetzt. Was sollte auch die Unterteilung in Arbeit und Freizeit? Wer in jedem Moment so lebte, wie es seine innerste Bestimmung war, brauchte keine Erholung davon. Feierabend, Wochenende und Urlaub waren Produkte einer kranken Gesellschaft, die sich und andere mit Systemen geißelte, die den Menschen krank machten, wenn er sich nicht regelmäßig davon erholte. Doch durch das neue Worshipping und das grundsätzliche Leben-Genießen meditierten und feierten die Sannyasins ohnehin am laufenden Band.

Was also sollte Freizeit sein? Ein Tag verlief wie der andere, Leben, Genießen und „Da-Sein" in jedem einzigen Moment des Seins. xxx

Gleichzeitig sparte man auf diese Art und Weise sehr viel Zeit, wurde doch selbst bei der größten Malocherei der ganze Tag zu einer einzigen Meditation. Das war vor allem auf der Ranch supi, wo der Tag nach zwölf, vierzehn, sechzehn Arbeitsstunden schlichtweg zu kurz war, um noch Zeit für klassisches Meditieren zu lassen. Das Konzept hatte zudem einen weiteren Vorteil: Egal, welche Tätigkeit dem Einzelnen in der Commune zugewiesen wurde – wenn ohnehin alles Meditation war, war auch jede Arbeit gleich toll und gleich viel wert. Wer mit seinem Job nicht zufrieden war, behielt es lieber für sich, denn wer jetzt noch was zu motzen hatte, war doch wirklich hochgradig unbewusst! Und überhaupt: *Don't judge.* Bewerte nicht. Alles ist Meditation, wenn man es entsprechend ausübt. Surrender. Erlebe jeden Augenblick voller Offenheit, Bewusstheit und Freude von Neuem. Reine Bewusstheit, Gegenwart pur. Wer dabei keinen Bliss-Zustand erlebte, war selber schuld. Von nun an war alles Worshipping. „Arbeit" gab es bei den Sannyasins nicht mehr. Konkret: Das Wort „Arbeit" war tabu.

Der anpackende, begeisterte und vor Leben überbordende Spirit der neu gegründeten Sannyas-Stadt am Arsch der Welt entfachte die gesamte globale Sannyas-Bewegung. Bestehende Kommunen wuchsen rapide, neue Center schossen aus dem Boden wie Pilze. Inzwischen gab es etwa 600 Kommunen weltweit. Man spürte es als verheißungsvolles Kribbeln, an der auf einmal mehrfach potenzierten Energy, an der Aufregung, die plötzlich alles und jeden erfasst hatte: Etwas Neues, Großes bahnte sich an. Und alle wollten unbedingt dabei sein. So weit weg Oregon auch war, man spürte es selbst in Höngg: Der chaotische, friedliche und unbeschwerte Zeitgeist der 1970er Jahre war eindeutig passé. Auf einmal herrschte eine ernsthafte, powervolle und geschäftige Atmosphäre. Längst nicht mehr jeder wurde in die Kommune aufgenommen, Nicht-Konforme mussten gehen. Die Hippie-Klamotten verschwanden und wurden gegen oberlässige Büro-Ensembles oder coole 80er-Styles getauscht. Wenn auch noch nicht ganz klar war, womit: Let's make business!

Auf Sheelas Geheiß begann man jetzt immer mehr, in die Öffentlichkeit zu streben. Gezielt wurden in der Draußen-Welt Restaurants, Discotheken und Cafés eröffnet, Bioläden, Reisebüros, Handwerksbetriebe, Buchläden. Trotz allen Misstrauens waren die Sannyas-Unternehmen erfolgreich, denn auch in der Draußen-Welt schätzte man die stets beste Qualität und die positiven Vibes unseres Way of Business. Jede gastronomische Einrichtung enthielt „Zorba" als Teil des Namens, in Anlehnung an „Zorba the Buddha", die Leitvision Bhagwans für seinen New Man: Zorba stand, motiviert durch den Griechen Alexis Sorbas, für alles, was Lebensfreude und Genuss bedeutete. Buddha wiederum war der spirituelle, meditative, bewusstheitsfördernde Aspekt, der im New Man zum gleichen Teil ausgebildet sein sollte. Zorba the Buddha war das offen erklärte Motto der Sannyasins, das man auch in der Draußen-Gesellschaft zeigen wollte: Leben, Genießen, Schönheit und Luxus auf der einen Seite, spirituelle Suche,

Meditation, Streben nach kosmischem Bewusstsein auf der anderen.

Als Sprachrohr des immer noch schweigenden Bhagwans ließ Sheela der weltweiten Sannyas-Community zudem ausrichten, der Meister wünsche sich von seinen Sannyasins als Ausdruck der neuen Ära ein extrovertiertes und provokatives Auftreten. In den großen Städten wurden daher jetzt regelmäßig sogenannte Demonstrationen veranstaltet, die kein anderes Ziel hatten als jenes, Aufmerksamkeit zu erwecken. Begleitet von Gitarren, Tamburinen und Gesang wanderten Tausende rot gekleidete Menschen friedlich singend, tanzend und lachend durch die Fußgängerzonen, fröhlich Herzballons und bunte Schilder mit Bhagwans Konterfei schwenkend. Die Öffentlichkeit hielt uns für verrückt bis gemeingefährlich, und Bhagwan war, laut Sheela, stolz auf uns.

Das Gemeinschaftsgefühl war unvergleichlich. Es schien sich ein Sog zu entwickeln, der von Rajneeshpuram ausging und sämtliche Kommunen erfasste. Man fühlte sich aufgehoben, geborgen und beschützt, dabei gleichzeitig geführt, gesegnet und schier unverletzlich. Wir waren auserwählt. Zu Höherem bestimmt. The New Man. Wir waren viele Tausende, und unser Meister war der Jahrhunderterleuchtete. Auch wenn das nur verhältnismäßig wenige Erdlinge begriffen.

Während dieser Zeit entwickelte sich aus den einzelnen weltweiten Sannyas-Kommunen immer mehr eine zentral gesteuerte Großkommune. Von Oregon aus wurden Regeln und Rituale erlassen, die in allen Kommunen umzusetzen waren, und zwar jeweils in der gleichen Art und Weise. Dadurch sollte Harmonie und Homogenität innerhalb der Bewegung erreicht werden. Bei uns im fernen Vieh- und Bauernstaat machten sich zunächst nur Kleinigkeiten dieses Wandels bemerkbar, zumal in der Kids Flat. So hatte es etwa schon immer Meditationen gegeben, die jeder Sannyasin am besten täglich ausüben sollte. Dementsprechend waren sie immer schon täglich angeboten und auch rege besucht worden. Seit Neuestem jedoch war einiges davon verpflichtend.

Um den Sannyasins den „Moment“, also das Hier und Jetzt, immer wieder ins Gedächtnis zu holen, oder, wenigstens, dreimal täglich, wurde das sogenannte „Gachchhamis“-Ritual eingeführt. Gachchhamis, ursprünglich ein buddhistischer Chant, war eine kleine, circa zehnminütige Meditation, die dreimal am Tag zu bestimmten Zeiten ausgeführt wurde, ähnlich dem Gebet der Moslems. Egal, wo in der Kommune man sich gerade aufhielt oder was man gerade tat, fanden sich die Sannyasins zu diesen bestimmten Zeiten zusammen, um kurz im Gachchhamis innezuhalten.

Das Gachchhamis war die erste Meditation, die auch für uns Kinder verpflichtend wurde und nicht mit der Aufsichtsperson wechselte. Das Gachchhamis wurde auf den Knien sitzend ausgeübt und bestand aus drei kurzen Sätzen, die man sang, während man sich, die Hände zum Namasté gelegt, dem Boden zuneigte. Gachchhamis wurde stets nach Osten ausgeführt, in Richtung unseres Mekkas, also Bhagwan in Indien:

Budham, Saranam, Gachchhami!
Dhammam, Saranam, Gachchhami!
Sangam, Saranam, Gachchhami!

I go to the feet of the awakened one!
I go to the feet of the commune!
I go to the feet of the ultimate truth![29]

Wie uns erklärt wurde, diente diese Übung weniger der Huldigung Bhagwans als vielmehr der Selbstbesinnung. Egal, wie auch immer. Ich jedenfalls mochte Gachchhamis. Mir gefielen die feierliche Stille, dieser Moment für mich ganz alleine und die Regelmäßigkeit. Außerdem war es so

29 Ich verneige mich vor dem Erwachten. Ich verneige mich vor der Commune. Ich verneige mich vor der ewigen Wahrheit.

kurz, dass einem nicht langweilig werden konnte, obwohl es immer das Gleiche war.

Ganz im Gegensatz zum ebenfalls neu eingeführten und unter allen Umständen verpflichtenden *Evening Discourse*. Damit auch jene Sannyasins, die nicht in der unmittelbaren Nähe ihres Meisters leben konnten, regen Kontakt zu seiner Message behielten, wurde nun in den Kommunen jeden Abend ein mehrstündiger Talk des Meisters gezeigt. Dabei wurden Bhagwans Vortragsreihen aus der Zeit, als er noch gesprochen hatte, von VHS-Kassetten auf eine große Leinwand projiziert. Die Evening Discourses waren der neue spirituelle Höhepunkt des Kommunenalltags und fanden abends zur immer gleichen Uhrzeit in der Medi-Halle statt. Dieser Termin war heilig. Es gab keinen Grund, ihm fernzubleiben, und wenn es jemand doch mal nicht schaffte, war er untröstlich.

Anfangs wurden auch wir Kinder regelmäßig zu diesen Terminen gekarrt. Die Videos zeigten 1:1 die früheren „Auftritte" des Meisters: Erst wurde Musik gespielt, zu der die Sannyasins tanzten, sowohl in der Aufzeichnung als auch bei uns im Raum. Sobald Bhagwan die Bühne betrat, jubelten alle und tanzten wie verrückt. Dann setzte er sich in seinen besonderen Sessel, und die Sannyasins ließen sich zu seinen Füßen nieder. Alle schlossen die Augen, wurden still und meditierten. Nach einer Weile wurde eine Frage verlesen, für deren Beantwortung sich Bhagwan nun einige Stunden Zeit nehmen würde.

Es hieß, Bhagwans Discourses seien nicht nur wegen seinem Erleuchtetsein so toll, sondern auch, weil er ein großartiger und vielseitiger Rhetoriker war. So schmückte er seine Reden stets mit Erzählungen, Anekdoten und Zitaten aus den unterschiedlichsten spirituellen Richtungen und nahm auch moderne wissenschaftliche Erkenntnisse verschiedenster Art in seine Ausführungen mit auf. Leider blieben mir die Inhalte dieser Vorträge komplett verschlossen, denn Bhagwan sprach ja Englisch. Trotzdem versuchte ich, den Discourses jeweils so lange wie möglich zu folgen.

Eine Weile saß ich also still da und lauschte dem wispernden, bedeutungsvollen Singsang meines Meisters. Während Bhagwan sprach, drehte und neigte er seinen Kopf in langsamen Bewegungen in alle Richtungen, wie eine weise Schildkröte. Seine Worte untermalte er mit weiten und doch prägnanten, manchmal scharfen Gesten. Seine Hände waren schlank und anmutig, mit langen, sorgfältig manikürten Fingern. Das Ungewöhnlichste jedoch waren seine Augen. Er hatte einen sehr ruhigen, steten Blick, den er mal weich, mal verschmitzt oder auch mal zornig schweifen ließ. In regelmäßigen Abständen senkten sich seine Lider langsam über seine Augäpfel, wie sachte sich niederlassende Nachtfalter. Wenn er während der Sprechpausen die Augen schloss, rollten diese manchmal nach oben, sodass man, wie ich bewundernd feststellte, das Weiße sah. Er musste sich in einem wirklich außergewöhnlichen Zustand befinden!

Gut für mich: Man sagte, Bhagwans Wort wirke auch dann, wenn man nicht wortwörtlich alles verstand. Das Gesagte würde seinen Weg wie von selbst ins Unterbewusstsein finden. Sinn und Zweck des Vortrags war ohnehin, sich in Meditation gleiten zu lassen, der Vortrag an sich war eher eine Art Ablenkungsmanöver an den Verstand, sich dem *No-Mind-Zustand* hinzugeben. Man musste also gar nichts großartig tun, um vom Discourse zu profitieren.

Manchmal schien Bhagwan etwas Lustiges zu erzählen, jedenfalls brüllen die Leute plötzlich auf vor Lachen. Später fragten wir dann irgendwen, „was hät de Bhagwan gseid, wo alli so glacht händ?“

Manchmal waren es Selbstverständlichkeiten gewesen oder irgendein erwachsener Psychokram, den die Sannyasins jetzt auf einmal lustig fanden, nur weil Bhagwan darüber sprach. Andere Male war es tatsächlich ein Witz gewesen, den auch wir lustig fanden. Ich fand es auf jeden Fall cool einen Meister zu haben, der Witze machte. Überhaupt fand ich Bhagwan cool. Weil ihn die unterbelichteten Draußen-Leute blöd fanden und ihm das wurst war, weil er häufig coole Sonnenbrillen trug, und weil er machte, worauf er Lust hatte, auch wenn es eigentlich verboten war.

Trotzdem. So sehr ich mich bemühte, der Discourse gab mir einfach nicht das, was die Erwachsenen daraus zu ziehen schienen. Bhagwan erging sich in endlosen Monologen zu irgendwelchen spirituell oder zwischenmenschlich motivierten Fragen, die mich nicht die Bohne interessierten – ganz zu schweigen davon, dass ich sowieso nichts verstand und insgeheim der Meinung war, das Sprechtempo meines Meisters sei eine Zumutung. Erleuchtung hin oder her, konnte der nicht einfach mal auf den Punkt kommen? Jahre später behaupteten böse Zungen, die sehr individuelle, schleppende Sprechweise Bhagwans mit den sekunden-, ja manchmal gar minutenlangen Pausen selbst mitten im Satz sei schlicht auf Beruhigungsmittelmissbrauch zurückzuführen gewesen, ebenso Bhagwans typische Zeitlupenbewegungen. Die Sannyasins wiederum interpretierten diese Ruhe und Langsamkeit einfach als Symptome der Erleuchtung.

Nach einigen Wochen kam man wieder davon ab, uns Kinder zum abendlichen Discourse zu fahren, hauptsächlich aus praktischen Gründen – wir hielten uns ja tagsüber in Höngg auf, der Discourse aber fand in Oerlikon statt. Mir war das nur Recht, denn als Achtjährige fand ich, freilich nicht ohne angemessenes Schuldgefühl, die endlose, unverständliche Salbaderei meines Meisters vor allem eines: unermesslich langweilig.

* * *

Eine Weile ging es so dahin. Man richtete sich nach der Ranch aus und bereitete sich innerlich auf den großen Umzug vor, der mit großer Wahrscheinlichkeit für die meisten von uns in die Erleuchtung münden würde. Man worshippte, meditierte, feierte und tanzte. Doch dann wurde alles auf einmal anders. Noch während man friedlich Eierkuchen buk, tauchte wie aus dem Nichts ein Schreckgespenst am

Horizont auf. Eine lebensbedrohliche Gefahr. Ein Monster, das der vielgepriesenen freien Liebe, dem unbeschwerten Leben, dem bis in die letzte Pore gefeierten Hier und Jetzt eine hässliche, böse, ja lebensbedrohliche Fratze vorschob: AIDS.

Während in der Draußen-Welt dieses frisch entdeckte Virus offiziell gerade mal in medizinischen Fachkreisen vornehmlich als „Schwulenkrankheit" besprochen wurde und die Öffentlichkeit noch Jahre brauchen würde, um die tödliche Krankheit als ernsthafte Bedrohung für jedermann zu klassifizieren, rückte Bhagwan AIDS bereits 1982 ins Zentrum unseres Bewusstseins. Seiner Meinung nach würde diese tückische, grausame und hochinfektiöse Seuche einen Großteil der Weltbevölkerung dahinraffen, und zwar vor allem den unbewussten und nicht-aufgeklärten Teil. Das extrem gefährliche HIV-Virus war für das menschliche System so etwas wie ein Trojanisches Pferd: Durch seine schier unbegrenzte Wandlungsfähigkeit sorgte dieser linke Bazillus für den Kollaps des humanen Immunsystems, wodurch sich Keimen und Viren aller Art Tür und Tor öffneten. Die Krankheit war unheilbar und nicht impffähig. Am Ende blieb nur der Tod.

Zusätzlich unheimlich wurde die Krankheit durch ihre Verbreitungsweise: Körperflüssigkeiten. Da die höchsten Konzentrationen an Viren im Blut sowie in den Sexualsekreten gefunden worden waren, galten zunächst vornehmlich jene Menschengruppen als gefährdet, die mit diesen Flüssigkeiten häufig in Berührung kamen. Also neben spritzenden Drogenabhängigen und Blutern vor allem sexuell besonders aktive Personen. Schluck.

Damit lebten die liebeslustigen Sannyasins von einem Tag auf den anderen plötzlich nicht mehr sexuell befreit, sondern gefährlich. Denn wer den Geschlechtspartner häufig wechselte, erhöhte sein eigenes Ansteckungsrisiko und trug zur Verbreitung der tödlichen Krankheit bei. Logisch, dass Bhagwan sofort hellhörig wurde. Schließlich war er derjenige gewesen, der Tausenden von Menschen zu einem bewegten Sexualleben geraten hatte. Nun musste er auch zum Rückzug pfeifen, und zwar bevor sein ganzes Gefolge im Siechtum versank. Umso wichtiger war es nun, auf die Gefahren hinzuweisen und aufmerksam, bewusst und wachsam mit dieser hochinfektiösen Bedrohung umzugehen. In der Praxis bedeutete dies: Schluss mit Frieden, Freude, Vögelei. Ab sofort lief „es“ nur noch mit Gummi.

Die Intensität, mit der diese Krankheit in unseren Alltag Einzug hielt, war brachial. Der Normalbürger kannte diese Krankheit maximal als Homosexuellen- und Fixerkrankheit, meist jedoch gar nicht. „Pariser“ galten seit der Einführung der Antibabypille in weiten Teilen der Gesellschaft als veraltet und überholt und waren als lustfeindlich verpönt. Und in dieser Zeit, in der AIDS jenseits von Afrika als mysteriöse, seltene Krankheit höchstens sporadisch und auch das nur während des Sommerlochs im „Stern“ diskutiert wurde, war sie in unserem Leben bereits knallharte Wirklichkeit.

Bhagwan rief die Ära Safer-Sex aus. Ein paar Zeitschriften, die davon Wind bekamen, höhnten.

„Jetzt dreht er vollends durch“, sagten seine Kritiker, „erst macht er einen auf freie Liebe, jetzt ist Sex auf einmal die Geißel der Menschheit!“

Am aller-safesten nämlich sei es, erklärte der vormalige Sex-Guru, es gar nicht erst zum Austausch von Körperflüssigkeiten kommen zu lassen, sondern die sexuelle Energie stattdessen mittels Meditation in höhere Chakra-Ebenen zu transformieren. Dieser Schritt übrigens stehe jedem ernsthaften Erleuchtungsanwärter ohnehin früher oder später bevor. Wer „es“ trotzdem nicht lassen konnte, tat gut daran, bei einem einzigen Intimpartner zu bleiben – ein gewöhnungsbedürftiger Gedanke nach all den Jahren der vielgepriesenen Offenheit und Experimentierfreudigkeit. Doch auch in einer monogamen Konstellation, so hieß es seit Neuestem, gäbe es durchaus allerhand zu entdecken!

Wer noch nicht so weit war mit der eigenen sexuellen Befreiung, durfte Sex von nun an ausschließlich mit „Regenmäntelchen“, also Präservativ, praktizieren. Zum zusätzlichen Schutz sollten die lieben Liebenden Einmalgummihandschuhe tragen. Nach dem Liebesspiel musste zudem unbedingt gründlich geduscht werden. Und vorher erst recht. Sämtliches beim Liebesspiel entstandene Material galt als hochgradig verseucht. In jedem Badezimmer stand daher ab sofort ein separater, geschlossener Mülleimer, dick beschriftet mit: CONTAMINATED. Hier, und nur hier durften Nebenprodukte der Liebe entsorgt werden. Die Mas und Swamis aus dem „Cleaning Department" wussten dann, dass sie hier mit lebensbedrohlichem Material hantierten und präparierten sich rechtzeitig mit extradicken oder notfalls auch doppelten Lagen Putzhandschuhen.

So schrecklich das alles war: Was waren wir froh, einen erleuchteten Meister zu haben, der uns in dieser neuen Finsternis den richtigen Weg wies. Man ging geradezu davon aus, dass die Draußen-Welt in ihrer ganzen Unbewusstheit bald von AIDS dahingerafft würde, sodass die einzigen Überlebenden natürlicherweise die frühzeitig gewarnten Sannyasins wären. Voilà – the New Man, eben. Und deshalb galt es jetzt erst recht, aware zu sein.

Da man das Virus laut Medienberichten vereinzelt auch schon in humanem Speichel gefunden hatte, war ab sofort auch Küssen im Sannyas-Kosmos strengstens untersagt, ebenso sämtliche sich daraus ableitenden Praktiken. Zwar stand die Bestätigung von wissenschaftlicher Seite noch aus. Doch da wir in den Kommunen auf so engem Raum zusammenlebten, war es auf jeden Fall wichtig, auf Nummer sicher zu gehen und alle menschlichen Sekrete als contaminated zu werten.

Diese Ausweitung der Gefahrenzone betraf auch uns Kinder. Sie bedeutete: Jede benutzte Gabel und jedes Glas, jede Stulle, jeder abgebissene Apfel und jeder mit den Lippen berührte Flaschenhals, jeder Schnuller, jedes geknutschte Kuscheltier war ab sofort contaminated. Also: auf gar keinen Fall etwas gemeinsam benutzen! Das Berühren von Gegenständen oder Personen mit den Lippen war von nun an tabu, selbst ein trockenes Bussi galt als Todeskuss. Daumenlutschen war kompromisslos untersagt, das Teilen von Besteck, Tellern oder Trinkgefäßen strengstens verboten. Alles benutzte Geschirr musste bei 90 Grad in der Spülmaschine „entseucht“ werden. Kein Essen von Geschirr mehr, von dem man nicht hundertprozentig sicher war, dass es entsprechend gereinigt worden war, etwa bei Verwandten oder in Gaststätten, die über keinen professionellen Geschirrspüler verfügten. Wer den Abwasch von Hand erledigte, spielte mit dem Leben seiner Gäste. Auf keinen Fall von jemandes Brot abbeißen, auf gar keinen Fall Knutschen, und auch Spucken war ab sofort absolut tabu, sogar aus Notwehr. Selbst eine feuchte Aussprache war nun nicht mehr lustig, sondern lebensgefährlich und wurde mit nacktem Entsetzen quittiert.

Wir Kinder konnten, im Gegensatz zu den konsternierten Erwachsenen, den neuen Auflagen durchaus noch einige Vorteile abringen: Wollte man beispielweise jemandes Schokoriegel in seine Gewalt bringen, musste man nur einfach schnell hineinbeißen, und schon war das Objekt der Begierde für den anderen unwiderruflich verloren.

„Oh, sorry, hättest du auch noch was gewollt?“, sagte man, nachdem man seinen bereits benutzten Löffel in eine Familienpackung Eis gesteckt hatte, „shit, sorry, contaminated!“ Großes Gebrüll, doch der Pott war einem sicher.

Höchstes Gebot der Vorsicht galt auch beim Telefonieren, denn beim Sprechen konnten, in Form einer Art tödlichen Spuckenebels, mikrobisch kleine Speicheltröpfchen auf den Hörer gelangen. Neben jedem Telefonapparat standen deshalb ab sofort eine Sprühflasche mit hundertprozentigem Alkohol und eine Packung Tissues, mit denen die Sprechmuschel nach jedem Gespräch zu reinigen war. Auch für die benutzten Telefon-Entseuchungs-Tissues standen überall Contaminated-Mülleimer bereit.

Und dann erst das Thema Fäkalien: Auch von Toiletten ging höchste Gefahr aus. Die Klobrillen mussten vor und nach jedem Gebrauch desinfiziert werden, ebenso alle berührten Türgriffe sowie sonstige Apparaturen wie die Klospülung und die Wasserhähne, nicht zu vergessen die eigenen Hände, all das selbstverständlich in einer sinnvollen Reihenfolge. Wer alles richtig und ‚safe' machen wollte, musste für seine „Sitzungen" eine wahre Choreographie an Handgriffen bereithalten. Badewannen, auweia, diese schwer kontrollierbaren Auffangbecken aller möglicher Risikospielarten sollten laut Seuchenkonzept sicherheitshalber nur noch in Ausnahmefällen in Anspruch genommen und dann vorher sowie nachher gründlich mit Alkohol bearbeitet werden. Die hochprozentigen Alkoholsprays wurden täglich kontrolliert und aufgefüllt. Damit man auch nicht vergaß, diese nach jeder Aktion gründlich zu verwenden, hingen an sämtlichen neuralgischen Stellen entsprechende Aushänge. Schmutzwäsche musste streng sortiert werden: Unterwäsche, Handtücher und Bettwäsche wurden nur noch als Kochwäsche angenommen. Das war nur konsequent, schließlich wollte man nicht Gefahr laufen, mit einem einzigen Waschgang die halbe Belegschaft dem Tode zu weihen!

Die neuen strengen Regeln wurden sehr ernst genommen. Wehe dem, der sie ignorierte und sich dabei erwischen ließ – time to say goodbye. Nein, das war keine Schikane, mit all diesen Maßnahmen versuche man ja lediglich, die Verbreitung einzudämmen! Trotz aller Vorsicht war klar: Infizierte würden sofort gehen müssen. Zu hoch war das Risiko, allein schon mit dem Erzählen eines Witzes oder Berühren einer Klotür eine kommunenweite Epidemie auszulösen. Um ganz sicher zu sein, dass kein Erkrankter unter uns weilte, wurde der regelmäßige AIDS-Test eingeführt, der alle drei Monate sämtliche Mitglieder von 1 bis 100 Jahren traf. In der Commune leben durften grundsätzlich nur noch Sannyasins mit zweifelsfrei negativem AIDS-Test. Selbst auswärtige Center-Besucher benötigten nun einen solchen, auch wenn sie nur den Discourse besuchen oder eine Medi machen wollten.

Erschwerend hinzu kam folgende Besonderheit: Da das Virus eine Inkubationszeit von drei Monaten hatte, konnte man erst drei Monaten nach einer potentiellen Gefahrensituation zweifelsfrei feststellen, ob eine Ansteckung stattgefunden hatte oder nicht. In diesem Sinne war ein AIDS-Test immer nur „gültig“, sofern seit dem letzten negativen Testergebnis kein Austausch von Körperflüssigkeiten stattgefunden hatte. Um einen Überblick zu behalten, wer theoretisch angesteckt, also ansteckend sein könnte und wer nicht, führte man ein Mala-Perlen-System ein: Wer es sich nicht hatte verkneifen können, mit einem neuen Geschlechtspartner Sex zu haben, musste sich hinterher eine Mala-Perle einer bestimmten Farbe in die Mala einziehen, die ihn als potentiell contaminated auswies. Er durfte nun nicht weiter „verkehren“, damit er, falls er sich angesteckt hatte, die Krankheit nicht weitertrug. Durch diese bestimmte Perle wusste nun jeder, dass Swami oder Ma XY potentieller Virus-Träger war. Der Betroffene musste umgehend zum kommunenintern durchgeführten Test antreten. Für die nächsten drei Monate war diese Person nun quasi „gesperrt“, das heißt, sie durfte keinen Sex mit weiteren Personen haben. Fiel nach drei Monaten der Test erneut negativ aus, durfte der Verdächtige die Mala-Perle entfernen und zurück ins Rennen gehen. Stets im Rahmen der hundertprozentig berücksichtigten Safer-Sex-Rules, selbstverständlich.

Wir Kinder verfolgten das Spiel der wechselnden Mala-Perlen, das bei sorgfältiger Beobachtung offenbaren konnte, wer wann was mit wem getan haben musste, mit einigem Interesse. Durch kriminalistischen Spürsinn konnte man dann etwa nachvollziehen, wenn in einem der Badezimmer zwar ein Kondom, nicht jedoch die ebenfalls vorgeschriebenen zwei Paar Gummihandschuhe fehlten.

„Swami Dhyanprem, häsch du öpe ohni Händsche gvöglet?!“, befragten wir in Folge jeden Bewohner der entsprechend umliegenden Zimmer.

Swami Dhyanprem wand sich dann, und nicht selten konnten wir auf diese Art und Weise im Gegenzug für unser Schweigeversprechen eine Extra-Ration Schoggi herausschinden. Doch davon abgesehen bot das HIV-Virus wenig Anlass zum Lachen. Ich persönlich beschäftigte mich sehr viel damit. Auf einmal war der Tod allgegenwärtig. Ich hatte Angst davor, krank zu werden, Angst, zu sterben, Angst, aus der Kommune ausgeschlossen zu werden, wenn sich herausstellen sollte, dass ich kontaminiert war. AIDS war allgegenwärtig, jeden Tag, bei jeder Mahlzeit, bei jedem Toilettenbesuch, bei jedem Telefonat. Wir lebten mit der Krankheit AIDS – beziehungsweise ihrem Phantom – als sei die Hälfte der Kommunenmitglieder längst infiziert.

Eines war klar: In unseren Kommunen gab es nichts von der schrabbeligen Unordentlichkeit, wie man sie in alternativen Wohnformen gemeinhin vermuten mag. In den Sannyas-Kommunen herrschten spätestens jetzt schier klinische Gesundheitsmaßstäbe, die vermutlich dem einen oder anderen OP-Saal Ehre gemacht hätten. Abgesehen vom permanenten Zwischendesinfizieren der Telefone, Türgriffe, sanitären Anlagen und Geliebten wurde selbstverständlich täglich durchgeputzt. Der Überfluss an Manpower war ja vorhanden.

Neben dem normalen Putzen fanden von nun an regelmäßig geradezu orgienartige Deep Cleanings statt. Bei dieser „Tiefenreinigung" fanden sich mehrere gut gelaunte Mas und Swamis zusammen, um einem bestimmten Areal ganz besonders gründlich zu Leibe zu rücken. Vor der entsprechenden Wohnung stand dann ein Warnschild: „Caution – Deep Cleaning!" Dieser Terminus bedeutete, dass der entsprechende Bereich, sei es ein Zimmer, ein Bad oder eine Küche, in seine kleinstmöglichen Teile zerlegt wurde, um dann geschrubbt, poliert und natürlich desinfiziert zu werden. Während dieser Aktion durfte, um den Putzerfolg sicherzustellen, das Areal keinesfalls betreten werden. Während in der Ära vor AIDS, vermutlich in unbewusster Anlehnung an den traditionellen gesellschaftlichen Frühjahrsputz, nur etwa zweimal jährlich ein Deep Cleaning stattgefunden hatte, wurde es im neuen AIDS-Zeitalter zum mindestens wöchentlich wiederkehrenden Ritual.

In der Kids Flat wurde Deep Cleaning zu einem der gefürchtetsten Ereignisse. Erst nur sporadisch, dann alle paar Wochen und am Ende alle paar Tage schallte der Schlachtruf durch die Gänge: „Chömed, Chind! diip kliining!!“

„Ou neeiii!!“, ging es sofort von Mund zu Mund, „shit, diiip kliining!! Schnell furt!“

Bei dieser Ansage versuchten wir Älteren schleunigst, uns zu verkrümeln, während sich die Kleinen schneller als sie gucken konnten mit einem Lumpen oder Schwamm in der Hand wiederfanden. Selbst ich, die normalerweise Folgsame, ergriff bei diesem Appell möglichst die Flucht. Ich hasste Putzen. Eine langweiligere Tätigkeit konnte ich mir kaum vorstellen. Darüber hinaus hasste ich die aggressiven Deep-Cleaning-Putzmittel, die einem die Finger austrockneten, bis die Haut sprang. Ich hasste die Zeitverschwendung, und ganz besonders hasste ich das Gefühl, etwas zu tun, das eigentlich gar nicht notwendig war. Doch es gab kein Entrinnen, und irgendwann wurde das Putzen und Desinfizieren von bereits spiegelglatt glänzenden oder längst matt gescheuerten Kacheln so normal wie das Gachchhamis oder die gähnend langweiligen, unverständlichen Lectures des Meisters. Ich besorgte mir Gummihandschuhe aus den Vögel-Vorräten im Badezimmer und ergab mich meinem Schicksal.

Neuerdings wurden auch unsere Spaces engmaschig kontrolliert. Zwar hatten wir ja kaum etwas, das für Unordnung hätte sorgen können, aber trotzdem: Die Betten musste sauber gemacht, die Teddybären ordentlich arrangiert, schmutzige Wäschestücke entsorgt und die Nachttischchen staubfrei sein.

“Loset, Chind, so gaats nit. Stelled euch vor, dä Bhagwan würd jetzt ine cho. Wetted ihr, dass de Bhagwan eues Zimmer so g‘seht?! Sicher nöd! Also, los! Bett abzieh, staubsuge, abstaube!“[30]

---

30 Hört, Kinder, so geht es nicht. Stellt euch vor, Bhagwan würde jetzt hereinkommen. Möchtet ihr, dass Bhagwan euer Zimmer so sieht? Sicher nicht! Also, los! Bett abziehen, staubsaugen, abstauben!

Bei allem Missmut: diese Aussicht schüchterte mich regelmäßig ein. Ich konnte keineswegs reinen Gewissens bejahen, mein Space im jeweils aktuellen Zustand Bhagwan vorführen zu wollen.

„Was isch denn das, Leela, es bruuchts Naastuech?“ rügte mich die Kids Mama, „schämsch dich nöd?! Stell dir vor, dä Bhagwan gsechti das! Schnäll, ruum's uuf! Es söll alles so suber si, dass dä Bhagwan jede Moment chönnt ine laufe.“[31]

Also hielt ich mich ran, um für eventuelle Blitzbesuche des Meisters jederzeit gewappnet zu sein. Die anderen Kids schüttelten den Kopf über so viel Servilität. „Du spinnsch, Leela, du bisch so doof“, riefen sie aus ihren Nestern aus Decken, getragenen Kleidern und illegal gehortetem Spielzeug, „dä Bhagwan chunnt sowieso nit zu öis. Du bisch so än Streber!“

Doch ich war mir da nicht so sicher. Auch wenn ich es für unwahrscheinlich hielt: Ich wollte auf gar keinen Fall diejenige sein, in deren gebrauchter Unterhose sich des Meisters Sandale im Falle der Fälle verfing. Sollten die anderen doch lästern. Ich jedenfalls träumte davon, dass Bhagwan eines Tages, den Rolls Royce im Innenhof geparkt, in der Tür stehen und wohlwollend nickend mein ordentliches und keimfreies Space zu Kenntnis nehmen würde. „Very good, Leela“, würde er mir lobend den Kopf tätscheln, „very good.“

So drastisch AIDS in die bisherigen Lebensgewohnheiten der Sannyasins eingriff, so hatte das Ganze doch auch sein Gutes: immerhin trennte sich auf diese quasi natürliche Weise die spaßorientierte Spreu vom spirituellen Weizen. Wer nämlich die Sannyas-Gemeinschaft bisher vor allem wegen deren Promiskuität geschätzt hatte, suchte nun das Weite. Wer hingegen auch jetzt noch dabei blieb, steuerte knallhart auf die Erleuchtung zu. Nur ums „Vögeln“ konnte es jetzt jedenfalls nicht mehr gehen.

31 Was ist denn das, Leela, ein gebrauchtes Taschentuch? (...), schämst du dich nicht?! Stell dir vor, Bhagwan sähe das! Schnell, räum es auf! Es soll alles so sauber sein, dass Bhagwan jederzeit hereinspazieren könnte.

Und das ging es auch nicht. Im Gegenteil. Es ging ums Worshippen. Der Aufbau auf der Ranch gedieh prächtig. Über ein Jahr war man nun schon hier. Damit näherte sich ein, nein das Highlight des Sannyas-Jahres: Das „Annual World Festival". Nach dem ersten Annual World Festival im Jahr zuvor sollte das jetzige, zweite Festival viel größer ausfallen. Mit diesem unvergleichlichen Großereignis sollten Sannyasins aus aller Welt dieses Mal die Gelegenheit bekommen, „ihre" neue Rajneesh-Stadt zu besuchen, Buddhafield-Energy zu tanken und ihrerseits Energy, besonders gerne in Form von Geld, reinzugeben.

In Windeseile stellte man eine entsprechende Infrastruktur auf die Beine, um anstatt der rund 3.000 ‚Residents' einen Besucherstrom von bis zu 15.000 Menschen bewältigen zu können. Das diesjährige Festival würde ein Ereignis sein, wie es noch nie dagewesen war in der Sannyas-Szene. Wer konnte, setzte alles daran, dabei zu sein. Mit einem gültigen AIDS-Test war jeder willkommen, sofern er die stattliche Gebühr für den Aufenthalt begleichen konnte.

Auch in der Zürcher Kommune war die Frage, wie Reise und Aufenthalt der Kommunenmitglieder finanziert werden konnten, hochaktuell. Wenn einer in die Commune eintrat, gab er ja all sein persönliches Hab und Gut ab. Bankkonten und Bausparverträge sollten aufgelöst, Immobilien und Grundbesitz verkauft werden. Dazu bestand zwar kein Zwang, doch alles andere wäre schlicht unehrenhaft gewesen – immerhin zeigte man sich mit seinem Eintritt in die Commune bereit für den Quantum Leap. Dafür gab einem von nun an die Kommune alles, was man brauchte: Ein Dach über dem Kopf, Essen, einen Job, ärztliche Versorgung, ein offenes Meditations- und Feierprogramm, Kleidung sowie ein kleines monatliches Taschengeld in Form von Verzehr-Vouchers. Einer für alle – alle für einen. Blieb der eine kleine Haken, dass alle bald nichts mehr besaßen bis auf das sprichwörtliche Hemd am Leibe. Urlaubsreisen jedenfalls waren im knappen Kommunen-Budget nicht vorgesehen, zumal „Urlaub" im Konzept des Sannyas-Lebens als einzige endlose Celebration ja ohnehin hinfällig war.

Doch jetzt lagen die Dinge auf einmal anders, auch in Zürich. Nun wollte man mit inzwischen rund 500 Personen in die USA reisen, zu einem zweiwöchigen vollverpflegten Aufenthalt zum harten Dollarkurs. Undenkbar, dass ausgerechnet wir Commune-Sannyasins, also die Linientreusten, nicht zu diesem Event erscheinen sollten! Doch wie finanzieren? Wir brauchten Geld. Bares. Und zwar schnell.

Um das nötige Kleingeld für die weite Reise zusammenzubekommen, wurden die Mitglieder aufgerufen, ihre letzten Reserven zu mobilisieren. „Mobilisieren" bedeutete, entweder bisher gehortete Besitztümer endgültig zu verflüssigen, oder aber nun auch noch das Letzte aus den in der Gesellschaft hinterbliebenen Verwandten herauszuquetschen. Dabei entpuppte sich, wer „mobilisierte", jeweils als Held und Verräter zugleich: Toll, Swami XY verkaufte seinen erst zweijährigen BMW, den er bisher bei seiner Outside-Schwester im Aarau versteckt hatte, und ermöglichte damit sieben Sannyasins die Reise nach Rajneeshpuram. Andererseits – wieso hat Swami XY das eigentlich nicht schon bei seinem Kommuneneintritt getan? Wer mobilisierte, wurde quasi Sünder und Sühner in einem einzigen Akt.

Ein *General Meeting* nach dem anderen fand statt, in dem die Sannyasins von der Kommunenleitung dringlich aufgerufen wurden, noch einmal in sich zu gehen, ob sie nicht doch noch irgendwo ein paar Fränkli auftreiben könnten. Also gingen die Sannyasins zu ihren schockierten Eltern, mit denen sie seit ihrer „Konvertierung" eigentlich keinen Kontakt mehr pflegten, um eine kleine Finanzspritze oder einen Erbvorschuss zu erbetteln. Viele dieser Begegnungen verliefen unschön, denn kaum einer der Mütter oder Väter war einverstanden mit dem gewählten Lebensweg des abtrünnigen Sprösslings. Sie hatten Angst um ihre erwachsenen Kinder, sie genierten sich für sie, sie fragten sich, was sie nur falsch gemacht hatten. Und nun stand man plötzlich strahlend rotgewandet vor der Tür und erbat ein Zuschuss für den Besuch beim Safer-Sex-Sekten-Meister in Amerika. Nur wenige kehrten von ihren Heimatbesuchen mit Beute heim, und wer doch, hatte meist noch eine deftige Ladung schlechten Gewissens im Gepäck. Eine wüste Story jagte die nächste.

Doch nichts von all dem zählte wirklich. Was zählte, waren die fleißigen Bienchen in der Buchhaltungsabteilung. Im Eingangsbereich des Centers hatte man ein riesiges Banner mit einem gemalten Barometer aufgehängt, auf dem regelmäßig aktualisiert wurde, wie viele Flüge prozentual bereits gesichert waren. Wochenlang dümpelte der Balken im untersten Bereich herum, sodass die allgemeine Stimmung immer hektischer wurde. Wir Kinder verfolgten das quälend langsame Steigen des Barometers besonders furchtsam, denn eines war klar: wir Kinder würden die letzten sein, die mit an Bord durften. Warum sollten wir Kinder überhaupt mit auf die Ranch? Erstens meditierten wir ja gar nicht richtig, weshalb wir angeblich die Bedeutung dieser Reise gar nicht wirklich erfassen konnten. Zweitens trugen wir nichts, aber auch gar nichts zur Commune bei, im Gegenteil, wir kosteten nur Geld, humane Ressourcen, Zeit und Nerven. Dessen waren wir uns durchaus mehr als bewusst. Ein gutes Sannyas-Kind war ein solches, das gar nicht erst auf die Welt kam. Und damit hatten wir alle bereits kräftig versagt.

Trotzdem hofften wir inständig, dass es auch für uns reichen würde. Ich betete sogar zu meinem Kindergott, Jesus, der mir in meiner früheren Zeit im Dorf oft geholfen hatte. Ich wusste, dass es völlig bescheuert war, zu einem Toten zu beten, vor allem wenn man das einzigartige Glück hatte, zum Gefolge des lebenden Jahrhunderterleuchteten zu gehören. Aber manchmal tat ich es trotzdem. Ich wollte so gerne nach Amerika, zu den Indianern, Cowboys und Pferden, wo beide meine Eltern gleichzeitig sein würden. Und natürlich wollte ich auch endlich mal Bhagwan in echt sehen. Ich stellte mir vor, dass diese Begegnung ganz außergewöhnlich werden und Veränderungen in mir bewirken würde, die ich mir noch gar nicht vorstellen konnte. Also betete ich heimlich zu Jesus und erklärte ihm, warum das Steigen des Barometers so wichtig war für mich. Und tatsächlich: Jesus half.

In Wirklichkeit war es wohl eher meine Mutter. Denn sie, meine Mutter, tat auf einmal einen Schachzug, der für ihr angepasstes Wesen sehr erstaunlich war. Es stellte sich heraus, dass meine Mutter, die stets vorbildliche, strebsame und aufopferungsvolle Sannyasin, noch einen Joker im Ärmel hatte. Einen richtig dicken.

Als wir in die Kommune gekommen waren, hatten wir aus unserer eigenen Entrümpelung alles mitgebracht, was für unsere neue „Familie" vielleicht nützlich sein konnte: Möbel, Hausrat, Gartengeräte, unser schönes, vatergemachtes Holzspielzeug, meine pädagogisch wertvollen Kinderbücher. Wir lösten alle Konten und Sparbücher auf. Mein Vater musste das Haus verkaufen, um die saftigen Alimente bezahlen zu können, die selbstverständlich jeden Monat 1:1 im gähnenden Rachen der Kommune verschwanden. Als es nun darum ging, die Ranch-Reise zu finanzieren, wurde auch unsere materielle „Mitgift" noch einmal gründlich gefilzt. Die Keller wurden geräumt und unsere Skier, die Nähmaschine meiner Mutter, unsere Campingausrüstung sowie die letzten Andenken und Mitbringsel ungefragt auf dem Flohmarkt verhökert. Alle Wohnungen, sämtliche Zimmer, jedes einzelne Space wurde noch mal daraufhin kontrolliert, ob nicht doch noch etwas Verkäufliches in den ohnehin schon asketischen Räumen aufzustöbern war.

Als ich von einem Wochenende bei meinem Vater zurückkehrte, hatte man mir die Federkernmatratze aus meinem früheren Leben wortwörtlich unter dem Hintern weg verkauft und durch eine billige Schaumstoffmatte ersetzt. Ebenso war mein neuer Wecker, den ich eben erst von Oma und Opa zum neunten Geburtstag bekommen hatte, verschwunden. Ich traute meinen Augen nicht – der Wecker, tröstlich tickend und wunderschön schimmernd mit rotem

Perlmutt verziert, war mein allergrößter Schatz gewesen. Auch die von meiner Mutter handgefertigten Puppen waren, bis auf einen einzigen Alibi-Teddybären, der einsam auf meinem Bett saß, allesamt versilbert worden. Ich dachte zuerst, mein Space sei mal wieder umgezogen worden, und lief suchend durch die beiden Kids Flats. Doch die anderen Kinder klärten mich auf. „Nei, Leela, das isch scho diis Space! Sie händ alles verchauft, für üsi Reis uf'd Ranch."

Heulend legte ich meiner Mutter einen Zettel aufs Bett. Doch auch sie konnte, als sie letztendlich an meiner ausgeräuberten Schlafstätte erschien, nichts mehr ausrichten. Die Sachen waren weg. Wir hatten nun gar nichts mehr.

Über diese Aktion regte sich selbst meine Mutter auf, die getreue Folgerin. Was konnten ein paar Puppen und Kinderski schon zu einer Übersee-Reise für 500 Personen beitragen?

Vielleicht bewegte sie dieser Vorfall zu einem ihrer seltenen oppositionellen Schritte dieser Zeit. Meine Mutter war früher, neben ihrer Tätigkeit als Hausfrau, Klavierlehrerin gewesen. In unserem Haus stand in einem eigens dafür eingerichteten Musikzimmer ein wunderschöner, schwarz lackierter Steinway, auf dem sie unter anderem Unterrichtete. Dieser Konzertflügel war das Wertvollste, das sie jemals besessen hatte. Und wie sich nun herausstellte, hatte sie es nicht übers Herz gebracht, den Flügel zu verkaufen, als wir unseren Haushalt auflösten. Denn dieser Flügel stand offenbar, ohne dass irgendjemand davon gewusst hatte, nun bei meinen Großeltern im Souterrain.

Nach der Nachricht von unserem lieblos verscherbelten Hab und Gut ging meine Mutter in sich und überlegte lange. Als sie damit durch war, stand ihr Entschluss fest: Sie würde ihren Flügel, ihr Herzensstück, zu verkaufen. Den Erlös jedoch würde sie mitnichten in die Kommune fließen lassen. Sondern, schlicht und ergreifend, in ihre eigene Tasche. Mit dem Erlös würden wir auf die Ranch reisen, wir alle drei. Und zwar nicht nur für zwei Wochen. Sondern für volle sechs Monate. Und wir würden den ganzen Aufenthalt selbst bezahlen. Folglich konnte ihr niemand vorwerfen, dass die finanziell ohnehin gebeutelte Gemeinschaft für die USA-Flüge ihrer gefräßigen Bagage aufkommen musste. Wir würden die Kommune nichts, aber auch gar nichts kosten. 0,00 Fränkli. Dafür würden wir aber auch länger bleiben als alle anderen.

Ich fand, das klang nach einem mehr als fairen Deal. Damit wären wir aus dem Schneider und nicht länger abhängig von einem papiernen Barometer in der Eingangshalle. Und nicht länger Teil derer, die das überstrapazierte Budget der Kommune unnötig schröpften, in unserem Fall gar als nutzloses Dreierpack. Die Zürcher Kommune sparte Geld, sogar jenes für meine Mutter, die als fleißige Outside-Worker-Arbeitsbiene ohne Zweifel sowieso mehrere Faulpelzflüge finanzierte, und hätte eigentlich jubilieren sollen.

Doch die Center-Leitung fand den Schachzug alles andere als lustig. Es hagelte Neid, Missgunst und Vorwürfe von allen Seiten. Das war ja wohl der totale Ego-Trip! Erwartete meine Mutter wirklich, dass man sich auf diesen frechen, selbstbezogenen Alleingang einließ? Die egomane Investition inklusive Rückkehrrecht in die Zürcher Kommune wurde letztendlich nur genehmigt, weil meine Mutter argumentierte, auf der Ranch eine – selbstverständlich selbst finanzierte – Ausbildung zur Körpertherapeutin absolvieren zu wollen, die für die Kommune auf lange Sicht sehr einträglich werden konnte. Zwar hielt man diesen Plan für nicht sonderlich sinnvoll, da meine Mutter als Outside Workerin ja ohnehin schon eine von denen war, die Geld ranschafften. Besser wäre es gewesen, einer aus der Putzkolonne hätte sich weitergebildet. Aber mei. Es hatte eben nicht jeder einen Konzertflügel in Mutterns Keller stehen. Das war genau die Crux, das sah dann auch die Center-Leitung ein. Widerwillig ließ man meine Mutter schließlich gewähren.

Strike. Und so kam es, dass wir drei nicht nur die zwei Wochen während des Festivals, sondern volle sechs Monate im Auge des Sturms verbrachten.

Der Traum von der perfekten Lebensgemeinschaft

1983, Rajneeshpuram, Oregon

Irgendwann im August war es soweit. Letztendlich war das Barometer in der Esshalle, nur wenige Tage vor der geplanten Abreise, wie durch ein Wunder von 15 auf 100 Prozent geschossen. War das nicht ein enormer Glücksfall?

Woher das ganze Geld auf einmal gekommen war, wurde nicht verraten – das Gerücht ging um, es sei eine Spende eines reichen Sannyasins gewesen, den jedoch niemand kannte. Schier unglaublich war auch, dass so kurzfristig noch Flüge für 500 Leute arrangiert werden konnten, alle in nur zwei verschiedenen Maschinen. Es war schon merkwürdig. Tatsächlich fühlten sich einige der Sannyasins verarscht, vor allem jene, die sich vor ihren Angehörigen erniedrigt und letzte Brücken eingerissen hatten, um aufopferungsvoll das Finanzloch der Kommune zu stopfen. Man unkte, die Kosten seien von Anfang an gedeckt gewesen, und die Center-Leitung habe lediglich die Gunst der Stunde genutzt, um die allgemeine Spendenbereitschaft anzufeuern.

Überhaupt, was passierte eigentlich mit all dem Geld, das ständig „in die Kommune" gegeben wurde? Das finanzielle Haushalten der Kommune war für deren Mitglieder völlig undurchsichtig und schien sich irgendwo zwischen schwarzem Loch und Perpetuum mobile abzuspielen. Doch alle negativen Gedanken und Energien verblassten schnell angesichts des kollektiven Freudentaumels. Wir klebten nicht an der Vergangenheit, wir lebten im Hier und Jetzt. Und das würde bald die Ranch sein! Far out!

Die Kids Mama verteilte Koffer und Taschen, die wir mit Wechselkleidung füllten. Ich würde das erste Mal in einem Flugzeug fliegen! Am Morgen der Abreise brachten extra gecharterte Busse die ganze Kommune zum Flughafen. Weil ich so aufgeregt war, durfte ich neben meiner Mutter sitzen, oder vielleicht auch, weil alles andere am

Eincheck-Schalter, der ja in der verständnislosen Draußen-Welt lag, zu Problemen geführt hätte. Jedenfalls saßen meine Schwester und ich im Flieger neben unserer Mutter. Es war fast wie früher. Wie war das alles aufregend! Meine Mutter sagte, dass Kinder von den Stewardessen gratis Kaugummi bekämen, gegen den Ohrendruck. Auch konnte man sich jederzeit etwas zu trinken kommen lassen, sogar Sprite, und das kostete gar nichts!

Während des Starts bekam ich es doch etwas mit der Angst zu tun und betete vorsichtshalber zu Jesus und Bhagwan gleichzeitig. Sobald wir aber die endgültige Flughöhe erreicht hatten, wurde ich ruhiger. Ich verzehrte mehrere Packungen Bubblegum, bis ich alle an Bord verfügbare Geschmacksrichtungen durch hatte. Ungläubig verfolgte ich, wie die Stewardessen auch bei der siebten Kaugummi-Bettel-Attacke noch immer lächelten, als seien sie Puppen. Dazu trank ich so viel Sprite, bis mir schlecht war und ich ständig pinkeln musste. Dieses Fliegen war ganz schön anstrengend!

Wenn ich die Gänge hinunter zu den Toilettenkabinen ging, sah ich überall bekannte Gesichter. Der große Bauch des Jumbo-Jets war fast komplett rot, also mit unseren Leuten gefüllt.

„Hoi Swami X, sali Ma Y!“, tönte es von allen Seiten.

Überall witzelte, plauderte, kuschelte und lachte man, als befände man sich auf einer großen Gartenparty. Die paar anderen Passagiere müssen sich gefragt haben, in was für ein Nest sie da bloß geraten waren.

Unser Zielflughafen war Portland. Wir landeten in den frühen Morgenstunden, es war noch dunkel. Ich erinnere mich, sehr müde gewesen zu sein. Wir gingen in einen Wartebereich, wo wir ziemlich lange sitzen mussten. Dort warteten noch viele andere Sannyasins, die in Grüppchen beieinanderstanden oder -saßen. Es waren Fremde, zum Teil aus unterschiedlichen Ländern, trotzdem unterhielten sie sich wie alte Freunde. So war das in der Sannyas-Comunity – *all one family*.

Später gingen wir an der Hand unserer Mutter hinaus. Dort standen Kolonnen aus gelben Bussen bereit, die uns auf die Ranch bringen würden. Mit einer Flotte aus diesen ausrangierten School Buses, 85 an der Zahl, wurde auf der Ranch der öffentliche Verkehr bestritten. Wie in jedem anderen Ort gab es über das ganze Gebiet der Ranch verteilt Bushaltestellen, an denen regelmäßig Linienbusse verkehrten. Ob es auch einen Fahrplan gab, fand ich nie heraus, doch wenn man lange genug wartete, bog immer irgendwann ein Bus um die Ecke. Einmal auf der Ranch eingecheckt, konnte man diese Busse nach Belieben nutzen, beziehungsweise musste man das fast – private motorisierte Fahrzeuge waren auf der Ranch nämlich verboten.

An diesem ersten Morgen fror ich in dem Bus. Ich hatte gedacht, in Amerika würde es heiß sein, die Indianer waren auf den Bildern doch immer halbnackt. Doch in Wirklichkeit war es fast genauso saukalt wie in der Schweiz. Hätte ich doch nur meine Moonboots angezogen. Stundenlang fuhren wir durch die Nacht, into the middle of nowhere. Ich versuchte wach zu bleiben, um nichts zu verpassen von Amerika, aber immer wieder fiel ich im monotonen Brummen des Motors in komatösen Schlaf. Zwischendurch erhaschte ich Blicke auf eine karge, hügelige Steppenlandschaft, die still und abwartend des aufdämmernden Morgens harrte. Es war wie ein Traum.

Meine Erinnerung an die ersten Wochen auf der Ranch ist nur bruchstückhaft. Das Gelände war riesig, für meine Begriffe reichte es von Horizont zu Horizont. Es war die typische dörre, mit strohigem Gras und schroffen Felsen durchsetzte Prärie, wie man sie aus Westernfilmen kennt. Sanft zog sie sich über Hügel um Hügel hin, soweit das Auge reichte. Hoch im Blau des Himmels kreisten einzelne Greifvögel. Spätestens ab dem Mittag herrschte eine backofenartige Hitze, die die Luft flimmern und den ockerfarbenen Staub der Naturstraßen aufsteigen ließ, der überall in der Luft hing und sich in der Kleidung festsetzte. Selbst beim Gesichtwaschen abends rann braungefärbtes Wasser ins Waschbecken. Nachts herrschte eine stille Kälte. Kein Wind, kein Tannenrauschen und schon gar keine Verkehrsgeräusche, nur hier und da das verhaltene Fragen eines verirrten Nachtvogels. Unter dem glasklaren Sternenfirmament schlief die Wüste. Stille. Weite. Der Friede dieser Stunden war fast mit Händen zu greifen.

Tagsüber dagegen brummte es in Rajneeshpuram wie in einem Bienenstock. Die Ranch war ein in sich geschlossener, eigener kleiner Kosmos: Es gab eine Post, eine Schule, eine Feuerwehr, ein Krankenhaus, ein eigenes Stromkraftwerk, ein Krematorium, einen Speichersee, einen Flugplatz und eine große Farm, auf der Gemüse angebaut und Milchwirtschaft betrieben wurde. Um das ehemalige Hauptgebäude der Big Muddy Ranch herum, ursprünglich ein reiner Großviehbetrieb, hatte sich quasi die City des jungen Ortes herausgebildet: Hier gab es ein Einkaufszentrum, Restaurants, Cafés, eine Disco und später sogar ein Spielcasino. Bezahlt wurde überall auf der Ranch bargeldlos mit einem Voucher-System. Über den Tag verteilt fanden Meditationen statt sowie abends, während der Festivalzeit, Satsang oder *Darshan* mit dem schweigenden Bhagwan.

Für uns Kinder gab es während des Festivals keine besonderen Regeln, geschweige denn Betreuungsangebote. Im Gegenteil, auf einmal hieß es, während des Festivals seien die Eltern für ihre Kinder zuständig, also die leiblichen Eltern. In Wirklichkeit hatte man wohl einfach nur übersehen, dass mit der Flut an Kommunenbesuchern auch einige Kinder angeschwemmt würden. Doch who cares? Wenn manche so unbewusst gewesen waren, Kinder zu zeugen, konnten die sich nun auch selbst darum kümmern, wohin mit dem Nachwuchs während der Medis, Satsangs und Partys.

Aus dieser Auflage ergab sich eine Mischung aus wahlloser Teilbeaufsichtigung und dem gewohnten Chaos. Unter dem Strich zogen die Kinder in Gruppen oder vielmehr Horden durch den Tag und über die Ranch. Ich selber hatte eine Riesenangst, mich zu verirren, und hielt mich daher während der ersten Tage eng an meinen Vater. Meine

Mutter hatte nämlich bereits im Vorfeld organisiert, dass wir während der zwei Wochen Festival-Zeit von unserem Vater beaufsichtigt werden würden, da sie der Meinung war, dieser könne sich nun „auch einmal" um uns kümmern. Mein Vater seinerseits verbrachte während seines Ranchbesuchs gleichzeitig den ersten Urlaub mit seiner neuen Freundin, die sichtlich wenig begeistert war über das spontane Kinder-Arrangement. Zu viert logierten wir mit vier weiteren Sannyasins, die ich nie wach zu Gesicht bekam, in einem der zahllosen Einheitszelte, die aus alten Army-Beständen aufgekauft und als riesige Zeltstädte für die Festival-Besucher errichtet worden waren. Zelt an Zelt mit jeweils acht schmalen Pritschen und einem Sanitär-Container hier und da, ordentlich durchnummeriert und mit kennzeichnenden Buchstaben versehen. Ich hatte mich sehr auf diese Extrazeit mit meinem Vater gefreut, bekam nun aber das Gefühl, bei einer Art Flitterwochen zu stören. Mal wieder versuchten meine Schwester und ich, uns so unsichtbar wie möglich zu machen.

* * *

Eines Abends war es endlich soweit: Heute würde ich Bhagwan zum ersten Mal in persona sehen. Schon Tage vorher war ich aufgeregt und gespannt, was wohl mit mir passieren würde in Gegenwart meines Meisters. Würde ich seine Erleuchtung spüren? Würde er mich sehen? Würde er mich gar bis auf Gründe meiner Selbst durchschauen, die ich noch nicht einmal selber kannte? Dieser Gedanke beunruhigte mich etwas. Ich hoffte, dass er mich als den guten und ambitionierten Sannyasin erkennen würde, der ich zu sein hoffte.

Bereits lange vor Beginn des Darshans stand ich mit meinem Vater, seiner Freundin und meiner Schwester eine kleine Ewigkeit in einer der allseits präsenten Warteschlangen, die sich vor der großen Meditationshalle, genannt Mandir, gebildet hatten. Die Luft über der Menschenmenge brummte und schwirrte in freudiger Erwartung. Die Halle Mandir war eigentlich keine Halle, sondern ein überdachter Platz von 140 mal 65 Metern. Laut Bauplänen handelte es sich dabei um ein Gewächshaus, denn das Ranchgelände besaß ja kaum Bauplätze, geschweige denn das Baurecht für ein derart großes öffentliches Gebäude. Der Boden, schlichter gestampfter Lehm, war lediglich von einer Plane bedeckt, die man im Falle einer Behördenkontrolle innerhalb weniger Minuten zur Seite würde rollen können, und, voilà: keine Versammlungshalle, nein nein, nur ein Gewächshaus!

Außer, dass auf dem beinharten, knochentrockenen Boden bis zum St. Nimmerleinstag niemals etwas wachsen würde, sprach nichts gegen die Glaubwürdigkeit dieses smarten Planes. Aber, hey, *don't worry about the future!* Zumindest bis eine Kontrolle kam, meditierten in Mandir tagtäglich Tausende von Menschen. Man attestierte ihr daher eine besondere Energie, was wiederum mit der Zeit den Meditationseffekt der hier Zusammenkommenden potenzieren würde.

„G'schpürsch d'Energy?", fragte mich mein Vater daher grinsend, als wir die Halle betraten, und tatsächlich spürte ich ein leichtes Kribbeln vom Scheitel bis zu den Sohlen, als meine nackten Füße zum ersten Mal den geweihten Boden berührten.

Mandir war auf jeden Fall das größte Gebäudeartige, das ich jemals gesehen hatte. Dass man schon so früh da sein musste, lag nicht daran, dass man sonst keinen Platz mehr bekommen hätte, sondern an dem Bus-System, das mit den Tausenden von Menschen, die jetzt in kurzer Zeit das gleiche Ziel anfahren wollten, hoffnungslos überlastet war. Mandir nämlich lag, wie alles auf der Ranch, einfach irgendwo in der Pampa. Auf Schusters Rappen zog sich der hügelige Weg hin, vor allem in der Hitze. Der Ritt auf einem gemieteten Drahtesel wiederum gestaltete sich noch schweißtreibender und stellte das Herz-Kreislauf-System vor eine ernste Herausforderung. Um also auf jeden Fall rechtzeitig am Ziel zu sein, bevorzugten die Festivalbesucher die ebenfalls schwitzige, aber immerhin zeitlich begrenzte Fahrt im Bus und nahmen dafür gerne in Kauf, schon zwei bis drei Stunden vor Beginn der Veranstaltung anzureisen.

Als wir die Halle betraten, war diese teilweise schon dicht mit am Boden sitzenden Menschen besetzt. Ganz vorne befand sich ein Podest, auf dem Bhagwans Stuhl bereitstand, eine Art Ohrensessel, wie ihn Rotkäppchens Großmutter besaß, nur nicht kariert, sondern in Weiß. Es herrschte eine lebendige und feierliche Stimmung, die freudige Erwartung war förmlich zu greifen. Je weiter nach vorne man blickte im Menschenmeer, desto gedrängter saßen die Sannyasins und desto ernster und versunkener wirkte ihr Gesichtsausdruck. Ehrfürchtig beobachtete ich, wie die ersten Reihen in dem sonst bewegten Treiben offensichtlich nur noch darauf fokussiert waren, sich in stiller Meditation möglichst intensiv auf die baldige Begegnung mit dem Meister einzustimmen. Eins war klar: Dort vorne saßen diejenigen, die schon besonders weit waren. Die ernsthaften und ambitionierten Schüler, die bereit waren, sich schon viele Stunden vor Beginn des Darshans auf dem beinharten Boden den Arsch platt zu sitzen, und die vielleicht nur noch ein einziges Mal *at the feet of the master* von der eigenen Erleuchtung trennte. Weiter hinten war man da lockerer drauf; die Menschen hier standen noch, sahen sich um, begrüßten einander umarmend, plauderten und lachten.

Nichts desto trotz drängte natürlich, wie bei einem Popkonzert, grundsätzlich alles nach vorne. Während folglich auch mein Vater und seine Freundin versuchten, so nahe wie möglich an den Mittelpunkt des Geschehens heran zu gelangen, beschlossen wir, dass meine Schwester und ich bei den anderen Kindern im hinteren Teil der Halle bleiben würden, wo wir uns frei bewegen und herumlaufen konnten und zudem keinen störten. Weiter vorne musste man nämlich ganz still sitzen und meditieren. Und so ein Darshan konnte gut und gerne vier Stunden dauern. Mein Vater verabredete eine bestimmte Stelle mit uns, an der wir uns am Ende des Darshans treffen würden. Mit meiner

Schwester im Schlepptau sah ich ihn und die Freundin im Gewimmel abtauchen, und die Sorge, ob wir uns am Ende auch wirklich wiederfinden würden, begleitete mich den kompletten Darshan hindurch.

Etwas verloren beobachtete ich eine Weile lang das Einströmen der Sannyasins mit ihrem wie immer unterhaltsamen Gebaren. Die Halle schien geradezu befallen von mehreren Tausend Menschen, die alle Rot trugen und in Erwartung ihres Meisters entweder in Ekstase oder tiefe Meditation verfielen, jedenfalls nicht erreichbar für triviale kindliche Probleme waren. Ich versuchte, irgendwo in der Menge meine Mutter auszumachen, aber das war aussichtslos.

Toshi und ich ließen uns linker Hand der Halle nieder, in der Nähe der Band, wie wir Kinder es bei Veranstaltungen dieser Art grundsätzlich am liebsten taten. Hier konnte man die Musiker beobachten, sie bewundern oder sich für sie fremdschämen, letzteres in der Regel vor allem bei den Vokalisten. Immer fanden sich an dieser Stelle auch andere Kinder ein, in deren Gegenwart man sich dann am richtigen Platz und ansatzweise aufgehoben fühlen konnte. Auch fing man hier hin und wieder einen Blick oder ein Lächeln auf, denn die Musikanten waren im Gegensatz zu allen anderen Anwesenden vergleichsweise geistesgegenwärtig und kontaktbereit. Außerdem waren sie an ihre Verstärker gekabelt.

Natürlich passierte auch mit ihnen „etwas“, während sie spielten, schließlich spielten sie für ihren Meister, was eine große Ehre war. Die Musiker waren mit Herz und Seele dabei und spielten stets, als wäre dies der einzigartigste Zeitpunkt ihrer Karriere. Manche fielen sogar in eine Art Trance während des Spielens, manche in tiefe Meditation. Zumindest bei den ganz großen Anlässen wie eben den Festival-Darshans war die Qualität der Musik immer besonders gut. Ohnehin gab es in der Szene ja viele Musiker, teils professionelle, teils solche, die es gerne gewesen wären; hier auf der Ranch jedenfalls spielten nur die Größten der Großen. Und die Emotionalität, das bombastische Tonvolumen sowie die gewaltige Elektronik während der Festivals waren unglaublich.

Die musikalische Gestaltung der Darshans verlief immer nach dem gleichen Prinzip: Einem Wechsel aus meditativen, besinnlichen Tönen und rhythmischen, aufpeitschenden Tanzliedern. Dabei wurde die Musik zu dem Zeitpunkt hin, an dem Bhagwan Mandir betrat, immer orgiastischer. So war es auch an diesem Tag. Die anfängliche Instrumentalbegleitung war einer Folge von Sannyas-Songs gewichen, einer eingängiger als der andere. Anfangs hatten nur manche der Darshan-Besucher mitgesungen und getanzt, inzwischen standen sie alle und bewegten sich zu der Musik wie ein einziger ekstatischer, roter Schwarm. Füße stampften, Schweiß troff, Münder standen offen, soweit das Auge reichte. Einen Moment lang kam ich mir in meiner Froschperspektive vor, als sei ich in eine entfesselt rasende Rinderherde geraten.

Aus dem zunehmenden Treiben der Trommeln schloss ich, dass es nun bald soweit sein musste. Bestimmt war Bhagwan schon am Hintereingang vorgefahren. Sehen konnte ich zwischen all den zappelnden Beinen und flatternden Gewändern natürlich nichts, doch wusste ich aus Erzählungen, dass das immer so geschah. Die Trommeln hämmerten, die Gitarren kreischten. Und dann ging ein plötzliches „Aaahhhh!“ durch die Menge. Arme flogen in die Luft, der eine oder andere hüpfte wie von allen guten Geistern verlassen. Meine Schwester und ich wussten: Nun musste er hereingekommen sein. Also sprangen auch wir auf der Stelle auf und ab, konnten jedoch kaum einen Blick erhaschen. Einzig ein paar in die Luft gestreckte Hände erspähte ich, die, in nicht-roten-Ärmeln steckend, zu Bhagwan gehören mussten. Eine Weile schien er, während die Musik immer brausender wurde, von dem Podest aus mit seinen Sannyasins mitzutanzen.

Dann, mit einem einzigen Paukenschlag, war Schluss. Totenstille. Nach einigen regungslosen Momenten ging ein leises Knistern durch die Reihen, als Bhagwan auf seinem

Sessel Platz nahm. Nun ließen sich auch die Sannyasins nieder, geschmeidig und synchron wie ein einziges großes Wesen. Eng an eng und meistens mit verschränkten Beinen bildeten sie eine geschlossene Fläche, wie ein bodennahes Flechtengewächs. Auf einmal war der Blick frei. Fantastisch! Meine Schwester und ich blieben regungslos stehen, denn jetzt konnte man endlich mal was sehen.

Und dort saß er. Ich konnte kaum glauben, dass dort vorne, nur etwa 100 Meter entfernt, nun tatsächlich Bhagwan hockte, mein Meister. Einfach so, als würde er ständig irgendwo unter uns weilen. Es war schon ein besonderer Moment, ihm, dessen Gesicht mir aus Hunderten allseits präsenter Bilder vertraut war wie kein zweites, auf einmal face en face gegenüber zu stehen. Ich sah mich um. Die Tausende Sannyasins saßen still und wie eingefroren da. Sie meditierten. Sie hatten die Augen geschlossen und machten keinen Mucks, leiser noch als Schlafende. Manche atmeten tief, anderen liefen Tränen über die Wangen. Ich kannte das schon, das passierte manchmal beim Meditieren und bedeutete nichts Schlimmes.

Und jetzt? Ich versuchte, so lange wie möglich bei der Sache zu bleiben. Man sagte ja, dass Bhagwans Gegenwart auf jeden Fall ihre Wirkung tat, ohne dass man viel dazu tun müsse, ähnlich wie Baden im Thermalbad. Man musste nicht einmal aktiv meditieren, was gut war, da ich immer noch nicht genau wusste, wie das ging. Also konzentrierte ich mich und versuchte, Bhagwans Präsenz in mich aufzusaugen; schaden konnte das ja nicht. Doch schon nach kurzer Zeit langweilte ich mich schlichtweg zu Tode. Ich seufzte. „Isch das langwiilig!“, sagte ich zu meiner Schwester, und sie nickte.

Ich musste aufs Klo. Sehnsüchtig dachte ich an die Klohäuschen draußen, die rund um Mandir herum aufgestellt waren. Jetzt wäre bestimmt etwas frei. Meine gesamte Zeit während des Festivals war ich ständig mit dem Dilemma meines Flüssigkeitshaushalts beschäftigt – jedes Stillen des aufgrund der großen Hitze allgegenwärtigen Durstes hatte unweigerlich ein qualvolles Anstehen vor einem der Klohäuschen zur Folge. Vor Beginn des Darshans hatten sich auch hier die üblichen, grotesk langen Schlangen gebildet, doch jetzt würde ich mir vermutlich sogar ein Klo aussuchen können. Neben den vielen Chemie-Klos gab es auf der Ranch noch aus Zeiten der Big Muddy Ranch vereinzelte Plumpsklos, die ich den Pixie-Klos eindeutig vorzog. In diesen Holzverschlägen stank es zwar bestialisch, dafür hatten sie ein herzförmiges Loch in der Tür, durch das man während der Sitzung in die Landschaft träumen konnte.

Trotz der Verlockung traute ich mich nicht hinaus. Um mich abzulenken, ließ ich meinen Blick über das Menschenmeer schweifen. Irgendwo in der Mitte entdeckte ich tatsächlich meinen Vater und seine Freundin. Sie saßen genauso reglos und heilig da wie alle anderen.

Ich seufzte. Sollte das jetzt den ganzen Abend lang so weitergehen? Ich beobachtete, wie sich andere Kinder zwischen den tief versunkenen Sannyasins am Boden entlang robbten, um in die vorderen Reihen zu gelangen. Dies wurde offenbar toleriert, denn selbst in der ersten Reihe, direkt zu Bhagwans Füßen, machte ich einige Kinder aus. Ob die das durften?! Wahrscheinlich nicht, doch hatte man wohl mal wieder vergessen, rechtzeitig das entsprechende Verbot auszusprechen. Außerdem liebte Bhagwan ja Kinder. Wie auch immer, nun wollte auch ich meinen Meister einmal aus der Nähe sehen.

„Chum“, raunte ich meiner Schwester zu, und versuchte, mich so klein wie möglich zu machen.

Auf allen Vieren und in dem vergeblichen Versuch, niemanden zu berühren, krochen wir nach vorne, einzelne missbilligende Blicke ignorierend. Sprechen war während des Darshans nämlich verboten, was uns in dieser Situation sehr zu Gute kam. Trotzdem vermied ich es, in zu viele Gesichter zu sehen. Vor lauter Konzentration strandete ich schließlich nur wenige Meter vor Bhagwans übereinandergeschlagenen Beinen. Oops. Schnell machte ich einen Schneidersitz.

Plötzlich hämmerte mein Herz. Als erstes nahm ich seine weißbesockten Füße wahr, die in den schwarzen, typisch indischen und in Sannyas-Kreisen sehr beliebten Zehensandalen staken. So nah an meinem Meister dran! Und das einfach so, ohne stundenlanges Anstehen und Rumgemeditiere.

Ich war ganz still. Wenn Bhagwan sah, dass ich, obwohl ich noch ein Kind war, schon so weit war und ernsthaft meditierte, war er bestimmt besonders stolz auf mich und ohne Weiteres einverstanden damit, dass ich mich vorgedrängelt hatte.

Seine Augen waren halb geschlossen. Er mutete an wie eine Statue. Sein Gewand war kostbar wie bei einem König, aus schwerem, schillerndem Stoff. An den Ärmeln und am unteren Saum war es mit breiten, goldfadendurchwirkten Brokatborten besetzt. Auf dem Haupt trug er eine Kappe aus dem gleichen Material. Sein weißer Bart ruhte frisch gekämmt auf der Brust, den Kopf hatte er leicht geneigt. Die Hände lagen ineinander gelegt in seinem Schoß wie zwei schlafende junge Kätzchen. Still und ruhig saß er einfach nur da. Ob er wohl eingenickt war? Ich überlegte, ob ich seine Erleuchtung spürte. Auf jeden Fall fühlte ich mich wohl und geborgen.

Irgendwann setzte leise Musik ein, zu der sich die Menschen sanft zu wiegen begannen. Da bewegte sich Bhagwan auf einmal. Ich erschrak. Seine Augen, von denen bisher nur ein Spalt Weißes zu sehen gewesen war, öffneten sich. Wie Scheinwerfer. Gespannt verfolgte ich die minimale Regung und merkte, wie mein Herz erneut raste. Mit einer endlos langsamen Kopfbewegung ließ er seinen Blick durch die Menge schweifen. Ich sah, dass er einzelne Sannyasins direkt anblickte, als würde er sie erkennen. Ich wartete darauf, dass sein Blick auch auf mich fallen würde; schließlich saß ich direkt vor seiner Nase. Doch auch nach einer Viertelstunde – ich hatte das regelmäßig auf meiner Armbanduhr kontrolliert – war das nicht ein einziges Mal geschehen. Langsam wurde ich ungeduldig und fragte mich, ob irgendetwas nicht in Ordnung war mit mir. Ich hatte nämlich beobachtet, dass er manche der anderen Kinder, die sich nach vorne gedrängelt hatten, zum Teil sehr wohl angesehen, ja sogar angelächelt hatte, obwohl die sich keineswegs so ruhig und erwachsen verhielten wie ich. Nur eben mich nicht. Oder war ich ihm vielleicht nicht wild genug? Es war bekannt, dass Bhagwan selber ein wildes Kind gewesen war und lebhafte Kinder mochte.

Jedenfalls, nach einer Weile wurde es mir zu bunt, und ich trollte mich, meine Schwester im Schlepptau, wieder nach hinten. Mir doch egal. Am hinteren Rand Mandirs blieben wir stehen, auf dem zunehmend empfindlich kalten Boden von einem Fuß auf den anderen wechselnd. Hier am ausgefransten Rand der Menschenmenge herrschte etwas Unruhe, einige stehende Figuren wiegten sich sanft in der Musik oder im Wind, einzelne Sannyasins hatten offenbar tatsächlich die Toiletten aufgesucht, ein paar Kinder liefen herum. Hier standen wir, schweigend und still, zwei kleine Gestalten in Rot, ich einen Kopf größer, Toshi einen Kopf kürzer. Zwei kleine Zeugen des Hier und Jetzt. Eine durchdringende Flöte spielte ihr einsames Lied. Draußen ließ sich die hereinbrechende Nacht nieder, langsam aber sicher, wie ein großes, träges Tier. Es war, als würden wir nicht dazugehören.

* * *

Bhagwan lebte auf der Ranch sehr zurückgezogen in einem streng bewachten Areal namens „Jesus Grove". Dort hatte er lediglich mit einem kleinen Kreis von Menschen Kontakt: seinem Management, das quasi komplett aus Frauen bestand, seiner Freundin Vivek, seinem Arzt, seinem Zahnarzt, sowie, zumindest später, seinen Bodyguards. Er hatte einen eigenen Diätkoch, eine Schneiderin, einen Masseur und einen privaten Garten. Es gab keinerlei Grund für ihn, das Haus zu verlassen. Ich fragte mich manchmal, ob er sich wohl nicht eingesperrt fühlte in seiner „Grotte".

Doch war er ja erleuchtet, vermutlich brauchte man da keine Zerstreuung oder Abwechslung mehr.

Für uns, das Bienenvolk, gab es jedenfalls nur eine Möglichkeit, Bhagwan neben den sporadischen Darshans und Satsangs zu begegnen: Den *Drive-by.* Jeden Tag um 14 Uhr fuhr Bhagwan mit einem Wagen aus seiner 93-teiligen Rolls-Royce-Flotte eine bestimmte Route ab. Dabei konnte er sehen, wie die Arbeiten auf der Ranch voranschritten, vor allem aber seine Sannyasins begrüßen.

Der tägliche Drive-by war der Höhepunkt des Tages auf der Ranch, gerade auch in der Zeit nach dem Festival, als es keine regelmäßigen Darshans mehr gab. Dazu stellten sich die Sannyasins am Straßenrand auf, Kilometer um Kilometer, in einer schier endlosen Reihe. Eigentlich war die Idee, dass man Seite an Seite nebeneinanderstand, damit jeder innerlich in Kontakt mit dem Meister treten konnte, doch oft gab es stattdessen ein mehrreihiges Gedränge und Geschiebe. Manche Sannyasins begaben sich schon um 13 Uhr an den Straßenrand, um einen guten Platz, also ganz vorne, zu ergattern. Es herrschte eine freudig aufgeheizte und doch feierliche Stimmung, wie in einem Kinderheim an Heiligabend kurz vor der Bescherung. Hier und da fanden sich spontan ein paar Musiker zusammen, die mit einer Gitarre und einigen Rasseln Sannyas-Lieder spielten, in die die Umstehenden dann einstimmten. Rosenverkäufer liefen herum und boten völlig überteuert Blumen feil, die man Bhagwan nachher auf die Kühlerhaube legen konnte.

Doch sobald Bhagwans blitzblankes Auto hinter der nächsten Kurve auftauchte, wurde es plötzlich ernst. Die tägliche Verwandlung, die nun geschah, war beeindruckend: Zuerst standen alle eng beieinander, plauderten, lachten, umarmten sich, laut und fröhlich. Dann, wie auf ein Kommando, lenkten alle ihre Aufmerksamkeit auf etwas anderes, und zwar in einer einzigartigen Intensität. Dass sich alle Anwesenden auf ein gemeinsames Ereignis konzentrieren, mag zwar auch bei einem Fußballspiel oder Pop-Konzert vorkommen. Doch damit hatte die sehr persönliche, fast intime Beziehung zum *Master*, in die hier nun jeder auf einmal versank, nichts zu tun. Ich spürte, dass hier etwas geschah, was für die Menschen sehr besonders war.

Ich mochte diese ruhige, feierliche Stimmung. Trotzdem fühlte ich mich eher wie ein Zuschauer, als dass auch ich Teil dieses Bannes gewesen wäre. In der stechenden Mittagssonne beobachtete ich die Gesichter der Umstehenden, ihre Stille, ihre Andacht, dem einen oder anderen rann der Schweiß oder auch eine Träne der Rührung übers Gesicht. Die Luft flirrte in der Hitze, einzelne Insekten zirpten. Das tiefe Brummen kam immer näher, die Kühlerfigur blitzte, es war, als hielte die Welt den Atem an. Und langsam rollte Bhagwan schließlich im Schritttempo an der von roten Menschen gesäumten Straße vorbei, die rechte Hand am Steuer, die linke in statischem Winken zum Gruße erhoben, ähnlich wie die Queen von England.

Es hieß, dass Bhagwan gar keinen Führerschein besaß, trotzdem ließ er es sich nicht nehmen, auf seiner eigenen Ranch am Steuer zu sitzen. Am Drive-by fuhr er ja ohnehin nur Schritttempo. Allerdings konnte er durchaus auch anders. Ja, Bhagwan liebte es sogar, zu rasen! Es kursierte eine Anekdote, nach der er bei einer Überlandfahrt wegen Übertretung der Höchstgeschwindigkeit angehalten worden sei.

So war er eines schönen Nachmittags nach dem Drive-by nicht wie sonst zurück zur Jesus Grove gefahren, sondern hatte spontan beschlossen, eine Fahrt über Land zu unternehmen. Die Pferde mussten schließlich auch mal laufen können! Kurz entschlossen verließ er das Gelände der Ranch. Nur noch wenige Kurven, und die freie Landstraße lag vor ihm, als Begrenzung nur der Horizont. Yeah!! Mit unerwarteter Kraft drückte Bhagwan auf einmal das Gaspedal durch. Let's go, mal sehen, was die Maschine so hergab!

Ich liebte dieses Bild, bei dem ich mir vorstellte, wie Bhagwan verschmitzt grinste, sein Bart durch das geöffnete Fenster im Wind flatterte und Vivek vor Aufregung kreischend daneben saß. Der Wagen lag sicher und schwer auf der Straße, der Motor summte leise und tief, aus dem

Autoradio klang Elvis Presley. Bhagwan und Vivek fühlten sich jung und frei, die begleitende Entourage auf der Rückbank freute sich leicht erschrocken über ihren zünftigen Meister. Einige Meilen glitten sie zu „Hound Dog" so dahin, als auf einmal wie aus dem Nichts ein Motorrad hinter ihnen auftauchte. State police!

Der uniformierte Fahrer überholte Bhagwans Rolls Royce und signalisierte ihm, anzuhalten. Bhagwan fuhr rechts ran, drehte das Radio leiser, neigte sich leicht aus dem heruntergekurbelten Fenster und fragte: „Officer?" mit seinem üblichen leisen Lächeln und der zärtlich gurrenden Stimme, „what's up?"

„You are driving too fast, Sir!", sagte der Officer, oder etwas in dieser Art.

„Yes", sagte Bhagwan, und nickte verständnisvoll, wie er es immer tat, wenn ihm einer seiner Schüler die Verwirrnisse oder Seelenqualen der Nicht-Erleuchteten klagte.

Überliefert ist, dass nichts weiter geschah. Der Officer starrte ihn nur an, ihn, den Sex-Guru, ihn, den großen Verführer und Gehirnwäscher, ihn, das Phantom, welches noch nie ein Außenstehender auf amerikanischem Boden jemals zu Gesicht bekommen hatte. Bhagwan schaute ihm in die Augen, und wartete. Der Officer schwitzte. Am Ende senkte er, ohne nach den Papieren zu fragen, den Blick und winkte den Gesetzesbrecher weiter. Bhagwan indes startete den Motor, der mit dem Rolls-Royce-typischen, unvergleichlich sanften und doch sehr maskulinen Brummen ansprang. Dann gab er Gas und brauste mit flatterndem Bart zurück auf die Ranch.

Der Officer blieb einsam in einer Staubwolke zurück, die zitternden Hände am Lenker seiner Maschine, und nach wenigen Momenten kam es ihm vor, als habe er diese Begegnung nur geträumt.

Beim Abendbrot würde er seinen Kindern erzählen, er sei heute dem Teufel begegnet.

Im Normalfall aber hielt sich Bhagwan an die vorgegebene Route des Drive-bys. Jeden Tag trug er ein anderes

Gewand mit dazu passender Mütze. Auch seine Fahrzeuge waren bisweilen individuell bemalt worden, was für laute Begeisterungsrufe seitens seiner Schülerschaft sorgte. Je nach Tag und Standort variierte die Stimmung am Drive-by. Manche Sannyasins sangen und wiegten sich, manche grüßten still in ehrfurchtsvollem Namasté. Die, die Rosen gekauft hatten, konnten sie nun auf der Kühlerhaube des vorbeirollenden Wagens ablegen und ernteten dafür in der Regel ein dankendes Nicken mit einem liebevollen Blick Bhagwans. Die Rose war ein ziemlich sicheres Mittel, einen solchen Blick zu ergattern. Ja, darauf schien ständig jeder zu warten: Dass der eigene Blick von jenem des Meisters erfasst werden würde. Ich! Ich! Ich! Schau, wie weit ich schon bin! Wie viel ich schon verstanden habe! Was für ein hohes spirituelles Niveau ich schon erreicht habe!

Auch ich wünschte mir nichts sehnlicher als eine persönliche Geste vom Meister und kriegte schier die Krise, wenn ein anderes Kind bekam, was mir vorenthalten blieb. Denn wie sicherlich viele andere mutmaßte ich, dass ein einziger Blick Bhagwans von der Schnelligkeit eines Schmetterlingsflügelschlags in den Kern meines Wesens vordringen und dort ganz gravierende Veränderungen bewirken würde, von denen ich zwar keine genauere Vorstellung hatte, die ich jedoch trotzdem dringend herbeisehnte.

Meine Schwester ließ sich einmal von unserem Vater, als wir alle gemeinsam am Drive-by standen, eine Rose kaufen, die ihr tatsächlich den Bhagwan-Blick bescherte. Er lächelte, sie guckte unschuldig, und er schob noch einen nach. Ich platzte schier vor Neid, hätte mich jedoch nie dazu herabgelassen, mir auf diese Weise einen Blick zu erkaufen. Erstens wusste ich, dass die Rosen schamlos überteuert waren, und wollte keinesfalls meinen Vater, der ja seit der Scheidung sowieso schon ein finanziell gebeutelter Mann war, zu einer so unvernünftigen Ausgabe nötigen. Zweitens hatte ich beobachtet, wie in regelmäßigen Abständen einer der Wächter zum Wagen kam, mit beiden Armen den Rosenhaufen von der Kühlerhaube griff und achtlos hinten auf einen Truck warf, um die Gaben der Liebe in Folge bestenfalls zu kompostieren. Die armen Rosen hatten also ein ziemlich kurzes Leben, was sich mit meinen kindlichen Grundsätzen nur schwer vereinbaren ließ. Drittens und vor allem aber wollte ich, dass Bhagwans Blick ganz von alleine auf mich fiel und nicht, weil das der Deal für eine Rose war. Denn auch das kam durchaus vor. So sollte es auch bei mir sein: Ganz von selbst wollte ich ihm auffallen, einfach weil ich ich war, bereits als Kind ein reifer Sannyasin und damit so bemerkenswert, dass ich ihm eigentlich auffallen musste. Also stand ich jeden Tag pünktlich am Drive-by, aufgrund meiner geringen Größe problemlos in der ersten Reihe, und versuchte starrend, Bhagwan einen Blick abzuringen.

Doch in all den Monaten, in denen ich dort täglich stand – und als strebsames Muster-Sannyas-Kind hatte ich einen langen Atem – fing ich nicht ein einziges Mal einen Blick meines Meisters auf. Wer weiß, vielleicht wäre mein Leben nach einem solch einzigartigen Blickwechsel ganz anders verlaufen. Doch es geschah nicht. Es war, als sei ich Luft für ihn, schlicht unsichtbar. Ich war verärgert, enttäuscht und beschämt. Manchmal war ich sogar richtig sauer auf Bhagwan und schaute ihn beim Drive-by extra auch nicht an. So konnte er mal sehen, wie das war. Wenn Bhagwan wirklich so erleuchtet war, wie konnte es dann sein, dass er mir – einem Kind! – nicht einmal einen einzigen Blick schenkte, wo er doch wissen musste, wie sehr ich mir das wünschte und auch verdient hatte? War Bhagwan etwa selber auf einem Ego-Trip?!

Am Ende erklärte ich mir das Ganze dann so, dass Bhagwan natürlich merkte, wer *ambitious* war und einem dann erst recht nicht gab, wonach der Mind, dieses Teufelsorgan, so verzweifelt lechzte. Der *Mind* war ja grundsätzlich schlecht und musste mit allen Mitteln ausgetrickst werden, damit die wahre Essenz des Selbst überhaupt eine Chance zur Entfaltung erhielt. Von Bhagwan ignoriert zu werden war vermutlich also einfach ein Zeichen dafür, wie sehr ich noch Opfer meines Minds und folglich wie wenig weit ich noch war. Dafür genierte ich mich, und ich hoffte, dass niemand der Anwesenden meinen niederen Entwicklungsstand mitbekam. Von da an achtete ich peinlichst genau darauf, meinen Standort möglichst täglich zu wechseln.

* * *

Mehr als je zuvor spürte ich während jener Zeit, wie ich in der Masse verschwand. Nicht nur am Drive-by, in Mandir oder einer der zahllosen, überall präsenten Menschenschlangen, sondern auch und vor allem im Alltäglichen. Ich lief herum und fühlte mich, als trüge ich eine Tarnkappe. Mein Lebensgefühl war eine Mischung aus dem, Teil der Masse zu sein, und jenem, überhaupt nicht zu existieren, was letztendlich vermutlich ohnehin das Gleiche bedeutet. Ich war nun 10 Jahre alt, was ungefähr dem Durchschnittsalter der anwesenden Kinder entsprochen haben dürfte. Doch ich konnte mit den anderen Kindern nicht mithalten. Ich war einfach nicht so wild, so aktiv, so „da" wie sie. Meine augenscheinliche Durchsichtigkeit verunsicherte mich. Die anderen Kinder – es müssen mit den Residents und Besuchern insgesamt um die 100 gewesen sein – schienen einfach viel selbstbewusster, frecher, lebendiger und folglich beliebter zu sein als ich. Selbst die Kinder aus meiner eigenen Kommune kannten mich kaum noch.

„Hoi Satjam!", rief ich etwa, wenn ich endlich einmal ein bekanntes Gesicht vorbeirennen sah, „was machet ihr?"

Doch erntete ich höchstens einen flüchtig hingeworfenen, zerstreuten Blick, bis ich auch schon wieder alleine dastand. Alle waren laut, zogen herum, hatten Spaß und landeten einen Streich nach dem nächsten. Ja, stimmt, ich konnte kein Englisch und hatte Verständigungsprobleme, doch den meisten anderen erging es nicht anders. Und trotzdem kamen sie klar.

Ich begriff, dass ich etwas offensiver an die Sache herangehen musste. Auf der Ranch gab es während des Festivals eine Kids Disco, die in der sogenannten „Meera Barn", der alten Scheune, am frühen Abend stattfand. Dort flogen regelmäßig die Fetzen, hatte ich gehört. Zwar durften dort nur Kinder ab 12 Jahren mitmachen, aber natürlich gingen auch die jüngeren hin, zumal es ohnehin keiner kontrollierte. Außerdem war ich für meine 10 Jahre schon sehr reif, wie ich meinte. Ich liebte es zu tanzen und stellte mir die Szenerie ähnlich vor wie das, was ich aus der Zürcher Music Group kannte, mit der ich ja bestens vertraut war. Disco war eigentlich das gleiche wie Music Group, nur dass keine Bhagwan-Lieder gespielt wurden, sondern die Hitparade. Dazu wurden eine silberne Disco-Kugel und Blinklicht aufgehängt. In der Regel tanzten die Leute auch etwas cooler als bei der Music Group, wo sich viele doch recht gehen ließen und sich eher auf der peinlichen Seite des Lebens bewegten. Abgesehen davon war es meiner Erfahrung nach bei beiden Veranstaltungen das Gleiche: Die Erwachsenen tanzten, um Spaß zu haben, während wir Kids irgendetwas spielten, Playback übten oder die Erwachsenen nachäfften.

Mit dieser Erwartung traf ich an der Kids Disco in der ehemaligen Barn ein. Ich hatte mein coolstes T-Shirt angezogen, hellrosa mit pinken Punkten, der ganze Stolz meiner Garderobe. Abends um sieben, es war schon dunkel, stieß ich entschlossen und leicht aufgeregt die schwere Tür der Barn auf. Drinnen war es sehr laut und dunkel. Ich brauchte einen Moment, um meine Augen daran zu gewöhnen. Die Barn war eine coole Location für eine Disco, keine Frage. Der zentrale Raum war sehr hoch. Über eine leicht baufällige Holztreppe konnte man auf eine Empore steigen, von wo aus man die Tanzfläche unten perfekt im Blick hatte. Ich sah, dass viele Kinder da waren, die sich jedoch alle gekleidet hatten wie Erwachsene. Und sich im Übrigen auch so verhielten!

Mädchen und Jungs standen in Grüppchen beieinander, hielten Getränke in der Hand, tuschelten und flirteten. Die Mädels waren stark geschminkt, überall glitzerte und funkelte es, an allen Ecken und Enden blitzte nackte Haut. Die, die schon etwas zu zeigen hatten, hatten diese Tatsache offenherzig in Szene gesetzt. Mamma mia. Schnell wurde mir klar, dass im Vergleich dazu mein Outfit anmutete wie das einer Betschwester. Die Jungs hingegen waren zwar fast normal angezogen, hatten aber sehr viel Gel im Haar und pafften Zigaretten. Leicht irritiert suchte ich nach einem bekannten Gesicht. Manche der Mädchen hatte ich schon einmal gesehen, vor allem eine davon war mir aufgefallen, weil sie bereits einen sehr großen Busen hatte, störrisches blondes Haar und einen Silberblick, was mich in der Kombination faszinierte. Ich hatte gehört, dass sie erst 12 sei, was ihr und vor allem ihrer Oberweite noch mehr Ehre im Kreis der Kids verschaffte. Auch mich beeindruckte das. Zu diesem Alpha-Weibchen also ging ich hin, und sagte: „Hi."

Das Mädchen, unübersehbar Amerikanerin, reagierte zunächst überhaupt nicht. Hatte sie mich vielleicht nicht gehört? Noch einmal sagte ich also, dieses Mal etwas lauter: „Hi!"

Doch erst als eine ihrer Freundinnen sie anstupste, drehte sie träge den Kopf und ließ unter schweren Lidern ihren leicht schielenden Blick auf mich fallen. Dazu neigte sie den Kopf in den Nacken, um besser unter ihrem Pony hervoräugen zu können. Ihre glänzenden Lippen standen leicht offen, und in der oberen Zahnreihe wurde eine aufreizende Zahnlücke sichtbar. Am Ende ihres hängenden Arms kokelte eine Zigarette, die eine ruhige und stetige Rauchsäule aufsteigen ließ, was den Eindruck ihrer geheimnisvollen Macht noch intensivierte. Mann, war die cool. Mit laszivem Blick musterte sie mich langsam von oben bis unten. Man könnte auch sagen, sie sah mich an wie ein Ufo. Dann wandte sie den Kopf nach hinten zu ihren begnadeten Freundinnen und spie mit rauchheiserer Stimme ein paar Wortbrocken zwischen den Lippen hervor. Ich verstand nicht, was sie sagte, doch die beiden Mädels sahen mich ratlos an, zuckten die Schultern und schüttelten den Kopf. Dann drehten sie mir einfach den Rücken zu und taten, als sei ich gar nicht da.

Aha. Na, das war wohl nichts gewesen. Ich versuchte, mir meine Schmach nicht anmerken zu lassen, und ließ den

Blick erneut schweifen. Auf der anderen Seite des Raumes entdeckte ich einen Jungen aus der Zürcher Kommune. Ah, zum Glück, der kannte mich! Zielstrebig und erleichtert ging ich hinüber.

„Hallo, Premgit!“, rief ich winkend, als sei mein Erscheinen ein allgemein bekannter Anlass zum kollektiven Freudentaumel.

Premgit jedoch nickte mir nur unauffällig kurz zu, um sich dann wieder seiner neuesten Bekanntschaft zuzuwenden, einem bereits etwas älteren Mädchen mit knospenden Brüsten, dunkel angemalten Augen und sehr viel Haarspray. Erneut fühlte ich mich deplatziert. Auf der Suche nach einem weiteren vertrauten Gesicht sah ich nun eine Spur genauer in die Ecken. Da entdeckte ich auf einmal, dass dort verschiedentlich einzelne Pärchen knutschten. Knutschten! Mit Spucke! Ich traute meinen Augen kaum. Wussten die hier etwa nicht, wie gefährlich das war?! Nicht nur war Küssen als contaminated strengstens verboten, im schlimmsten Fall würde man davon tatsächlich den qualvollen AIDS-Tod sterben! Entgeistert verfolgte ich, wie sich diese Kids im Schatten der Empore gegenseitig die Zunge in den Rachen steckten. Plötzlich merkte ich, wie mir jemand eine Hand auf die Schulter legte. Ein älterer Junge, der schon einen leichten Flaum auf der Oberlippe und eine pubertierend changierende Stimme hatte, raunzte mir in strengem Ton etwas zu. Cool, der sprach mit mir! Vielleicht stand der auf mich? Freundlich lächelnd sah ich zu ihm auf und erklärte entschuldigend: „Sorry, I don’t understand.“

Da wurde er etwas deutlicher. Er krallte seine Hand in meine Schulter, wies mit dem Kopf in die Nische, sah mir eindringlich in die Augen und zischte: „Shut up. Understand now? YOU SHUT UP!“

Ach so. Das verstand ich. Ich solle die Klappe halten. Sie wussten also, dass sie etwas Verbotenes taten. Ich merkte, wie in mir ein Konflikt entstand. Ein paar Sekunden lang glotzte ich mit großen Augen abwechselnd in die tiefschwarzen Augen und auf den Flaum des Jungen und nickte langsam dazu. Doch der wirkte auf einmal überhaupt nicht mehr nett. Dabei wollte ich doch, dass er mein Freund wurde. Komisch, früher waren immer alle meine Freunde gewesen! Plötzlich wollte das wohl keiner mehr. Also nickte ich nun etwas schneller, um anzudeuten, dass ich kapiert hatte, durchaus auf ihrer Seite stand und absolut relaxed drauf war. Eindringlich fixierte er mich noch einmal, um mich dann mit einem kleinen Schubser loszulassen. Aua! Wortlos ging er davon.

So eine Kacke. Das machte ja wohl überhaupt keinen Spaß hier. Aber ich versuchte, den anschwellenden Kloß in meinem Hals zu ignorieren. Ich würde mich nicht unterkriegen lassen. Hier war schließlich eine Disco. Und zum Glück lief nun gerade Michael Jackson, und zwar „Thriller". Mein Glück. Diesen Song konnte ich nämlich richtig gut tanzen. Den fand ich, wie alle Kids in der Zürcher Kommune, einfach nur supercool. Vor allem die Szene, wo der Haupt-Zombie sprach, eignete sich unübertroffen gut für pantomimische Einlagen, und auch die Szene, in der die Untoten aufstanden, bot reichlich Improvisationspotential.

Obwohl gerade sonst keiner tanzte, betrat ich todesmutig die Tanzfläche. Jetzt würden aber alle staunen, wenn die sahen, was ich draufhatte. Um mich einzustimmen, ließ ich mich erst mal richtig rein in die Musik, wie Sannyasins das normalerweise eben taten. Ich schloss die Augen und konzentrierte mich auf meine Kundalini-Energy. Michael Jackson war wirklich spitze. Ich vergaß alles um mich herum. Eine Weile ließ ich einfach meine Füße übernehmen, die zuverlässig den Takt stampften. Dann kam der Moment, wo Michael Jackson mit seiner Freundin, wie ich aus dem Video wusste, über den Friedhof ging. Wie ich es schon tausend Mal geübt hatte, schlüpfte ich nun abwechselnd in die Rolle des bösen Michael Jackson, der bereits nach Blut lechzte, und in die der armen unschuldigen Jungfrau, der der Arsch langsam auf Grundeis ging und die überhaupt nicht wusste, wie ihr geschah. Dann brach plötzlich der Boden auf, und das Zombie-Heer erhob sich schaurig verwest aus der mit fauligem Sargschrott durchsetzten Erde.

Irgendwie hatte ich angenommen, dass auch der Rest der Anwesenden, wie ich es aus Zürich kannte, bei diesem Song sämtliche Hemmungen fallen lassen würden. Doch als ich nun die Augen öffnete, musste ich feststellen: Dem war absolut nicht so. Zwar hatte man meine Existenz mittlerweile zur Kenntnis genommen, jedoch weniger auf die Weise, wie ich mir das vorgestellt hatte: Mit ungläubigen Gesichtern und offenen Mündern standen ein paar Teenies am Rand der Tanzfläche und verfolgten milde schockiert, doch interessiert mein Gebaren.

„Hey man, look at the crazy kid!“, rief zu allem Überfluss jetzt auch noch der Typ mit dem Schnurrbartflaum.

Dies war nun deutlich mehr Aufmerksamkeit, als ich geplant hatte. Blitzschnell überlegte ich, was zu tun war. Fuck. Mir blieb nichts anderes übrig, als trotz allen Spottes noch eine Weile durchzuhalten, oder ich würde mir eine noch größere Blöße geben. Also zuckte ich unverfroren einfach weiter und tat, als hätte ich einen Riesenspaß.

Kaum war das Zombiespektakel vorbei, erklang die verführerische Melodie von „Black Velvet“. Ich sah, wie einige Mädels die Tanzfläche betraten, darunter auch die dickbusige Coole mit dem Silberblick. Fasziniert beobachtete ich, wie sie sexy ihre Hüften nach links und rechts schob, und zwar so, dass sie immer eine knappe Nanosekunde am Takt vorbeischlitterte. Megacool. Dabei sah sie aufreizend in die Runde. Beim Refrain dann hob sie die Arme und griff sich an den Kopf, wie unter der Dusche beim Haarewaschen, obwohl da gar nichts war, also keine Dusche und auch kein Shampoo. Dafür konnte man dabei sehen, dass sie unter den Achseln bereits dichte, krause Haare hatte. Wow. Kleine Schweißflecken rahmten die Ränder ihres knappen Tops. Selbstvergessen ließ sie den Kopf nach hinten sinken und gab sich mit leicht geöffneten Lippen ganz dem sehnsuchtsvollen Song hin.

Das ist aber nicht sannyasmäßig, wie die tanzt, dachte ich mir, musste aber gleichzeitig zugeben, dass sie alle Anwesenden schwer beeindruckte damit. Als das Lied vorbei war, kam sie wieder zu sich und sah in die Runde. Dabei fiel ihr Blick auf mich, die ich sie noch immer unverwandt anstarrte. Ein paar Momente lang sahen wir einander in die Augen. Dann kam sie schlendernden Schrittes zu mir herüber. Würde die jetzt etwa was zu mir sagen? Ohne meine zappelnde Interpretation des neuen Liedes, „Big in Japan" von Alphaville, zu unterbrechen, guckte ich sie erwartungsvoll an. Tatsächlich baute sie sich vor mir auf. Doch anstatt etwas zu sagen, musterte sie mich mit dem bereits bekannten Blick noch einmal von oben bis unten, als wäre ich eine seltene und irgendwie widerliche Spezies. Dann schüttelte sie langsam den Kopf. „You are so stupid", entwich es endlich kehlig ihren glänzenden Lippen.

„What?", sagte ich, in der Annahme, mich verhört zu haben. Es war ja ziemlich laut hier.

Silberauge zischte verächtlich und wiederholte, dieses Mal deutlich lauter: „Hey man, YOU ARE SO STUPID! Go home! JUST GO HOME!"

Mir sank das Herz in die Hose. Nun hatte ich sie verstanden. Die mochte mich definitiv nicht. Die glaubte, mich hier vor allen anderen einfach wegschicken zu können. Aber ich wusste, dass sie das nicht durfte. Die konnte doch nicht einfach so mit mir sprechen, hier in der Commune, hier auf der Ranch! Mit aller Kraft bot ich meine ganze Selbstbeherrschung auf und ignorierte die klare Forderung der Schielenden noch ein paar Lieder lang. Allerdings wollte ich nun tatsächlich am liebsten nur noch heim. Dieser ganze Abend war ein Griff ins Klo. Ich passte nicht zu den anderen Kids, die alle cool und sexy waren. Für die war ich ein Freak. In einem Moment, in dem ich mich einigermaßen unbeobachtet fühlte, holte ich meine Jacke und machte mich still und leise vom Acker, hoffend, dass mich keiner sah dabei.

Wie peinlich. Zu einer Konfrontation dieser Art würde ich es nicht noch einmal kommen lassen. Fortan hielt ich mich wieder freiwillig an meine kleine Schwester. Die nahm, wie immer, die neuen Zustände stoisch und kommentarlos zur Kenntnis.

* * *

Die Sonne in der Wüste Oregons brannte gnadenlos. Wir hatten gewusst, August war die heißeste Zeit hier, trotzdem hatte ich mir das im Voraus schlecht vorstellen können. Nie zuvor hatte ich eine solche Hitze erlebt. Man musste sorgfältig darauf achten, immer genug zu trinken und nie ohne Kopfbedeckung aus dem Haus zu gehen, sonst riskierte man binnen Stunden einen Sonnenstich oder sonstigen Kollaps.

Glücklicherweise gab es auf der Ranch einen See. Als ich ihn zum ersten Mal sah, glaubte ich an eine Fata Morgana. Der Bus fuhr durch die vor Trockenheit bröckelnde, staubende Einöde. Nach einer Kurve und dem Überwinden einer kleinen Anhöhe tauchte plötzlich und wie aus dem Nichts diese azurblaue Fläche auf. Der „Krishnamurti lake“, ein von den Sannyasins angelegter Stausee, war eigentlich das Trinkwasserreservoir der Ranch und hatte wegen seiner innovativen, umweltschonenden Dammkonstruktion sogar einen Preis der Draußen-Welt gewonnen. Anlässlich des Festivals hatte man hier, nachdem die Leute reihenweise unter der Hitze zusammengebrochen waren, spontan eine Badeanstalt eingerichtet, komplett mit Liege- und Spielwiesen, Umkleidekabinen, Cafeteria, Kiosk und Sprungturm. Ich hatte davon gehört und drängte meinen Vater, mit uns dorthin zu fahren, da Kinder nur in Begleitung Erwachsener eingelassen wurden. Und so unternahm unser Vater eines Nachmittags einen Badeausflug mit uns.

Wie überall auf der Ranch waren auch hier die fast schon grotesken, AIDS-bedingten Hygienemaßnahmen omnipräsent. Am Busausstieg wurde man von freundlich lächelnden, braungebrannten Mas empfangen, die jedem Badegast ein steril verpacktes, alkoholgetränktes Hygienetuch in die Hand drückten und ihn genau instruierten, wie er zu verfahren habe damit. Bewaffnet mit diesem Alkoholdings musste man sich, Männer und Frauen getrennt, in riesige Umkleidezelte begeben, wo man sich sorgfältigst den Allerwertesten und sonstigen Intimbereich reinigen sollte, und zwar so lange, bis auf dem blütenrein weißen Material absolut keine Spuren mehr sichtbar waren. Ungläubig, fasziniert und angeekelt zugleich betrachteten meine Schwester und ich das Ergebnis unserer Bemühungen. Shit – diese Dinger waren wirklich gründlich! Die benutzten Tücher wiederum wurden im gewohnten „Contaminated Waste" entsorgt. Ich war schockiert über den Anblick dieser Behälter. Wischten sich die Erwachsenen den Hintern denn sonst gar nicht ab?! Aber vermutlich zeigte der ernüchternde Anblick des Contaminated-Waste-Inhalts nur, wie überaus effektiv diese spezielle Maßnahme war. Diese Prozedur, die wohl so manchen Badewunsch im Keim erstickte, war nämlich absolute und unabdingbare Pflicht, um den See beschwimmen zu dürfen. Hintergrund war nicht nur die allseits präsente AIDS-Angst – diese war ja eigentlich bereits dadurch gebannt, dass man nur mit gültigem AIDS-Test überhaupt erst auf die Ranch einreisen durfte –, sondern darüber hinaus die Tatsache, dass man ja heute im Trinkwasser von morgen schwamm und dieses folglich ungern mit Kolibakterien, Pilzkeimen, Geschlechtskrankheiten und anderen Geißeln der Menschheit verseucht wissen wollte.

Nach dieser, wie ich fand, doch befremdlichen und leicht entwürdigenden Prozedur ging es endlich ab ins kühle Nass. Sofort fühlte ich mich wie ein neuer Mensch. War das herrlich! Von mir aus hätten wir auf Drive-bys und Satsangs ruhig verzichten und uns ausschließlich hier aufhalten können. Im Wasser traf ich zufällig Prakash, einen deutschen Jungen aus der Zürcher Kommune, den ich gerne mochte. Wir lagen im kitzelnden Gras, spielten Fangen zwischen den turtelnden Sonnenanbetern, und mein Vater kaufte uns Eis, das uns in der Hitze über die Bäuche tropfte. Auf einer Luftmatratze paddelten wir über den See, und irgendjemand machte ein Foto von uns, das später sogar in der Rajneesh

Times erschien! Das unbeschwerte Lachen der Erwachsenen, fröhliches Kindergekreische und die pflatschenden Geräusche vom Sprungturm vereinigten sich mit der wärmenden Sonne und einer leichten Brise zum perfekten Sommertraum. Dies würde ein glücklicher Tag gewesen sein.

* * *

Auf der Ranch herrschte eine Stimmung, wie ich sie später nie wieder erlebte. Das Feeling war eine Mischung aus Pioniergeist, Kloster, Gründerzeit, Woodstock und riesigem Jahrmarkt. Hier bekam jeder, was er wollte: Arbeiten bis zum Umfallen, Meditieren bis zum Umfallen, Feiern bis zum Umfallen. Viele Jahre später vertraten nicht wenige Sannyasins die Überzeugung, Bhagwan habe die ganze Ranch-Phase bewusst als riesiges Experiment geplant. Jeder habe dort gefunden, was er jeweils suchte, jeder seine Lektion erhalten, jeder sei auf seine individuelle Weise sich selbst begegnet. Keiner ging als der, als der er angekommen war. Und selbst das drastische Ende der ganzen Episode sei als Lehrstück gedacht gewesen, um seinen Schülern die tückischen Mechanismen menschlicher Machtstrukturen zu demonstrieren.

Was mir selbst von dieser Zeit vor allem in Erinnerung blieb, war das Gefühl von endloser Freiheit und Geborgenheit zugleich. Obwohl ich sehr viel Zeit alleine verbrachte, fühlte ich mich nie einsam. Wenn ich an diese Zeit denke, erfüllt mich ein warmes Gefühl von Heimat und tiefer Zufriedenheit, ohne es im Einzelnen begründen zu können. Im Detail wiederum sind meine Erinnerungen einfach die eines Kindes. Ich erinnere mich an das leckerste Eis meines Lebens. Auch die Chocolate-Chip-Cookies waren die besten, die ich in meinem ganzen Leben gegessen habe. Ich erinnere mich an Menschenströme in allen Rot-, Orange- und Pinktönen, in Mandir, in den omnipräsenten Warteschlangen, in den gelben School Busses, bei der Essensausgabe, am Drive-by oder einzeln verteilt wie leuchtende

Wüstenblumen in der kargen, strohfarbenen Landschaft. Ich erinnere mich an das tiefblaue, seidenweiche Wasser des Krishnamurti lake, in dem ich nur ein- bis zweimal schwamm und den ich doch nie wieder vergaß, an die schwarzen Schwäne darauf, die ich sonst noch nirgends auf der Welt gesehen hatte, und an den Sternenhimmel, der höher und prächtiger war als an jedem anderen Ort der Welt. Und ich erinnere mich daran, wie die zwei Wochen Festival irgendwann vorbei waren und, während meine Mutter und wir noch bleiben würden, alle Besucher innert weniger Tage abreisten. Auch die Kinder aus meiner Zürcher Kommune. Ich kann nicht sagen, dass es mir etwas ausgemacht hätte. Eigentlich war ich sogar beinahe froh. Ich war nur traurig, als sich mein Vater verabschiedete; aber das war ich ja bereits gewohnt. Es begann nun die Zeit, in der die Ranch mein Zuhause wurde.

Jeden Tag reisten ganze Flotten der großen Busse ab, randvoll gefüllt mit roten Menschen. Nach ungefähr einer Woche war die Ranch wie leergefegt. Die verwaisten Zeltstädte wurden abgebaut. Die Essensausgabe wurde aus den Riesenzelten in eine viel kleinere, doch immer noch sehr große Halle verlegt, die sie Magdalena nannten. Unsere Mutter und wir wurden in zwei der begehrten A-frames umgesiedelt. Diese sehr einfachen, dreieckförmigen kleinen Häuschen waren gerade groß genug für zwei Pritschen an der Wand. Aufrecht stehen konnte man nur in der Mitte. Die meisten der Residents, also der wenigen Glücklichen, die permanent auf der Ranch leben und arbeiten durften, lebten in solchen A-frames, welche neben den günstigen Anschaffungskosten vor allem wegen ihrer rechtlichen Besonderheit so populär waren: Da die zeltartigen Hüttchen offiziell als Geräteschuppen liefen und nicht als feste Bauwerke galten, konnten sie nach Interpretation der Sannyasins trotz des fehlenden Baurechts auf der Ranch errichtet werden – und zwar im ganz großen Stil.

Ich hingegen nahm damals an, die putzigen A-frames seien einfach Ausdruck unserer speziellen Lebensweise, auch wenn ich nicht ganz kapierte, wie beides zusammenhängen sollte. Es gab verschiedene A-frame-Siedlungen, die praktisch aufgebaut waren wie Campingplätze: In Reih und Glied über ein abgestecktes Gelände aufgestellt und circa alle 100 Meter Waschräume, Toiletten und Mülltonnen. Unsere Siedlung hieß Alan Watts, benannt nach einem englischen Philosophen, den Bhagwan gelegentlich zitierte. Meine Schwester und ich teilten uns ein A-frame. Nach Jahren mit stets mehreren beliebigen Mitbewohnern und -schläfern war dieses Häuschen unser erstes eigenes kleines Zuhause. Zum ersten Mal seit Jahren konnten wir wieder eine Türe hinter uns schließen. Zwei kleine Pritschen, zwei Nachtkästchen, ein Mini-Fenster und ein Lichtschalter, den wir nach eigenem Gusto ein- und ausschalten durften. Ich fühlte mich wie ein König.

Auch nach dem Festival bestand ein zwar eingeschränkter, aber doch regelmäßiger Busverkehr. Morgens fuhr man, noch in der nachtkalten Dunkelheit, mit dem Bus zum Frühstück nach Magdalena. Danach fuhr man mit dem Bus zu seinem jeweiligen Tagwerk, mittags wieder zurück nach Magdalena zum Lunch sowie noch später zum Dinner. Eingerahmt wurde der Tag von verschiedenen meditativen Ereignissen, wie der Dynamic Meditation früh morgens, dem Drive-by um 14 Uhr und der Kundalini vor Einbruch der Dunkelheit. Am späteren Abend ging es dann bei Lust und Laune noch in die Bar, in die Disco oder ins Casino.

Von einem guten Sannyasin wurde natürlich erwartet, dass er das Meditationsangebot rege wahrnahm, was er in der Regel auch gerne tat, sofern es sein Worship-Pensum erlaubte. Für Kinder galt im Prinzip das gleiche, doch erstaunlicherweise wurde das ausgerechnet auf der Ranch sehr lax gehandhabt. Natürlich gab es auf der Ranch auch eine Schule, in der uns unsere Mutter zunächst auch brav ablieferte. Und ein bis zwei Wochen lang erschien ich dort auch. Doch aufgrund meiner fehlenden Englischkenntnisse sowie meiner ausgeprägten Schüchternheit verlief meine Integration wie gehabt mäßig ideal, um nicht zu sagen, überhaupt nicht.

Der Unterricht zog komplett vorüber an mir. Es gab jetzt nur noch vereinzelt deutschsprachige Kinder, geschweige denn Lehrer, und die, die es waren, gaben sich nicht als solche zu erkennen. Man war ja akklimatisiert. Stumm wie ein Fisch saß ich also dabei, genierte mich und versuchte, möglichst nicht aufzufallen.

Hinzu kam, dass auch hier die Unterrichtsform eine sehr alternative war, um es freundlich zu formulieren. Zu unterrichten waren circa 50 Kinder, von denen etwa ein Drittel überdeutlich pubertierte, was einen harmonischen Unterricht so gut wie unmöglich machte und mich persönlich zusätzlich einschüchterte. Denn Sannyasin-Teenies waren nicht das, was in der Draußen-Welt normalerweise unter dieser Altersgruppe firmierte. Sannyas-Teenies waren im Gros frühreife Vamps, übereifrige Troublemaker, anstrengende Grenzgänger und gnadenlose Individualisten jeglicher Coleur, die in allen Fällen und Situationen immer und überall auf jeden Fall sämtliche Register zogen. Die ihre Grenzen, sich selbst, ihre Macht und ihre Attraktivität permanent austesteten, 24/7.

Mich wiederum hielten sie offensichtlich für grenzdebil. Da ich auf keine Konversation eingehen konnte, jedoch trotzdem auf die Frage „do you understand?“ gewohnheitsmäßig nickte – was mir nur logisch erschien, denn do you understand war einer der wenigen englischen Sätze, die ich eben verstand –, wurde ich regelmäßig Anlass von Ärger und Ziel von Gespött.

„Are you stupid?“, fragten sie mich, und nickten in suggestiver Absicht kräftig mit dem Kopf, oder „Are you a girl?“, vehementes Kopfschütteln. Lustig.

Wenn ich in dieser Weise provoziert wurde, unternahm ich in der Regel nichts weiter, sondern starrte in Ermangelung besserer Einfälle einfach vor mich hin. Bei kleineren Kindern hatte ich beobachtet, wie sie sich regelmäßig einfach in ihrer Muttersprache wehrten, was zumindest signalisierte, dass sie nicht taubstumm oder geistig behindert waren. Trotzdem kam das für mich nicht in Frage, denn wie bekloppt war es, jemanden mit einer Sprache zu konfrontieren, die er ohnehin nicht verstand? Also schwieg ich, sodass die egomanen Frühentwickler jeweils recht schnell das Interesse verloren. „What a weirdo!" oder „What a dumbfuck!" riefen sie kopfschüttelnd, bevor sie sich interaktiveren Zielen zuwandten.

An den Nachmittagen wurden wir jeweils zum Worshippen eingeteilt. Unseren Einsatzbereich durften wir im Prinzip frei wählen, aber dann auch wieder nicht. Wie die meisten Kinder entschied ich mich für die rancheigene Farm, und zwar für den Vieh-Betrieb. Da es jedoch schon zu viele waren, die auf die Farm wollten, versuchte die Lehrerin wenigstens mich, die in ihren Augen vermutlich am leichtesten Manipulierbare, der Bakery zuzuweisen. Eindringlich erklärte sie mir, es seien bereits zu viele Kinder für die Farm eingeteilt, weswegen es für mich leider nicht mehr reiche. Ich nickte auf die Frage do you understand, wie immer, und stieg in den Bus zur Farm. Als ich dort ausstieg, wusste ich, dass ich hier nie wieder wegwollte.

* * *

Meine Erinnerung an die Ranch ist sehr geprägt von meinen Erlebnissen auf der Farm. Wo andere bei Rajneeshpuram an spirituelle Schlüsselerlebnisse, einzigartige Gemeinschaftserfahrungen oder aber Sektenwahn und totalitäre Untergangsszenarien denken, steigen bei mir größtenteils bäuerliche Szenen auf. Damals dachte ich, die Farm der Ranch sei einerseits darauf ausgelegt, die Residents der Ranch zu versorgen, andererseits die Früchte der Ernte, immerhin Qualitätsware direkt aus dem Buddhafield, auf den Märkten der Draußen-Welt zu versilbern. In Wirklichkeit war die wahre Ursache für die Existenz der Farm schlicht und ergreifend, dass sich die Ranch rechtlich eben auf Agrarland befand und als solches auch erkennbar genutzt werden musste.

In meiner kindlichen Naivität jedoch war ich zudem davon überzeugt, die Farm werde auch deswegen betrieben, weil Bhagwan Tiere liebte. Und zwar ausgesprochen, denn im „animal part“ der Farm gab es riesige Weiden mit Kühen, mehrere Hühnerställe von kasernenartigem Ausmaß sowie, zu meinem großen Entzücken, etwa 15 Pferde. Als ich diese bunte kleine Herde sah, hüpfte mir das Herz im Leib. Ich hatte es immer gewusst! Wir würden nach Amerika fahren und dort auf Pferden reiten, wie Cowboys und Indianer. Zwar wurde ich zunächst den Hühnern zugewiesen, wie alle frisch zugeteilten Kinder. Doch das beunruhigte mich nicht weiter. Mein eisernes Ziel war und blieb das Pferdegehege. Zwar wusste ich noch nicht, wie ich dieses jemals erreichen sollte, zumal ich ja kaum sprach. Doch ich würde die Karriere vom Huhn zum Pferd schon irgendwie schaffen.

Auf der Farm wechselten, wie überall, die Verantwortlichen häufig. Daher war es schwer zu durchschauen, wer wofür zuständig war. Keiner hatte einen Überblick, welche Kinder hier wann zu beschäftigen, geschweige denn zu beaufsichtigen waren. Also ging ich einfach davon aus, dass ich von nun an täglich nach der Schule hier zu erscheinen habe und dass man fest mit meiner man power rechnete. Irgendjemand übertrug mir irgendwann irgendwelche Aufgaben, die ich von dem Moment an mit hohem Pflichtbewusstsein täglich ausübte: den Hühnerstall ausmisten, Eier einsammeln, Eier waschen, Eier verpacken. Alle paar Tage oder auch Wochen tauchte mal jemand an meinem Tellerrand auf, der fragte, wer ich eigentlich sei und was ich hier eigentlich täte, und ich antwortete stolz: „I worship here!“

Daraufhin wurde mir wieder irgendeine andere Aufgabe zugeteilt, die ich dann wieder wie ein kleiner Soldat gehorsam und stoisch bis zur nächsten Interaktion verfolgte, was locker einige Wochen dauern konnte. Irgendwann brachte mir Mohani, meine Mutter, den überaus nützlichen Satz „What does this mean?“ bei, den ich nun, wann immer ich mit Unverständlichem konfrontiert wurde, anbringen konnte. Das gab mir ein gutes Gefühl, beförderte es mich doch von der mutmaßlich Bekloppten zur Anderssprachigen. Allerdings wurde ich nur selten angesprochen, und wenn doch, winkten die meisten Leute schnell ab, nachdem sie erkannt hatten, dass ich mit jedweder Antwort auf meine Frage ohnehin nichts anfangen konnte. Mir machte das nichts aus. Ich tat einfach meine Arbeit, und gut war's. Ohne bemerkt zu werden fühlte ich mich wohl, gebraucht und nützlich.

* * *

So vergingen die Wochen. Anfangs schaute unsere Mutter noch allabendlich in unserem A-frame vorbei. Doch weil sie sehr beschäftigt war mit ihrer Ausbildung, gingen wir bald zu dem aus Zürich bewährten Prozedere über – wenn wir etwas von ihr brauchten, legten wir ihr einfach einen Zettel aufs Bett. Eines Tages hinterließ ich also einen solchen Zettel, woraufhin sie am Abend an unser Hüttchen klopfte. Mein Anliegen war einfach: Ich erklärte ihr, nicht weiter zur Schule gehen zu wollen. Erstens verstand ich dort eh nichts und zweitens war mir nicht besonders wohl in meiner Rolle als Idiotin. Stattdessen gedachte ich, den ganzen Tag auf der Farm zu arbeiten. Dort war ich auch für die Commune viel nützlicher, da ich quasi genau so viel arbeitete wie ein Erwachsener. Meine Entscheidung war bereits gefallen, meine Mutter brauchte ich nur noch, um sie den Lehrern vor Ort zu verklickern. Meine Mutter stöhnte, da ihr diese Aktion einen außerplanmäßigen Termin einbrachte. Außerdem barg die Aufgabe ein gewisses Konfliktpotential. Doch am Ende erklärte sie sich einverstanden.

An einem der folgenden Tage fuhr sie morgens mit zur Schule, um mit der Head Mistress, der Schuldirektorin, zu diskutieren. Das durchschlagende Argument wurde das vollständige Fehlen jeglicher Englischkenntnisse, welche in der Tat, wie selbst die Head Mistress zugeben musste, gewissermaßen Voraussetzung für eine erfolgreiche Teilnahme am „Unterricht“ wären. Soweit ich mich entsinne, wurde meinem Plan also zugestimmt, allerdings unter der dringlichen Prämisse, dass ich, sobald ich etwas besser Englisch könne, also in zwei Wochen oder so, zurückkehren müsse.

„Will you do that, sweetie?“ fragte die Head Mistress und sah mich treuherzig an.

Ich nickte in der besten Absicht. Doch leider kam es dazu dann doch nie. Als wir Monate später mit den Abreiseformalitäten beschäftigt waren, tauchte bei der Durchsicht irgendwelcher Listen die Frage auf, wieso ich eigentlich einfach der Schule ferngeblieben sei. Es gebe nämlich auch auf der Ranch durchaus eine Schulpflicht, die zu ignorieren ein respektloser Affront gegen die Commune im Allgemeinen und Bhagwan im Besonderen bedeute, und was ich mir denn gedacht habe dabei? Die Head Mistress und meine Mutter sahen mich an, die eine erwartungsvoll, die andere leicht verstört. „Was, du bisch gar nit i d'Schuel?“, fragte meine Mutter ratlos, und ich schüttelte den Kopf.

„Ha ja no immer nüüt verstande“, erklärte ich.

Die Head Mistress wiederum, die mit den Formularen herumwedelte, erinnerte sich überhaupt nicht an mich, geschweige denn an unseren Deal. Vielleicht war sie aber auch gar nicht mehr dieselbe – auch ich erinnerte mich nicht.

„This was not ok!“, erklärte sie mir eindringlich. Ich nickte.

* * *

Jedenfalls, nun hatte ich mein Leben endlich so, wie ich es haben wollte. Jeden Morgen stand ich noch im Dunkeln auf und fuhr zusammen meiner Schwester in einem der frühesten Busse nach Magdalena. Ich liebte es, in der morgendlich frisch eröffneten Halle als eine der ersten zu frühstücken. Die vollen Pötte an der *Foodline* dampften, die meisten Tische waren unbesetzt. Die paar bereits anwesenden Frühstücker dieser frühen Stunde waren wortkarg und blieben eher für sich. So verströmte die stille, spärlich beleuchtete Halle etwas Feierliches. In der Regel wählte ich Rührei mit einer großen Menge Ketchup. Danach brachte ich meine Schwester zur Busstation, von wo sie in den Kindergarten fuhr, der gleich neben der Schule lag. Manchmal war auch sie mit auf der Farm dabei, aber das waren Ausnahmen. Etwa eine Viertelstunde spazierte ich dann im heraufdämmernden Morgen zum benachbarten Farmgelände hinüber. In diesem Zeitraum betrat ich meine eigene Welt.

So früh wie ich war selten jemand dort. Doch das störte mich nicht, im Gegenteil. Ich wusste ja, was zu tun war. Am ersten Tag meiner Vollzeitstelle erklärte ich den Leuten vor Ort, „I worship here now every day", wie es mir meine Mutter vorgesagt hatte.

Die aktuellen Farmer-Sannyasins sahen mich unbeteiligt an, nickten lächelnd und sagten „O yeah, sweetie?"

Dann ging ich meinem Tagwerk nach, das stets auf die gleiche Weise begann: Mit einem Körbchen bewaffnet zog ich durch die Hühnerställe und sammelte die Eier aus den Legekästen ein. Manchmal saßen die Hennen noch auf ihren Eiern, dann musste man ihnen erklären, dass man diese nun brauche, vorsichtig unter ihren Bauch hineinlangen und die Eier rausfischen, ohne dass die Tiere einen pickten. Am besten schaffte man das, in dem man den Blick der Hennen hypnotisch fixierte. Bald wusste ich, welche Hühner pickten und welche nicht. Manchmal versuchte ich auch, die Picker aus ihren Nestern zu locken, um besser an ihre Eier heran zu kommen, aber leicht war das nicht – die waren ja schließlich auch nicht blöd und spannten sofort, dass ich nichts Gutes im Schilde führte. Wenn ich gar keinen Erfolg hatte bei den Enfants terribles, versuchte ich es einfach einen Tag später erneut. Wenn alle Eier eingesammelt waren, wurden sie in der sogenannten Kitchen, einer Art Ein-Raum-Bungalow mit fünf großen Waschbecken zu ebendiesem Zweck, gewaschen. Hier saßen dann zwei bis fünf Sannyasins auf Barhockern an den Becken und wuschen meditativ den ganzen Vormittag lang Eier mit warmem Wasser sowie, einem Generalmotto der Sannyasins für alles und jeden folgend, *with love and care.* Dieser beliebte Leitsatz der Sannyas-Welt begegnete einem zigfach am Tag in immer wieder neuem Gewand: *Treat each other with love and care, treat your body with love and care, treat this vacuum cleaner, this bicycle, this plumbing machine with love and care.*

Eigentlich nahm auch ich an dieser Aufgabe teil, doch immer häufiger kam es vor, dass ich es einfach nicht rechtzeitig zum Waschen schaffte, weil ich in den Ställen aufgehalten worden war. Am Anfang passierte es mir zum Beispiel regelmäßig, dass ich mich mit meinen langen Haaren in den fiesen Fliegenfängern verfing, die in den Stallungen überall von den niederen Decken baumelten. In den Ställen wimmelte es vor Fliegen, und diese Dinger waren eine schnelle und kostengünstige Methode, die lästigen Plagegeister zuverlässig unter Kontrolle zu bekommen. Alle paar Meter hingen daher diese meterlangen Girlanden herab, die aussahen wie harmloser Tesafilm, jedoch klebten, als hätte sie der Teufel persönlich erfunden. Je nachdem, wie lange sie schon hingen, waren sie mehr oder weniger schwarz vor klebengebliebenen Fliegenkadavern. Bekam man nun ein solches Ding in die Haare, war die Befreiung ein längerer Prozess, zumal der erste, ekelbedingt spontan panische Versuch nur dazu führte, dass man sich noch mehr verhedderte: Man schüttelte reflexartig den Kopf, wodurch die Girlande von der Decke abriss, einem auf den Kopf fiel und sich in den geschüttelten Haaren endgültig festnistete. Mehrmals verbrachte ich einen ganzen Morgen damit, in der Dämmerung eines Stalles meine Haare von dem unsäglich hartnäckigen Klebezeugs und toten sowie halbtoten Fliegen zu befreien. Nach einigen Vorfällen dieser Art hatte ich es raus, wie man am besten mit der Situation umging: Stehen bleiben, beide Handflächen vorsichtig auf den Kopf legen, die Haare an den Wurzeln an den Schädel pressen und dann langsam nach unten abtauchen. So löste man die klebenden Haare von der Girlande, nicht aber die Girlande von den Holzbalken. Bis ich diese Technik aber entwickelt hatte, hielten mich die Fliegenfänger oft Stunden lang auf. Anfangs überlegte ich noch, ob man sich in der Eierwaschküche wohl über meinen Verbleib wundern würde, doch schnell merkte ich, dass es völlig egal war: Auch wenn ich bis zum späten Nachmittag beim Eiersammeln unterwegs war, mich vermisste niemand. Warum also sollte ich mich beeilen? Ich verpasste nichts.

* * *

Ich liebte die Tiere auf der Farm. Sie waren meine Familie. Stundenlang trieb ich mich in den verschiedenen Ställen und Gehegen herum. Manchen Hühnern gab ich Namen und trug sie auf den Armen herum wie Katzen oder Meerschweinchen. Ich versuchte, sie zu zähmen oder ihnen Sprechen beizubringen. Wie ich wusste, konnten Papageien und Krähen das lernen. Warum sollte nicht auch einmal ein Huhn die Gelegenheit zu einer entsprechenden Förderung erhalten?

Einmal wurde ein junger Bussard zu uns gebracht, der aus dem Nest gefallen war. Er kam in ein kleines Gehege und wurde jeden Tag mit der Pipette gefüttert. Mein persönliches Ziel war es, den Vogel eines Tages als ständigen Begleiter und Beschützer zu gewinnen, wie bei Winnetou oder anderen Indianergeschichten. Dann würden alle Leute mich respektieren, bewundern und beneiden. Und ich hätte einen Kameraden bis an mein Lebensende. Aber die Ma, die ihn betreute, sagte mir, er werde wahrscheinlich sterben, weil er noch so klein war – zu klein, um ohne seine Familie überleben zu können. Wir taten wirklich alles, um ihn zu retten. Neben der Individualfütterung bekam er ein Häuschen mit sehr viel Stroh und die nettesten Nachbarn. Wenn ich vor seinem Gehege stand und leise pfiff, guckte er aus seinem verborgenen Nestchen heraus. Ich wusste, dass er schon jetzt mein Freund war und nur darauf wartete, endlich groß und auf meiner Schulter sitzend auf der Ranch unterwegs zu sein. Ich wusste, diese Aussicht gab ihm Hoffnung.

Trotzdem überlebte der kleine Vogel nicht. Das war sehr traurig. Als wenige Tage später im Nebengehege zwei komische, aber hübsche Zierhühner mit Federbüscheln auf dem Kopf Junge bekamen, war ich mir sicher, dass eines davon der reinkarnierte Greifvogel sein musste.

Jeden Tag um zwölf Uhr mittags fuhr der Bus vorbei, der uns nach Magdalena zum Lunch brachte. Der Bus kam von den Gemüsefeldern her und war meistens schon völlig überfüllt von den Sannyasins, die dort ernteten. Wir waren die letzten, die er vor dem Endziel aufsammelte. Nach dem Mittagessen, um 14 Uhr, war es Zeit für den Drive-by, das tägliche Tête-à-Tête mit dem Meister. Da Bhagwan immer die gleiche Strecke fuhr beziehungsweise es eigentlich ohnehin nur eine einzige richtige Straße gab, konnte man sich dazu an verschiedenen Stellen der Ranch platzieren, je nachdem, wo man gerade worshippte. Obwohl die Begegnung mit dem Meister nur sehr kurz ausfiel, dauerte das Ritual rund eine Stunde, da man ja erst hingehen und sich früh genug einen Platz suchen musste, sowie sich natürlich auch noch etwas einstimmen und socializen wollte. Nach dem Drive-by ging es zurück zur Farm, wo ich noch mal einige Stunden worshippte, bevor ich am Abend wieder den Bus nach Magdalena zum Dinner nahm.

Nach einigen Wochen ging ich dazu über, den Mittagsbus einfach zu verpassen. Ich nahm mir vom Frühstück Brote mit, die ich später, wenn ich hungrig war, irgendwo auf dem Farmgelände verzehrte. Die treibende Kraft meiner Alleingänge war weniger der Lunch als vielmehr der Drive-by, der mir zunehmend auf den Geist gegangen war. Erstens kostete die Mittagspause stets viel Zeit, nicht zuletzt, weil während des Drive-by keine Busse verkehrten, sodass man, einmal weg von der Farm, bis um 15 Uhr auf den nächsten Bus warten musste. Zweitens war es auf dem mittäglichen Asphalt sehr heiß, was mir regelmäßig Kopfschmerzen und Übelkeit verursachte. Und drittens schaute mich Bhagwan, stur, wie er war, eh nie an. Warum also sollte ich die ganzen Mühen auf mich nehmen?

Mit meiner neuen Extraregelung verschaffte ich mir auf einen Schlag Zeit zu meiner freien Verfügung, wie ich sie seit Jahren nicht gehabt hatte. Die Farm war in dieser Zeitspanne wie ausgestorben, denn kein Erwachsener verpasste freiwillig den Drive-by – war er doch der Höhepunkt des Tages, das, wofür alle hier waren. Mir wiederum gefiel die plötzliche Leere auf „meiner" Farm ausnehmend gut. Während dieser stillen Mittagsstunden streunte ich in den friedlichen, menschenleeren Ställen herum, streichelte die Tiere und suchte all die kleinen, heimlichen Kämmerchen auf, zu denen ich eigentlich keinen Zutritt hatte. Ich fand kleine Büros mit ungewohnt individuell gestalteter Einrichtung, ich legte mich auf fremde Tagesbetten und las fremde Bücher, die ich nicht verstand, die mir aber trotzdem ein wohliges Gefühl gaben. Bevor jemand kam, so gegen halb vier, ging ich langsam wieder an die Arbeit, um am Abend müde, aber zufrieden und stolz auf meinen Arbeitstag nach Magdalena zum Dinner zu fahren.

Auf einem meiner mittäglichen Streifzüge erwischte ich einmal ein Liebespaar, das sich die Drive-by-Zeit ganz ohne Meister vertrieb. Ich erschrak, denn niemals hätte ich damit gerechnet, dass auch Erwachsene aus freien Stücken den Drive-by schwänzten. Die beiden sahen erschrocken von ihrer Matratze auf und grunzten etwas Unverständliches, von dem ich mir nicht sicher war, was es hieß: Mach die Tür zu? Diese Räume sind für dich verboten? Warum bist du nicht beim Drive-by? Verpfeif uns ja nicht, oder wir werden dafür sorgen, dass du von der Ranch fliegst? Ich hatte keinen Schimmer. Aber ich wollte ja nicht unhöflich sein, indem ich einfach gar nichts antwortete, also sagte ich, die Türklinke noch immer in der Hand, höflich mein Sprüchlein auf: „What does this mean?"

Jetzt schauten die beiden noch perplexer, die Frau begann zu kichern, der Mann machte eher ein konsterniertes Gesicht. Bevor noch mehr kam, schlug ich schnell die Tür ins Schloss und rannte davon. In Zukunft war ich etwas vorsichtiger und drückte für einige Sekunden ein Ohr an die Tür, bevor ich verbotenes Terrain betrat.

Eine Zeit lang tauchten nach dem offiziellen Vormittagsunterricht regelmäßig weitere Kinder auf, die auf der Farm ihr Nachmittags-Worshipping verrichteten. Ich beobachtete, wie diese Kids zum Teil sehr viel rascher an ihre Ziele gelangten, als ich während vieler Wochen. Zum allergrößten Teil lag das daran, dass sie, im Gegensatz zu mir, mit ihrer Umwelt kommunizierten. In einer Art teilnehmenden Beobachtung begann ich, den erfolgreichen Kindern zu folgen: Da die anderen Kinder sowieso meistens als Gruppe unterwegs waren, fiel das zunächst kaum weiter auf. So ergab es sich, dass ich irgendwann mit zu den Kühen durfte. Wir begleiteten die Herde auf die Weide und am Abend wieder zurück in die Ställe. Wir füllten die Futterkrippen auf und schafften es, uns vor dem Ausmisten zu drücken. Wir durften die Melkanlage putzen, was eine besondere Gaudi war, weil man dabei in Ganzkörpergummibekleidung und mit riesigen Wasserschläuchen bewaffnet wie die Feuerwehr wild in dem gekachelten Raum herumspritzen konnte. Ich erlebte die Geburt eines Kälbchens und stieg in den Kreis jener Erlauchten auf, die den älteren Kälbern die Flasche geben durften. Ich hatte kaum je etwas Schöneres erlebt!

Ich erwartete, als nächstes endlich zu den Pferden vorzudringen. Doch bis dahin sollte es noch ein weiter Weg sein, der nicht immer leicht war. Zunächst begnügte ich mich damit, mich weiterhin, so gut ich konnte, in die Gruppe der legalen Farmkinder zu integrieren. Ich hatte das Gefühl, die meisten Kinder mochten mich nicht sonderlich, vermutlich weil ich nie etwas sagte. Zum Glück war aber auch unter den Farmkindern die Fluktuation relativ hoch, sodass in überschaubaren Abständen immer neue Kinder auf der Farm auftauchten, die von meinem Außenseiterstatus noch nichts wissen konnten. Erstaunlicherweise geschah es, dass ich mich mit einem Mädchen schließlich trotz allem anfreundete, auch wenn wir uns kaum verständigen konnten.

Vermutlich ist sie heute in einem sozialen Beruf tätig, in jedem Fall hatte sie damals schon ein ausgeprägtes Talent dafür, mit schwer zugänglichen Menschen zu kommunizieren. Egal, wie schweigsam ich mich gab, sie ließ nicht von mir ab und glaubte offenbar fest an mich. Ich erinnere mich nicht einmal an ihren Namen, nur noch daran, dass ihre Haut an den Schienbeinen so trocken war, dass sie abschuppte, und dass sie beim Gehen einen unangenehmen Linksdrall hatte, weshalb man, wenn man neben ihr ging, alle paar Meter im Straßengraben landete, wenn man nicht konsequent dagegen steuerte. Mag sein, dass auch sie nicht gerade als Jackpot der beliebtesten Kameraden galt und sich nur deswegen mit mir beschäftigte, weil sie sonst keinen hatte, aber das kümmerte mich nicht.

Mit meiner neuen Freundin lernte ich ein paar ganz neue Gesichter der Ranch kennen. Mit ihr betrat ich zum ersten Mal eines der wenigen richtigen, schwarz gebauten Häuser auf der Ranch, in der sie als glückliche Resident mit ihrer Mutter, einer Amerikanerin, lebte. Mit ihr, meiner Freundin, fuhr ich eines Nachmittags spontan an den „Patanjali lake", den FKK-See der Ranch, der ausschließlich Residents zugänglich war und den ich als schnöder *Visitor* nie auf eigene Faust zu Gesicht bekommen hätte. Und mit ihr passierte es mir auch, dass ich um ein Haar in einem Getreidesilo ersoffen wäre.

Es war an einem Nachmittag, heiß und trocken wie jeder andere auch. Die anderen Kinder waren gerade zu ihrem Nachmittags-Worshipping eingetroffen. Wie meistens streunten wir, meine neue Freundin und ich, auf dem riesigen Gelände umher, ohne dass irgendwer registriert hätte, was wir gerade trieben. In der Nähe meines Lieblingsklohäuschens, ein kleines Holzhüttchen mit Plumpsklo und geschnitztem Herzloch in der Tür, standen in fast surrealer Optik eine Reihe von Getreidesilos. Still und mächtig, silbern in der gleißenden Sonne glänzend, wie soeben in der Wüste gelandete Ufos. Wie uns an diesem einen Tag zum ersten Mal auffiel, war an der Außenwand der Silos jeweils eine Leiter angebracht. Spontan hatte meine neue Freundin die glorreiche Idee, wir könnten es uns doch einmal so richtig gemütlich zu machen in solch einem Silo, wo es doch bestimmt kühl und schattig sei.

Kurz entschlossen bestiegen wir also mit zwei oder drei weiteren Kids, die kurzfristig dazu gestoßen waren, einen der haushohen Silos. Oben war eine Luke, deren Deckel man einfach hochheben konnte. Wir sahen hinein. Der Getreidestand war noch sehr hoch, offenbar waren die Speicher erst vor kurzem aufgefüllt worden. Der Abstand von der Öffnung bis zur Oberfläche betrug lediglich einen knappen halben Meter. Peanuts! Ohne weitere Überlegungen sprangen wir hinein in die weiche Masse.

Es war, als würde man in einem riesigen Dinkelkissen landen. Das Getreide passte sich dem eigenen Körper perfekt an, ähnlich wie Wasser, nur dass man nicht nass wurde. Begeistert von unserer Idee spielten wir Dagobert Duck, der sich in seinem Goldtalerbad suhlt. Der Silo hatte einen Durchmesser von fünf bis sechs Metern, sodass wir uns alle gemütlich ausstrecken konnten. Wir fühlten uns ideal versteckt und beglückwünschten einander zu der fantastischen Entdeckung; wenn es auch nicht kühl war, eher im Gegenteil. Nach einer guten halben Stunde hatten wir deshalb genug von dem Körnerspaß und beschlossen, wieder abzusteigen. Der Ausstieg wiederum gestaltete sich recht beschwerlich. An der Innenseite des Silos gab es nämlich – logischerweise – keine Leiter. Man musste sich also an der Lukenöffnung hochziehen, während das Getreide unter einem, sobald man darauf stand, kontinuierlich nachgab. Kurz befiel mich eine leichte Unruhe, die sich jedoch draußen auf sicherem Boden schnell wieder legte.

Etwa eine Woche später wiederholten wir das Spiel. Bereits beim Einstieg hatte ich ein komisches Gefühl. Irgendetwas war anders. Wie ich bemerkte, war der Getreidepegel inzwischen deutlich abgesunken, der Abstand von der Luke betrug nun fast einen Meter. Ich spürte ein unangenehmes Kribbeln in meinen Zehen. Um mir keine Blöße zu geben, sprang ich trotzdem. Die Luft flimmerte vor Getreidestaub und kitzelte unangenehm im Rachen. Es herrschte eine gestaute Hitze. Zuerst war es wie beim letzten Mal – wir dümpelten eine Weile herum, und die anderen erzählten sich irgendwelche Geschichten, bis es uns endgültig zu heiß wurde.

Das Problem wurde erst ersichtlich, als wir den Silo wieder verlassen wollten: Der abgesunkene Getreidestand. Die anderen Kinder schoben, bugsierten und zogen einander mit Räuberleitern und ähnlichen Maßnahmen zur Öffnung hoch. Als aber ich, wie immer als letzte, versuchte, Anlauf für den Sprung zur Luke zu nehmen, merkte ich, wie ich sofort knietief einsackte, wodurch die Öffnung in unerreichbare Höhe rückte. Irgendwie hatte ich es kommen sehen. Ich war um etwa einen Kopf größer als alle anderen und folglich schwerer. Das Getreide trug mich nicht. Einige Male versuchte ich noch zu springen, um den unteren Rand der Öffnung zu erwischen und mich hochzuziehen, doch das machte alles nur noch schlimmer. Ich musste mir eingestehen dass das Getreide Personen meiner Gewichtsklasse zwar trug, wenn man darauf lag oder saß, nicht aber, wenn man versuchte zu stehen, zu gehen oder gar zu hüpfen. In diesen Fällen entwickelte es im Gegenteil einen Sog, ähnlich wie Treibsand. Durch mein Zappeln hatte ich zudem die Körnermasse derart aufgewühlt, dass die Luft regelrecht geschwängert war von schwebendem Getreidestaub. Ich bekam nur noch schlecht Luft und meine Bronchien giemten bei jedem Atemzug, was mich zusätzlich stresste. Gleichzeitig sanken meine Beine bei jeder Bewegung tiefer. Panik überkam mich.

Draußen hörte ich die anderen laut schnatternd an der Außenwand hinab kletterten. Mein Fehlen schien ihnen nicht weiter aufzufallen. Ich begann zu rufen und gegen die blecherne Wand zu hämmern. Da veränderte sich die Melodie des Geschnatters, und ich hörte die Kinder draußen diskutieren. Schließlich kletterte eines von ihnen erneut die Leiter herauf und erschien in der Öffnung. Ich dachte, es würde meine neue Freundin sein, es war jedoch ein Junge. Er rief mir irgendwelche Anweisungen zu, die ich nicht kapierte. Als ich keinen seiner Ratschläge umsetzte, brüllte er immer lauter, da er mich offensichtlich schwer von Begriff wähnte, während ich, halb hysterisch und den Tränen nahe, auf Schweizerdeutsch irgendetwas zurück schrie. Nun erschien ein zweites Kind in der Öffnung. Die beiden wechselten ein paar Worte. Dann streckten sie ihre Arme zu mir herunter. Um jedoch ihre Hände auch nur berühren zu können, musste ich wieder hüpfen. Allein bei dem Versuch sank ich wiederum tiefer ein. Der Druck um meine Beine wurde immer enger und es kostete mich die ganze Kraft, überhaupt eine Bewegung zu machen. Instinktiv stellte ich alle Bewegung ein, da mich jedes Rühren nur noch weiter in die Tiefe zu ziehen schien. Als die beiden erkannten, dass sie mir nicht weiterhelfen konnten, gaben sie einfach auf, kletterten die Leiter an der Außenwand hinunter und liefen davon. Ich überlegte, ob sie wohl Hilfe holten, befürchtete aber, dass sie eben dies eher unterlassen würden, denn damit hätten sie unser sicher verbotenes Treiben ja preisgegeben. Ich konnte es kaum glauben, aber auch meine neue Freundin hatte sich einfach aus dem Staub gemacht. Wahrscheinlich hatte sie schlicht keine Lust mehr, mit einer Loserin befreundet zu sein.

Nun konnte ich brüllen, wie ich wollte, mich würde keiner hören. Die Silos standen am Ende der Felder in deutlicher Entfernung von den bewirtschafteten Gebäuden, mitten in der Prärie. Und eine andere Möglichkeit, mich bemerkbar zu machen, fiel mir nicht ein. Tatsächlich begann ich, mich an den Gedanken zu gewöhnen, dass hier nun mein letztes Stündlein schlagen würde. Als ich mich endgültig alleine wähnte, begann ich hemmungslos zu heulen, was aber meine Atemnot nur noch verschlimmerte. Meine Bronchien quollen so zu, dass ich um jeden Atemzug kämpfen musste.

Nach etwa einer halben Stunde hörte ich plötzlich ein metallisches Klappern. Es war wie eine Offenbarung. Da kletterte jemand die Außentreppe herauf! Ein Mädchen erschien in der Öffnung. Im Gegenlicht der gleißenden Sonne erschien sie mir wie ein Engel. Sie war ganz ruhig und sagte etwas. Ich hatte dieses Mädchen bisher kaum wahrgenommen. Sie war ein typischer Mitläufer, so wie ich. Vorhin war sie dabei gewesen und mit den anderen weggegangen, doch jetzt offenbar zurückgekehrt, alleine. Ich hatte sie noch nie sprechen hören, und das, was sie jetzt sagte, schien mir eindeutig kein Englisch zu sein. Aber immerhin schien sie entschlossen, mir zu helfen. Nachdem sich auch ihre Arme als zu kurz erwiesen hatten, überlegte sie einen Augenblick. Schließlich hakte sie sich außen mit den Kniekehlen an der obersten Leitersprosse ein und hängte ihren Oberkörper Kopf voran in den Silo. Nun konnte ich ihre Unterarme problemlos greifen. Einen Moment lang hatte ich Angst, ich könnte sie versehentlich zu mir herunterziehen, doch dann begann ich, mich mit aller Kraft an ihr hochzuhangeln. Es klappte. Mit zittrigen Beinen und kurz vor dem Ersticken kletterte ich draußen die Leiter hinunter und landete endlich sicher auf dem ausgedörrten Boden.

Zurück auf der Farm schämte ich mich für meine Unfähigkeit. Die anderen hatten es ja auch mit Leichtigkeit geschafft. Warum brauchte ich dazu fremde Hilfe? Die anderen Kinder nahmen meine Befreiung wohl zur Kenntnis, kommentierten sie jedoch nicht groß. Ich glaube, sie hatten den Ernst der Lage nicht ganz erfasst, oder aber es war ihnen einfach egal. Meine Freundin hingegen war nirgends zu sehen. Instinktiv wusste ich, dass wir keine Zeit mehr miteinander verbringen würden. Ebenso wusste ich, dass auch das Mädchen, das mir geholfen hatte, durch ihre Rettungsaktion in der Gunst der anderen keineswegs gestiegen war. Sie hatte sich mit einem Schwächling solidarisiert. Dass ich auf diese Weise ihren sozialen Abstieg befördert hatte, war mir nun wieder so peinlich, dass ich auch zu ihr fortan jeden Kontakt vermied. Stattdessen kehrte ich zurück zu meiner bewährten Einzelgängerrolle.

* * *

Neben den Nutz- und Zierhühnern lebte auf der Farm ein Emu-Pärchen. Diese australischen Laufvögel, die den Straußen ähneln, wurden zum Schutz vor den ortsansässigen Klapperschlangen gehalten. Denn gerade die Hühnerställe zogen natürlich Schlangen an. Emus haben außerordentlich viel Kraft in den Beinen: Sie lassen die Schlangen herankommen und treten sie dann zu Tode. Zwei bis dreimal bekam ich in der Umgebung der Farm tatsächlich eine Klapperschlange zu Gesicht, meistens, wenn ich alleine und zu Fuß unterwegs war. Ich kannte Klapperschlangen aus meinen Bessy-Heftchen und wusste, dass sie besonders giftig waren: Wenn diese Schlangen Mensch oder Tier bissen, konnte das tödlich sein.

Einmal, frühmorgens, wäre ich beinahe auf eine getreten. Sie lag ganz still in den ersten Strahlen der aufgehenden Morgensonne, mitten auf dem Weg. Gerade noch rechtzeitig erkannte ich die Pfeilspitze an ihrem Schwanz. Ich hatte gehört, dass Schlangen die Vibrationen im Boden spüren, wenn jemand geht, und sich dann aus dem Staub machen. Doch dieses Exemplar schlief wohl wirklich tief. Um zu sehen, ob sie überhaupt noch lebte, stupste ich sie leicht mit einem herumliegenden Stecken an. Das Tier zuckte zusammen, wand sich kurz, bäumte sich auf und begann tatsächlich wild zu klappern. Ich erschrak und sah zu, dass ich Land gewann. Gut, dass wir auf der Farm die Emus hatten!

Das Emu-Pärchen war in einem großen Gehege direkt neben dem größten Hühnerstall untergebracht. Im Schuppen stand ein extra Futtersack mit ihren Namen: „Harry & Harriet“. Mir war klar, dass man den Emus mit Respekt begegnen musste, bei dem Job, den sie für uns machten. Trotzdem: Sie sahen einfach so verdammt doof aus. Ich liebte es, vor ihrem Gehege zu stehen und ihnen Grimassen zu schneiden. Besonders das Männchen, Harry, ließ sich wundervoll provozieren davon. Er wurde dann ganz aufgeregt, flatterte mit seinen kurzen Flügelchen und rannte immerfort am Zaun entlang auf und ab, wohl in dem Versuch, mich zu kriegen.

Das Emu-Ärgern zählte zu meinen liebsten täglichen Ritualen. Bis ich eines Tages den Auftrag erhielt, im Rahmen der Hühnerfütterung doch auch gleich die Emus zu versorgen. Einer der Farmer, ein Typ mit blonden Haaren im ganzen Gesicht, nahm mich an die Hand und zeigte mir Harry & Harriets Futtersack.

"OK, sweetie, fill up their bucket, carry it inside and put it down over there, very slowly, otherwise they might attack you. They are a little nervous animals. Understand?"

Ich nickte zweifelnd. Nervous? Attack? Das hörte sich gar nicht gut an. Ich hatte ein flaues Gefühl im Bauch, irgendwo hinten im Kopf hörte ich leise, aber unüberhörbar Alarmglocken bimmeln. Doch wie sollte ich das dem Swami erklärten? Ich konnte ja wohl kaum zugeben, dass ich seit Wochen regelmäßig meinen unterdrückten Frust an diesen Riesenvögeln ausließ. So gingen wir also zum Gehege, und der Swami öffnete das Gatter. Langsam und mit zittrigen Knien ging ich hinein, den randvollen Futternapf für Harry und Harriet in den Händen balancierend. Doch kaum hatte ich das Gehege betreten, sah ich aus dem Augenwinkel, wie einer der Emus, vermutlich Harry, in einer imposanten Staubwolke auf mich zuhielt. Der Vogel rannte wie der Teufel! O Gott. Mein Gehirn meldete einen Fluchtimpuls. Doch ich sollte ja nicht rennen, „very slowly" hatte der Swami gesagt. Wie in Zeitlupe ging ich also beherrscht weiter, während Harry auf mich zuschoss wie ein Tornado. Nicht rennen, betete ich mir vor, nicht rennen! Doch da hörte ich den Swami auf einmal brüllen. „Hey!", rief er, „Run! Run, kid, come on, RUN!"

Nun erschrak ich erst recht, und nach einer weiteren Schrecksekunde kam endlich Leben in mich. Scheppernd schmiss ich Harrys und Harriets Napf auf den Boden, drehte auf dem Absatz um und rannte um mein Leben. Schon fühlte ich Harrys Flattern neben mir, er hatte sich mannshoch aufgeplustert und fauchte wild. Mit heißem Atem schnappte er nach meinem Arm, erwischte aber nur die Jacke. Ich schrie und wand mich im Laufen aus den Ärmeln.

Zum Glück waren es nur noch ein paar Meter bis zum Gatter. Der Swami zerrte mich hinaus und schlug das Gatter zu, eine Sekunde, bevor der wütende Vogel dagegenkrachte. Sobald er sich etwas gefasst hatte, tigerte Harry wie gehabt im Stechschritt auf und ab, gereizt bis aufs Blut mit aufgespreiztem Schnabel und hochrotem Kopf.

“Jesus Christ!” rief der Swami. “What’s going on here?!”

In einem fernen Winkel meines Kopfes wunderte ich mich einmal mehr darüber, weshalb die Sannyasins in kritischen Situationen immer nach Jesus riefen und nicht nach Bhagwan. Wahrscheinlich ein Überbleibsel jahrzehntelangen *Conditionings*. Wer konnte es ihnen verdenken. Auch ich schlug heimlich drei Kreuze, dass ich dem fuchsteufelswilden Harry gerade nochmal entkommen war. Wir begaben uns in die Teeküche, wo der Swami aufgeregt von der Emu-Attacke berichtete. Er konnte sich einfach nicht erklären, wieso vor allem der eine Emu derart aggressiv auf mich reagiert hatte. Ich hingegen schon. Und ich schämte mich. Von diesem Tag an war ich immer nett zu Harry und Harriet und hänselte sie nie wieder. Ich stand vor ihrem Gehege, und sagte: „Hi you guys, wie geht es euch heute. Ihr schaut scheiße aus, aber ihr könnt ja nichts dafür. Danke, dass ihr die Schlangen von uns fernhaltet.“

Mir schien, sie verziehen mir. Ein paar Tage lang rannten sie noch aufgeregt hin und her, wenn ich auf der Bildfläche erschien. Doch irgendwann ignorierten sie mich einfach. Ich wertete das als gutes Zeichen. Wer ignoriert wurde, fiel nicht unangenehm auf und konnte sich folglich frei bewegen. Ignoriert zu werden war grundsätzlich der günstigste Status, den man als Sannyas-Kind erreichen konnte.

* * *

Ich glaube, ich hatte meine Mutter wochenlang nicht gesehen. Ihre Ausbildung nahm sie von der frühmorgendlichen Dynamic Meditation bis zu den Abend-Sessions voll und ganz in Anspruch. In regelmäßigen Abständen gab es irgendwelche Aktionen, an denen eigentlich alle Kinder teilnehmen sollten, die ich jedoch in der Regel an mir vorbeiziehen ließ. Anfangs machte ich mir Vorwürfe und fürchtete, aus meinem A-frame geschleift und „konfrontiert“ zu werden. Konfrontieren stand bei den Sannyasins hoch im Kurs: Wann immer man irgendetwas oder -jemanden scheiße fand, sagte man es demjenigen frei heraus ins Gesicht und kam sich wahnsinnig bewusst und wahrhaftig dabei vor. Der andere konnte dann sehen, wie er darauf reagierte, was wiederum Anlass zu neuen Bewertungen bot. Ich persönlich hasste „Konfrontieren“, da einem damit immer irgendwie Ärger ins Haus stand. Positiv immerhin war es, dass man als Kind ohnehin so oft vergessen und ignoriert wurde, dass auch das Konfrontieren entfiel. Dementsprechend passierte auch in diesem Fall meiner versäumten kindlichen Pflichten: Nichts. Das Übliche also.

Nach und nach fühlte ich mich von solchen Aufrufen nicht einmal mehr angesprochen. Ich machte keine Tests zum Unterrichtsstoff mit, nahm an keinen Ausflügen teil, sah keine Filme an und übte keine Theaterstücke ein. Irgendwann gab es eine prophylaktische Pauschalbehandlung gegen Scabies, also Krätze, bei der alle Kinder vorsorglich mit einer stinkenden Tinktur eingerieben werden sollten, die einige Tage dranbleiben musste. Da es vereinzelte Fälle von Scabies gegeben hatte, war die Maßnahme absolut verpflichtend, damit die Krankheit sich nicht in Windeseile ausbreitete. Ich wusste das von meiner Schwester, die ja jeden Tag in den Kindergarten fuhr, befand jedoch, dass mich das nicht betraf – ich ging ja grundsätzlich nicht zur Schule und hatte daher nicht vor, bei der Krätze-Action unnötig auf mich aufmerksam zu machen, indem ich dort plötzlich in Erscheinung trat.

Wenige Wochen später hatte meine Schwester plötzliche Conjunctivitis, eine weitere hoch infektiöse und, wie wir dachten, sehr gefährliche Augenkrankheit, bei der man blind werden könne. Die entzündeten Augen juckten, tränten und verklebten am Ende komplett, was ziemlich schmerzhaft war. Alle hatten Angst vor dieser Krankheit, die als sehr ansteckend galt. Zwar gab es antibiotische Augentropfen, mit denen man die Entzündung zum Abklingen bringen konnte, doch was, wenn nicht? CONJUNCTIVITIS. Es klang wirklich schlimm. Jahre später erst fanden wir heraus, dass Conjunctivitis einfach eine ordinäre, bakteriell verursachte Bindehautentzündung war und eigentlich lediglich in ihrer hohen Übertragungsrate eine Gefahr barg.

Jedenfalls, um das Risiko einer wütend grassierenden Durchseuchung auszuschließen, wurde meine Schwester zum Schutz der Kommune zwangsisoliert. Komplett alleine saß sie mit ihren sieben Jahren eine ganze Woche lang in einem weit abseits aufgestellten, speziell zu Quarantänezwecken eingerichteten Wohnwagen in der Prärie, Tag und Nacht. Einmal täglich stellte ihr jemand eine Tagesration Essen vor die Tür, eine Person, der sie nur durchs Fenster zuwinken konnte. Es war, als hätte sie Lepra oder die Pest, und ich stellte mir vor, dass genau so die armen Wichte würden leben müssen, die mit AIDS diagnostiziert wurden, und zwar bis ans Ende ihres rapide sich verkürzenden Lebens. Ich hatte keine Ahnung, wo sich das Isolationslager meiner Schwester befand, doch durfte man sie ja ohnehin nicht besuchen. Tatsächlich war mir die Zeit, die ich alleine in unserem A-frame verbrachte, etwas unheimlich, wenn ich es auch gut fand, jetzt komplett alleine entscheiden zu können, wie lange in die Nacht hinein das Leselicht an blieb. Trotzdem, so spannend war das gar nicht, zumal mein Vorrat an Lesestoff ohnehin sehr mager war.

Interessanterweise bezeichnete meine Schwester diese Zeit der Quarantäne später als paradiesisch, da sie es über alle Maßen genossen habe, ihr eigenes kleines Reich zu haben und völlig nach eigener Lust und Laune schalten und walten zu können. Sie konnte aufstehen, schlafen gehen, essen und trinken, wann immer sie wollte, den ganzen Tag lang lesen, Kassetten hören und vor sich hinträumen, ohne sich mit anderen Kindern über die ewige Mangelware an Büchern und Tapes streiten zu müssen.

Und ohne dass irgendjemand sie mit englischen Anweisungen belästigte, mit denen sie ähnlich wenig anzufangen wusste wie ich.

Währenddessen hatte ich begonnen, meine Anarchie auf weitere Bereiche meines Alltags auszudehnen. Nach und nach stellte ich meine Besuche der gelegentlichen Evening Satsangs ein. Im Vergleich zu den Veranstaltungen während des Festivals verliefen diese nun fast familiär. Mandir füllte sich höchstens noch zur Hälfte, weshalb man auch nicht mehr anstehen musste, um einen guten Platz zu ergattern. Bhagwans Kleider fielen nun etwas bescheidener aus als während des Festivals, ansonsten unterschied sich im Ablauf wenig. Am Anfang wurde ekstatisch getanzt, später saßen die Leute zu Füßen ihres Meisters und labten sich an seiner Präsenz. Ich selbst empfand das stundenlange Stillsitzen körperlich und geistig zunehmend als Folter und liebäugelte schon eine Weile mit dem Gedanken, den Satsangs, wie die meisten Kinder, einfach fernzubleiben: Auch wenn ich in typisch kindlicher Manier dazu tendierte, mich selbst als Mittelpunkt der Welt zu begreifen, wurde mir irgendwann klar, dass es kein Schwein interessierte, ob ich nun anwesend war oder nicht. Ich bekam weder Schelte, wenn ich schwänzte, noch goldene Lorbeeren für lückenlose Anwesenheit.

Als ich das erste Mal wegblieb, hatte ich noch ein schlechtes Gewissen. Doch das legte sich schnell. Ich sagte mir, Bhagwan würde mich sicher verstehen, er war ja erleuchtet. Sicher sah er mir an, dass ich vom Sitzen auf der quasi nackten Erde eine chronische Blasenreizung hatte, und fraglos sah er ein, dass ich als Kind höchstens rudimentär von seinen Sit-ins profitierte, vor allem, wenn ich ihnen nicht gerne beiwohnte. Er hatte schließlich selber gesagt, es seien die Zwänge einer Erziehung, die den Menschen überhaupt erst soweit brächten, später so viel Therapie und Meditation zu brauchen. Überhaupt, das Kind lebe per se im Hier und Jetzt, es brauche keine Meditation. Das Kind sei frei und solle es auch bleiben.

Es war ein innerer Zwiespalt, in dem ich mich befand: Ich wünschte, ich hätte den inneren Drang gehabt, ehrlichen Herzens die Gegenwart meines Meisters so köstlich zu finden wie nichts anderes auf der Welt. Aber dem war einfach nicht so, und letztlich setzte sich mein innerer Schweinehund durch, bestärkt von Bhagwans Argumenten für die goldene Kindheit. Also zog ich mich nach dem Abendessen für gewöhnlich in unser kuscheliges A-frame zurück, wo ich meistens las. Auf der Ranch Lektüre zu finden, war nicht ganz einfach, zumal deutsche. Die Sannyasins hatten wenig Zeit für Zerstreuung. Die Bücher, die es gab, waren Bhagwanbücher oder andere philosophische oder sonstwie esoterische Standardwerke. Zusätzlich kursierten peripher ein paar Sachbücher.

Hin und wieder aber konnte man dann doch irgendwo einen Roman abstauben, natürlich einen für Erwachsene. Manche fand ich irgendwo in einem Gemeinschaftsraum, andere ließ ich einfach mitgehen, von Nachtkästchen oder einmal sogar aus einer Tasche – in der Kommune gab es ja kein Eigentum, und ich hoffte, dass diese Tatsache auch den anderen Lesern geistig stets präsent war. Ich versteckte meine Beute in meinem A-frame wie verbotene Schmuggelware und las nur hinter verschlossener Tür.

* * *

In der Nähe der Ranch lag der kleine Ort Antelope. Antelope war ein verschlafenes Nest, bewohnt von Farmern und sonstigen amerikanischen Bürgersleuten von der Art, wie sie der spätere US-Präsident George W. Bush gerne mochte. Diese rechtschaffenen Bürger beobachteten das Gebaren ihrer neuen Nachbarn mit wachsendem Argwohn. Und das war durchaus zu verstehen.

Als erstes kauften die Sannyasins die zahlreichen leerstehenden Häuser des Ortes auf, denn Wohnraum war auf der Ranch ja knapp, und diese Gelegenheit stellte eine gute Lösung zur Unterbringung etlicher Residents dar.

So kam es, dass das Straßenbild der braven Anteloper auf einmal zunehmend durch diese roten Freaks gestört wurde. Als nächstes beobachtete man mit zunehmender Missbilligung, dass auf der Ranch gebaut wurde. Gebaut, gebaut, gebaut. Dabei war ja, wie jeder wusste, die Big Muddy Ranch als landwirtschaftliches Gelände klassifiziert und das Bauen von zusätzlichem Wohnraum somit per Gesetz untersagt. Früher hatten auf der Muddy Ranch 50 Personen, 12.000 Schafe und 10.000 Rinder gelebt, wie es sich gehörte. Nun hausten hier nur noch gefühlte 50 Rindviecher, dafür aber 10.000 Menschen. Zumindest ungefähr. Wie Heuschrecken waren diese gottlosen roten Spinner über das ehemals friedliche, weltentrückte Fleckchen Erde hergefallen. Zwar lachten sich ansässige Händler und Unternehmer zunächst noch ins Fäustchen, denn die „Rajneeshees" kauften Baumaterialien, Waren des täglichen Bedarfs und Gebrauchsgegenstände in Mengen, von denen jeder Geschäftsinhaber in dieser Gegend bisher nur hatte träumen können. Außerdem zahlten die neuen Nachbarn immer sofort und ausnahmslos in bar. Doch nach und nach wurde selbst den Profiteuren die stetige Expansion der fremden und unberechenbaren Spezies unheimlich. Die Bewohner der „Rancho Rajneesh" wurden immer mehr und missachteten grundlegende amerikanische Werte, Sitten und Gesetze, sodass sich die ansässige Bevölkerung zunehmend bedroht und verdrängt fühlte.

Das Fass lief endgültig über, als die Bürgermeisterwahl des Bezirks anstand. Früher hatten in dieser Region nur die Anteloper gewählt. Nun wählten die Rajneeshees mit. Schließlich war man inzwischen auch „Einwohner" Antelopes. Und das nicht nur vereinzelt. Frohen Mutes und voll frischer Energy stellten die Sannyasins einen eigenen Gegenkandidaten zur amtierenden Bürgermeisterin Margaret Hill: Swami Krishna Deva.

Die Anteloper glaubten sich im falschen Film: Einer von diesen roten Freaks als Mayor?! Das ging ja wohl gar nicht!

Doch who cares? Diesen verbohrten Bauerntölpeln würde ein bisschen frischer Buddhafield-Wind ganz gut tun, auch wenn sie das selbst noch nicht merkten. In einer kurzfristigen Kampagne versuchten die Sannyasins, die Anteloper mit Wein, Weib und Gesang für sich einzunehmen, doch der Schuss ging nach hinten los. Die Zielgruppe klappte die Bürgersteige hoch, verbarrikadierte sich in ihren Häusern und hängte eindeutige Transparente aus dem Fenster. Oops. Aber wen wunderte es? Von diesen mind-fuckenden Kleingeistern war ja auch nichts anderes zu erwarten gewesen. Egal. Am Tag der Wahl jedenfalls fielen die Sannyasins im wahrsten Sinne des Wortes mit Pauken und Trompeten in Antelope ein und pilgerten, mit für diesen Ort sicherlich einzigartigem Brimborium, zu den Wahlurnen. Wie ein Schwarm roter Heuschrecken am jüngsten Tag. *Let's celebrate!*

Ich erinnere mich gut an diesen Tag. Es herrschte eine Aufregung wie früher zur Fastnacht, wenn wir zu unseren Großeltern nach Luzern gefahren waren, um dem großen Umzug beizuwohnen. In einem schier endlosen Menschenpulk zogen wir in das kleine Antelope ein. Wir hatten Musikanten dabei, die Sannyasins sangen und tanzten. Ich freute mich, denn ich wusste, auf dem Dorfplatz würde es eine Aufführung von Prakash geben, einem der besten Pantomimen Rajneeshpurams. Auch andere Künstler und Clowns aus der Commune würden auftreten. Die Stimmung war bombastisch, und auch wenn ich am Ende kaum etwas sah von Prakash, fühlte ich mich bestens unterhalten. Fasziniert beobachtete ich ein paar Draußen-Menschen mit Cowboy-Hüten, die unser Treiben aus Fenstern oder angelehnten Türen stumm verfolgten. Ihre Mienen waren steinern, ja fast böse.

Die Anteloper und ihre Mrs. Hill hatten keine Chance. Der neue Bürgermeister wurde mit großer Stimmenmehrheit: Swami Krishna Deva!

Die Verkündung des Ergebnisses endete in tosenden Feierlichkeiten in Rot. Unsere Leute überschwemmten den ganzen Ort, wo man bis spät in die Nacht hinein feierte, still verfolgt von verhuschten, ängstlichen Blicken hinter muffig vergilbten Gardinen. Doch fuck it, nicht unser Problem! Was für Spaßbremsen.

Aus Sicht der Anteloper kann das Wahlergebnis nur grotesk gewirkt haben. Die Sannyasins hatten schließlich keinerlei Interesse an den Belangen des Dorfes; ja, den neuen „Bürgermeister" interessierte das alte Antelope weniger als ein umgekipptes Fahrrad in China. Noch extremer, Rajneeshpuram hatte Pläne baulicher und politischer Natur, die jenen der Anteloper diametral entgegenstanden. Antelope wurde auf dem Fuße umbenannt und hieß nun „City of Rajneesh", wie ein großes Schild am Ortseingang bezeugte. In Wirklichkeit hatte Antelope nun eigentlich gar keinen Mayor mehr und so gut wie keinen Einfluss auf die Geschehnisse in der Region. Somit war ein ganzes Dorf quasi entmündigt, ausgeliefert, ja annektiert worden, überfallen wie von einer Plage biblischen Ausmaßes. Das machte den Menschen Angst.

Wie auch immer. Ich persönlich fand, wie alle anderen, diese Erweiterung unseres Territoriums cool.

* * *

Auf der Farm widmete ich mich nun mit ganzer Kraft meinem heimlichen Ziel: Die Eroberung des Pferdegeheges. Die Sannyasins hielten etwa 15 Pferde, wohl hauptsächlich aus jenem Grund, weil Pferde zu einer Ranch einfach dazugehörten. Als „Tourist", also zahlender Sannyas-Gast, konnte man das Gelände hoch zu Ross erkunden, einige der Tiere wurden zudem für Hütearbeiten eingesetzt. Die restlichen Pferde standen tagein, tagaus auf ihrer riesigen Koppel unter freiem Himmel. Sie waren abseits der Hühner- und Kuhställe auf einem kleinen Hügel untergebracht. Im vorderen Bereich befand sich eine verlotterte Scheune mit Futtersäcken, Sattelzeug, allerhand Zubehör sowie einigen leerstehenden Pferdeboxen. Weiter hinten lag die Koppel, die den ganzen Hügel umfasste. Dort hielten sich die Pferde meistens unter einem Unterstand im Schatten auf, wo auch die Tränke stand. Viele Male war ich schon hier oben gewesen, um die Tiere zu streicheln und zu beobachten. Doch hier worship-mäßig eingebunden zu werden schien mir fast unmöglich, zumal mit dem Grad an Sozialkompetenz, den ich aufbrachte. Auch dachte ich am Anfang, Kindern wäre der Zutritt zum Pferdebereich grundsätzlich verboten. Während meiner Zeit bei den Kühen jedoch hatte ich festgestellt, dass einige der Kids offenbar durchaus auch zu den Pferden durften. Mit Hilfe einer sehr freundlich aussehenden Ma, die ich trotz meiner Schüchternheit eines Tages anzusprechen wagte, brachte ich es schließlich fertig, tatsächlich einen Tag lang bei den Pferden eingesetzt zu werden.

Ich glaube, die Ma war aus Irland. Ich mochte sie vor allem wegen einer bestimmten Geste, die sie in regelmäßigen Abständen an ihren rotbraunen Haaren ausführte. Wie ich wusste, wurden die Pferde täglich mit Kraftfutter versorgt, bekamen die Hufe ausgekratzt und wurden gebürstet. Diesen Traumaufgaben durfte ich mich nun widmen. Die Ma zeigte mir zunächst allen Striegelzubehör. Ich bekam einen Kübel, in den wir alles legten, was ich für meine erste Pferdepflege brauchte. Dann konnte ich mir noch ein Halfter aussuchen, bevor ich mit stolzgeschwellter Brust an ihrer Seite zur Koppel marschierte.

Die Ma öffnete den Elektrozaun, und wir traten ein. Die ganze Zeit machte sie beruhigende, gurrende und schnaubende Geräusche, die den Pferden, wie es schien, herzlich schnurz waren, mir hingegen gut gefielen. „Good boy“, raunte sie in einem fort, oder „good girl.“

Als erstes gingen wir zu einem großen brauen Pferd mit weißer Blesse und schwarzer Mähne.

„This is Havanna“, sagte die Ma. Sie zeigte mir, wie man ein Pferd anhalfterte, was ganz leicht war. Dann holte sie für sich noch eines und sagte, „this one is Kali.“

Wir führten die Tiere aus der Koppel heraus und machten sie im Schatten überdimensionaler Strohballen an Holzpfählen fest. Dann zeigte mir die Ma, wie man das

Pferd striegelte, die Hufe reinigte und die Mähne kämmte. Havanna ließ sich alles willig gefallen, ich glaube, sie mochte das. Sogar ihren Fuß legte sie mir fast von alleine aufs Knie, damit ich ihr die festgetretene Erde zwischen den „Zehen“ herausholte. Zwischendurch nibbelte sie mit ihrem weichen Maul an meinen Hosentaschen herum, und ich verstand, dass man hier normalerweise etwas mitbrachte, Äpfel oder Möhren vermutlich. Als ich fertig war, glänzte sie und schaute zufrieden. Auf diese Weise bearbeiteten wir ein Pferd nach dem anderen. Noch nie hatte ich eine so schöne Aufgabe erledigt. Auf diese Weise gewann das Wort Worship eine ganz neue Bedeutung!

Ich war begeistert. Für mich war klar, dass ich nun, wo ich wusste, wie das ging, diesen Job täglich machen würde. Am Schluss gingen wir zurück zum Futterraum, um aus den Futtersäcken verschiedene Getreidesorten in die Eimer zu füllen. Jedes Pferd bekam eine individuell zusammengestellte Futtermischung, je nach Alter, Veranlagung und Konstitution. Die Ma erklärte mir, welches Pferd wieviel wovon bekam. Ich passte auf wie ein Schießhund und merkte mir alles ganz genau. Ich glaubte sogar verstanden zu haben, dass die Verteilung des Kraftfutters von nun an mir allein oblag. Zwischen dem Futterlager und der Koppel lagen circa 10 Minuten Fußmarsch, den ich mit den schweren Eimern nun mehrmals bewältigen musste. Doch das tat ich gerne.

„So“, fragte mich die Ma am Ende des Tages, „did you like it?“, während sie zum zigsten Mal die Arme über den Kopf hob und ihre Haare verknotete.

Ich strahlte, und sagte: „Yes.“

„Good“, sagte sie und lächelte, „this is good“. Sie schien zufrieden, denn sicherlich machte es sie froh, einem Kind einen Tag lang einen Herzenswunsch erfüllt zu haben. Ich hingegen interpretierte ihre Worte als: Du hast den Job.

Pflichtgetreu erschien ich von nun an jeden Tag noch im Morgengrauen an der Koppel, um meine Pferde zu füttern, bevor ich selber zum Frühstück ging. Ich liebte diese Arbeit. Ich liebte das Schnauben und die warmen, weichen Nüstern der Pferde, ihren erdigen Geruch und ihre fraglose Kommunikation. Ich liebte meine Atemwolke und den knirschenden Boden in der Scheißkälte morgens, mit der Aussicht, zwei Stunden später in Magdalena eine große Portion heißer Scrambled Eggs mit Ketchup zu verputzen. Ich liebte das Gefühl von harter körperlicher Arbeit, die stets nach dem gleichen Ritual verlief und mich alles andere vergessen ließ. Nach dem Frühstück fuhr ich erneut auf die Farm, um die Pferde zu striegeln und ihnen die Hufe auszukratzen. Bei all diesen Verrichtungen traf ich eigentlich nie jemanden an, höchstens einmal ein paar farmfremde Besucher, denen ich freundlich zunickte, als wären sie meine persönlichen Gäste.

Nach meiner Pferdearbeit, die stets den Morgen über dauerte, half ich wie bisher auf der Hühnerfarm aus. Ich war stolz darauf, was ich alles leistete. Ich arbeitete deutlich mehr als so manche Erwachsene, die, verstrickt in therapeutische, meditative oder spirituelle Prozesse, auf unserer Farm herumtorkelten. Ich wusste, dass viele Leute mich komisch fanden – ein stummes Kind, das auf Fragen aller Art wahlweise kopfschüttelnd oder nickend reagierte, wie ferngesteuert erschien und verschwand und sich stundenlang in den Stallungen bei den Viechern herumtrieb. Umgekehrt war mir das Verhalten und Gebaren vieler Erwachsener nicht weniger suspekt. Ganz im Gegenteil, sie kamen mir vor wie wandelnde Zeitbomben, aus denen völlig unberechenbar zu jeder Zeit Tränen, Katharsen, Wut oder auch einfach nur Energy hervorbrechen konnte. Klar, die Sannyasins konnten auch sehr lustig und fröhlich sein. Von was genau das im Einzelnen jedoch abhing, erschloss sich mir kaum; besonders großen Sinn machte ihr ganzes Auftreten aus meiner Perspektive jedenfalls eher wenig. Wie lobte ich mir da mein Huf- und Federvieh!

Eines Tages, viele Wochen später, schaute ich im Laufe des Nachmittags in der Gemeinschaftsküche der Hühnerfarm vorbei, wo ich die Belegschaft in heller Aufregung vorfand. Aus dem aufgeschnappten Geschnatter reimte ich mir zusammen, dass offenbar die Pferde ausgebüxt waren.

Irgendjemand hatte den Elektrozaun – auf dem im Übrigen ohnehin kein Strom lief – nicht geschlossen. Ich war mir zuerst sicher, nicht an dieser Ungeheuerlichkeit beteiligt zu sein, da ich meine Arbeit stets sehr gewissenhaft erledigte. Doch eine hysterische Ma mit großen Schweißtellern unter den Achseln zog, sobald sie meiner ansichtig wurde, scharf die Luft ein und begann, wild in der Luft herumzufuchteln.

„You!“ kreischte sie mit sich überschlagender Stimme, „I saw you!“

Sie habe mich, so stellte sich heraus, morgens vom Pferdegehege kommen sehen. Und was, bitte schön, könnte ich dort sonst schon gemacht haben, wenn nicht den Zaun geöffnet? Was ich also dort zu suchen gehabt habe, wurde ich nun gefragt, während mich die umstehenden Hobby-Farmer, von denen ich bisher höchstens jeden Dritten jemals hier gesehen hatte, gespannt fixierten.

„Feeding“, erklärte ich stoisch.

Ratlose Blicke. Bitte was?

„Feeding!“ wiederholte ich also noch einmal, dieses Mal laut und deutlich.

Die hysterische Ma schnappte nach Sauerstoff wie ein ersaufender Karpfen. Interessiert beobachtete ich, wie sich auf ihrem Hals rote Flecken bildeten, was ziemlich ungesund aussah. Wer ist die eigentlich, fragte ich mich.

„Why did you do that? Are you crazy?!“

Offensichtlich kamen bei der Ma nun intensive Gefühle hoch. Den Rest ihrer Vorwürfe verstand ich nicht, die Frage an sich fand ich auf jeden Fall ziemlich überflüssig. Irgendwann hörte sie auf mit dem Gezeter, und ich nahm an, dass nun wieder ich etwas sagen solle. „I feed the horses every day!“ versuchte ich meinem Eingangssatz Nachdruck zu verleihen.

Doch das machte alles nur noch schlimmer. Die Umstehenden versuchten nun reihum, die selbsternannte Ortshüterin zu beschwichtigen, indem sie sich bemühten, die Beziehungsverhältnisse und Zuständigkeitsbereiche notdürftig zu klären.

Wie sich herausstellte, wähnte sich die Hysterische selbst in charge of feeding the horses.

Das war doch absurd! Wo kam diese Ziege überhaupt auf einmal her? Und die wollte schon in charge of the horses sein?! Das war ja wohl lächerlich! Wusste die denn nicht, was es dazu brauchte? Ihre Vorgängerin jedenfalls, die Irin, der ich schon seit einer Weile nicht mehr begegnet war, hatte diese Aufgabe eindeutig mir übertragen: Nachdem sie erkannt hatte, dass ich für diesen Job wie geboren war, hatte sie mich detailliert und gewissenhaft in das Aufgabengebiet eingeführt. Leider hatte ich keinen blassen Dunst, wie die Irin, sofern sie denn eine war, geheißen hatte, weshalb ich auf die nun von mehreren Seiten auf mich einstürmenden Fragen, wer mich denn beauftragt habe, immer nur die Schultern zucken konnte.

Abschließend wurde ich von der Ziege als Lügnerin beschimpft und als Schuldige für den Pferde-Eklat benannt. Wer sollte es denn sonst auch schon gewesen sein?

Jedenfalls, nun musste der Schaden begrenzt werden. Drei bis vier Pferde hatten – man höre und staune – trotz offenen Zaunes die Gelegenheit zur Flucht nicht ergriffen, sondern vorgezogen, selbstvergessen bei der Tränke stehen zu bleiben. Diese treuen Seelen beschloss man nun zu satteln, um die restlichen Tiere einzutreiben. Ich überlegte, mich ebenfalls auf den Weg zu machen und nach den Pferden zu rufen, schließlich kannten sie mich am besten und würden sicherlich kommen. Doch sprach man mir ein absolutes Verbot aus, mich dem Pferdehügel auch nur zu nähern. Ich schluckte.

Die folgenden Tage verbrachte ich in Angst und Schrecken. Was, wenn die Pferde wirklich nicht zurückkamen? Was, wenn sie von wilden Wölfen oder Coyoten gerissen, von Klapperschlangen gebissen oder von einem bösen Rancher aus Antelope erschossen worden waren? Ich fand keinen Schlaf mehr. Mit jeder Stunde, die verstrich, wurde ich mir unsicherer bezüglich meiner eigenen Unschuld. Vielleicht war ich es doch gewesen? Hatte ich vielleicht tatsächlich den Verschlussmechanismus nicht richtig bedient? Zwei Tage lang waren die Reiter unterwegs, um die verlorenen Pferde zu suchen. Die hysterische Ziege führte das Kommando an. Sie hatte sich einen Cowboyhut auf ihr Strohhaar gepflanzt und brüllte hoch zu Ross herum, als befände sie sich auf Dreharbeiten zu einem John-Wayne-Film. Ich beneidete sie maßlos dafür, sich einfach so auf ein Pferd setzen und davongaloppieren zu dürfen. Nach jedem Pferd, das sie „gefangen“ hatten, stolzierte sie in die Küche und berichtete davon, als habe sie soeben einen Drachen erlegt. Mir warf sie derweil finstere Blicke und zischende Flüche zu. Was regt die sich so auf, fragte ich mich. Ich konnte mir Schlimmeres vorstellen als den ganzen Tag über die Hügel zu reiten. Außerdem entsprach ihr Gebaren in keiner Weise dem Worship-Gedanken, nach dem jede Tätigkeit Meditation und folglich purer Bliss sein sollte.

Doch auch als das Ganze vorbei war, blieb ich diejenige, die den „horse scandal“ angeblich verursacht hatte. Ich wunderte mich, dass der sonst stets beschworene *Here-and-Now*-Gedanke hier offenbar so gar nicht griff. Ganz im Gegenteil, wegen meines vermuteten Vergehens erhielt ich ein nachhaltiges und unbegrenztes Pferde-Verbot, was mich schier verzweifeln ließ. Bemerkenswert war, wie ich mehr und mehr sogar selbst von meiner eigenen Schuld überzeugt war. Sie hatten ja recht, die anderen: Wer sonst sollte es denn auch schon gewesen sein? Es kam einfach kein anderer in Frage. Wie verantwortungslos ich war. Was für ein mieser Farmer ich war. Welch schlechter Sannyasin. Ich schämte mich in Grund und Boden.

Zur Strafe hielt ich mein Verbot zwei Wochen lang aufrecht, bis sich die Zusammensetzung der Belegschaft plötzlich wieder verändert und die Stimmung beruhigt hatte. Keiner sprach mehr von dem Pferde-Eklat, keiner beachtete mich. So nahm ich meine Arbeit wieder auf.

* * *

Von mir aus hätte es immer so weitergehen können. Ich fühle mich wohl auf der Ranch. Im Prinzip lebte ich den Alltag eines Bauernkindes, und nichts anderes hatte ich mir je erträumt. Doch leider neigte sich unsere Zeit in Rajneeshpuram dem Ende zu. Und mit den Aufenthaltszeiten auf der Ranch wurde streng gehaushaltet. Unsere Genehmigung lief nach den geplanten sechs Monaten ab, die wir ja auch nur aus dem einzigen Grund erhalten hatten, dass meine Mutter hier ein sündhaft teures Therapeuten-Training absolvierte. Kurz vor Abschluss ihrer Ausbildung beschloss sie jedoch, ein weiteres zweiwöchiges Aufbauseminar anzuhängen. Was ihr selbstverständlich das Recht einräumte, noch entsprechend länger auf der Ranch zu bleiben. Leider reichte die Verkaufssumme ihres Konzertflügels aber nicht aus, um den Zusatzaufenthalt auch für uns Kinder bestreiten zu können. Zwar gab es ja durchaus Residents, die samt Kindern unbegrenzt und umsonst auf der Ranch weilen durften, wobei „umsonst" hieß, bis zu 16 Stunden am Tag gegen spartanische Kost und Logis zu ackern (ohne jedoch eine Extragebühr für den Aufenthalt im Buddhafield bezahlen zu müssen). Aber egal. Alle anderen waren nur Besucher, deren Tage auf der Ranch pedantisch gezählt und teuer bezahlt werden mussten.

Wie lange der Einzelne jeweils bleiben durfte, hing jedoch keineswegs nur von seiner Zahlungskraft ab, sondern wurde von Fall zu Fall individuell bestimmt. Denn auch der spirituelle Reifegrad des Anwärters spielte eine triftige Rolle. Über jenen zu urteilen, war wiederum die Aufgabe besonders erfahrener und „weiter" Sannyasins.

Im Prinzip war die Entscheidung darüber, wie lange jemandem Aufenthalt gewährt wurde, eine völlig willkürliche. Immer wieder hörte man von Schicksalen, bei denen die politische Spitze der Commune in Folge eines Gnadengesuchs Milde hatte walten lassen und einem besonders hingebungsvollen Besucher Aufschub gewährt oder – auch das kam vor – sogar den Resident-Status verliehen hatte. Meine Mutter verfiel daher auf die Idee, dass möglicherweise mit einem kindlichen Brief etwas auszurichten sei. Nicht sie, sondern ich würde zwei Wochen Aufschub für meine Schwester und mich erbitten, denn einem Kind eine Bitte abzuschlagen war landläufig ja schwieriger als einem Erwachsenen. Trotzdem war uns natürlich klar, dass eine Zusage einem Wunder gleichkäme, da die Commune ja keinerlei Vorteil von unserer kindlichen Anwesenheit hatte; im Gegenteil, wir kosteten nur.

Dachten die. Doch an genau diesem Punkt witterte ich unsere Chance: Ich kostete ja gar nichts, sondern arbeitete vollwertig! Dies zu vermitteln musste mir irgendwie gelingen. Ich wusste, was von diesem Brief abhing und nahm mir nach der Arbeit mehrere Abende Zeit, um ihn zu formulieren und zeichnerisch zu untermalen. Ich schrieb und malte von meinem Leben auf der Farm, davon, wie ich jeden Morgen um halb sechs aufstand und den ganzen Tag lang fleißig arbeitete, genauso wie ein Erwachsener. Ich schrieb, dass meine Schwester und ich beide sehr dünn seien und nicht viel Essen bräuchten, außerdem hätte ich beobachtet, soviel zu ihrer Information, dass in Magdalena regelmäßig viele Reste übrigblieben. Ich schrieb davon, dass in unserer A-frame-Siedlung mehr als die Hälfte der Häuschen leer stünden, wir also niemandem Platz wegnähmen. Ich schrieb, ich liebte Bhagwan sehr und wüsste mein unbeschreibliches Glück, in einem Buddhafield leben zu dürfen, absolut zu schätzen. Und ob ich nicht vielleicht doch noch zwei Wochen länger bleiben dürfe, auch wenn meine Mami, die hier eine weitere teure Ausbildung machen würde, kein Geld mehr für unseren Aufenthalt hatte...?

Ich wusste, die Ausbildung meiner Mutter hatte so viel Geld gekostet, dass man davon nicht nur zwei, sondern locker zehn Kinder hätte füttern können, aber auf Rat meiner Mutter strich ich dieses Argument wieder raus. Als ich fertig war, adressierte ich den Brief an Bhagwan direkt: Bhagwan Shree Rajneesh, Jesus Grove, Rajneeshpuram, Amerika. Meine Mutter, die mir den Brief übersetzte, diskutierte mit mir herum, Bhagwan würde meinen Brief sowieso nicht persönlich lesen, doch davon wollte ich nichts hören. Ich war überzeugt, Sheela würde, wenn sie dieses Schreiben aus dem Briefkasten zog, auf der Stelle damit zu Bhagwan eilen, der dann seinerseits schmunzelnd in sich hinein glucksen würde: „Of course – Leela. I know her. Of course. Let her stay."

Die Antwort ließ eine Woche auf sich warten, während derer ich nervös betete und sogar wieder zum Drive-by ging, um durch mein Erscheinen Bhagwans eventuelle telepathische Fähigkeiten zu stimulieren. Tatsächlich hatte ich das Gefühl, er zwinkere mir aus den Augenwinkeln verschwörerisch zu. Letztendlich erschien die Antwort dann als neutraler Formbrief, wie ihn in der Draußen-Welt vermutlich Asylbewerber erhalten: Leider sei mein Aufenthalt beendet und man bitte mich, termingerecht abzureisen, unterschrieben, wie üblich, mit einem vorgedruckten ‚His Blessings'.

Das Urteil traf mich hart, doch nicht ganz unvorbereitet. Es war klar, Sheela hatte den Brief Bhagwan einfach nicht gezeigt, obwohl alleine schon das Briefgeheimnis es so gefordert hätte. Die hatte einfach meine Post abgefangen und gelesen! Dass Sheela wiederum kein Erbarmen mit ein paar Kindern hatte, war vorauszusehen gewesen. Die gnadenlose Disziplin ihres Regimes war ja bekannt – ‚straight', sagte man damals. Zielstrebig und schnörkellos stets auf die Erleuchtung fokussiert, und wenn es zum harten und entbehrungsreichen spirituellen Weg der Wachheit gehörte, zwei kleine Kinder des Landes zu verweisen, dann war das eben so. Darüber hinaus wurde der Führungsspitze als Bhagwans verlängertem Arm per se eine erhöhte Bewusstseinsstufe als dem Fußvolk zugestanden, weshalb grundsätzlich keine ihrer Entscheidungen oder Urteile in Frage gestellt wurden. Auch wenn man es selbst nicht verstand oder als unrecht empfand – vermutlich war man eben einfach noch nicht so weit. Surrender, hieß das Zauberwort.

Mir waren diese ganzen Bewusstheitshierarchien wurst. Dann war ich eben unbewusst, aber ich wollte hierbleiben, und zwar so lange wie nur irgend möglich. Dass sich Sheela (geschweige denn Bhagwan) überhaupt persönlich mit meinem Brief befasst hatte, darf zwar getrost ausgeschlossen werden, trotzdem richtete sich mein ganzer Zorn auf sie. Ich konnte nicht glauben, dass sie ein guter Mensch sein sollte. Sogar meine Mutter regte sich auf über die Ranch-Leitung. „Da zahlen wir sechs Monate lang Zehntausende von Franken, und die können uns nicht einmal zwei Wochen für zwei kleine Kinder schenken!" Enttäuscht fügte sie sich ihrem Schicksal.

Ich jedoch war noch nicht bereit, die Segel zu streichen. Ich war überzeugt, Bhagwan hätte mich, hätte er nur eine Chance gehabt, meinen so schön bemalten Brief in den Händen zu halten, ohne Weiteres bleiben lassen. Es war doch seine Ranch! Und selbstverständlich legte er Wert auf gutes Personal auf der Farm. Vielleicht hätte er sogar gesagt, ich solle für immer auf der Ranch bleiben. Ich fasste daher einen Entschluss: Ich würde persönlich zu Sheelas Haus gehen und sie fragen, ob sie den Brief Bhagwan wirklich gezeigt habe sowie sie bitten, ihre Entscheidung zu revidieren.

Der Plan war nicht ganz einfach umzusetzen, denn Sheela wohnte in Jesus Grove, jenem abgeschirmten Bereich der Ranch, in dem auch Bhagwan lebte. Dieses Areal war rund um die Uhr bewacht und dem Normal-Sannyasin völlig unzugänglich. Ich wusste jedoch, dass ein Mädchen mit struppigem, von der Sonne gebleichtem Haar, das ich flüchtig von der Farm kannte und das mir gegenüber stets neutral gewesen war, wiederum eine Freundin hatte, deren Tante in Jesus Grove arbeitete, als Köchin, Putzfrau oder Büglerin. Und ich wusste, dieses Mädchen ging ihre Tante alle paar Tage besuchen, durchaus auch in Begleitung von weiteren Kindern. Bei diesen Gelegenheiten gingen sie tatsächlich in Jesus Grove hinein, wo sie dann manchmal einige der ganz Großen sahen. Die Nichte selbst war sogar schon einmal auf Sheelas Schoß gesessen, hatte sie erzählt, und Sheela sei sehr nett gewesen und habe ihr eine Sorte

Schokolade geschenkt, die es sonst auf der Ranch nicht zu kaufen gab.

Also ging ich am nächsten Tag mit wild klopfendem Herzen zu dem struppigen Mädchen. Obwohl ich noch nie ein Wort mit ihr gewechselt hatte, mühte ich mich ab, ihr mit ein paar englischen Brocken mein Anliegen vorzustottern. Sie starrte mich an und hörte mir wortlos zu, vermutlich war sie geschockt, die Schweigende auf einmal sprechen zu hören.

"I want to ask Sheela to stay here", erklärte ich. "Can I come with your girl friend to Jesus Grove?"

Sie zuckte mit den Schultern. Kein Problem, sagte sie, ich solle halt das nächste Mal einfach mitgehen. Sie wisse jedoch nicht, wann das sein werde, je nachdem, wann es der Nichte eben wieder einmal einfallen würde, ihre Tante zu besuchen.

Das Unterfangen zog sich über mehrere Tage hin und war nicht ganz angenehm. Die Clique um die Nichte war eine Gruppe von Mädchen, an die ich mich sonst nie herangetraut hätte. Andersherum bot sich auch für jene keinerlei Grund, mit mir Umgang zu pflegen. Doch was sein musste, musste sein. Wann immer ich also die Nichte sah, heftete ich mich hartnäckig an ihre Fersen, wohl bemerkend, dass die anderen im Gefolge das nicht allzu toll fanden. Irgendwann konfrontierte mich eine von ihnen mit einem Redeschwall, von dem ich nichts verstand, doch glücklicherweise klärte das struppige Mädchen die Lage auf.

Ich weiß nicht mehr, wie es im Einzelnen dazu kam, doch nach ungefähr einer Woche landete ich tatsächlich in Jesus Grove. Wir stiegen einfach aus dem Bus und marschierten die Auffahrt hinauf. Der Guard grüßte die Nichte freundlich, fast überschwänglich. Man merkte, hier kamen nicht viele Besucher vorbei. Drinnen war es angenehm kühl, die Air Condition, absoluter Luxus auf der Ranch, brummte. Es roch nach nichts. Ich erinnere mich, durch sehr saubere und einzigartig eingerichtete Räume gegangen zu sein – einzigartig in der Hinsicht, dass sie nicht mit der gleichen rudimentären Massenware möbliert waren wie der Rest von Rajneeshpuram. Ich spürte, wie ich vor Aufregung feuchte Hände bekam. Hier also wohnte Bhagwan! Freilich nicht in diesen Räumen, aber doch im angrenzenden Bungalow. Einen Moment lang spielte ich mit dem Gedanken, einfach loszurennen und auf gut Glück jede Tür aufzureißen, vielleicht schaffte ich es ja, ihn zu finden, bevor mich jemand aufhielt. Aber das traute ich mich dann doch nicht.

In einer Art Vorraum warteten wir auf die Tante. Von dem Raum gingen mehrere Türen ab, und es herrschte ein reges Treiben. Immer wieder öffneten sich die Türen und auf leisen Sohlen gingen verschiedene Mas vorbei, mal mit einem Stapel frischer Handtücher, mal mit Gießkannen, mal mit unklarem Auftrag, doch immer zielstrebig.

„Where is Sheela?“, fragte ich die Nichte.

Obwohl sie sichtlich genervt war, versprach sie, nach Sheela zu fragen. Als die Tante endlich kam, war sie gestresst. Ich entnahm der Konversation rein gefühlsmäßig, sie habe keine Zeit und außerdem ginge es nicht, dass die Nichte einfach mit fünf oder sechs weiteren Kindern hier aufkreuzte. Sheela sei außerdem nicht da, erfuhr ich, doch was auch immer ich fragen wolle, könne ich auch Deepa fragen, eine ebenfalls sehr wichtige Ma. Sie müsse jeden Moment erscheinen.

Als die Tante weg war, streunten wir noch durch ein oder zwei weitere Räume, zu denen die Nichte angeblich Zutritt hatte. Alles war sehr reinlich, weil Bhagwan ja gegen so viele Dinge allergisch war. Wir kamen in ein klinisch wirkendes Zimmer, in dem ein Zahnarztstuhl stand. Hier werde Bhagwan behandelt, wenn er zum Zahnarzt müsse, erklärte die Nichte, und sie selbst habe sogar schon einmal auf dem Stuhl sitzen dürfen. Man könne ihn in alle erdenklichen Richtungen verstellen, was echt cool sei. Wieder kam eine Ma herein, die uns fragte, was wir hier zu suchen hätten, und wir sollten Jesus Grove nun bitte verlassen. Es ginge nicht, dass hier ständig Kinder herumhingen.

Die anderen murrten etwas und machten Anstalten, der Aufforderung Folge zu leisten. So leicht gaben die nach? So kannte ich die gar nicht! Und ich musste doch noch Deepa sprechen! Langsam wurde ich nervös. Wir konnten jetzt nicht ernsthaft gehen. Ich musste etwas unternehmen. Also nahm ich allen Mut zusammen und stieß laut und deutlich hervor: „I have to talk to Deepa!“

Die Ma seufzte. „Ok“, schloss sie nach einem erfolglosen Gesprächsversuch, „wait outside.“

Eine Weile hingen wir auf der Couch im Vorraum herum. Ich merkte, wie die anderen immer unruhiger wurden und sich zunehmend langweilten. Sie warteten nur noch auf das Zeichen zum Aufbruch seitens ihrer Anführerin. Wieder ging die Tür auf und die Ma von vorhin erschien. “Hey you guys, listen”, sagte sie, “you really need to leave now. Please.“

Die anderen Mädchen erhoben sich, nur ich blieb sitzen. „I have to talk to Deepa!“, beharrte ich, mittlerweile leicht hysterisch.

Die Ma erklärte mir, zunehmend gereizt, dass nicht einfach jeder hier hereinschneien und mit Deepa sprechen könne. Wo käme man da hin? Um was es denn ginge?

„It is very important“, stammelte ich, den Tränen nahe. Das Wort important hatte ich am Vorabend extra noch von meiner Mutter erfragt und es mir den ganzen Tag vorgesagt, damit ich es auch ja nicht vergaß. “Very, very important!”

Die Ma seufzte. “OK, darling. I’ll see if she is free.”

Die Mädels verdrehten die Augen und scharrten ungeduldig mit den Hufen. Sie hatten jetzt echt keinen Bock mehr. BORING. Doch ich blieb einfach hocken und fixierte stur die Tür, durch welche die Ma entschwunden war. Tatsächlich öffnete sie sich gefühlte fünf Minuten später erneut. Es erschien eine dicke, für eine Sannyasin auffallend unansehnliche Frau mittleren Alters mit dünnem Haar und festbetoniertem Lächeln. Uh-oh, war das etwa Deepa?

„Who of you is it?“, rief sie in militärischem Ton in die Runde.

„It is her“, sagten die anderen und zeigten auf mich.

Ich schluckte. Doch da musste ich durch. Tapfer stand ich auf und ging zu der dicken Frau. Ich spürte alle Blicke auf mir. Einem Impuls folgend machte ich ein Namasté, bevor ich hervorstieß: „I want to stay on the ranch for two weeks more, please.”

Die Dickmadam zog halb belustigt, halb gelangweilt die Augenbrauen hoch. “Oh yeah, darling, is that so? Well, write a letter to Bhagwan and see what he says!”

Um mich möglichst schnell und ohne viele Worte zu erklären, zog ich mein negatives Antwortschreiben aus der Tasche und hielt es ihr unter die Nase.

“O, I see, you already got your answer. So why are you here, then?”

“Please!2 flehte ich einfach, “please, I want to stay for only two weeks more! I work on the farm. I take care of the horses.” Ich merkte, wie ich an meiner Sprachbarriere scheiternd kläglich absoff. Mir gingen die Argumente aus, zumal die englischen.

Deepa ihrerseits hatte sich schon wieder umgedreht, ein speckiges Händchen nach dem Türgriff ausstreckend. “No kid, sorry. If this is the answer Bhagwan sent you, you have to accept it. Just surrender!“

Das waren ihre letzten Worte, bevor die Tür hinter ihrem massigen Hinterteil ins Schloss fiel. Surrender.

Somit war es beschlossene Sache: Meine Mutter würde die restlichen zwei Wochen alleine auf der Ranch bleiben, während wir zurück nach Zürich mussten. Resigniert und schweren Herzens nahm ich also Abschied von meiner geliebten Farm, was mich weit mehr belastete als der Abschied von meinem Meister, zu dem einen persönlichen Bezug aufzubauen mir ohnehin nicht gelungen war; das wurde mir jetzt klarer als je zuvor. Ich wusste, es sollte mir etwas ausmachen, das Buddhafield verlassen zu müssen, und wurde von einem latent schlechten Gewissen geplagt, weil mir dieser Aspekt meiner Abreise herzlich schnurz war – umso mehr, als man mir offensichtlich jegliche Anerkennung meines Einsatzes verweigerte. Doch meine Pferde, Hühner und morgendlichen Sonnenaufgänge hinter mir zu lassen, kam mich hart an. Immer wieder ging ich hinauf zum Pferdegehege, um mich noch einmal und noch einmal zu verabschieden. Ich streichelte jedes einzelne Pferd und versicherte, nächstes Jahr wiederzukommen, ein Versprechen, von dem ich noch nicht einmal wusste, ob ich es würde halten können.

Ich wünschte mir sehr, einige Fotos als Andenken mitnehmen zu können. Tatsächlich schaffte es meine Mutter nach wiederholtem Betteln, dies einigermaßen gestresst in die Wege zu leiten, kannte sie doch einen Franzosen, der erstens eine Kamera besaß und zweitens gewillt war, an einem Nachmittag zur Farm herauszufahren, um mich mit meinem Lieblingspferd, Topper, auf Zelluloid zu bannen. Diese Fotos sollten, sorgfältig verwahrt, noch jahrelang meinen wertvollsten Schatz darstellen. Nachdem die Bilder im Kasten waren, wurde ich etwas ruhiger. An meinem letzten Tag verabschiedete ich mich vom aktuellen Chef der Farm, einem kräftigen, bärtigen Vierzigjährigen, der auf eine indifferente Weise immer nett zu mir gewesen war. „I am leaving", erklärte ich, wie es mir meine Mutter vorgesagt hatte.

Daraufhin umarmte er mich, wobei meine Arme kaum um seinen Bauch herumreichten. „We will miss you, darling", sagte er, und mit dickem Hals brachte ich ein letztes Mal meine Standardfrage an: „What does this mean?"

* * *

An die Heimreise erinnere ich mich kaum. In der Obhut eines Sannyasins, der zufällig den gleichen Flug nach Zürich gebucht hatte, verließen wir im heraufdämmernden Morgen die Ranch. Ich weiß noch, dass ich sehr müde war und immer wieder einschlief in dem leise ruckelnden Greyhound-Bus.

Das nächste, das ich bewusst wahrnahm, war mein Aufwachen in der Zürcher Kommune. Es war taghell im Raum. Das war ungewohnt. Und noch etwas anderes fehlte: Grillenzirpen. Fröschequaken. Morgennebelfeuchte Prärieluft. Von weiter weg drangen Kinderstimmen in mein Bewusstsein. Dazu gesellten sich ein paar friedlich-träge Schweizer Vogelstimmen sowie ein mildes Frühlingslüftchen. Es musste wohl ein Fenster offenstehen. Da fiel mir von ferne ein, dass ich nicht mehr auf der Ranch war.

Mir wurde ganz elend. Vorsichtig blinzelte ich und ließ unter halb geöffneten Lidern den Blick umherschweifen. Ich lag allein im Zimmer im oberen Teil eines Stockbetts, das neu sein musste. Mein früheres Space existierte natürlich längst nicht mehr. Das Zimmer, oder vielmehr die Kammer, maß etwa zehn Quadratmeter. Die Einrichtung erschöpfte sich in zwei dieser Betten. Um der wachsenden Beklemmung zu entgehen, schloss ich schnell die Augen wieder. Herr, lass es ein Traum sein. Eine geraume Weile lag ich nur da und versuchte mir vorzustellen, ich würde gleich aufwachen und mich, wie gewohnt, in meinem heimeligen A-frame auf der Ranch wiederfinden, umfangen vom stillen, kühlen Nachthimmel. Ich müsste mich schon fast beeilen, um den ersten Bus nach Magdalena nicht zu verpassen.

Da ging leise die Zimmertür auf. Eine mir wohlbekannte Kinderstimme fragte: „Leela, bisch scho wach?"

Resigniert schlug ich die Augen auf und drehte den Kopf zur Tür. Dort stand Arjuna. Erst in diesem Augenblick merkte ich, dass ich mich freute, sie wiederzusehen. „Ja", erwiderte ich. „Aber äs isch no ganz komisch hie."

Daraufhin nickte sie allwissend, als sei das sowieso klar, stieß dann die Tür weit auf und brüllte in die Wohnung hinaus: „Jetzt isch sie uufgwacht!"

Man hörte polternde Kinderschritte, und gleich darauf drängte eine rote Kinderhorde in mein Zimmer.

Wie ich überrascht feststellte, lebten nicht nur einige der früheren Kinder nach wie vor hier, sie schienen sich auch ausgesprochen über meine Rückkehr zu freuen. Erstaunt und leicht befremdet sah ich in die Runde. Ich kam mir vor wie in diesen merkwürdigen Geschichten, in denen ein Astronaut nach vielen Lichtjahren als Greis auf die Erde zurückkehrt und feststellt, dass dort zwischenzeitlich nur wenige Wochen vergangen sind; ich fühlte mich, als sei ich Jahre, ja ein ganzes Leben weggewesen, während hier offenbar lediglich ein paar träge Monate ins Land gegangen waren, so ereignislos, dass selbst das Erscheinen meiner Wenigkeit ein Happening der Sonderklasse darstellte. Neugierig glotzten mich die Kids von unten herauf ein paar Momente lang schweigend an. Unsicher zupfte ich an meiner Bettdecke herum. Suchten die in meinem Gesicht nach sichtbaren Entartungen?

„Hoi, Leela!“, quäkte plötzlich einer von den Kleinen fröhlich in die ungewohnte Stille hinein.

„Wotsch z’Morge?“, schob Arjuna nach, „es isch scho halbi zwöi!“[32]

Die anderen kicherten, dann brach endlich das übliche Durcheinander und Geschnatter los. „Wie isch’s gsi, Leela? Staasch jetzt ändlich uuf? Häsch de Bhagwan troffe? Und d’Cowboys?! Chum, verzell!“[33]

---

32 Willst du Frühstück? (...) es ist schon halb zwei!

33 Wie war es, Leela? Stehst du jetzt endlich auf? Hast du den Bhagwan getroffen? Und die Cowboys? Komm, erzähl!

Ora et labora

1983 – 1984, Zürcher Kommune (II)

Während der nun anbrechenden Phase der Zürcher Kommunen-Zeit erlebte ich den sozialen Höhenflug meiner Sannyas-Kindheit. Mein konkurrenzlos langer Aufenthalt im direkten Umfeld des Meisters hatte mich nämlich quasi geadelt. Zum Beispiel konnte ich jetzt Englisch, zumindest drei Sätze mehr als alle anderen Kinder. Ich konnte Kühe melken und Pferde reiten, wenn auch das größtenteils nur in der Phantasie der anderen, die zu korrigieren ich jedoch tunlichst vermied. Ohne dass ich viel dazu getan hätte, war ich auf einmal eine Autoritätsperson in unserem kleinen Rudel, das immer gerne von mir hörte, was oder wie etwas als nächstes zu tun sei. Die Mädchen wollen meine Freundin sein, die Jungs waren in mich verschossen.

Nach den Monaten sozialen Einsiedlertums genoss ich meine neue Macht. Selbst in den Augen einiger Erwachsener hatte mich mein langer Aufenthalt in der verhältnismäßigen Nähe Bhagwans verändert. Jedenfalls behaupteten manche, nun auf einmal eine für Kinder atypische Tiefe in meinem Blick zu erkennen, aufgrund derer sie mir tiefste meditative Erfahrungen und ganz wesentliche Schritte auf dem steinigen Weg des spirituellen Wachstums unterstellten. Mir sollte es recht sein. Ich konnte mir zwar nur wenig unter dem vorstellen, wovon die sprachen, genoss es aber ohne Frage, auf einmal „jemand“ zu sein – „d'Leela, das chline Meitli, wo so lang uuf dr Ranch isch gsii.“ Tatsächlich war nach und nach sogar ich selbst davon überzeugt, jetzt reifer und weiter als so manch anderer zu sein.

Einige Monate lang hatte ich sehnlichstes Heimweh nach der Ranch. Dabei fehlten mir in erster Linie meine Pferde und der Rest der Farm, aber auch der viele Platz und meine uneingeschränkte Autonomie. Doch das verging. Spätestens mit dem Einzug des Sommers hatte ich meinen Schmerz vergessen und widmete mich ganz meiner Rolle als besonders erfreulich entwickeltes Sannyas-Kind. Strukturell gesehen führte unsere ganze Ranch-Episode für unsere Mutter zu „Punktabzug". Wie schon fast erwartet gab man ihr bei nächster Gelegenheit zu verstehen, dass sie nochmals tiefer in die Schuld der Kommune gerutscht sei: Da hatte man ihr, nachdem sie trotz Kindern überhaupt in die Kommune aufgenommen worden war, erlaubt, sich Monate lang fröhlich in Rajneeshpuram zu tummeln, während man daheim schuftete. Dessen nicht genug, hatte sie den Aufenthalt frecherweise und nach völlig eigenem Gôut anschließend auch noch verlängert, ihre Bagage hingegen einfach so nach Zürich zurückgeschickt, wo die Kommune dann zwei Wochen lang auf selbige hatte „aufpassen" müssen. Dass meine Mutter sich auf der Ranch auf eigene Kosten zur Therapeutin hatte ausbilden lassen, was sich für die Kommune auf längere Sicht sehr auszahlen würde, übersah man in diesem Zusammenhang geflissentlich, ebenso, dass die Kommune von meinem Draußen-Vater allmonatlich fette Alimente kassierte – natürlich auch während unserer selbstfinanzierten Zeit in den USA –, die bei dem kargen Lebensstandard, den man in der Kommune pflegte, über uns zwei Kinder hinaus fraglos noch ein paar zusätzliche „Meditierer" mitfinanzierte.

Meine Mutter seufzte. So war das halt. Und das Leben in einem Buddhafield ließ sich letztendlich nun mal nicht mit Geld aufwiegen. Also keine negativen Gedanken. *Just let it go.*

* * *

Die Globalisierung der Sannyas-Kommunen schritt stetig voran. Was Sheela in Oregon beschloss, wurde nun zeitgleich und weltweit in sämtlichen Kommunen rund um den Globus umgesetzt. Alle Kommunen bekamen neue, von Rajneeshpuram aus vergebene Namen. So hieß unsere Zürcher Kommune jetzt nicht mehr Gyandip, sondern „Kota Rajneesh." Die Vernetzungen wurden immer dichter,

Distanzen immer kürzer. Fehlte in der Berliner Kommune ein Koch, während in Milano gerade einer übrig war, wurde Zweiterer kurz entschlossen in die Spreestadt geschickt. In von Sannyasins dichter besiedelten Regionen wie Deutschland setzte man einen Shuttle-Bus ein, der zwischen den Kommunen pendelte, einmal in der Woche von München nach Berlin und von dort über Köln, Frankfurt und Düsseldorf nach Hamburg hinauf.

Im Zuge dieser Entwicklungen gab es auch in unserer Zürcher Kommune inzwischen viele ausländische Sannyasins. Um bürokratischen Papierkram wie Aufenthaltsgenehmigungen und ähnlichen Mind Fuck machte man sich dabei keine unnötigen Sorgen. Der Anteil illegaler Mitbewohner betrug mindestens ein Drittel: Deutsche, Italiener, Amerikaner und vereinzelt Exoten wie Inder, Japaner, Südamerikaner und Ostblock-Exilanten. Hin und wieder erhielt die Einwohnermeldebehörde der Draußen-Welt offenbar einen Tipp, jedenfalls kündigten sich in unregelmäßigen Abständen Razzien an. Dann wurden eilig überzählige Zahnbürsten versteckt, Matratzen aufeinandergeschichtet und die außerschweizerischen Mas und Swamis auf einen Tagesausflug ins Grüne geschickt, bis die amtliche Legalität unseres Lebensstils wieder einmal aktualisiert worden war. Diese Aktionen erstreckten sich bis in unsere Kids Flat und Schule, in der mit über zehn Kindern ebenfalls mehr als die erlaubten fünf unterrichtet wurden, während es die andere Hälfte der Kinder offiziell gar nicht gab. An diesen Terminen hockten wir legalen fünf schulpflichtigen Schweizerlein verwaist in den gelb und orange bemalten Schulbänken und sagten artig „Grüezi!“ zu den Draußen-Onkeln, während der Rest der Klasse im Wald spielte.

Eigentlich hätte meine sechsmonatige schulfreie Zeit auf der Ranch ja eine rechte Lücke in mein Lernpensum reißen müssen, doch dem war nicht so. Während der Folgemonate verbrachte ich nicht mehr Zeit im Unterricht als alle anderen, und wie alle anderen hatte ich schon mehrere Wochen vor Ablauf des Schuljahres die offiziellen Schulbücher längst durch. Das kam mir seltsam vor, die Lehrerin aber versicherte, es gäbe für die vierte Klasse keine weiteren Lehrplaninhalte. Vor der jährlichen Prüfung auf der Schulbehörde hatte ich trotzdem leichten Bammel – es konnte ja kaum sein, dass wir in der Hälfte der Zeit in der Kota-Schule das Gleiche lernten wie die Draußen-Kinder während eines vollen Jahres Ganztagunterrichts. Ich war geradezu verblüfft, die Prüfungen trotzdem mit guten Noten abzuschließen. Einmal mehr fragte ich mich, was die Schüler in den normalen Schulen wohl den ganzen Tag trieben. Sie taten mir ehrlich leid.

Nach der Prüfung der Schulbehörde kamen die Sommerferien. Es war der letzte, schönste und freieste Sommer meiner Zürcher Zeit. Das Schulzimmer wurde geschlossen. Die nächsten Wochen streiften wir draußen frei herum. Die Sonne schien und die Luft war wunderbar. Die Schweizer Sommer waren damals mild, man konnte barfuß herumlaufen, bekam aber nie einen Sonnenbrand. Ich liebte es, wie die roten Röcke um meine nackten Beine flatterten und das Gras an meinen Fußsohlen kitzelte. Meine Haare hellten sich auf und ich bekam viele Sommersprossen. Ich hatte einen neuen Walkman von meinen Großeltern bekommen, der nun wahlweise Seite A oder B im Wechsel abspielen konnte und mit dem ich die Kassetten anhörte, die ich aus dem Radio aufgenommen hatte. Ich mochte vor allem Supertramp und Hitparade, abgesehen von den Beatles, die aber leider nicht mehr oft im Radio kamen. Mit Arjuna und Preeti, meinen Altersgenossinnen, machte ich endlose Streifzüge durch die nahen Felder und Wälder. Wir trugen jede einen Walkman und drückten einander die eigenen Kopfhörer ans Ohr, wenn gerade ein besonders lässiges Lied kam. Manchmal nahmen wir die kleineren Kinder mit, die wir in den Leiterwagen packten und hinter uns herzogen, was bisweilen ganz schön anstrengend war.

Als die Erntezeit kam, konnten wir wieder bei den Bauern wildern gehen, um das Vanillepuddingpulver, das wir in waschpulvergroßen Eimern in der Küche der Kids Flat gefunden hatten, zu literweise Pudding mit Obsteinlage zu verkochen. Noch heute verspüre ich manchmal einen unstillbaren Heißhunger auf diesen speziellen Geschmack von noch warmem, hastig aufgekochtem, zu flüssigem Vanillepudding, in dem neben vereinzelten sandigen und eigentümlich bitteren Pulverknöllchen mittelgroße Aprikosenstücke schwimmen, je nach Reifegrad mal säuerlich-hart, mal samtig weich und honigsüß. Diese Stücke stellten quasi die Glückstreffer im Puddingerlebnis dar. Sicher wissen nur die wenigstens Menschen, dass die perfekte Aprikose erst in Verbindung mit Vanillearoma ihr volles Bouquet entfaltet, eine Erkenntnis, die mich in jenem Jahr den ganzen Sommer über beschäftigte. Ich war überzeugt, in diesen Augustwochen mehr Vanillepudding verdrückt zu haben als so mancher Mitteleuropäer in seinem ganzen Leben. Unsere Pudding-Eskapaden nahmen ein jähes Ende, als die Kids Mama irgendwann den drastisch zur Neige gehenden Pulvervorrat bemerkte und uns ab sofort eigenmächtiges Puddingkochen streng untersagte. Schließlich, was wäre, wenn wir plötzlich tatsächlich auf diese Notreserven angewiesen wären? Immerhin war Kalter Krieg!

Dieses Argument zog bei mir immer. Der Kalte Krieg machte mir nach wie vor mehr Angst als alles andere auf der Welt, sogar mehr noch als AIDS, auch wenn ich mir immer mal wieder überlegte, ob ein „Heißer Krieg“ nicht noch schlimmer wäre. Kalter Krieg bedeutete für mich die Macht des entsprechenden diensthabenden Draußen-Menschen über unser aller Leben und Tod, wobei der mit einem einzigen kleinen Knopfdruck die ganze Welt in die Luft blasen konnte, und das sogar sieben Mal, wie es hieß. Das Schlimmste daran war, dass der Draußen-Mensch per se in seiner ganzen Unbewusstheit ein unberechenbares Pulverfass war. Heute bin ich echt schlecht drauf: puff. Ich hasse meine Frau: puff. Meine Mami hat mich früher nicht lieb genug gehabt: puff. Im Kalten Krieg hing unser aller Leben an einem seidenen Faden, an einer Wolke aus kollektivem Wahnsinn und Plutonium, und am Steuer saß irgendein unterentwickelter, mind-fuckender Draußen-Mensch ohne Maß und Ziel. Im Prinzip war es nur eine Frage der Zeit, bis die Weltpolitiker oder einer ihrer Soldaten in der Schaltzentrale der geistigen Generalumnachtung der Draußen-Welt die radioaktive Katastrophe über uns alle bringen würden.

Einige Male versuchten wir noch, das Puddingverbot zu umgehen, aber leider verpfiff uns immer irgendein kleiner Arschkriecher bei der Kids Mama – „die Große händ scho wider Pudding g'kocht!" – sodass die Vorräte am Ende jenseits unserer Reichweite gelagert wurden. Aber das machte nichts. Die umliegenden Höfe boten genug Schätze in Hülle und Fülle. Wir streiften durch Felder und buddelten in Äckern, brieten Maiskolben am Lagerfeuer und schleppten wie im Jahr zuvor kiloweise Kartoffeln nach Hause. Wenn einer der erwachsenen Sannyasins uns bei diesen Raubzügen erwischte und sich, selten genug, darüber hinaus zuständig fühlte, sprach er natürlich ein Verbot aus. Doch meistens bemerkte es niemand, und wenn doch, so sah man denjenigen eh nie wieder. Wir genossen eine Mischung aus Narrenfreiheit und Ignoranz, was in dem Fall wohl ein und dasselbe war. Aus purer Langeweile stiegen wir manchmal nachts aus dem Fenster und spazierten draußen herum, nur um zu sehen, ob es uns gelänge, irgendeine Reaktion zu erzeugen. Wenn uns dann irgendwelche uns unbekannte Sannyasins begegneten, fragten sie uns manchmal, „söddet ihr nit im Bett sii?"

„Doch", entgegneten wir. Doch daraufhin freuten sie sich nur, spitzbübisch und mit fremdem Stolz. Sind unsere Sannyas-Kids nicht herrliche Teufelsbraten?

Für unser Handeln und Gebaren gab es keine Grenzen. Wenn es regnete, sahen wir uns im biederen Wohnzimmer eines bürgerlichen Nachbarn, des einzigen Draußen-Menschen, den wir kannten und mit dem sich einer aus unseren Reihen angefreundet hatte, bei zugezogenen Vorhängen Nachmittage lang Videos an. Der Nachbar, ein mittlerer Angestellter um die dreißig, hatte uns Woody Woodpecker, James Bond und Louis de Funès zur Verfügung gestellt.

Ich weiß nicht mehr, wie wir an seinen Wohnungsschlüssel gekommen waren, doch nach pedantischem Filzen seines Spießerdomizils stießen wir tatsächlich auf jenen Vorrat an Porno-Filmen, den wir bei Draußen-Menschen aufgrund ihrer verklemmten Sexualität ohnehin standardmäßig voraussetzten. In seiner Sammlung gab es Zeichentrickpornos, die durchaus einen gewissen Unterhaltungswert boten, sowie einige 08/15-Rammelbänder. Letztere fand ich hochgradig widerlich und doch konnte ich nicht wegsehen, es war wie bei einem Autounfall. Als der gute Mann an diesem Abend aus dem Büro nach Hause kam, war er geschockt. Doch hey, das störte keinen großen Geist!

* * *

Inzwischen dachte ich kaum noch an meine Zeit auf der Ranch zurück. Ich fühlte mich glücklich und geborgen in meiner kleinen Kinderfamilie. Ich dachte: So bleibt das jetzt für immer. Meine Mutter bekam ich auch nach unserer Ranch-Episode kaum zu Gesicht. Doch störte mich das weniger als je zuvor. Über diesen noch gesteigerten Gleichmut war ich sogar gewaltig froh, denn so gehörte es sich ja für ein gutes Sannyas-Kind – unsere einzige, wahre Mutter war Existence, das alles umgreifende Sein. Existence takes care. Die Menschen draußen glaubten ja immer, wir Sannyasins betrachteten Bhagwan als unseren Gott. In Wahrheit war das keineswegs der Fall: Bhagwan war lediglich der Wegweisende, der versuchte, seinen Schülern den Weg zu leuchten. Bhagwan sah sich mitnichten als Gott, sondern vielmehr als Prophet. Die wahre Göttlichkeit, von der alles kam, in die alles zurückkehrte, die für uns sorgte und uns die Aufgaben des Lebens stellte, war Existence. In einem übergreifenden, karmischen Sinne suchte sich die Seele in ihren körperlosen Zeiten, als Teil von Existence, die leiblichen Eltern für ihre nächste Inkarnation aus, mit dem Ziel, während ihrer Zeit auf der Erde bestimmte Aufgaben, Fragestellungen oder Übernommenes aus vorherigen Leben zu bewältigen. Meine Seele hatte sich also bewusst für ein Leben als Sannyas-Kind entschieden, um in der Kommune und in Bhagwans Buddhafield ihre Lernerfahrungen zu machen und ihr Bewusstsein zu erweitern. Wer dabei die Rolle der biologischen Eltern übernommen hatte, spielte in diesem Prinzip keine Rolle – bloß, weil ich mich mit Hilfe des einen oder anderen hierher inkarniert hatte, war das noch lange kein Grund, dieser Person zeitlebens auf die Pelle zu rücken. Ich schwamm im Schoß der Kommune, im Meer der alles umfassenden Existence. Jeder in der Kommune war mein Nächster, jeder mein potentieller Vater oder meine potentielle Mutter, und Liebe war überall.

In Wirklichkeit waren meine Bezugspersonen nach wie vor die anderen Kinder, denn unsere „Mamas" und „Papas" wechselten durch wie in normalen Haushalten die Unterhosen. So genossen wir in gewisser Weise eine große Freiheit und Selbstbestimmtheit. Andererseits waren wir Gefangene eines Systems, das immer nur um sich selber kreiste. Wir hatten so gut wie keinen Kontakt zur Außenwelt, es sei denn, man musste einen Zug nehmen, landete in einem Krankenhaus oder auf der alljährlichen Prüfung der Schulbehörde. Freiheit bedeutete für die Sannyasins die Lossagung von der Gesellschaft. Dies war natürlich eine Illusion, denn schließlich lebten wir mitten darin und nicht im Dschungel. Wir betrieben Handel mit ihr und nutzten alles, was an Infrastruktur, Kultur, Bildung und Rechtsstaatlichkeit vorhanden war, je nachdem, was wir gerade brauchten. Trotzdem adaptierten wir Kinder die Gesellschaftsverachtung der Sannyasins schnell und vollständig, ja so massiv, dass es in unserer Welt eigentlich nur eine einzige, dafür aber umso stärker existenzbedrohende Angst gab – nämlich die, man könnte aus der Kommune ausgeschlossen werden und wieder gezwungen sein, in der Draußen-Welt mit all den unwissenden, tristen, grauen Zombies zu leben. Die armen Draußen-Menschen! Die bekamen ja nicht einmal mit, wie sie ferngesteuert und unbewusst in einer quasi fiktiven Welt ihr Dasein fristeten.

Was für ein Glück, dass wir in der Kommune lebten! Und nun gerade wir Kinder, die wir gleich in die Echtwelt mehr oder weniger hineingeboren worden waren. Wie viel Leid blieb uns dadurch erspart! Wie viel Zeit! Und wie viel hundertmal wahrscheinlicher war es nach diesem Traumstart ins Leben, selbiges nach dieser Runde als Erleuchtete zu verlassen!

Irgendwann in dieser Zeit kamen ich und die paar anderen Gleichaltrigen langsam in die Pubertät. Das eröffnete uns eine Reihe neuer Spiele und Späße, aber auch Probleme. Zwar waren wir erst knapp über 10, doch in der Umgebung, in der wir lebten, erwartete uns das Frühzünder-Dasein quasi unausweichlich. Schon lange, bevor wie selber auch nur einen Funken Interesse für die eigene Entwicklung oder die des anderen Geschlechts entwickeln konnten, wiesen einen manche Erwachsene auf die angeblich bald eintretenden Ereignisse hin: „Ui, lueget, d'Leela chunt bald Brüschtli über, far out!", „He Santosh, häsch du eigentlich scho nächtlichi Sameergüss?" und „Säget, Chind, wer vo euch hät scho mal än Zungekuss gmacht?"[34]

Hinzu kam, dass wir während dieser Zeit eine Kids Mama hatten, die mit 19 selbst noch halb in der Pubertät steckte, zumindest nach „Draußen-Maßstäben". So erklärte sich vermutlich ihre etwas überbemühte Fokussierung auf unser sexuelles Erwachen. Um in unserer Aufklärung ja nichts auszulassen, besorgte sie uns sogar „Kinder-Kondome" aus der Apotheke – in Wirklichkeit Gummi-Fingerlinge für Schnittverletzungen –, die jedoch nicht wie von ihr vorgesehen, sondern für allerlei andere Spiele verwendet wurden. Denn wie sich herausstellte ließ es nicht einmal das erst sprießende Mannesego eines Zehnjährigen zu, mit einem solchen Fingerling bestückt sexuelle Handlungen begehen zu wollen.

---

34 Ui, schaut, Leela bekommt bald Brüstchen, far out! He, Santosh, hast du eigentlich schon nächtliche Samenergüsse? (…) Sagt, Kinder, wer von euch hat schon mal einen Zungenkuss gemacht?

Die Sannyasins glaubten ja, durch ihre ausgeprägte Offenheit einen ganz besonders gesunden und natürlichen Umgang mit dem Thema Sex zu pflegen. Ein positiver Nebeneffekt offen gelebter Sexualität war Bhagwans Erklärung nach, dass der allgemeine Aggressionspegel der Menschen durch eine „entspannte", also betont aktive Sexualität quasi neutralisiert werde. Insbesondere auch sexuellen Entgleisungen wie Vergewaltigung, Homosexualität, Sadomasochismus, Sodomie, Fetischismus und Pädophilie werde durch genügend ausgelebten Sex ganz automatisch jeglicher Nährboden entzogen. „Eine verklemmte und unnatürliche Tabuisierung von Sex begünstigt eben solche perversen Sachen", sagten die Sannyasins, und dass in einem offenen Buddhafield wie dem unseren, in dem Liebe und Sexualität quasi en masse zur Verfügung stünden, so etwas nie passieren könne. Dank der freien Sexualmoral gebe es in der Kommune keine Spannungen, Defizite und Unterdrückung und folglich auch keinerlei Anlass zu sexueller Gewalt oder gar Missbrauch, wie sie laut Bhagwan eben vor allem aus Situationen des Mangels entstünden.

Manchen Kids jedoch wurde gerade die allseits herrschende Freiheit zum Verhängnis. Denn zum einen erwartete man, dass wir Kinder, unverdorben aufgewachsen im Energiefeld freier Liebe und verschont von der Konditionierung der verklemmten Gesellschaft, schon besonders früh an Intimitäten interessiert sein würden. Zum anderen schrieb man uns einen freien Willen und eine Selbstbestimmtheit zu, die wir beileibe noch nicht haben konnten. Nach dem Verständnis der Sannyasins hatte ein Swami jedes Recht, sich von einer jungen, gerade erblühenden Ma erotisch angezogen zu fühlen – das war doch wohl das Natürlichste der Welt! Und wenn es so war, so war es nur natürlich und normal, das auch zu äußern. Umgekehrt hatte selbstverständlich jedes Kind das Recht, einen „Kontakt" abzulehnen. Man „nahm uns ernst", indem man von uns ein „nein!" im entscheidenden Moment erwartete.

Doch welches Kind, auch in der Draußen-Welt, ist solchen Fragen schon gewachsen?

In dieser Beziehung waren wir eben ganz normale Kinder. Ja, wir lernten, was unsere „Eltern" – die Hunderte Mamas und Papas – von uns erwarteten, und so wussten wir, dass ein guter Sannyasin sexuell vital, offen und unverklemmt zu sein hatte. Was genau das aber bedeutete, lernte man nicht. Allgemein herrschte darüber hinaus die Meinung, wenn eine Dreizehn- oder Vierzehnjährige eben schon eine so ausgeprägte, starke sexuelle Energy und Libido habe – woran auch immer man das zu erkennen glaubte –, solle man sie ruhig liebevoll initiieren. Auch eine längere *Love Affair* war durchaus möglich, warum auch nicht? Schließlich, wenn ein 50-Jähriger mit einer 30-Jährigen zusammen war, fand man das ja auch völlig normal. Und ein 28-Jähriger mit einer 14-Jährigen sollte plötzlich ein Problem sein?! Was für ein mind-fuckiger, typischer Gesellschafts-Krampf! Unsere Sannyasins-Kids sind eben Frühentwickler. Und natürlich fühlten sich die Mädchen und Jungs auch geschmeichelt, wenn sie von richtigen Männern und Frauen attraktiv gefunden wurden. Darüber hinaus hungerten ganz einfach die meisten Commune-Kids nach ein bisschen persönlicher Zuwendung. Und wenn das Kuscheln dann sexuell wurde – vielleicht war dies das vielgerühmte *go with the flow?*

Last, but not least bekam man viel Anerkennung, wenn man in den Kreis der sexuell Aktiven vorgerückt war. „Was, du hattest ein Date mit Swami XY? Toll! Du Glückliche. Der ist ein besonders guter Liebhaber. Ich wünschte, ich hätte damals auch so viel Glück gehabt." Oder auch: „Wow, Meena, du wirst mal eine wunderschöne Frau! Wie alt bist du eigentlich? Hattest du schon Dates? Nein? Darf ich dann dein Erster sein? Das wäre mir eine große Ehre! Wow."

Bei den Sannyasins galt es als erstrebenswert, sein erstes Mal möglichst früh hinter sich zu bringen. „Was, schon mit 13? Toll! Ich war 19. Schrecklich."

Diesem Gedanken lag vermutlich folgende Logik zugrunde: Je früher und schneller der sexuelle, also niedere

Teil der spirituellen Entwicklung in Angriff genommen und ausgelebt wurde, desto schneller war er erledigt und transformiert, und man konnte sich den fortgeschrittenen Stadien des Erwachensprozesses widmen. Wer früher stirbt ist länger tot – wer früher vögelt ist schneller erleuchtet!

Die meisten Erwachsenen in der Kommune waren bei ihrem ersten Mal, wie wir Kinder in einer systematischen Befragung eruierten, offenbar zwischen 16 und 20 Jahre alt gewesen, einer sogar schon 35. Fünfunddreißig! Letzteres galt als hochnotpeinlich, ja bemitleidenswert. Auf der Hand lag, dass wir als sexuell befreit Aufwachsende es eher früher als später „schaffen" sollten.

Und so kam es, dass einige Kids dank der aufmerksamen „Unterstützung" manch eines Erwachsenen deutlich früher ihre ersten sexuellen Erfahrungen machten, als dies wohl in einer Draußen-Familie der Fall gewesen wäre. Diese Vorfälle waren keine Politik der Sannyas-Bewegung, sondern lagen in der Verantwortung einzelner Erwachsener. Von Sex mit Minderjährigen oder gar Kindesmissbrauch sprach man dabei nicht, schließlich geschah es in aller Offenheit, mit dem „Einverständnis" der juvenilen Sannyasins und nie unter Anwendung körperlicher Gewalt. Während also ein heimlich missbrauchtes Kind in der Draußen-Welt durch das gesellschaftliche Tabu handlungsunfähig wurde, war es das Sannyas-Kind durch die unterstellte, altersbedingt jedoch noch kaum mögliche Selbstbestimmtheit. Mitnichten das normalerweise übliche Klima aus Angst, Schweigen, Schuld und Scham lieferte Minderjährige ihren potentiellen Verführern aus, sondern im Gegenteil jenes der Offenheit, angeblichen Liebe und sexuellen Freiheit. Wir waren frei. Freigelassen, verlassen, überlassen.

Höchst erstaunlich ist, dass damals niemand bemerkte, wie auch wir Sannyas-Kinder konditioniert wurden, und zwar gerade durch das ständige Gefasel über „sexuelle Freiheit". Bizarrerweise war gerade im Dunst dieser Übersexualisierung eine unbeschwerte, natürliche Entwicklung, im Laufe derer man die eigene sowie gegengeschlechtliche

Sexualität im passenden Alter selbst entdecken kann, ohne bereits das komplette Kamasutra, einen umfangreichen Katalog übertragbarer Geschlechtskrankheiten sowie ausgefeilte Techniken zur Verhinderung des Verlusts wertvoller Kundalini-Energy während des männlichen Ejakulierens im Kopf zu haben, quasi unmöglich.

Vielen Kids hing das Thema Sex „dank“ der dauerhaften Omnipräsenz schon lange vor Beginn der eigenen Pubertät zum Hals raus. Unsere sexuelle Entwicklung mag alles Mögliche gewesen sein. „Frei“ war sie jedenfalls nicht.

* * *

Auf diese Weise verging ein Jahr. Im Herbst schütteten wir riesige Laubhaufen vor den Eingangstüren auf und spielten Versteckis im dicken Herbstnebel. Im Winter bauten wir im Hof unserer Siedlung große Schneemänner mit anatomisch korrekten Details, und in den Weihnachtsferien fuhren meine Schwester und ich mit unserem Vater und seiner Freundin eine Woche in die Skiferien nach Obwalden. Danach war es, zum offiziellen Schuljahresende, bald wieder Zeit für die alljährliche Prüfung der Schulbehörde. Wie im Jahr zuvor lief alles glatt.

Im Sommer 1984 fand, wie bisher jedes Jahr seit Gründung der Ranch, das Annual World Festival statt. Im Gegensatz zum Vorjahr war dieses Jahr die Finanzierung unserer Teilnahme zu meinem Erstaunen kein Thema. Ich sah meiner Heimkehr auf die Ranch mit großer Freude entgegen. Doch dann wurde alles ganz anders. Die Veränderungen wurden schon beim Eintreffen in Rajneeshpuram deutlich. Dieses Mal reisten wir von Portland aus nicht mit dem Bus, sondern mit einem rancheigenen Flugzeug weiter. An der Seite unseres Fliegers prangte groß das Sannyas-Emblem mit den beiden Vögeln. Als wir auf der Ranch landeten, staunte ich. Was war hier los? Auf dem kleinen Flugplatz und in der Ankunftshalle standen überall Swamis mit Gewehren herum. Sie sahen aus wie normale Polizisten, nur in roter Uniform und mit Mala. Manche trugen sogar einen Schnauz und verspiegelte Sonnenbrillen, wie im Film.

„Warum hät de Maa es G'wehr?", fragte meine Schwester.

Das hätte ich auch gerne mal gewusst, denn Bhagwan und wir Sannyasins verurteilten jede Art von Gewalt. Die Menschen sollten in Frieden, Respekt und Liebe miteinander oder wenigstens nebeneinander leben. Negativität und Aggression waren zwar Bestandteile eines Menschenlebens, sollten aber entweder transformiert oder gezielt abgebaut werden, durch körperliche Ertüchtigung, kreative Ventile, entsprechende Arbeit oder Meditations-Techniken wie die Dynamics. Wie also konnte es sein, dass nun ausgerechnet auf der Ranch überall Swamis und Mas mit Gewehren herumstanden?

Wie sich herausstellte, hatten sich die Bürger der Umgebung, also Antelopes, zunehmend gestört an dem lebensbejahenden Lebensstil der Sannyasins. Für die Sannyasins war das nur logisch, denn natürlich war es für diese verklemmten Bauernfünfer schwer erträglich, dass die vitalen Nachbarn auf der Ranch das Leben nach Strich auf Faden genossen, während man selbst sich alles Leben, Lieben und Lachen versagte.

Doch blieb es nicht bei stillem Neid und Missgunst: Der Hass der Anteloper ging schlussendlich sogar so weit, dass es auf der Ranch handfeste Gewaltandrohungen hagelte. Das fanden die Sannyasins einerseits ungeheuerlich, andererseits lachten sie darüber. Was war das Verhalten dieser armen Lichter doch unreif! Da liefen doch tatsächlich so knorrige Rancher herum, die damit drohten, einem mit der Flinte den Kopf wegzublasen. Die sollten lieber mal Dynamische machen! Ernst nahm man das affige Gehabe jedenfalls nicht. Doch dann, von heute auf morgen, war plötzlich Schluss gewesen mit lustig: Eines Nachts nämlich explodierte im Sannyas-Hotel in Portland eine Bombe. Eine Bombe! Mitten in der Nacht hatte es ohrenbetäubend geknallt, die Wände waren erzittert und Feuer brach aus.

Die Hotelgäste mussten evakuiert werden. Ein ganzes Stockwerk lag in Schutt und Asche, doch Gott sei Dank waren keine Menschen zu Schaden gekommen. Trotzdem war der Ernst der Lage nun erkannt. Und zwar gewaltig. Die Anteloper wollten Krieg? Om Shanti. Den konnten sie haben.

Vorbei war die Zeit der halbherzigen Kompromisse, nun trat Sheela auf den Plan. Mit ihrer gewohnt schneidenden, jetzt aber noch schneidenderen Stimme verkündete sie Alarmstufe Rot. Mit ihr war nicht zu spaßen, mit ihr nicht, das sollte die Welt nun lernen. In Windeseile ließ Bhagwans persönliche Sekretärin eine rancheigene „Peace Force" ausbilden, die sich in Kampfsport übte und jeden Tag Schießübungen absolvierte. Deshalb bestimmten von nun an bewaffnete, jederzeit einsatzbereite Polizisten das Straßenbild des ehemals pazifistischen Rajneeshpuram. Grenzposten wurden abgestellt und patrouillierten über das Gelände. Jeder Drive-by, jeder Satsang und jeder Darshan wurde nun zum Schutz gegen Angriffe der Draußen-Welt von schwer armierten Bodyguards begleitet.

Das alles gefiel den Antelopern natürlich überhaupt nicht. Jetzt rüstete die Rancho Rajneesh auch noch im großen Stil auf! Man selber hatte eine Flinte in der Scheune stehen, und die da drüben bildeten eine professionelle Armee aus. Was hatten die vor?!

Auch viele Besucher des Annual World Festivals rieben sich die Augen ob des wildwestlichen Bildes, das sich hier auf einmal bot und das eigentlich so gar nicht zu ihrem spirituellen Meister der Liebe passe. Ich hingegen fand es ganz ok. In meinem ganzen Leben hatte ich mich nirgends so sicher gefühlt wie auf der Ranch, wo man zu jeder Tages- und Nachtzeit alleine unterwegs sein konnte, ohne je auch nur den Hauch eines Unbehagens zu verspüren. Das sollte so bleiben, fand ich. Die Männer mit den Gewehren waren ja nur Sannyas-Polizisten und dazu da, uns zu beschützen gegen die böse Draußen-Welt. Ich hatte keine Angst vor ihnen. Sie waren doch genauso nette, entspannte und friedliche Swamis wie alle anderen auch.

Auch in anderer Hinsicht wehte auf der Ranch ein völlig anderer Wind als noch im Jahr zuvor. Kinder waren in den Darshans jetzt nicht mehr zugelassen. Zudem war es Kindern verboten, sich eigenständig auf der Ranch zu bewegen, und es war ihnen auch nicht mehr erlaubt, sich überhaupt irgendwo ohne erwachsene Aufsicht aufzuhalten. Waren die Eltern beschäftigt, mussten die Kinder zur Beaufsichtigung in der Schule abgegeben werden.

Weil wir zufällig gemeinsam mit unserem Vater auf der Ranch eingecheckt hatten, der seine diesjährige Buchung über das Kota-Reisebüro hatte laufen lassen, wurde automatisch mein Vater als Aufsichtsperson registriert. Mitgehangen, mitgefangen! Wieder wurden wir in einem gemeinsamen Zelt untergebracht. Trotz des neuen Verbotskatalogs waren wir uns alle einig, dass meine Schwester und ich, wie früher, weiterhin nach eigenem Gusto auf der Ranch unterwegs sein sollten; immerhin kannten wir uns hier besser aus als die meisten Erwachsenen. Nachdem wir auf unseren Streifzügen jedoch mehrmals aufgegriffen worden waren, wurde mein Vater dringend angehalten, besser auf uns „aufzupassen". Aber weshalb? Warum? Wozu? Mussten die Erwachsenen vor den Kindern beschützt werden oder die Kinder vor den Erwachsenen? Oder fürchteten wir uns wirklich derartig vor dem bösen Wolf aus Antelope?

Wir fanden es nie heraus. Surrender. Es gab nun eben einfach Regeln, basta. Und die Regeln wurden immer mehr. Unmut machte sich breit unter jenen Festival-Besuchern, denen noch der wilde, freie Geist aus Poona I in den Knochen steckte. Auch mein Vater gehörte zu jener Gruppe, die den neuen Entwicklungen skeptisch gegenüberstand. Entsprach dieses reglementierte, hierarchische, angstgesteuerte, schwerbewaffnete, hochbürokratische Konstrukt, das sich hier etablierte, noch der Vision des New Man? Oder kreierte man hier nicht vielmehr einen Mini-Kosmos von der Art jener Gesellschaft, die wir doch eigentlich verachteten?

Ich selber fand die ganzen Zweifel an Sheelas Regierungsstil eher genierlich. Sie würde schon wissen, was sie tat. Ich war voll und ganz ein Kind der Commune. Es war doch toll, wenn sich diese mehr und mehr zu einem eigenen Staat formierte. Und im Zuge dieser Entwicklung nach außen hin wehrhaft zu werden, gehörte da eben dazu.

* * *

Einen kleinen Dämpfer erfuhr der Höhenrausch Sheelas mit der Aktion „Rajneeshism". Hintergrund dieser Aktion war der jahrelange Rechtsstreit, den man geführt hatte, um Bhagwan in den Vereinigten Staaten als Religionsführer anerkennen zu lassen. Denn mit dem Schritt vom Sekten- zum Religionsführer stünde Bhagwan nach amerikanischem Gesetz eine dauerhafte Aufenthaltsgenehmigung in den USA zu. Problematisch an diesem Vorhaben war, dass unser Meister seit seiner Einreise in die USA ja nicht sprach, also aus Sicht der Behörden auch nicht „führen" konnte – was gewissermaßen durchaus stimmte, wie sich später noch herausstellen sollte. Um Bhagwans Status als Religionsoberhaupt trotzdem nach außen hin zu betonieren, ließ Sheela eine eigene „Bibel" entwickeln: „Rajneeshism – the Rajneesh Bible" war ein kleines, handliches Pamphlet, das gut strukturiert und in verständlicher Form die Grundsätze unserer „Religion" darstellte. Drei Jahre lang hatten Bhagwans Anwälte in mehreren Durchgängen für den Rajneeshism gekämpft. Und siehe da: Mit Hilfe der Rajneesh Bible war dem Antrag in der Draußen-Welt nun endlich stattgegeben worden. Ich erinnere mich noch gut an die freudige Nachricht: Nicht nur war Bhagwans Existenz jetzt legalisiert und gesichert, nun war auch endlich amtlich, dass wir Sannyasins eine seriöse Religion waren und keine durchgeknallte Sekte. Wir hatten es ja immer gewusst! Von nun an musste man uns ernst nehmen und respektieren, das stand schließlich in dem Verfassungsdings und in den Menschenrechten sowieso. Ällebätsch, wir waren total legal!

Als nun während des 3rd Annual World Festivals um die 15.000 Besucher auf der Ranch weilten, hatte Sheelas

Management den geschäftstüchtigen Einfall, die Rajneesh Bible, die es ja nun mal gab und deren Druck auch nicht billig gewesen war, zu einem stattlichen Verkaufspreis unters Volk zu bringen. War doch gut, wenn die Disciples Bhagwans Grundsätze schwarz auf weiß auf dem Nachtkastl liegen hatten!

Bloß: Diese Rechnung hatte Sheela ohne Bhagwan gemacht. Die „Bible" lag kaum einen Nachmittag lang im Book Store aus, als der Verkauf auch schon wieder eingestellt werden musste. Als nämlich Bhagwan von der Aktion hörte, empörte er sich über alle Maßen. Er war entsetzt über den Gedanken, seine Worte in eine „Bibel" gepresst zu sehen. Sein Wort sei nicht Gesetz und seine Message kein „-ism". Überhaupt, -ism! Jeder Art von -ism sei, da immer dogmatisch, gefährlich. Er Predige nicht und schon gar keine Religion. Religion mache den Menschen dumm, abhängig, manipulierbar und damit wiederum unberechenbar. Sein New Man jedoch sei ein selbstdenkendes, mündiges, befreites Individuum, das zwar vielleicht in seinem, Bhagwans, Sinne lebte, aber eben doch frei sei. Der Meister ordnete die sofortige und ausnahmslose Vernichtung aller vorhandenen Exemplare dieses teuflischen Werks an.

Schluck. Kleinlaut blies das Management zum Rückzug und befahl, die Bücher müssten sofort und unverzüglich und am besten ungelesen zur Sammelstelle zwecks überwachter Generalvernichtung zurückgebracht werden. Mein Vater gehörte zu den wenigen, die in den kurzen Verkaufsstunden tatsächlich eines der verruchten Exemplare ergattert hatten. Wir sahen ihn das Büchlein ungläubig durchblättern und immer wieder den Kopf schütteln. Trotz des Vernichtungsaufrufs gedachte er, die Rajneesh Bible zu behalten, als Souvenir dieser spirituellen Entgleisung sozusagen.

„Das darfsch nöd, Papi, die Büechli münd verbrennt werde, dä Bhagwan hät's g'seit!", redete ich aufgeregt auf ihn ein.

Auf keinen Fall wollte ich, dass mein Vater ein Regelbrecher war. Zum Glück hatte ich mit meinem Gequengel letztendlich Erfolg. Auf einem zentralen Platz wurde ein großes Feuer entfacht.

„Jetzt gibt es eine Bücherverbrennung auch noch“, sagte mein Vater, das Kriegskind. Kopfschüttelnd ging er hin und warf seine „Bibel“ ins mannshohe Feuer.

* * *

Sobald sich eine Gelegenheit ergab, fuhr ich auf die Farm. Wie oft hatte ich von diesem Augenblick geträumt! Wie gewohnt stieg ich an Magdalena aus und rannte mit klopfendem Herzen fast die ganze Strecke meinen altbekannten Arbeitsweg entlang. Es war, als winkten mir jeder Stein und jeder Grasbüschel zu. Schön, dass du endlich wieder da bist! Wie haben wir auf dich gewartet! Jetzt wird alles wieder gut!

Doch als ich um die letzte Wegbiegung bog, erkannte ich meine Farm kaum wieder. Das Areal war auf etwa ein Drittel reduziert worden. Das alte Pferdegehege auf dem Hügel gab es nicht mehr, nur noch eine kleine, lieblos abgesteckte Koppel in der Nähe der Kuhställe mit drei bis fünf Pferden darin. Mein früherer Lieblingswallach Topper war nicht mehr dabei. Nur eines der Tiere erkannte ich wieder, Havanna, die Stute mit der weißen Blesse. Ich kletterte aufs Gatter und versuchte, sie zu mir her zu locken, damit ich sie streicheln konnte. „Come on, Havanna, come here! Good girl!“

Doch die Stute kannte mich nicht mehr. Schon kam eine Ma herbeigeeilt. “Hey! What are you doing here?”, rief sie mich barsch an.

“I visit the horses”, erklärte ich, “I worked here last year.”

Die Ma sah mich zweifelnd an. “No kids allowed here, girl. Come on, get back to school!”

Hängenden Kopfes zog ich schließlich Leine. Ich drückte mich noch eine Viertelstunde auf der Farm herum, doch konnte ich nicht ein einziges bekanntes Gesicht entdecken. Nicht einmal die Hunde waren noch dieselben. Welcome to the here and now.

Trotz der strengen neuen Regeln streunte ich so viel wie möglich alleine auf der Ranch herum. Meinem Vater war das nur recht. Ich perfektionierte meine Eigenschaft, mich nahezu unsichtbar zu machen. Auch wenn sich vieles massiv verändert hatte, fühlte ich mich trotz allem geborgen und heimisch in den roten Menschenmassen. Stundenlang tuckerte ich, unauffällig in die hinterste Bank geduckt, in den gelben Schulbussen über das riesige Gelände. Es gefiel mir einfach, mich so frei zu bewegen und überall daheim zu sein. Ich ging, trotz des Kinderverbots, gerne in die riesige Meditationshalle Mandir, wo die Menschen ausgelassen zu den tosenden Sannyas-Liedern tanzten. Wie ein blinder Passagier hockte ich neben den Verstärkern der Band und verfolgte still das Geschehen. Auch für dieses Festival waren wieder extra neue Lieder komponiert worden, die nun von Tausenden feiernden Sannyasins mitgesungen wurden. Ich fühlte mich wohl angesichts dieser zappelnden und stampfenden Beine, der fröhlichen und lachenden Gesichter, den bewegten und lebendigen Leibern. Aufgehoben und aufgeräumt wie im Mutterleib.

Auch bei unserem heurigen, diesmal nur vierwöchigen Ranch-Aufenthalt hatte ich kaum Kontakt zu Gleichaltrigen. Und auch dieses Mal besuchte ich die Schule nur sporadisch. Doch dass es meine Farm nicht mehr gab, riss eine unüberbrückbare Kluft in meinen zweiten Ranch-Besuch und bedrückte mich nachhaltig. Fast wünschte ich, das veränderte Gelände nie gesehen zu haben. Folglich hinterließ mein zweiter Ranch-Aufenthalt nicht annähernd so viel Eindruck wie der erste. Lediglich die allgemeinen Höhepunkte des Festivals blieben mir deutlich im Gedächtnis, vor allem der Tag, an dem es rote Rosen regnete, am „Mahaparinirvana Day.“ Der Mahaparinirvana Tag, auch Masters Day genannt, wurde zu Ehren aller Erleuchteten der Menschheit gefeiert und war einer der vier großen „Feiertage“ der Sannyasins. Mit meinem Vater, seiner Freundin und meiner Schwester stand ich am Drive-by in der Mittagshitze und wartete auf Bhagwans Rolls Royce. Zuerst war es wie immer, die Menschen sangen, lachten, plauderten und flirteten, einzelne kollabierten in der Wüstensonne.

Da durchdrang auf einmal das Geräusch eines Flugzeugs die Luft und die Menge blickte instinktiv in den tiefblauen Himmel hinauf. Schon mischten sich Ohs und Ahs unter das schnell lauter werdende Brummen. Da sahen wir, wie ein Flieger der Rajneesh Air herangeflogen kam, scheinbar nur wenige Meter über der Straße und direkt auf uns zu. Als die Maschine genau über uns war, öffnete sich plötzlich eine Klappe am Boden des Flugzeugs, und Millionen Rosenblätter trudelten heraus. Es war wie im Märchen. Langsam glitt der Rolls Royce mit unserem ewig lächelnden und statisch winkenden Meister durch den Rosenregen, still begleitet von ein paar freundlichen armierten Bodyguards. Einige Sannyasins zogen hinter dem Wagen her, tanzen, sangen und musizierten, als der Flieger plötzlich wendete und erneut seinen Bauch über uns entleerte. Die Sannyasins warfen die Hände in den Himmel, den Rosenblättern entgegen, riefen, lachten und weinten im kollektiven Freudentaumel. Als Bhagwans Wagen langsam hinter der nächsten Kurve entschwand, war die Erde rosenbedeckt. Von meiner Schwester gibt es ein Foto, das sie kauernd auf der Straße zeigt, andächtig lächelnd Rosenblätter aufklaubend. Und ich selber besitze eine kleine Dose, in der ich einige wenige Schätze von der Ranch aufbewahre, unter anderem ein paar eben jener getrockneten Rosenblätter.

Wenn ich diese materialisierten Erinnerungen nicht hätte, würde ich manchmal denken, diese ganze Episode meiner Kindheit sei nur ein Traum gewesen.

* * *

Zurück in Zürich, zog bald der Herbst mit bunten Blättern in die Schweiz ein. In den verschiedenen Departments der Kommune trug man nun „Uniform". Je nach Department variierte diese natürlich: Während der Körpertherapeut eher bequeme Jerseyware benötigte, trug man im Office schicke Kostüme und Anzüge in Aubergine, Pink und Peach. Ich fand das toll. Ich wünschte, auch wir Kinder bekämen Uniformen. Diese Uniformen nämlich sollten in allen Kommunen die jeweils gleichen sein, so zumindest der ursprüngliche Gedanke, als Zeichen der Gemeinschaftlichkeit. Die Kommunen wurden europaweit angehalten, überall die gleiche Körpermilch zu verwenden, dieselben Essens- und Meditationszeiten sowie sogar den gleichen Speiseplan einzuhalten: Am Montag, 7. Mai, Spaghetti mit Tofu-Sauce, Dienstag, 8. Mai, Veggie-Pizza, am 9. Mai Soyafleisch-Ragout mit Reis und am 10. Mai Polenta. Wie vollständig diese Regelungen am Ende wirklich umgesetzt wurden, weiß ich nicht, doch in Zürich wurde es auf einem General Meeting so verkündet. Die Message war so simpel wie einleuchtend: Mehr denn je bildeten wir jetzt keine einzelnen Kommunen mehr, sondern alle die eine große, weltweite, *International Sannyas Commune. We are all one.* Nicht erst später im Nirvana, sondern schon jetzt.

Währenddessen verschlang der Aufbau von Rajneeshpuram unverändert Unsummen. Es war ein Fass ohne Boden. Laufend wurden die Kommunen angehalten, mehr Profit zu erzeugen. Regelmäßig reisten Mitlieder von Sheelas weiblichem Führungsstab rund um die Welt, um motivierende Vorträge zu halten.

Wenn eine dieser Frauen kam, war es fast, als käme Bhagwan persönlich. Schon Wochen zuvor wurde wieder einmal alles ganz besonders gründlich geputzt. Schließlich waren diese Abgesandten, wie wir glaubten, der direkte Draht zum Meister! Wenn „sie“ dann da war, wurde ein großes General Meeting in der Meditationshalle einberufen, zu dem alle, wirklich alle kommen mussten. Auch wir Kinder saßen ehrfürchtig dabei, wenn das schließlich eingetroffene hohe Tier endlich seine – wie immer englische – Rede hielt, auch wenn wir mal wieder fast nichts verstanden. Manche der Grandes Dames mochten wir lieber als andere, was meistens vom Aussehen abhing. Einmal tauchte sogar Deepa auf, jene dicke Frau, die mich in Jesus Grove hatte abblitzen lassen.

„Ou nei, das isch e ganz e Dummi, die Dicki“, erklärte ich den anderen Kindern, „die hät Chind nit gärn!“

Während ihres Vortrags krähte einer von den Kleinen dann auch prompt „Wichsfrosch!“ in die ehrfürchtige Stille. Die Beschimpfung verfehlte ihr Ziel freilich – ein paar Erwachsene guckten erschrocken, andere grinsten, die Angesprochene indes verzog keine Miene. Beim nächsten Meeting ähnlichen Kalibers mussten die Kleinen dann aber trotzdem draußen bleiben. Was wiederum keinen großen Geist störte. Nicht einmal einen kleinen.

Kern dieser Verkündungen war immer das Gleiche: Der Aufbau unseres gemeinsamen Traumes, also Rajneeshpuram, benötige mehr Geld, mehr Energy, mehr Aufopferung aller. „Bhagwan said“ hier, „Bhagwan said“ dort. Merkwürdigerweise schien Bhagwan ausgerechnet in der Zeit, als er selber gar nicht sprach, ein schier unstillbares Mitteilungsbedürfnis entwickelt zu haben. Zumindest bekamen wir mehr „Bhagwan said“-Nachrichten seiner Helfershelferinnen übermittelt als jemals zuvor. Jedenfalls, damit wir dort alle eines Tages würden leben können, gelte es nun, gemeinsam mit anzupacken, sprich Geld ranzuschaffen. Dieser anhaltende Ruf nach mehr Geld war geradezu übermächtig. Die Ranch finanzierte sich, neben ihren Tausenden für lau arbeitenden Bewohnern, einerseits durch die astronomischen Gebühren für Besucher, andererseits durch sporadische Spenden. Doch wünschte man sich seitens des Managements verständlicherweise verlässlichere Einnahmen, um etwas konkreter planen zu können. Und letztendlich war der Ausbau unserer gemeinsamen Vision ja für alle Sannyasins von höchster Priorität. Daher erschien es nur logisch, dass die weltweiten Kommunen Abgaben nach Oregon leisten sollten, am besten regelmäßig. Wir waren ja *all one.*

Wie jeder weiß, der sich schon mal mit dem Phänomen schrumpfender Eigenmittel hat auseinandersetzen müssen, gibt es zwei Wege zu mehr Geld: Geldneubeschaffung und

Ausgabenminimierung. Unsere Zürcher Kommune verfügte über vier Strategien zur Finanzierung: Erstens über ihr Therapiegruppen- und Meditationsangebot für Outside-Sannyasins und solche, die es werden wollten. Zweitens über die Löhne, die die paar Outside Worker generierten und die zu hundert Prozent auf das Kommunenkonto eingezahlt wurden. Drittens flossen theoretisch die Ersparnisse neu eintretender Kommunenmitglieder ins Kommunen-Budget ein, dies aber natürlich nur, sofern welche vorhanden waren. Viertens gab es noch die kommuneneigenen Unternehmen wie Gastronomie, Handwerksbetriebe, Reisebüro und Verlag, die im Prinzip Gewinne hätten erzielen können. Leider aber waren all diese Möglichkeiten – sofern sie überhaupt je schwarze Zahlen geschrieben hatten – bereits bis aufs Letzte ausgeschöpft worden. Also blieb nur ein Weg zur Gewinnmaximierung: Noch sparsamer leben.

So weit, so gut. Allerdings fuhren wir Commune-Sannyasins, gemessen am mitteleuropäischen Standard, ohnehin schon einen minimalistischen Ansatz. Wir lebten auf sehr engem Raum, fuhren keine Autos, besaßen weder Land, noch Immobilien, noch Prestige-Objekte noch eigentlich überhaupt irgendetwas, fuhren nicht in den Urlaub, gingen nicht aus, pflegten keine Hobbys außer Vögeln und Tanzen und betrieben keinerlei Altersvorsorge. Man hätte ziemlich viel Geld sparen können, wenn man all jenen Mas und Swamis die Tür gewiesen hätte, die außer Meditieren, Energy-Sharing und sporadischem Deep Cleaning nichts beizutragen hatten, doch das widersprach natürlich dummerweise dem Commune-Spirit.

Viel einzusparen gab es also leider gar nicht. Folglich wurde ganz klassisch vom Munde abgespart: Qualität und Vielfalt des Essens nahmen rapide ab. Genug, um satt zu werden, gab es zwar nach wie vor; die Frage war nur, wovon. Natürlich wollte man nicht gerade die Gesundheit der Mannschaft gefährden. Die musste ja leistungsfähig bleiben. Daher standen am Ende der Foodline von nun an große Bottiche mit Vitamintabletten, die mich in Optik und

Menge stark an die Pellets erinnerten, die ich auf der Ranch den Pferden verfüttert hatte. Ein paarmal versuchte ich, einige der riesigen Dinger zu schlucken, doch nach zwei Erstickungsanfällen beschloss ich, doch lieber an Mangelernährung zugrunde zu gehen. Neben dem sturzflugartigen Abfall der Lebensmittelqualität fielen jene paar Extras flach, die jedes Kommunenmitglied bis dato genossen hatte: 1x monatlich im Sannyas-Restaurant Zorba the Buddha speisen zu dürfen, der grundsätzlich freie Eintritt in die öffentlichen Sannyas-Discos sowie hin und wieder eine Gratismassage.

Für uns Kinder änderte sich demgemäß nicht allzu viel, bis auf den monatlichen Restaurantbesuch, den in unserem Fall klassischerweise unsere Mutter mit Toshi und mir unternommen hatte. Der Wegfall dieses letzten, monatlichen Highlights schmerzte uns durchaus, denn das Essen im „Zorba" war einfach phantastisch. Ich hatte konsequent Kroketten mit Käsefüllung bestellt und zum Dessert Mousse au Chocolat. Dieses Schoggi-Mousse, aus schwarzer Schokolade und serviert mit flüssigem Rahm, war besser als jedes andere, das ich jemals gegessen hatte: Luftig-leicht und feinschaumig im Anstich zerging es kühl und zart auf der Zunge, weich und schmelzend wie Eis, doch unvergleichlich vornehmer. Die vollendete Mischung aus süßem Kern und zartbitterem Abgang verschlug einem schlicht die Sprache. Vollendet wurde die Geschmacksexplosion durch den neutralisierenden Rahm, der einfach perfekt zum intensiven Schokoladenerlebnis passte. Ich trauerte der makellosesten Mousse au Chocolat aller Zeiten tatsächlich ziemlich nach.

Doch damit nicht genug: Seit dem letzten Besuch der Sheela-Clique wurde es auch für uns Kinder zunehmend ungemütlich. Hatte sich bisher kaum jemand für uns interessiert, rückten wir im Rahmen der Sparmaßnahmen auf einmal ins Zentrum des Interesses. Wieder einmal manifestierte sich der Besuch von oben in Deepa. Diese Frau schien sich zu meinem persönlichen Unglücksraben zu entwickeln; wo die auftauchte, gab es nichts mehr zu lachen. Tatsächlich bemängelte sie, wir Kinder streunten zu viel in der Kommune herum, seien zu dominant, trieben zu viel Unsinn, machten zu viel Lärm und meditierten überhaupt viel zu wenig.

Wir waren empört: Wie kam diese böse Ma dazu, uns so zu bewerten? Die kannte uns doch gar nicht! Und Bhagwan liebte doch Kinder! Doch offenbar wurden wir hier einfach pauschal über einen Kamm geschoren. Das Schlimmste, das Allerschlimmste aber sei, dass wir die Erwachsenen mit unserem unsteten Treiben massiv störten, beim Arbeiten, beim Meditieren und überhaupt beim spirituellen Wachsen grundsätzlich. Und zwar nicht nur die paar armen Schweine, die ihre Arbeitskraft und Energy explizit uns anstatt der Commune widmeten, sondern alle Mitglieder der Commune. Und das, so hieß es, das ginge nun wirklich nicht. Denn das koste – wohlgemerkt, noch über die eigentlichen, ohnehin schon unnötigen und ärgerlichen Kosten unserer Lebenshaltungskosten hinaus – GELD.

Oh Schreck. Im Versuch, unseren schädlichen Einfluss wenigstens so weit wie möglich zu minimieren, erhielten wir von nun täglich „sinnvolle" Aufgaben, meistens Putzen, und wurden noch engmaschiger zum Meditieren angehalten. Wer jetzt noch einen Job im Kids-Bereich übernahm, galt als wahrer Märtyrer – schließlich, welcher ernsthafte spirituelle Sucher wollte schon seine Energy auf diese sinnentleerte Art verschwenden? Man war seinem persönlichen Wachstum ja auch nicht böse!

Dieser jüngste Besuch von „oben" dämpfte meine Stimmung deutlich. Den Gedanken, ich könnte irgendwem zur Last fallen, fand ich schwer belastend. Ich wollte der Kommune nutzen. Nur zu gerne war ich bereit, meinen Teil beizutragen. Ich hatte ein permanent schlechtes Gewissen, überhaupt auf der Welt zu sein und wünschte, ich wäre bereits erwachsen, damit endlich ein vollwertiger Sannyasin und somit regelkonform. Folglich gab ich mir alle Mühe, mich möglichst erwachsen zu verhalten. Ein paar Wochen lang übernahm ich sogar den Telefondienst während der Discourses, ein Dienst, der besonders unbeliebt war. Stundenlang saß ich am Empfang und wartete darauf, ein sporadisches Telefonklingeln mit „Kota Rajneesh, grüezi?" beantworten zu dürfen, was mir ein unglaublich wichtiges Gefühl gab, auch wenn die weiteren Gespräche aufgrund meiner lückenhaften Auskunftskompetenz jeweils rapide versiegten. Egal. Ich tat meine Pflicht. Die Erwachsenen sollten gar nicht mehr bemerken, dass ich eigentlich nur ein Kind war! Ich hielt mich aus den Streichen und dem Unruhestiften fortan heraus und begann ein stilles, angepasstes Dasein, in dem ich nach dem Unterricht freiwillig die kommunalen Treppen und Toiletten schrubbte. Wenn ich die anderen dabei beobachtete, dass sie irgendetwas Unerlaubtes planten, was ja eigentlich ständig der Fall war, wies ich sie zurecht oder verpfiff sie gleich höchst persönlich. Ohne zu mucken ließ ich mich von den nun freiwillig besuchten Discourses zu Tode langweilen. Ich war mir nicht sicher, ob ich dabei Berufung fühlte oder nicht, doch ich wusste, dass ich sie hätte spüren sollen. Also spürte ich sie. Ich hoffte, den Erwachsenen würde auffallen, war für ein guter Sannyasin ich war. In Wirklichkeit war das denen herzlich schnurz. Die merkten das gar nicht. Die waren ausschließlich mit sich selbst beschäftigt.

Wem hingegen mein Wandel nicht verborgen blieb, waren die anderen Kinder. Und denen ging mein Lagerwechsel gehörig auf den Geist. Auf einmal war die Leela nicht mehr die, die ansagte, sondern eine Spaßbremse, eine Langweilerin, eine Streberin geworden. Es war noch nicht einmal so, dass die anderen deshalb etwas gehabt hätten gegen mich – ich war ihnen jetzt nur einfach nicht mehr so wichtig. Die Mechanismen in unserer Gruppe funktionierten ganz simpel: Die Starken überlebten, die Schwachen wurden untergebuttert, und ein Leitwolf blieb nur, wer sich permanent bewies – eine einfache Spielregel, die ich später noch ausführlicher kennenlernen sollte. Wenn er das nicht tat, sank er ohne großes Aufsehen ab wie ein Stein in der Aare, in die undefinierte Menge der Mitschwimmer, Statisten und Außenseiter. Ich ließ es einfach geschehen. Während meine Altersgenossen als angehende Teenies mehr und mehr aufdrehten, zog ich mich mehr und mehr in mich selbst zurück.

Richtig zu Tage trat mein veränderter Status, als wir Besuch von den Teenagern aus der Freiburger Kommune bekamen. Im Zuge der Commune-Globalisierung hatte sich die aktuelle Kids Mama nämlich überlegt, dass es doch toll wäre, wenn wir einmal Kinder aus anderen Kommunen kennenlernten. Und die Freiburger Kommune war die geografisch nächstgelegene. Also griff sie zum Telefon und arrangierte mit der dort ansässigen Kollegin einen Transfer per Kommunen-Shuttle. Allein schon die Aussicht auf den Besuch der Freiburger Teenies gab der kollektiven Pubertät in unserer Kids Flat einen gewaltigen Schub. Neue Kontakte waren in unserem Hause ja selten, und das ist noch gnädig formuliert. Daher sahen die anderen dem Treffen mit unseren noch unbekannten „Verwandten" mit höchster Spannung entgegen. Ich dagegen fürchtete mich eher vor dieser Begegnung, die unweigerlich für frischen Wind sorgen würde, wonach mir jedoch keineswegs der Sinn stand. Ich war nicht in der Stimmung, mich erneut in einer Gruppe behaupten zu müssen. Am liebsten wollte ich, dass in unserem kleinen Kosmos alles so blieb, wie es war. Doch das konnte ich schwerlich öffentlich vermelden; man sollte ja stets mit dem Flow gehen. Also hielt ich meine Klappe und ließ den Dingen ihren Lauf.

Dann war der große Tag da. Bei den Freiburgern handelte es sich um eine kleine Gruppe aus Teenie-Mädchen und -Jungs, die jeweils ein bis drei Jahre älter waren als wir. Vor allem die Mädels wurden von unseren Jungs begeistert aufgenommen. Ich wiederum fühlte mich angesichts der etwas weiter entwickelten und auch hübscheren „Commune-Schwestern" aus Deutschland richtiggehend eingeschüchtert. Hinzu kam, dass etwa die Hälfte unserer Zürcher Kids ohnehin Deutsche waren, vor allem die Jungs, also mit den Freiburgerinnen supi Hochdeutsch sprechen konnten. Für mich hingegen war Deutsch zwar nicht gerade eine Fremdsprache – immerhin war mein Vater Deutscher –, aber eben doch fremd. Also hielt ich mich erst einmal zurück. Und das war der Anfang vom Ende. Es war, als würde ich stündlich verblassen. Die anderen alberten und flirteten herum, und ehe ich mich versah, waren die Würfel gefallen. Nach wenigen Tagen war klar, „wer mit wem ging.“ Und übrig blieb – ich. Das blieb auch den anderen nicht verborgen. Und nun rächte sich meine Beliebtheit der vergangenen Jahre.

„Lueget emal“, hieß es auf einmal, „D’Kamali isch viil hübscher als d’Leela!“

„Stimmt. D’Leela isch eigentlich überhaupt nit hübsch. Häsch g’hört, Leela! Vo üüs isch niemer me i dich verliebt.“

Klar, dass die anderen Mädels hübscher waren, das sah ich ja selbst. Was aber sollte ich dagegen tun? Ich schwieg beschämt. Jetzt war es doch noch herausgekommen. Ich war nicht hübsch, ich war nicht cool, ich war nichts Besonderes. Ich war in Wirklichkeit ein Nichts. Ich war abgemeldet, endgültig.

Ich wünschte, zu der Freiburger Erweiterung unserer Welt wäre es nie gekommen. Aber jetzt war es zu spät. Ich versuchte, es einigermaßen mit Würde zu tragen und so zu tun, als mache mir das alles nichts aus. Während die anderen in unserem großen Gemeinschaftsschlafraum zu zweit in ihren Betten kicherten, stellte ich mich schlafend. Während sie gemeinsam durch die Wälder streunten, zog ich mich mit meinen Büchern auf mein Space zurück. Hin und wieder platzte jemand herein, nur um mit einem „du bisch soooo langwiilig, Leela“ die Tür auch schon wieder zuzuknallen, was bei mir jeweils eine neue Woge der Scham auslöste. Wäre ich doch nur etwas fröhlicher, hübscher, aufgeschlossener! Juicy eben, wie Sannyas-Frauen sein sollten! Doch mir war das alles zuviel. Ich suchte Verstecke, wo ich mich möglichst ungestört in meine literarischen Welten flüchten konnte, und war im Prinzip schon froh, wenn mich keiner dabei erwischte.

Meine Position änderte sich auch nicht wieder, nachdem die Freiburger längst wieder abgereist waren.

Zu meiner Gesamtmisere kam nämlich erschwerend hinzu, dass ich in diesem Spätsommer besonders hartnäckigen Heuschnupfen hatte. Seit Neuestem musste ich heftig husten, bis ich kaum noch Luft bekam. Ich keuchte bei der geringsten Anstrengung und meine Bronchien machten komische Geräusche, gegen die ich nichts tun konnte. Als wäre ich eine uralte Frau in ihren letzten Atemzügen.

„D'Leela pfiift wie e alti Locki!", riefen die Kleinen, und ich wusste, sie hatten Recht. Es war mir unendlich peinlich. War ich jetzt etwa schon so ein verweichlichtes Stadtkind geworden?

Bei den täglichen Waldläufen, die unsere aktuelle Lehrerin eingeführt hatte, blieb ich immer öfter auf der Strecke. Das Laufen strengte mich unsäglich an und ließ mich buchstäblich um jeden Atemzug ringen. Nur die empfundene Peinlichkeit und die Angst, die anderen aus den Augen zu verlieren, trieben mich vorwärts. Ich hatte panische Furcht davor, mich im Wald zu verirren und nie wieder nach Hause zu gelangen. Wie hätte ich jemals den richtigen Weg aus dem Wald hinausfinden sollen? Wie einen Bus nehmen oder telefonieren, ohne Geld? Wie der Polizei erklären, wie meine Adresse lautete, wenn ich keinen einzigen der legalen Namen kannte, auf die unsere Wohnungen gemietet waren? Keuchend und giemend lief ich also weiter, vor Schmerz und Panik heulend, was das Luftholen weiter erschwerte. Wenn ich dann endlich auf der Lichtung ankam, waren alle anderen schon da, und die Lehrerin foppte mich, zur Unterhaltung der anderen, ob meiner Schlappheit. Regelmäßig heulte ich zu meinem eigenen abgrundtiefen Ärger allein schon deshalb aus Wut erneut los. Wie ich es hasste, mir diese Blößen geben zu müssen.

In meiner Not erzählte ich schließlich Mohani von meiner maroden Verfassung, die in erster Linie peinlich berührt reagierte, ein so unsportliches Kind zu haben. Ich bat und bettelte, sie möge doch mit der Lehrerin sprechen, damit ich nicht mehr mitlaufen müsse. Eine ganze Weile sträubte sie sich dagegen, für ihr Kind, die schon per definitionem peinliche Altlast, eine Ausnahme zu erbitten, bis sie sich endlich doch erweichen ließ. Doch sie konnte sich nicht durchsetzen.

„Was, wieso?“ entgegnete die amtierende Lehrkraft, „d’Leela isch sowieso scho so unsportlich, und jetzt söll sie au no bim Jogging dahei blibe? Chunt gar nit i Frag!“[35]

Dieser schlagkräftigen Argumentation wusste auch meine Mutter nichts entgegenzusetzen. Ich war verzweifelt und betete heimlich zu meinem altbewährten Kindergott Jesus um einen verregneten Sommer.

Am nächsten Tag in der Pause, als wir alle gemeinsam in der Sitzecke unseres Schulzimmers hockten, trat die Lehrerin hinzu und setzte sich mit einem Fläschchen Coca-Cola in der Hand neben mich. Sie musterte mich von der Seite und grinste, minutenlang, wie mir schien.

„Was isch?“, fragte ich schließlich.

„So“, entgegnete sie, immer noch feixend wie die fette Grinsekatze bei Alice im Wunderland, „du bisch also zum Mami go gränne, du Baby? Meinsch, du überchunsch i de Commune än Extrawurscht?“[36]

Unsicher, wie ich reagieren sollte, zuckte ich die Schultern und gab einen abwehrenden Zischlaut von mir. Dann setzte ich mein Pokerface auf und fixierte einen Fleck auf dem Teppichboden. Ich hatte nicht vor, mich von dieser Kuh einschüchtern zu lassen. Sie aber starrte mich selbstgefällig grienend weiter an. „Ts ts ts“, äffte sie mich nach.

O je. Das war kein gutes Zeichen. Ich merkte, die war auf Stunk aus. Tatsächlich hob sie auf einmal den Arm mit der Colaflasche in die Luft und tat so, als würde sie die Cola im nächsten Moment über meinem Kopf entleeren. Ich blieb seelenruhig sitzen, sah ihr in die Augen und sagte: „Das trausch dich sowieso nöd.“ Doch kaum eine Sekunde

---

35 Was, wieso? (...), die Leela ist sowieso schon so unsportlich, und jetzt soll sie auch noch beim Joggen daheim bleiben? Kommt gar nicht in Frage!

36 So, (...) du bist also zum Heulen zu Mami gerannt, du Baby? Meinst du, du kriegst in der Commune eine Extrawurst?

später spürte ich voller Unglauben, wie sich die kalte, klebrige Flüssigkeit über meinen Kopf ergoss.

Mit einem spitzen Schrei sprang ich auf und rannte aufs Klo. Hinter mir hörte ich Gelächter. Auf dem Klo verschloss ich die Tür. Ich konnte es nicht glauben. Hatte mir tatsächlich meine Lehrerin eine Cola über den Kopf geschüttet? Ich merkte, wie mir schon wieder die Tränen kamen. Rot vor Anstrengung darüber, dass mich keiner hören sollte, hockte ich auf dem Klodeckel und presste die Hand vor den Mund. Wie konnte sie das wagen, diese blöde alte Ziege? Noch nie war ich so gedemütigt worden. Das musste ich mir sicherlich nicht bieten lassen. Dieses Verhalten war sicherlich nicht Sannyas-like! Über dem Waschbecken wusch ich mir die Haare mit einem Stück Handseife. Ich sprühte etwas Alkohol aus der AIDS-Sprühflasche hinzu und trocknete meine langen Haare schließlich mit den herumliegenden Papierhandtüchern, so gut es ging. Erst als ich sicher war, dass man meinen Augen das Heulen nicht mehr ansah, verließ ich das Klo.

„So, jetzt isch dir's Lache vergange, gäll!", empfing mich die Lehrerin, als ich wieder im Schulzimmer ankam. Einige der Kids kicherten, andere schauten eher ratlos. Ich merkte, wie mir wieder die Wut hochkochte. Ohne weitere Worte rannte ich aus der Schule, knallte die Tür zu so fest ich konnte und lief schnurstracks zur Kids Mama.

Ich hatte kein sonderlich nahes Verhältnis zur aktuellen Kids Mama und mich noch nie in einer persönlichen Sache an sie gewandt. Meine Strategie war vielmehr, möglichst unauffällig zu bleiben und möglichst wenige Abhängigkeitsverhältnisse einzugehen. Indem ich also nie etwas von der Kids Mama brauchte, konnte sie auch kaum über mich bestimmen. Doch dieses eine Mal brauchte ich ihre Unterstützung.

Keuchend riss ich die Tür zur Kids Flat auf. „Rani!!" brüllte ich durch die Wohnung, bis die junge Frau erstaunt den lockigen Kopf durch die Terrassentür streckte, in der einen Hand eine zerfledderte Illustrierte, in der anderen eine kokelnde Ziggi. „Leela? Isch opis passiert?!"

Nach dem ersten Schrecken war sie geradezu erfreut, dass auch ich einmal zu ihr kam und nahm sich sofort Zeit. Ich erzählte ihr aufgebracht, was passiert war, und sagte, ich wolle einen Termin bei Gitika. Sofort! Überhaupt hätten, wie ich wisse oder mich zu erinnern glaubte, auch andere Kinder schon Probleme mit dieser Lehrerin gehabt. Ich fand, erklärte ich im Brustton der Überzeugung, wir sollten uns damit an Gitika wenden.

„Zur Gitika" ging man ja nicht einfach so. Gitika war die höchste Rechtsinstanz in unserem Staat und wurde nicht leichtfertig behelligt. Ich selbst hatte beileibe noch nie einen solchen Termin verlangt, doch dieser Vorfall schien mir prädestiniert dafür. Die Kids Mama war zwar sichtlich erstaunt über meinen plötzlichen Aktionismus, sagte aber, wenn ich das wolle, könne sie das durchaus arrangieren. „Natürli, Leela, das mit'm Coki isch würkli nit okay vo de Sugata g'si. Ich frag d'Gitika, wänn sie Ziit hät."[37]

Schon zwei Tage später war es soweit. Wieder einmal saßen wir auf Gitikas Sofas gequetscht, jedoch zum ersten Mal auf meinen eigenen Wunsch. Ich merkte, dass die anderen Kinder von meiner Initiative zwar beeindruckt, gleichzeitig aber auch voller Erwartungen waren. Plötzlich fühlte ich mich nicht mehr so wohl. Die Lehrerin ihrerseits hatte ihr übliches forsches Getue wie auf Knopfdruck abgeschaltet und machte von Anfang an einen bedröppelten und schuldbewussten Eindruck. Mit ihrer fast märtyrerhaften Miene verbreitete sie eine unheilvolle Stimmung. Ich war froh, dass die Kids Mama mitgekommen war, die mir noch am neutralsten und entspanntesten schien.

„So, Chind", begann Gitika, „was händ ihr uf'm Härz?"

Alle sahen mich an, auch die Lehrerin und Gitika. Auf einmal befiel mich ein lähmendes Lampenfieber.

---

37 Natürlich, Leela, das mit der Cola war wirklich nicht okay von Sugata. Ich frage Gitika, wann sie Zeit hat.

„D'Leela hät um dieses Meeting g'fragt", sprach nun überflüssigerweise auch noch die Kids Mama aus, was ohnehin alle wussten, ich aber lieber nicht in dieser Deutlichkeit ausgesprochen gehabt hätte. Was hatte ich mir da nur eingebrockt? Ich brachte kein Wort heraus.

Nach längerem Schweigen ergriff die Kids Mama erneut das Wort. In wenigen Sätzen fasste sie das Geschehene zusammen. Doch zu dem ungläubigen, fassungslosen Ausdruck auf Gitikas Gesicht, mit dem ich eigentlich gerechnet hatte, kam es nie. Denn schon nach den ersten Worten der Kids Mama begann die Lehrerin plötzlich, herzerweichend zu schluchzen.

Alle blickten erschrocken und mitfühlend zu ihr hin. Ich traute meinen Augen nicht. Was sollte das nun? Diese Person hatte Gefühle? Was war aus dem hinterhältigen Biest von neulich geworden? Das konnte doch nicht echt sein! Aber es half nichts: Die Frau wirkte eindeutig *touched*, von wem oder was auch immer. Bei ihr kam jetzt richtig etwas hoch, und egal was, damit hatte sie auf jeden Fall Vorfahrt; offen geäußerte Emotionen lösten bei den Sannyasins ja immer Ehrfurcht und Anerkennung aus. Wir lauschten eine Weile ihrem Weinen, dann standen die ersten Kinder auf, um zu ihr hinüber zu gehen und sie zu trösten. Plötzlich beschlich mich ein schlechtes Gewissen. Was hatte ich da nur angerichtet? Die Frau brach ja förmlich zusammen. Und das alleine meinetwegen. Und alle waren auf ihrer Seite. Ich hatte ja gar nicht gewollt, dass sie so leiden musste. Ich wollte ja nur, dass ihr von offizieller Seite verboten wurde, mir Cola über die Haare zu schütten. Was nun?

Ich erinnerte mich an das Meeting vor einer halben Ewigkeit – rückblickend eine geradezu himmlische Zeit –, als Ravishantar auf eben dieser Couch geheult hatte. Damals waren die Kinder gelobt worden, die ihn getröstet hatten, denn ganz offensichtlich wurde das als angemessenes Sannyas-Verhalten in einer solchen Situation erachtet. Und ganz offensichtlich hatten das die anderen Kids damals auch so erkannt, alle, bis auf mich. Jedenfalls standen nun wieder alle – bis auf mich und die drei anderen ältesten – um die Lehrerin herum, deren Geheul, grundgütiger Himmel, immer pathetischer wurde, und streichelten ihren Rücken. Schnell fasste ich einen Entschluss. Dieses Mal würde ich nicht unangenehm auffallen. Und keinesfalls wollte ich die letzte sein, die realisierte, was zu tun war. Also stand auch ich, die Klägerin, auf, ging zur Lehrerin hinüber und suchte eine leere Stelle auf ihrem gebeugten Rücken, die ich reiben konnte.

Ich kann mich gar nicht erinnern, ob noch etwas gesprochen wurde, nur noch daran, wie Gitika, nachdem sie sich die Szene eine Weile angesehen hatte, die Runde abrupt aufhob. „So Chind, dänn hämmers für hüüt, oder wie? Was isch jetzt? Ich han gmeint, ihr händ es Problem, wänd ihr eu jetzt nit konfrontiere, oder was?!“ [38]

Oh Gott. Sie war sauer! In strengem Ton schickte sie uns alle zurück auf unsere Plätze. „Was sind ihr für än jämmerliche Huufe! Nur drü vo eu sind richtige Sannyasins! Ihr andere händ kei Rückgrat! Leela, du voruus! Z'erscht beschwersch dich, und dänn seisch nüt und schliimsch dich ii! Du bisch än Feigling! Du chasch ga, I wot di hüt nümme g'seh!“ [39]

Mir wurde plötzlich ganz kalt. Unsicher sah ich in die Runde, doch stieß ich nur auf verschlossene Mienen. Was...? Hatte ich mich jetzt doch wieder daneben verhalten? Ich verstand die Welt nicht mehr. Natürlich war ich wütend gewesen. Doch als die Lehrerin so heulte, war mir das halt auch wieder unangenehm gewesen. Ich hatte gedacht, ein guter Sannyasin lebt im Hier und Jetzt, verzeiht, zeigt

---

38 So, Kinder, dann haben wir es für heute, oder wie? Was ist jetzt? Ich dachte, ihr habt ein Problem, wollt ihr euch jetzt nicht konfrontieren?

39 Was seid ihr für ein jämmerlicher Haufen! Nur drei von euch sind echte Sannyasins! Ihr anderen habt kein Rückgrat! Leela, du allen voran! Zuerst beschwerst du dich, und dann schweigst du und schleimst dich ein! Du bist ein Feigling! Du kannst gehen, Ich will dich nicht mehr sehen!

Mitgefühl und hält sich nicht mit Mind Fuck auf. Und mir war das Wichtigste, ein guter Sannyasin zu sein. Und genau das hatte ich jetzt offensichtlich schon wieder verbockt.

Auf einmal fingen auch die drei Älteren, die einzigen, die sich nicht an der kollektiven Trost-Orgie beteiligt hatten, an, in meine Richtung zu schimpfen. „Genau, Leela. Z'erscht motzisch ume, und dänn bringsch plötzlich s'Muul nümme uuf und schliimsch umenand! Schliimer!“[40]

Oh Gott, das auch noch – erst jetzt fiel mir auf, dass sich die drei offenbar meinetwegen solidarisch dem Trösten enthalten hatten. Auch die Kids Mama machte einen genervten Eindruck: schließlich hatte ich sie gedrängt, diesen Termin einzurichten, bei dem jetzt nichts, aber auch gar nichts herausgekommen war. Ich wäre am liebsten im Erdboden versunken. Schockschwerenot. Jetzt war ich feige auch noch! Doch hatte ich einfach im Leben nicht erwartet, angesichts der heulenden Lehrerin auch nur einen Funken Verständnis für mein Cola-Problem zu ernten. Und nun war ich tiefer geschmäht als zuvor. Ein bisschen klebrige Cola war nichts gegen das, was ich jetzt empfand. Bis auf die Knochen bloßgestellt schlich ich aus dem Office, um mich erst einmal auf dem Klo zu verkriechen.

Das misslungene Meeting bedrückte mich nachhaltig. Ich hatte das Gefühl, niemandem mehr in die Augen sehen zu können, und fühlte mich wie ein Verräter an allem und jedem einschließlich meiner selbst. Als ich ein paar Tage später meine Mutter sah, erzählte ich ihr von meinem Kummer. Voller Zweifel hörte sie sich meine ganze Geschichte an. Ich hatte etwas Trost, ja gar Bestärkung erwartet, doch sie glaubte mir noch nicht einmal richtig. „Was? D'Sugata hät dir eifach so äs Cola-Fläschli über än Kopf glärt? Das chan I also nit glaube. Häsch du si g'ärgered, oder was

---

40 Genau, Leela. Zuerst motzt du rum, und dann kriegst du den Mund nicht mehr auf und schleimst rum! Schleimer!

häsch aagstellt? Und dänn bisch au no zur Gitika? Leela, hät das würkli müesse sii? Was hät sie g'seit?!"[41]

Ich war allmählich verzweifelt. Ein Heulkrampf überkam mich, in dessen Verlauf ich ein weiteres Mal erklärte, bei den täglichen Waldläufen fast zu ersticken.

„Aha, das steckt also dahinter. Chasch das nit eifach direkt säge?"[42]

Ich hatte zwar keine Ahnung gehabt, dass „das" hinter der Cola-Affäre steckte, aber gut, vielleicht verstand ich eben einfach nicht alles. Ich war halt eben doch sehr unbewusst. Jedenfalls ließ sich meine Mutter dieses Mal immerhin erweichen, meine Atemnot ernst zu nehmen und vereinbarte höchstpersönlich einen Termin bei einem auf Lungenprobleme spezialisierten Draußen-Arzt, obwohl das eigentlich die Aufgabe der Kids Mama gewesen wäre. Doch die konnte ich nach dem Cola-Flop ja nicht nochmal nerven. Ich sah diesem Termin voller Hoffnungen entgegen, ja verzehrte mich geradezu nach einem Krümel Mitgefühl. Ich wusste, dass Ärzte einen Eid schwören müssen, den Menschen zu helfen. Der Draußen-Arzt würde mir sicherlich glauben.

Schon wenige Tage später war es soweit. Am späten Nachmittag fuhr ich mit der Tram in die Stadt, so wie es mir meine Mutter aufgeschrieben hatte. Ich musste einmal umsteigen und war ziemlich aufgeregt. Doch ich schaffte es, rechtzeitig in der Praxis anzukommen. Der Arzt lächelte nicht und machte es sehr kurz. „Wo isch dini Muetter?", fragte er.

„Bim Schaffe", gab ich zurück.

Er machte ein versteinertes Gesicht, und ich fürchtete mich etwas. Dann horchte er mich mit dem Stethoskop ab und diagnostizierte nach wenigen Minuten, ich hätte, vermutlich allergisch bedingt, Bronchialasthma.

---

41 Was? Die Sugata hat dir einfach so eine Colaflasche über dem Kopf ausgeleert? Also das kann ich nicht glauben. Hast du sie geärgert, oder was hast du angestellt? Und dann bist du auch noch zu Gitika? Leela, hat das wirklich sein müssen?! Was hat sie gesagt?

42 Aha, das steckt also dahinter. Kannst du das nicht einfach direkt sagen?

Asthma? Ich erschrak. Der Doktor reichte mir eine kleine Dose aus hartem Plastik, die aussah wie ein Überraschungsei mit Mundstück. In der Dose war ein Dorn befestigt, auf den man eine Pulverkapsel steckte. Dann schloss man das Ei. Als nächstes musste man fest am Mundstück saugen, sodass das Pulver aus der aufgestochenen Kapsel tief in die Bronchien hinein gesogen wurde. Sofort merkte ich, wie das Atmen leichter wurde. Dieses Asthmaspray sollte ich von nun an zweimal täglich nehmen. Außerdem, sagte der Doktor, dürfe ich mich nicht anstrengen und solle nichts tun, was meine Atemnot verschlimmere.

„Und wänn gat das wider weg?", fragte ich.

Der Doktor zuckte mit den Schultern und schrieb schweigend, ließ sich aber dann doch zu einer Antwort hinreißen: „Villicht, wenn d'Polle weg sind, villicht gar nöd", knurrte er lakonisch. Aha.

Bedröppelt, aber zugleich auch irgendwie erleichtert fuhr ich in der Dämmerung nach Hause. Ich hatte Asthma. Ich hatte das Recht darauf, keine Luft zu bekommen. Ich war nicht unsportlich oder schwach, sondern einfach nur krank. Es begann zu regnen, und ich hatte, wie immer, keinen Schirm dabei, denn Schirme waren bei uns Mangelware. Nass tropfte es mir von den Haaren in den Kragen. Andererseits, überlegte ich, war es fast noch peinlicher, ein ärztlich diagnostizierter Asthmatiker zu sein. Die Sannyasins nämlich orientierten sich damals in medizinischen Fragen ganz an zeitgenössischen Populärwissenschaftlern wie Thorwald Dethlefsen und Ruediger Dahlke. Schnupfen? Da hat wohl einer die Nase voll! Magenschmerzen? Da hat er sich was auf den Magen schlagen lassen! Hautausschlag? Da kann sich einer nicht abgrenzen!

Gegen alle Symptome half Bewusstheit und in Folge Meditation oder Therapie. Man glaubte mit an Wissen grenzender Sicherheit, dass jede noch so organische Krankheit ihre Ursache in ungelebten Gefühlen oder heimlichen Glaubenssätzen hatte. Im Umkehrschluss hieß das: Jeder war selbst für seine Gesundheit verantwortlich und wer krank wurde, hatte versagt. Seine Gefühle für sich zu behalten oder gar zu unterdrücken, war nun mal hochgradig unbewusst und damit alles andere als löbliche Sannyas-Manier. Wer negative Gefühle, Emotionen oder Gedanken „hortete“, brauchte sich nicht wundern, wenn er davon Krebs bekam!

Ich kapierte zwar nicht, wie das alles gehen sollte: Einerseits sollte man sich mit den Gefühlen nicht identifizieren, sondern diese nur beobachten und vorbeiziehen lassen, *like clouds in the sky*. Andererseits musste man sie ganz bewusst wahrnehmen und kathartisch zum Ausdruck bringen, um gesund zu bleiben. Letzteres hatte natürlich in kontrolliertem Rahmen zu geschehen, also keinesfalls auf Kosten anderer, sondern idealerweise während der Dynamischen Meditation, in einer Therapiesitzung oder auch einfach für sich selbst am eigenen Space, wo man schließlich immer ein Kissen zum Verkloppen griffbereit hatte. Ich weiß nicht, wie die Erwachsenen mit dem Widerspruch des „Nur-Beobachten“ und gleichzeitig „Ausleben“ klar kamen, in jedem Fall schien er aber nichts an der herrschenden Jeder-ist-selbst-an-seiner-Krankheit-schuld-Theorie zu ändern. Wer krank war, musste sich eben Gedanken machen, „woher das kam“. Wer es nicht schaffte, seine Symptome zu beheben, wollte es in Wahrheit offensichtlich nicht anders und versuchte jetzt auf verwerfliche Art und Weise, mit seiner Krankheit Aufmerksamkeit zu erzwingen. Die Sannyasins aber ließen sich nicht erpressen. Wer krank war, war einzig und allein selbst verantwortlich dafür und dringend aufgefordert, „mit seinen Themen bewusster umzugehen“.

Asthma jedenfalls galt bei den populärwissenschaftlichen Psychosomatikverfechtern als materialisiertes Symptom der Angst. Und dafür schämte ich mich jetzt doppelt. Ich war tatsächlich ein solcher Angsthase und Feigling, dass ich sogar Asthma bekommen hatte! Was für eine Schmach. Also hütete ich mich, die Diagnose allzu lautstark hinauszuposaunen und damit unnötige Aufmerksamkeit auf meinen Makel zu ziehen. Besser, die anderen merkten nicht, dass ich ohne Medikamente nicht einmal mehr Luft bekam.

Also achtete ich darauf, mein Spray möglichst unbeobachtet zu benutzen, was weiß Gott nicht einfach war.

Nur meiner Mutter erklärte ich bei Gelegenheit, wie das Ding funktionierte. Wir hockten auf meiner Matratze im Schlafraum. Mit besorgter Miene las sie, gegen die schummrige Deckenbeleuchtung gehalten, die Packungsbeilage. „Und wie lang söllsch das näh?“

„Das gaat nümme weg, hät dä Doktor g'seit.“ Ich sagte meiner Mutter, sie müsse der Lehrerin nun wirklich verklickern, dass ich nicht mehr Joggen dürfe. „Das hätt dä Doktor g'seit.“

Meine Mutter seufzte. Doch offensichtlich fand ein solches Gespräch umgehend statt, denn schon am nächsten Morgen ließ mich die Lehrerin, als es Zeit für den Waldlauf war, im Schulzimmer in der Sitzecke zurück.

„Leela, chum! Alli müend!“ riefen die anderen.

„Nei“, sagte die Lehrerin, „d'Leela muss nümme, hät dä Doktor gseit. Sie hät nämli Asthma.“

Die anderen machten große Augen, doch mir war es nur recht. Von nun an saß ich während der Waldlaufstunde alleine in der Schule und las.

Obwohl diese Veränderung eine große Belastung von mir nahm, machte sie mich doch nicht glücklich. Es war, als verblasste ich mehr und mehr. Zuerst das Zusammentreffen mit den Freiburgern, dann meine Unsportlichkeit, dann meine Schlappe beim Meeting mit Gitika und jetzt auch noch das Asthma. Irgendwie war ich auf einmal nur noch eine halbe Portion. Ich fühlte mich permanent unwohl, klein, weinerlich und bedrückt. Ich hatte nichts mehr zu sagen, also sagte ich auch nichts. Mein ganzes Selbstbewusstsein war auf einmal wie verpufft. Als hätte ich eigentlich gar keine Daseinsberechtigung, zumindest nicht in den Reihen der lebenslustigen, fröhlichen, starken und juicy Sannyasins.

So kam es, dass ich nicht gerade in der besten Verfassung war, als mich im Dezember des Jahres 1984 der nächste Hammer traf.

Von Anfang an auf dem richtigen Weg

1985, Internat Rajneesh School, England

Es begann als Gerücht, in Gestalt einer freudigen Verkündung, die wenige Tage später öffentlich auf einem General Meeting bestätigt wurde. „Sheela said that Bhagwan said", die übliche und keinerlei Zweifel duldende Einleitung für alle verkündeten Änderungen jener Zeit.

Höchst ungewöhnlich, ja geradezu einzigartig aber war, worum es dieses Mal ging: Um uns. Die Kinder.

Wie es schien, hatte Bhagwan sich angeblich höchstpersönlich Gedanken gemacht über „seine" Kinder. Und nun endlich die Konsequenz gezogen aus dem, was er seinen Sannyasins immer und immer wieder erklärte: dass die Kindheit, die Elternhäuser, die Erziehung und die Gesellschaft „schuld" daran waren, wenn der erwachsene Mensch unglücklich, verkorkst und weit entfernt war von sich selber. Als logische Folgerung erschien demgemäß, dass wir Sannyas-Kinder, die wir von Anfang an das Glück hatten, auf dem richtigen Pfad zu wandeln, gar nicht erst in die missliche Lage kommen würden, in der sich die heutigen erwachsenen Sannyasins befanden. Wir, die Auserwählten, blieben verschont von gesellschaftlichen Konditionierungen, Zwängen und Ängsten, die Eltern, Lehrer, Pfarrer und Politiker absichtlich streuten, um ihre Kinder beziehungsweise das Volk fremdzubestimmen. Wir Commune-Kids hatten die einzigartige Chance, in einem Buddhafield aufzuwachsen, in dem sich die zahllosen Einflüsse quasi gegenseitig aufhoben und das auf diese Weise eine vermeintlich freie und selbstbestimmte Entwicklung ermöglichte.

Und nun habe Bhagwan, um unsere Lage noch zu perfektionieren, beschlossen, uns Kinder von nun an alle gemeinsam in einer speziellen Schule aufwachsen und erziehen, beziehungsweise eben nicht-erziehen, zu lassen. Und zwar alle Kinder der europäischen Kommunen gemeinsam in einer Schule: In DER Sannyas-Schule. Es handele sich um ein in der Geschichte der Menschheit einzigartiges, großangelegtes, wunderbares Experiment mit dem Ziel, die Vision des New Man gezielt an das Kind zu bringen. Eine eigene Kinder-Kommune sollte entstehen, die den Bedürfnissen und speziellen Anforderungen von Kindern gerecht wurde. Fern den Fängen der Gesellschaft würden die Sannyas-Kinder so aufwachsen können, wie es die erwachsenen Sannyasins immer für sich gewünscht hätten. Auf diese Weise erwachsen, würden wir später keine jahrelange Bewusstseinsarbeit brauchen, um uns von all dem Mist aus Gesellschaft, Kirche und Elternhaus wieder zu befreien. Wie viel Leid, Mühe und Not uns dadurch erspart blieb! Wir konnten von Anfang an als freie, liebevolle und bewusste Menschen unser Leben leben, unsere Spiritualität entwickeln und so nach und nach die Welt zu einem besseren Ort machen.

Ein weiterer, durchaus auch kommunizierter Aspekt – der, wie mir schien, hauptsächliche, also eigentlich einzige – war, dass wir Kinder ja angeblich die Meditationstätigkeit der Erwachsenen störten, Zeit, Geld und Energy kosteten und auf diese Weise die spirituelle sowie gesamtwirtschaftliche Entwicklung der Commune dramatisch blockierten. So war es eben nun mal – Kinder gehörten einfach nicht in die Commune, in der es ja in erster Linie um Meditation ging oder wenigstens gehen sollte. Zudem war die Arbeit mit Kindern ja kein probates Mittel, um spirituelles Wachstum des Einzelnen, geschweige denn der Gemeinschaft zu fördern, sondern hielt im Gegenteil nur unnötig auf. Solange aber Kinder in den Kommunen umherwuselten, würden sich immer einzelne Sannyasins opfern müssen, um die Aufgaben von Betreuung, Erziehung und Lehre zu übernehmen, obwohl ja eigentlich alle, also auch die sich Aufopfernden, ein Recht auf persönliche Entwicklung hatten. Auch fehlten diese Arbeitskräfte dann an anderer Stelle, was in dieser weltweiten Aufbauphase der Bewegung einfach nicht mehr tolerabel war. Die separate Kinder-Kommune sei damit eine klassische Win-Win-Situation, mit der man zwei Fliegen mit einer Klappe schlug: Die Kinder erhielten das, was ohnehin das Beste für sie war, und die Erwachsenen würden sich endlich wieder ungestört ihrer Spiritualität beziehungsweise Arbeit, im Klartext dem Aufbau der Ranch, widmen können.

In der Kids Flat löste die Aussicht, mit Hunderten von anderen Kids zusammenzukommen, eine geradezu hysterische Euphorie aus. Als würde man in das Ferienlager des Jahrhunderts fahren. Und das auch noch für immer! Meine Altersgenossen freuten sich darauf, dort mit den Freiburgern zusammenzukommen, und nicht nur mit diesen – denn unsere neue Kommune würde 300 – 400 Kinder fassen. Schier unvorstellbar, nachdem unsere Welt seit Jahren aus maximal 15 Kindern bestanden hatte!

Bei mir löste die Nachricht einen Schock aus. Zwar hatte ich ja schon lange gewusst, dass sich die Erwachsenen bisweilen durch uns gestört fühlten. Aber dass es so schlimm war, dass man uns für immer wegschicken würde, hätte ich nie gedacht. Allein schon, dass wir angeblich wichtig genug waren, um den Kommunenalltag maßgeblich zu behindern, erschien mir absurd, und selbst rückblickend muss ich sagen, das war es auch. Die Sannyasins in der Kommune, die nichts mit uns zu tun haben wollten, hatten das auch nicht. Sie brauchten sich doch bloß von der Kids Flat fernzuhalten. Und nun machte man auf einmal eine Handvoll vernachlässigter Kinder verantwortlich für nicht näher definierte unzureichende Ergebnisse und fehlende Dollars im Wilden Westen.

Der erstaunlichen Nachrichten nicht genug, stand auch der geplante Standort für die neue Kinder-Kommune schon fest: Die bisherige Großkommune „Medina“ in Großbritannien. War das nicht phantastisch? Bhagwan, oder Sheela, so genau wusste man das ja nie, habe diesen Standort sehr bewusst gewählt. Medina war eine abgelegene Landkommune in der südenglischen Grafschaft Suffolk. Dort, so hieß es, hätten wir viel Auslauf und würden niemanden stören. Zudem war Englisch die gemeinsame Sprache der Sannyasins, was läge also für eine Kinder-Kommune näher als ein Standort in England? Schließlich mussten wir unseren

Meister doch verstehen lernen. Ausschlaggebend für die Landeswahl jedoch waren wohl vor allem die vergleichsweise liberalen schulbehördlichen Bestimmungen Englands, die ein solches Großprojekt überhaupt erst zuließen.

Auch alle weiteren Entscheidungen waren bereits gefallen. In der neuen Kinder-Kommune sollten die Kinder aller europäischen Kommunen zusammengeführt werden: aus Zürich, Freiburg, München, Köln, Berlin, Hamburg, Mailand, Amsterdam, Belgien, Großbritannien, Portugal, Spanien und noch einiger Standorte mehr. Ohne Eltern selbstverständlich, allenfalls den Müttern knapp einjähriger Kinder war die Begleitung ihrer biologischen Sprösslinge freigestellt, alle anderen blieben, wo sie waren. In Medina, nun umbenannt in „Rajneesh School", würde es zu unserer Betreuung spezielle Sannyasins geben, die dieser Aufgabe erstens gewachsen und die zweitens auch gewillt waren, ihr nachzugehen. Später würde sich allerdings herausstellen, dass dies ein Trugschluss war, denn auch die Rajneesh-School-Erwachsenen waren zu mindestens 80 Prozent Zwangs- oder bestenfalls Zufallsfreiwillige. Und, letztendlich, je älter und reifer wir würden, desto mehr würde die Kinder-Kommune autonom werden. Zu großer Selbständigkeit und früher Reife erzogen, würden wir mittelfristig nur noch wenige Erwachsene zu unserer Unterstützung benötigen und die Commune endlich und endgültig von den kollektiven kindlichen Altlasten befreien.

Durch diese bahnbrechenden Neuigkeiten bekamen wir in der Zürcher Kommune mehr Aufmerksamkeit als je zuvor. „Händ ihr's guet, Chind! Das wird sicher oberlässig!", freuten sich auf einmal irgendwelche Sannyasins, die man bisher noch nie gesehen hatte, „uf so ä Schuel hät ich früener auch gärn wölle, dänn müesst I hüüt kei Therapie mache!"[43] Ehrfürchtig, fast neidisch beglückwünschten sie uns zu unserem großen Los, wenn nicht gar dazu, uns so geschickt

43 Habt ihr es gut, Kinder! (...) auf so eine Schule wäre ich früher auch gerne gegangen, dann müsste ich heute keine Therapie machen.

in dieses famose Umfeld inkarniert zu haben. Andere atmeten einfach nur auf – endlich würde diese dummen Streiche und Lärmereien sowie die lästige Pflicht der unproduktiven und energetisch unrentablen Kinderbetreuung entfallen. Den allermeisten Erwachsenen wiederum schien die Entscheidung herzlich schnurz zu sein. Was, bei uns wohnen auch Kinder? Nur ganz wenige gab es, die unsere Ausquartierung bedauerten, weil sie es eigentlich schön fanden, auch Kinder um sich zu haben. Entsprechende Äußerungen fielen jedoch höchstens leise aus, war die gefallene Entscheidung doch die optimal bewusstseinsförderndste Lösung für alle. Und das Bewusstsein ständig wachsen zu lassen war schließlich das höchste Ziel der Sannyasins. Völlig egal, zu welchem Preis.

* * *

Somit stand fest: Wir würden nach England geschickt werden. Gefragt wurden weder Kinder noch Eltern. In den regulären Kommunen Europas würde es von nun an keine Kinder mehr geben, basta. Wer damit nicht einverstanden war, musste die Commune eben verlassen, gebrandmarkt mit dem Schandfleck, eben doch kein richtiger Sannyasin zu sein. Von unserer ca. 15-köpfigen Kindergruppe beschlossen lediglich zwei Mütter, die Kommune lieber zu verlassen, als ihre Kinder allein ins Ausland zu schicken: Die Mutter einer dreijährigen Tochter und eine andere eines halbwüchsigen Sohnes, die ohnehin erst vor wenigen Wochen in die Kommune gezogen war und für die der Schritt „zurück" folglich noch kein so großer war. Beide Mas outeten sich durch ihre Entscheidung als nichtkonform und wurden sofort aus der Kommune ausgeschlossen.

Als ich die Nachricht von der Kinder-Kommune in England hörte, schlich ich leise zu meinem Space und verkroch mich mitten am helllichten Tag in mein Bett. Ich zog die Decke über den Kopf und hoffte, wenn ich aufwachte, würde der Alptraum vorüber sein. England? Hallo? Ich traute mich kaum zu atmen und war nicht in der Lage, einen einzigen klaren Gedanken zu fassen. Das konnte doch nicht wahr sein. Ich würde irgendwann aufwachen und alles wäre wie zuvor.

Doch die Lage blieb wie sie war, und auch zwei bis drei Tage später war sie immer noch dieselbe. Wir würden die Schweiz verlassen müssen, wir Kinder, ganz alleine. In ein fremdes Land müssen. Nach England müssen. Verschickt. Verbannt. Für immer. Was für die anderen Kids offenbar ein Anlass zu feiern war, empfand ich als Weltuntergang. Da war er, der Super-GAU. Ich wollte nicht schon wieder mein Zuhause verlieren. Ich wollte nicht weg aus der Schweiz. Ich wollte nicht weg von meiner Mutter. Ich wollte nicht weg von meinem Vater. Ich wollte nicht weg von meiner Katze, die 200 km entfernt in unserem alten Haus lebte. Ich wollte nicht. Nirgendwohin. Wie sollte das dort denn werden? Ich konnte ja nicht einmal richtig Englisch. Wie sollte ich dort jemals Freunde finden?

Ich legte meiner Mutter einen Zettel aufs Bett, sie solle mich dringend besuchen kommen. Gleichzeitig bekam ich Grippe und wurde in die Krankenwohnung geschickt, wo ich mit einem weiteren Grippepatienten sowie einer Syphiliskranken das Zimmer teilte. Da meine Mutter mich in der Kids Flat erst nicht finden konnte und sie auch niemand darüber aufklärte, wo ich war, erschien sie erst ein paar Tage später. Doch ich hatte Fieber und schlief viel, weswegen ich ihr Ausbleiben kaum bemerkte. In meinen wachen Momenten las ich einen Schundroman aus dem Book Shelf der Krankenwohnung, dessen Kernessenz mich nachhaltig beschäftigte: Ein wahnsinnig gutaussehender, doch aus unerfindlichen Gründen einsamer Cowboy, der aufgrund seiner Schneidigkeit eigentlich jede Frau hätte haben können, suchte sich ausgerechnet eine schwer übergewichtige Zirkusangestellte – Kassenkraft – aus, weil er mir ihr und ihren Pölsterchen einfach den besten Sex hatte. Die Trivialität dieses Plots, ausgedehnt auf etwa 300 Seiten, betäubte mich angenehm. Zwischen Traum, Phantasie und Fieberwahn verlor ich mich in semi-philosophischen Überlegungen über wahre Liebe, die für mich so aussah, dass der attraktive Cowboy mich hässliches Entlein zunächst aufgrund einer reinen Herzensentscheidung wählte, später jedoch herausfand, dass ich in Wirklichkeit bei näherer Betrachtung auch noch eine atemberaubende Schönheit war.

Irgendwann im Laufe der Woche tauchte endlich meine Mutter an meinem Bett auf. Ich öffnete die Augen und blickte direkt in ihr schuldbewusstes Gesicht. „Stimmt das mit England?“, fragte ich sie mit zugeschnürter Kehle.

„Ja, schiint so“, sagte sie, und nahm meine Hand, „wie findsch das?“

„Weiß nöd“, sagte ich.

Es war also wahr. Ich sah ihren bettelnden und ängstlichen Blick. „Weisch, wenn du das würkli, WÜRKLI gar nit wotsch, münd mer halt us de Commune use“[44], stammelte sie gerade mit brechender Stimme, mühsam die Tränen zurückdrängend.

Da war sie wieder, ihre ungerechte und tonnenschwere Last, zwei Kinder mitschleppen zu müssen.

„Dänn münd mir üs halt e Wohnig sueche, allei. Wie das söll ga, weiß I zwar au no nöd.“[45]

Ich hatte mit diesem „Angebot“ bereits gerechnet und mir die Situation schon während der letzten Tage überlegt, immer und immer wieder. Doch aus der Commune auszuscheiden kam einfach nicht in Frage, egal, wie ich es drehte und wendete. Ich wusste, das war für meine Mutter undenkbar. Es käme für sie praktisch einem Todesurteil gleich. Ich konnte ihr das einfach nicht antun.

Aber auch davon abgesehen hatte ich keine Vorstellung, wie unser Draußen-Leben hätte aussehen können. In unser altes Leben gab es kein Zurück. Unser Haus im Dorf gehörte uns nicht mehr, mein Vater hatte eine neue Frau.

---

44 Weißt du, wenn du das wirklich, WIRKLICH gar nicht willst, dann müssen wir halt aus der Commune austreten.

45 Dann müssen wir uns halt eine Wohnung suchen, alleine. Wie das gehen soll, weiß ich allerdings auch nicht.

Allein die Commune war unser Hier und Jetzt. Und das war ja auch unser großes Glück. Sollten wir uns wirklich zu einer Kleinfamilie zurückentwickeln, nur weil ich nicht nach England wollte? Würde ich das verantworten wollen?

Diese Schuld, befand ich, würde ich niemals tragen können. Außerdem war ich doch eine Sannyasin und wollte das auch unbedingt sein. Wie sollte ich mir die Schmach eingestehen, aus der Kommune austreten zu wollen, nur weil ich feige und *attached* war an irgendwelche Dinge, von denen ich eigentlich hätte frei sein sollen: meine Eltern, zwischenmenschliche Bindungen, mein Heimatland? Ich konnte es drehen und wenden, wie ich wollte – es kam schlichtweg nicht in Frage.

Bhagwan sagte: *You are not your body, you are not your mind.* Das bedeutete, man musste seine Schmerzen, Gefühle und negativen Gedanken, die das eigene Wachstum nur bremsten, loslassen können. Ich, die Essenz meines Ichs, war etwas anderes: Es war das, was blieb, wenn die Wolken am Himmel vorbeigezogen waren. Ich war ein Sannyasin. Ich war überall zu Hause. Ich brauchte keine Eltern, auf mich gaben unzählige liebende Sannyasins, Bhagwan persönlich sowie Existence acht. Ich war auserwählt, das Beste vom Besten zu bekommen, ich hatte das Riesenglück, unter der schützenden Hand des Jahrhunderterleuchteten aufzuwachsen. Meine Ängste und negativen Gedanken waren nur Früchte meines Verstandes, des quasi innermenschlichen Teufels, der sich naturgemäß gegen jede Entwicklung von Bewusstheit und Spiritualität wehrte, bedeutete sie doch in letzter Konsequenz seine Auflösung.

Wie ich es also auch drehte und wendete: Ich hatte gar keine Wahl.

„Nei", sagte ich schließlich nach einem langen Moment des Schweigens zu meiner Mutter, „natürlich nöd. Natürlich wott I uf kei Fall us de Commune use. Dänn gang ich halt uf England."[46]

---

46 Natürlich nicht. Natürlich will ich auf keinen Fall aus der Commune raus. Dann gehe ich halt nach England.

Ausblick:
„Aufgewacht im Hier und Jetzt“

1985 – 2008, die Fortsetzung

Von Anfang an auf dem richtigen Weg: Die „Rajneesh School“ in England, verortet in der ehemaligen Sannyas-Kommune „Medina“ am Arsch der Welt im ländlichen Suffolk, wird den Kindern und Eltern der Sannyas-Commune als Schmiede des New Man verkauft, als materialisierte Utopie einer vollkommenen Kinder-Kommune, die den Kindern jene Art pädagogische Freiheit und spirituelle Unterstützung angedeihen lässt, die die erwachsenen Sannyasins in ihrer Kindheit in der früheren Draußen-Welt so schmerzlich vermissten.

Auf diese Weise spirituell und menschlich bestmöglich genährt und unterstützt würde den Sannyas-Kindern all der gesellschaftliche Mist, die bürgerlichen Konditionierungen und die Beschneidung ihres natürlichen Kindseins erspart, das dem späteren Erwachsenen das Leben normalerweise so schwermacht.

Um die Ausbildung unnötiger *Attachments* wie Bindung, Anhänglichkeit und sonstige besitzergreifende Impulse effektiv zu verhindern, werden die Sannyas-Kinder selbstverständlich wie gehabt ohne Eltern nach England geschickt – und zwar sämtliche Kinder aller europäischen Sannyas-Kommunen zwischen 1 und 14 Jahren.

Toller Nebeneffekt: Die Kommunen sind nun von all den wirtschaftlichen und alltäglichen Nebengeräuschen, die die bisherigen Kommunen-Kinder – letzten Endes unspirituelle Altlasten einiger weniger Kommunen-Mitglieder auf Ego-Trip – verursachten, endlich befreit und können sich noch intensiver der Meditation und spirituellem Wachstum widmen. Nicht zuletzt benötigt der Aufbau der Ranch wirklich alle *Energy*, die mobilisiert werden kann, und lästige Kinderbetreuung hat da einfach wirklich keinen Platz im modernen Sannyas-Konzept.

Wer nicht in der Lage ist, die Gnade der Rajneesh School als göttliche Verkündung zu verstehen, wird als spirituell unreif demaskiert und fliegt gnadenlos raus – in der Regel ohne Anlaufstelle, soziales Umfeld, Job und Geld, denn wer in die Commune eingetreten war, hatte schließlich sämtliche Brücken zur Draußen-Welt abbrechen müssen. Wer gibt sich die Blöße der spirituellen Unterentwicklung und zieht es vor, in eine kleingeistige Spießer-Existenz der Draußen-Welt zurückzukehren, um dort allein und verkümmert maximal das Pseudo-Leben eines ängstlichen, einsamen und im Herzen heuchlerischen Outside-Sannyasins zu fristen?

Jedenfalls nicht Mohani, die Mutter von Leela und Toshi. Und auch für die beiden Kinder ist die Vorstellung, in die Draußen-Welt zurückzukehren, keine Option. Obwohl Leela vom Gedanken der „Deportierung" horrifiziert ist, wird sie, wie alle anderen Kinder linientreuer Sannyasins, mit ihrer kleinen Schwester auf einer abenteuerlichen Reise nach England geschippert.

Spiritueller Drill, chaotischer Nicht-Unterricht, überforderte Zwangs-Betreuer, emotionale Verwahrlosung und immer wieder Leben, Lieben, Lachen: Auf der Schule der glücklichen Auserwählten schafft sich Leela, wie auch schon auf der Ranch, immer wieder kleine Inseln der Autonomie, um einigermaßen bei Sinnen über die Runden zu kommen.

Als die Sannyas-Bewegung im Herbst 1985 in die Kriminalität eskaliert, wird Leela plötzlich brutal in die Draußen-Gesellschaft zurückgeschleudert – und fühlt sich in der verhassten „Zombie-Welt" wie der heimwehkranke Außerirdische E.T., nur ohne heimlichen Freund. Wie – und warum! – soll man sich auch in eine Gesellschaft integrieren, die so weit vom „wahren Leben" entfernt ist, dass es sie eigentlich gar nicht gibt?

Nach einer Jugend voller innerer Isolation und Verzweiflung über das verlorene Paradies reist sie als Abiturientin auf den Spuren ihrer eigenen Geschichte in den heutigen Sannyas-Ashram nach Poona, um sich endlich wieder einmal so richtig daheim zu fühlen. Als sie dort auch noch den vermeintlichen Mann ihres Lebens trifft, bricht sie alle Verbindungen nach Deutschland ab, um sich fortan voll und ganz ihrer ursprünglichen Bestimmung als Sannyas-Kind zu widmen: Der frühzeitigen Erleuchtung und damit der einzig richtigen Vollendung eines jeden ernsthaft reifen menschlichen Seins. Sie meditiert bis ihr die Birne raucht und weigert sich trotz widriger Umstände und seitens ihres indischen Prinzen konsequent boykottierter Integrationsversuche, ihr selbsterwähltes Exil in Frage zu stellen.

Noch ist der Weg lang, doch am Ende der Reise wird klar: Bhagwan hatte recht. Die Zukunft gehört tatsächlich dem New Man.

Bhagwan Shree Rajneesh & seine Bewegung

1931 – 1985, geschichtlicher Überblick

Bhagwan Shree Rajneesh wurde am 11. Dezember 1931 unter dem Namen Chandra Mohan Jain als elftes Kind eines Tuchhändlers geboren. Noch wurde Indien von den Engländern regiert, doch führte Gandhi bereits erste Verhandlungen zur politischen Unabhängigkeit seines Heimatlandes. In Kuchwada jedoch, Chandra Mohans Geburtsort und eines der unzähligen, von der Welt vergessenen Dörfern auf Indiens Landkarte, spielten solche Dinge kaum eine Rolle. Kuchwada lag im Bundesstaat Madhya Pradesh, war umgeben von Weiten und sanften Hügeln und bestand lediglich aus ein paar Hütten, ein paar Bäumen und einem kleinen Teich.

Die Familie Mohan gehörte der Glaubensgemeinschaft der Jainas an, die ihre Wurzeln, wie der Hinduismus auch, im altindischen Brahmanismus hat. Die ersten sieben Jahre wuchs der kleine Chandra Mohan bei den Großeltern auf. Trotz der sehr einfachen Verhältnisse war er ein glückliches Kind, das von seinen Großeltern sehr geliebt wurde. Und weil der kleine Chandra Mohan ein solcher Glückspilz war, gaben sie ihm den Namen Rajneesh, was so viel bedeutete wie „kleiner König."

Doch als Rajneesh sieben Jahre alt war, starb der Großvater. Zusammen mit seiner Nani, der verwitweten Großmutter, zog Rajneesh nach diesem schweren Verlust zu seinen leiblichen Eltern. Nur wenige Jahre später erkrankte seine Cousine Shashi, zu der er ein sehr inniges Verhältnis hatte, an Typhus. An ihrem Sterbebett versprachen sich die beiden Jugendlichen ewige Liebe und vereinbarten ein Wiedersehen in der nächsten Inkarnation. Viele Jahre später bezeichnete sich Rajneeshs langjährige Partnerin Vivek als Reinkarnation der so früh verstorbenen Shashi.

Diese beiden frühen Begegnungen mit dem Tod beeinflussten Rajneeshs Entwicklung fundamental. Um seiner Trauer Herr zu werden und auf der Suche nach dem Kern allen Seins – der spirituellen Erleuchtung – meditierte der junge Rajneesh oft bis an den Rand der Erschöpfung. Am 21. März 1953, im Alter von 21 Jahren, machte Rajneesh eine Erfahrung, die er später als sein spirituelles Erwachen bezeichnete. In dieser Vollmondnacht „starb" Chandra Mohan Rajneesh. Der spätere Bhagwan Shree Rajneesh war geboren.

Mit 19 Jahren nahm Rajneesh sein Studium der Philosophie auf. Er war ein wacher, konfrontativer und damit höchst unbequemer Student. Nach diversen Beschwerden wurde Rajneesh schließlich vom regulären Universitätsbetrieb ausgeschlossen, erhielt aber später die Möglichkeit, als Autodidakt zunächst den Bachelor- und anschließend Master-Grad zu erwerben (1955 und 1957).

1960 wurde Rajneesh nach regulärer Lehrtätigkeit als Philosophieprofessor an die Universität in Jabalpur berufen. Auch als Professor blieb Rajneesh ein sehr kontroverser Geist. Er hielt seine Vorlesungen mit einer Leidenschaft und Inbrunst, die bald legendär war – bei den Studenten als Garant für hohen Unterhaltungswert, den Dozenten ein ständiger Dorn im Auge. Es dauerte nicht lange, bis man ihm vorwarf, die Studenten aufzuwiegeln und zu verderben und damit die künftigen Pfeiler der indischen Gesellschaft zu untergraben.

Doch Rajneeshs Interesse ging weit über die geistige Hochschulbildung von Studenten hinaus. Neben seiner Lehrtätigkeit begann er, ausgedehnte Vortragsreisen durchs ganze Land zu unternehmen. Dabei kritisierte er alles, was der indischen Seele wichtig war: Gandhi, den Sozialismus, die wirtschaftliche Lage Indiens, den orthodoxen Hinduismus sowie grundsätzlich alle anerkannten politischen und religiösen Systeme, die er als falsch und heuchlerisch bezeichnete, da sie mit allerhand Geboten, Regeln und Verboten im Prinzip für einen Rückzug vom Leben einträten. Dies jedoch könne nicht der Sinn von Religion sein; wahre Religion solle vielmehr lehren, wie man das Leben in vollen Zügen genießt!

Rajneesh war inzwischen längst mehr als ein Redner und nahm den spirituellen Titel Acharya an („spiritueller Lehrer“). Es war ihm ein tiefes Anliegen, seinen Zuhörern die Kunst der Meditation nahezubringen, die er als die Essenz des Menschseins schlechthin verstand. Nach und nach bildete sich eine Anhängerschaft um den jungen Acharya. Er bereiste das ganze Land, um „Meditation Camps“ abzuhalten. 1966 stellte er seine Lehrtätigkeit vollständig ein und verstand sich fortan ausschließlich als spiritueller Wegbereiter, der Einzelpersonen „transformierte.“

Endgültig offizielle Bekanntheit erlangte der junge Gelehrte mit seiner Vortragsreihe „From Sex to Superconsciousness“, die er im Jahr 1968 zum ersten Mal hielt. In diesen Vorträgen sprach er nicht nur offen über Sex, sondern obendrein über Sex als Mittel zur Gottesfindung. Darüber hinaus kritisierte er eindringlich die prüde Einstellung der indischen Gesellschaft, deren verkrampfter Umgang mit Liebe und Sexualität die ganze Gesellschaft „vergifte“. Dabei sei die Grundenergie der Sexualität göttlich, und nur durch ihre Anerkennung könne der Mensch spirituell, religiös, erwachsen und frei werden.

Nach dieser Vortragsreihe verpasste ihm die schockierte indische Öffentlichkeit den Titel „Sex-Guru.“ Rajneesh selber berichtigte wiederholt, dass er mitnichten die Ausübung von Sex predige, sondern lediglich lehre, dass der Mensch erst dann eine höhere Bewusstseinsstufe erreichen könne, wenn er grundsätzliche menschliche Themen wie jener der Sexualität eben quasi „über-lebt“ habe. Nichtsdestotrotz blieb er für die konservative Öffentlichkeit das Enfant terrible der indischen Weisen und ein Schandfleck der Nation.

Seine polarisierenden Äußerungen verschafften Rajneesh viele Feinde, aber auch viele neue Anhänger. Im Juli 1970 nahm er sich eine Wohnung in Bombay, um die stetig wachsende Besucherschaft empfangen und Vorträge für kleine Gruppen halten zu können. Er begann, erste Schüler anzunehmen, die er als seine Sannyasins

(„spirituelle Schüler“) initiierte. Seine erste offizielle Sannyasin war Ma Anand Laxmi, die für viele Jahre seine persönliche Assistentin blieb.

1971 traten erste Schüler aus den westlichen Industrienationen der Bewegung bei. Rajneesh nahm nun, abermals zum Verdruss der konservativen indischen Lobby, den religiösen Titel Bhagwan an, ein in Indien bedeutender Titel für hohe Erleuchtete, Weise und Heilige („der Gesegnete“). Von nun an nannte er sich Bhagwan Shree Rajneesh. Und weil die Schüler aus dem Westen immer mehr wurden, hielt Bhagwan seine Vorträge nun zunehmend in Englisch.

Im Gegensatz zu vielen anderen indischen Gurus verstand er sich gut auf die Denkart und Sprache der Westlichen Welt. Er erkannte den Zustand und die Problematik der Zivilisationsländer und schnitt seine Reden genau auf seine neue Anhängerschaft zu. Mit dem Aufruf zur persönlichen, sozialen, gesellschaftlichen und sexuellen Befreiung traf er den Nerv der Zeit im Westen, wo die jungen Menschen als Hippies auf die Straßen strömten, um sich gegen bigotte und autoritäre Elternhäuser, repressive und lustfeindliche Gesellschaftsstrukturen sowie die Verleugnung der faschistischen Geschichte aufzulehnen.

Neben seinem aufrührerischen Gedankengut hatte Bhagwan revolutionäre Meditationstechniken entwickelt, deren Besonderheit, ganz im Sinne des aufkeimenden Zeitgeists, in aktiven, dynamischen und kathartischen Elementen lag. Diese oft bewegungsintensiven Techniken kamen dem unruhigen westlichen Gemüt, das für stilles Meditieren kaum bereit schien, optimal entgegen. Im Laufe der Zeit entstanden unter Bhagwans Inspiration und Anregung zudem an die 80 Therapieformen, die passgenau den diversen Problemen und Leiden der Zivilisationsbevölkerung entsprachen.

Da die Gemeinschaft der Sannyasins ständig wuchs, siedelte Bhagwan 1974 in die Universitätsstadt Poona um (heute Pune), wo dank großzügiger Spenden ein 2,5 Hektar großes Areal erworben werden konnte. Hier entstand in den kommenden Jahren ein Ashram, in dessen Umfeld sich eine stetig wachsende Gemeinde indischer sowie ausländischer Sannyasins bildete.

Wie von selbst wurde Bhagwan nun mehr und mehr zu einem „Guru of the West." Die aus Indien zurückgekehrten Sannyasins gründeten Meditationszentren in ihren Heimatländern, wodurch Bhagwan zunehmend auch dort ins öffentliche Bewusstsein rückte, im deutschsprachigen Raum nicht zuletzt aufgrund der Berichterstattung des Magazins Stern. Dessen Berichte über den „Sex-Guru" konzentrierten sich auf die für Außenstehende häufig barbarisch anmutenden, kathartisch orientierten Therapiegruppen, Bhagwans provokative Einstellung zu Sex und seine oft schelmischen, auf Schockwirkung ausgerichteten Äußerungen.

In Indien währenddessen geriet nicht nur Bhagwan selbst, sondern auch das Verhalten der Ashram-Sannyasins zunehmend in die Kritik. Um Geld für die Verlängerung ihres Indienaufenthalts zu verdienen, gingen einzelne Frauen nach Bombay, um sich dort als Prostituierte zu verdingen. Andere Ashram-Besucher finanzierten sich ihre Zeit beim Meister mit dem Dealen von Opium und Haschisch in der entstandenen Aussteiger- und Hippie-Szene etwa in Goa. Berichte dieser Art befeuerten die Überzeugung der Anti-Kult-Bewegung, Sannyasins würden grundsätzlich gegen ihren Willen zu gewaltverherrlichenden Therapiegruppen und Sex gezwungen und zudem zu Prostitution und Drogenkriminalität animiert. Nicht zuletzt verletzte die scheinbar enthemmte Lebensweise der Sannyasins das sittliche Empfinden der indischen sowie westlichen Gesellschaft, die mit Beschimpfung, Diffamierung und Diskriminierung bis hin zu Übergriffen reagierten.

Die ablehnende bis feindliche Einstellung der breiten Öffentlichkeit machte Bhagwan nichts aus, im Gegenteil. Für ihn war klar, dass der „normale" moderne Mensch in seiner ganzen Ignoranz, Destruktivität und Beschränktheit gar nicht anders konnte, als aggressiv auf seine, Bhagwans, progressive Lehre zu reagieren, während sein Sannyasin, the New Man, das Leben auf der Erde schlussendlich revolutionieren würde. Als die alltäglichen Anfeindungen jedoch in einen Mordanschlag mündeten, bei dem Vilas Tupe, ein extremistisch gesinnter Hindu, während eines Vortrags ein Messer nach Bhagwan warf, war das Ende der Fahnenstange erreicht. Es war Zeit für eine Wende.

Um den ständigen Konfliktherd im dicht besiedelten Ashram-Umfeld Poonas auszuschalten, beauftragte Bhagwan seine Sekretärin Laxmi, sich nach einem ländlicher gelegenen Gelände für seinen Ashram umzusehen. Doch die Suche nach einem geeigneten Platz blieb landesweit erfolglos. Unverhofft schaltete sich nun parallel zu Laxmi eine zweite Person in die Standortsuche ein: Die 19-jährige Inderin Ma Anand Sheela, bis dahin lediglich eine getreue Sannyasin unter vielen, erbot sich, ihre Beziehungen in die USA spielen zu lassen. Tatsächlich wurde auf diesem Weg bald ein Objekt gefunden: Die sehr abseits gelegene, verlassene „Big Old Muddy Ranch" in der Wüste Oregons erschien geradezu perfekt für einen Neustart. Hey, why not? Wenn Indien so rückständig war, einen Jahrhunderterleuchteten zu verkennen – „America is ready for the New Man!", wie Sheela alsbald begeistert verkündete.

Bhagwan erklärte sich einverstanden, die amerikanische Ranch wurde zu einem grotesk überteuerten Preis gekauft und Sheela im gleichen Atemzug zur neuen Privatsekretärin Bhagwans ernannt.

Ab 1981 entstand auf dem ehemaligen Landwirtschaftsgelände der Muddy Ranch also das neue Zentrum der Sannyas-Bewegung: Die Stadt Rajneeshpuram mit dauerhaft ca. 5.000, während der jährlichen Annual World Festivals ca. 15.000 Bewohnern. Mit dem Umzug in die USA begab sich Bhagwan in eine mehrjährigen Schweigephase, während derer Sheela zu seiner Sprecherin und damit praktisch zur Leiterin des Sannyas-Imperiums avancierte. Da Bhagwan während seiner Oregon-Zeit auch sonst sehr zurückgezogen lebte (1981 bis 1985), wurde das Tagesgeschehen bald komplett von Sheela und ihrem hauptsächlich weiblichen Management-Team bestimmt und gesteuert.

Die weltweite Bewegung boomte weiterhin. Überall schossen Sannyas-Kommunen und -Meditations-Center aus dem Boden, die zunehmend zentral und hierarchisch von der Ranch aus gesteuert wurden. Im gleichen Zug sorgte die Expansion Rajneeshpurams für gehäufte Rechtsstreitigkeiten mit den amerikanischen Behörden. Neben Einwanderungsproblemen gab es gravierende Schwierigkeiten mit Baugenehmigungen. Um weitere legale Wohnmöglichkeiten zu schaffen, kauften die Sannyasins Häuser im Nachbarort Antelope auf (ca. 50 Einwohner). Sie stellten einen eigenen Bürgermeisterkandidaten, der aufgrund der Sannyas-Mehrheit im Ort auch gewählt wurde. So hatten die eigentlichen Bewohner des kleinen Wild-West-Dorfes von einem Tag auf den anderen praktisch nichts mehr zu melden. Antelope war gewissermaßen annektiert.

Dieser Expansionsdrang blieb nicht ohne Folgen. Es häuften sich Gewaltandrohungen der unfreiwilligen Nachbarn, die sich von den „Rajneeshees“ überrollt fühlten. 1983 fand im Sannyas-Hotel in Portland ein Bombenattentat statt, das nie aufgeklärt wurde. Die machtbewusste Sheela reagierte prompt: Um Bhagwan und die Bewohner Rajneeshpurams zu schützen, ließ sie eine bewaffnete „Peace force“ ausbilden, die von nun an das Straßenbild prägte, täglich Schießübungen absolvierte und einen bizarren Gegensatz zu Bhagwans gewaltfreier Lehre von *love, life, laughter* bildete.

Das tägliche Leben auf der Ranch gestaltete sich langsam, aber sicher, immer autoritärer. Manche Sannyasins verließen Rajneeshpuram, weil sie mit Sheelas Führungsstil nicht mehr einverstanden waren. Andere, die sich kontrovers äußerten, wurden aufgefordert zu gehen. Immer häufiger wurde bezweifelt, dass Sheela wirklich das Wort des schweigenden Meisters verkündete. Doch wer bleiben wollte, tat gut daran, zu kooperieren. *You are not your body, you are not your mind. Meditate, surrender, and let go.*

Und so genossen die Sannyasins mehr oder weniger entspannt das Hier und Jetzt, bis 1985 das Fass endgültig überlief.

Glossar

Ambitious	Allgemein: Ehrgeizig. Bei den Sannyasins deutlich negativ besetzt, denn wer ambitious ist, hat noch nicht -> surrendered.
Ashram	Allgemein: Ein Ort, wo spirituelle Inhalte oder Techniken praktiziert und vermittelt werden, häufig (aber nicht zwangsläufig) im Beisein eines dort lebenden spirituellen Meisters – des -> Guru. Häufig auch ein Ort, wo viele Menschen zusammenleben, oft unter klosterähnlichen Bedingungen. Sannyas-Jargon: der Ashram in Poona I und II.
Attached, Attachment	Allgemein: Anhänglich, Anhänglichkeit. Bei den Sannyasins betont negativ besetzt im Sinne von krankhafter Verhaftung, sowohl bzgl. persönlicher Bindungen, Gewohnheiten, Dingen und Glaubenssätzen: „He should meditate more, he still has so many attachments!“ “Yes I know, he is so attached to his daughter!”
Aware	Allgemein: Bewusst, aufmerksam. Die Sannyasins sollten jeden Moment „totally aware“ sein und so ihr Handeln von einer höheren Bewusstseinsstufe aus lenken. Leicht misszuverstehen als permanente mentale Selbstbeobachtung und -kontrolle.
Bhagwan	Allgemein: „Der Gesegnete“, in Indien hoher Titel für Erleuchtete/Weise.

	Hier: Die Person Bhagwan Shree Rajneesh, später unbenannt in „Osho“. Ein Bhagwan ist kein Gott, sondern ein Erleuchteter/spiritueller Führer.
Blessings, his	Allgemein: Segen. His Blessings: Allgemeine Grußformel unter Sannyas-Briefen oder Notizen aller Art.
Bliss	Allgemein: Glück, Glückseligkeit. Im Sannyas-Jargon: Pure bliss durch Meditation. „He seems totally blissed out!“
Buddhafield	Das hohe Energiefeld, das einen Erleuchteten, also einen Buddha, umgibt. In diesem Zusammenhang wird der Begriff Buddha nicht nur für die historische Person Gautama Buddha, sondern als Synonym für „Erleuchteter“ verwendet. Sannyas-Jargon: Auch grundsätzliches Synonym für eine Sannyas-Gemeinschaft, auch fern des Ashrams. „No smoking in the Buddhafield.“
Center	Sannyas-Jargon: Ein Ort, an dem sich Sannyasins zum Meditieren/Feiern/Austauschen treffen. Anders als in einer Kommune wird in einem Center nicht gewohnt.
Commited	Allgemein: Verpflichtet. Bei den Sannyasins: Aufruf zur kompletten Hingabe und Unterordnung bzw. Aufgabe des Egos. “If you really want to become enlightened, you have to commit to the master totally.” “Bei dir habe ich einfach immer das Gefühl, du bist nicht richtig commited!“

Commune	Sannyas-Jargon: Der Zusammenschluss aller weltweiten Sannyas-Kommunen, vor allem während Sheelas „Regentschaft“, im Sinne von Community, also der gesamten Sannyas-Bewegung.
Commune-Sannyasin	Sannyasins, die in der Commune lebten, dem weltweiten Netzwerk aus Kommunen. Während -> Outside-Sannyasins von diesen eher als Wochenend-Sannyasins belächelt wurden, sahen sich Commune-Sannyasins als ‚totally -> commited‘ zu Bhagwans Vision des -> New Man.
Conditioning	Allgemein: Konditionierung. Bei den Sannyasins: Unbewusst angelernte und angeeignete Glaubens- und Verhaltensweisen, durch Eltern, Lehrer und Gesellschaft vermittelt, deren sich ein Sannyasin zugunsten seines spirituellen Wachstums unbedingt entledigen muss.
Connecten	Allgemein: To connect, verbinden. Bei den Sannyasins: Socializen, -> Sharen, eine Verbindung auf gleicher Wellenlänge herstellen. „Du solltest wirklich lernen, besser zu connecten!“
Connection	Sannyas-Jargon: Eine auf mystische Weise spontane und tiefe Verbindung zwischen zwei Sannyasins. „Ja, Avinasho und ich haben echt eine starke Connection. Wir vermuten ein past life.“
Connections	Allgemein: Beziehungen. „Frag mal Suraj wegen einem Auto, der hat doch noch

	Connections zu seinem Bruder in der Draußen-Welt!“
Darshan	Allgemein: Spirituelle Veranstaltung im Beisein eines Erleuchteten.
Sannyas-Jargon:	Spirituelle Veranstaltung im Beisein Bhagwans, bei der tanzend und sitzend meditiert wurde. Zeitweise beantwortete Bhagwan Fragen seiner Schüler. Im Gegensatz zum ->Satsang bewegungsaktiv.
Disciple	Anhänger, Jünger, spiritueller Schüler. Bhagwan betrachtete seine Sannyasins als selbst denkende, entscheidende und handelnde Disciples, die ihm in freundschaftlicher Weise verbunden waren.
Discourse	Allgemein: Vortrag. Bhagwan hielt jahrelang tägliche Discourses ab, in der Regel als Evening Discourse‘.
Draußen-Menschen	s. Outside People.
Draußen-Welt	s. Outside World.
Drive-by	Die tägliche, langsame Spazierfahrt, während derer Bhagwan eine bestimmte Route in -> Rajneeshpuram abfuhr, an der seine Schüler ihn grüßen konnten. Höhepunkt des Tages in Rajneeshpuram.
Dynamic Meditation, Dynamics, Dynamische	Eine von Bhagwan entwickelte Methode der aktiven Meditation mit vier Phasen, die den Ausübenden von überflüssigem mentalem und emotionalem Ballast,

Aggressionen und Gedanken reinigen sollen, um ihn so bereit für stille Meditation zu machen. Beinhaltet kathartische, also laute Phasen. Die „Dynamische“ wird traditionellerweise morgens nüchtern um 6 Uhr ausgeübt.

Energy	1. Energie, Aura, Ausstrahlung eines Menschen („Er hat eine schöne Energy“). 2. Die herrschende Stimmung, Atmosphäre („Im Darshan war eine super Energy“). 3. Aufmerksamkeit, Aktivität, Kraft, Bemühung („Du musst wirklich mehr Energy in die Kommune geben, wenn du hierbleiben willst“).
Energy Darshan	Sinngemäß „Energie-Dusche“: Wenn Bhagwan seinen Daumen auf das Dritte Auge eines Sannyasins drückte, wurde dieser von Bhagwans hoher Energie „durchschauert“. Ursprünglich fester Bestandteil der Sannyas-Initiierung.
Existence	Sannyas-Jargon: Äquivalent für das Göttliche. Die „Existenz“ umfasst die Natur und Gottheit, sie ist Alles, Es, das große Ganze. Auch im Sinne von Urgewalt oder Urvertrauen verwendet: „Existence takes care.“
Fellow-Disciples	„Mitschüler“, die Community der Sannya sins, aber auch einfach ein Mit-Sannyasin.
Foodline	Eine oder mehrere Buffet-Linien, an denen die Mahlzeiten in den Kommunen zur Selbstbedienung aufgestellt wurden.

Follower	Folgende, Jünger. Andere Bezeichnung für -> Sannyasins oder -> Disciples.
General Meeting	Generalversammlung. Im Sannyas-Jar gon: Eine Versammlung, die stets von der Kommunen-Leitung oder noch höheren Autoritäten einberufen wurde und zu der jeder erscheinen musste, im Gegensatz zum -> Meeting, das jeweils nur eine Gruppe von Sannyasins betraf. Bei einem General Meeting wurde stets Grundlegendes und Existentielles verkündet.
Gyandip	Erster Name des Sannyas-Centers in Zürich.
Gruppe	Sannyas-Jargon: Therapie-Gruppe/-Seminar. Die Gruppen wurden entweder von Bhagwan selbst entwickelt oder von Therapeuten „aus dem Westen“ in den Ashram gebracht, wo man sie gemäß der Sannyas-Philosophie adaptierte. Gruppen waren (und sind) beliebter Bestandteil jeder Sannyas-Vita, wurden in jeder Kommune angeboten und bildeten nicht zuletzt eine wichtige Einnahmequelle.
Guru	Erleuchteter, Anführer eines -> Ashrams oder einer Community. Bhagwan wurde hauptsächlich von Außenstehenden als Guru bezeichnet, er selber und seine Sannyasins verwendeten den stark traditionell geprägten Begriff so gut wie nicht.
Inside Worker	In der Commune lebende Sannyasins, die einer Tätigkeit innerhalb der Commune nachgingen wie Putzen, Kochen,

Buchhaltung etcetera. Bei diesen Tätigkeiten bestand kein Kontakt zur Außenwelt und es floss kein Geld. -> Outside Worker.

Juicy
Allgemein: Saftig. Sannyas-Jargon: Lebendig, fröhlich, mitreißend, positiv, extrovertiert: „Sie hat eine juicy energy, sie ist eine juicy Ma.“ Bei den Sannyasins ein wichtiges, positives Charakter-/Verhaltens-merkmal.

Katharsis, kathartisch
Ursprünglich in der Psychotherapie: Behandlung hysterischer Krankheitserscheinungen durch Aussprechen verdrängter Affekterlebnisse. Sannyas-Jargon: Ein „Herauslassen“ von angestauten Emotionen, Aggressionen, Ängsten durch Brüllen, Schreien, Weinen oder Kissen-Schlagen. Bei den Sannyasins positiv besetzt, da man nach einer Katharsis als gereinigt galt. Erst wenn man alles rausgelassen hat, ist der Mind bereit für Meditation.

Kids Flat
Wohnungen, die ausschließlich von den Kommunen-Kindern bewohnt wurden. Erwachsene und Kinder lebten immer getrennt, unabhängig von Blutsverwandtschaft oder Alter.

Kids Mama/Mum/Papa
Die Personen, die in den Kommunen die Kinder betreuten. Ausschließliche Ansprechpersonen der Kinder.

Kommune
In Abgrenzung zur -> Commune ein einzelner Standort, an dem Sannyasins

	zusammenleben. Häufig mehrere Hundert Personen.
Kota Rajneesh	Zürcher Kommune ab ca. 1982 (Umbenennung von „Gyandip“).
Kundalini-Energy	Die Energie des zweiten Chakras, auch im Sinne von Lebensenergie und Lebens- sowie Schaffenskraft. Bei den Sannyasins auch gerne Synonym für sexuelle Energie: „Wow, die letzte Tantra-Gruppe hat deine Kundalini-Energy ganz schön angeregt!“
Kundalini Meditation	Eine von Bhagwan entwickelte aktive Meditation mit vier Phasen, die das System des Ausübenden durch Schütteln und Tanzen für zwei Phasen stiller Meditation vorbereiteten. Die „Kundalini“ wird traditionellerweise abends um 17 Uhr ausgeübt.
Lectures	Allgemein: Vortrag. Bei den Sannyasins die Vorträge und Talks Bhagwans, in der Regel in englischer Sprache, jeweils 2 – 4 Stunden.
Living Room	Allgemein: Wohnzimmer. Bei den Sannyasins: Aufenthaltsraum um sich zu treffen, im Gegensatz zu den -> Spaces, die nur zum Schlafen dienten.
Love Affair	Bei den Sannyasins: Überbegriff für längere Beziehungen oder auch kurz begrenzte amouröse Begegnungen zwischen Sannyasins, aber auch mit dem Meister. Im Gegensatz zur verpönten Institution Ehe sollte ‘Love Affair’ vor

allem die Freiwilligkeit des Zusammenseins hervorheben. Bhagwan: “My Sannyasins and I are in a constant love affair.”

Ma — In Indien: Traditionelle Ansprache für spirituell oder religiös geschulte Frau. Sannyas-Jargon: Fester Bestandteil des weiblichen Sannyas-Namens. Grundsätzliche Ansprache für weibliche Sannyasins, deren Namen man nicht kennt.

Mandir — Große Meditationshalle in Rajneeshpuram.

Master — Allgemein: Meister. Im Sannyas-Jargon: Synonym für -> Bhagwan, den spirituellen Meister der Sannyasins.

Medina — Ursprünglicher Name der englischen Kommune, die 1984 zur „Rajneesh School“ erklärt wurde. Auch nach der Umbenennung gerne verwendeter Name.

Meeting — Versammlung, Besprechung, Konferenz. Im Sannyas-Jargon: Austausch, Besprechung, Problemlösung in einer Gruppe von Sannyasins, meistens einberufen von der jeweils höchsten anwesenden Autorität (Kids Mum, Abteilungsleiterin, Center-Leitung). Im Gegensatz zum emotionaleren -> Sharing häufig organisatorische Inhalte.

Mind — Allgemein: Verstand, Geist. Bei den Sannyasins extrem negativ besetzt. “This is just your mind! Don‘t listen to it!”

Mind Fuck	1. Das überflüssige, verkrampfte und engstirnige Wälzen von Gedanken, vor allem zu Themen, die es nach Ansicht des Sprechers nicht wert sind: „Hör doch mit diesem Mind Fuck auf!“ 2. Herabwürdigender Begriff für geistige Tätigkeit schlechthin im Gegensatz zu Meditation.
Neo-Sannyasin	Von Bhagwan eingeführter Begriff, der seine Schüler von den Sannyasins nach traditionellem hinduistischem Verständnis unterscheiden sollte, da sie sich von diesen in vielem grundlegend unterschieden (z. B. Sexualität, Sinnesfreude, Lebensführung insgesamt).
New Man	Sannyas-Jargon: Der neue Mensch, wie Bhagwan ihn sich vorstellte. Im Gegensatz zum unbewussten, unspirituellen, dummen und zerstörerischen „alten“, also ‚Draußen-Menschen‘ ist der New Man spirituell, bewusst, mitfühlend und lebensbejahend. Äquivalent oder zumindest Zielvorstellung für Bhagwans Sannyasin.
No-Mind, State of	Sannyas-Jargon: Kern und Ziel jeder Meditation. Das Abschalten der menschentypischen ständigen Gedankentätigkeit, das Zur-Ruhe-Kommen des Geistes, „Sein“ im Reinzustand. Ein No-Mind-Zustand kann sich ergeben wie ein Geschenk, oder aber, als höchste Kunst eines geübten Meditierers, bewusst ein- und ausgeschaltet werden.

Osho	Bhagwans selbstgewählter Name ab 1989. Der aus dem Zen entlehnte Titel lässt sich sinngemäß auch als „allumfassende Liebe" oder „Ozean der Bewusstheit" übersetzen.
Outside Job	Ein Job in der Draußen-Welt zum Geldverdienen.
Outside People	Nicht-Sannyasins.
Outside-Sannyasin	Sannyasins, die nicht in der Commune lebten. Aus Sicht der -> Commune-Sannyasins spirituell minderwertig, da nicht vollständig -> commited.
Outside Worker	In der Commune lebende Sannyasins, die jedoch weiterhin ihren bürgerlichen Beruf in der Draußen-Welt ausübten, um Geld für die Commune zu beschaffen. -> Inside Worker.
Outside, Outer World	Die Welt außerhalb der Commune, auch -> Draußen-Welt.
Poona I, Poona II	Äquivalent für den Sannyas-Ashram in Poona (heute Pune), Indien. Poona I: von 1974 bis 1981. Poona II: seit 1986, nach der Rajneeshpuram-Episode.
Power Trip	Sannyas-Jargon: Recht haben oder unbedingt seine Meinung durchsetzen wollen, seine Machtposition demonstrieren, auf einem Ego-Trip sein. „Du weiß genau,

	dass das nicht stimmt, komm mal wieder runter von deinem Power Trip!“
Pusher, to push	Sannyas Jargon: Therapeut oder Meditationsleiter, der Klienten oder Meditierende zu ihrem eigenen Besten ‚pushed‘, also anfeuert, drängt, provoziert, anspornt, herausfordert, über deren eigene Grenzen führt/hilft/zwingt. Inzwischen umstritten.
Rajneesh-puram	Name der Sannyas-Stadt in Oregon von 1981 bis 1985.
Rajneesh School	Sannyas-Schule in Südengland, in der während 1985 für ein Jahr alle Kinder aus den europäischen Kommunen lebten/leben mussten. Synonym: -> Medina (Name der vormaligen Sannyas-Kommune an diesem Platz).
Ranch	Sannyas-Jargon: Synonym für -> Rajneeshpuram, das auf dem Gelände der ehemaligen „Big Muddy Ranch“ in Oregon/USA entstanden war.
Residents	Permanente Bewohner, hier: wahlweise der Ranch oder des Ashrams in Poona. Bei den Sannyasins deutlich privilegierter Status, da in der Regel nur besonders „weiten“ oder bewährten Sannyasins der Resident-Status gewährt wurde. In Poona II zunehmend auch eine Geldfrage.
Samadhi-Zustand	Vorübergehender oder auch dauerhafter Erleuchtungszustand. „Stör ihn nicht, ich glaub er ist grad im Samadhi-Zustand!“

Sannyasin, Sanyasin (englische Schreibweise)	Allgemeiner Sanskrit-Begriff, der im Hinduismus einen spirituellen Schüler bezeichnet, welcher dem weltlichen Leben entsagt und sich vollkommen der Spiritualität widmet. Der traditionelle Sannyasin lebt in der Regel asketisch und, je nach Lehre, häufig enthaltsam. Heutzutage im Westen jedoch praktisch Äquivalent für Bhagwans Schüler -> Neo-Sannyasin.
Sannyas geben	Jemanden zum Sannyasin weihen; ursprünglich durch Bhagwan persönlich, später durch von ihm benannte (oder selbst ernannte) Stellvertreter.
Sannyas Celebration	Sannyas Initiation/Initiierung, Einweihungsfeier, entweder durch Bhagwan selbst oder einen berechtigen Stellvertreter.
Sannyas nehmen	Sannyasin werden, sich als Sannyasin initiieren lassen.
Sannyas dropen	To drop: Aufgeben. Sannyas-Jargon: Sein Sannyas-Dasein wieder aufgeben, zurückkehren ins bürgerliche Leben. Aufgeben des Sannyas-Namens und des Tragens der roten Kleidung sowie Zurückgeben der Mala.
Satsang	Beisammensein eines spirituellen Meisters mit seinen Schülern. Sannyas-Jargon: Große Veranstaltungen mit Bhagwan, bei denen dieser teils sprach, teils schwieg. Im Gegensatz zum ->Darshan eher bewegungsarm.

Session	Allgemein: Sitzung. Bei den Sannyasins immer eine therapeutische, ggf. auch körpertherapeutische Einzelbehandlung. „Bei der letzten Primal-Session mit Mukti kam bei mir richtig was hoch!“
Sharing	Allgemein: Teilen. Sannyas-Jargon: Beisammensitzen mehrerer Personen zwecks Austausch zwischenmenschlicher Themen oder Konflikte, häufig im Beisein einer dem Anlass entsprechenden Autorität, wie Kommune-Leitung, Team-Leitung, -> Kids Mama oder Therapeut.
Space	Allgemein: Raum, Platz. Sannyas-Jargon: 1. Schlafplatz. 2. Im übertragenen Sinne: Jemand gibt oder nimmt anderen „Raum“. 3. Zustand: “Don’t disturb him, He is in a meditative space.”
Surrender	Allgemein: Hingabe. Sannyas-Jargon: Ergeben, Vertrauen, Nicht-Hinterfragen, sich Anvertrauen. Wenn jemand eine Entscheidung von oben in Frage stellte, hieß es: „Just surrender!“ Auch: „Just surrender to the master“. Der spirituelle Meister weiß, was gut für seine Schüler ist, auch wenn diese es in dem Moment noch nicht verstehen können.
Swami	In Indien: Traditionelle Ansprache für spirituell oder religiös geschulten Mann. Sannyas-Jargon: Fester Bestandteil des männlichen Sannyas-Namens. Grundsätzliche Ansprache für männliche Sannyasins, deren Namen man nicht kennt.

Touched	Allgemein: Emotional berührt sein. Bei den Sannyasins hoch im Kurs, auch im spirituellen Sinn: „Bhagwans words really touched me“, was natürlich nur geht, wenn schon eine entsprechende spirituelle Reife vorhanden ist.
Visitor	Allgemein: Besucher. Auf der Ranch leicht abfälliger Begriff für jene Sannyasins, die als Besucher deutlich eingeschränkte Rechte genossen im Gegensatz zu den -> Residents. Zeitweise gekennzeichnet durch entsprechende Mala-Beets oder Batches. „Sorry, Ma, Patanjali lake is accessible for residents only!“
Voucher	Allgemein: Gutschein. Im Kommunenalltag einziges Zahlungsmittel, 1x monatlich an Kommunen-Sannyasins ausgegeben.
Western World, the West	In Indien: Die wirtschaftlich gesehen westliche Welt bzw. „First World.“ Bei den Sannyasins auch Synonym für die „normale“ Draußen-Welt.
Worshipping, to worship	Allgemein: Huldigen, anbeten. Im Sannyas-Jargon: „Arbeits-Meditation.“ Jegliche Form von Arbeit sollte nicht als Arbeitspflicht, sondern durch vollkommene und bewusste Ausübung als Meditation erfahren werden (ähnlich der bekannten Flow-Theorie von Mihály Csíkszentmihályi).

Zorba, the Buddha
1. Lebensprinzip, das die Lebensweisheiten von Alexis Sorbas dem Griechen und Gautama Buddha vereint, also das Lebensbejahende, Fröhliche, Genießerische mit dem Meditativen und Spirituellen.
2. Name sämtlicher von Sannyasins betriebenen, doch öffentlichen Gastronomiebetriebe, wie Diskotheken, vegetarische Restaurants oder Bistros.

Die Autorin

Leela Goldmund wurde 1973 in der Schweiz geboren und verbrachte ihre spätere Kindheit in Amerika, England, Deutschland und Indien. Als Ausgleich zu ihrer unruhigen Außenwelt beschäftigte sie sich schon früh mit der strukturierenden Kraft von Geschichten in Büchern und Filmen, was schließlich auch ihren beruflichen Weg bestimmte. Sie studierte Theaterwissenschaft, Pädagogik und Psychologie und lebt heute als Texterin und Autorin in München. *Wenn ich groß bin, bin ich erleuchtet – Oshos vergessene Kinder* ist ihr erstes veröffentlichtes Buch (ursprünglich erschienen als *Insektenglück*).

Weiterführende Medien

Brecher, Max (1993): *A Passage to America.* Bombay: Book Quest.

Dunn, Lily (2022): *Sins of My Father. A Daughter, a Cult, a Wild Unravelling.* London: Weidenfeld & Nicolson.

Elten, Jörg Andress (1984): *Ganz entspannt im Hier und Jetzt. Über mein Leben mit Bhagwan in Poona.* Reinbek: Rowohlt Verlag GmbH.

Guest, Tim (2004): *My Life in Orange.* London: Granta Books.

Joshi, Vasant (1982): *The Awakened One. The Life and Work of Bhagwan Shree Rajneesh.* USA: Harper & Row.

Jyoti, Ma Dharam (1994): *One Hundred Tales for Ten Thousand Buddhas.* Bombay: Shamsunder Singh, Bombay.

King, Russell (2022): *Rajneeshpuram: Inside the Cult of Bhagwan and Its Failed American Utopia.* Chicago: Chicago Review Press.

Pape, Kirsten (2015): *Vom Mut, den eigenen Weg zu finden. Licht und Schattenseiten einer spirituellen Bewegung.* Germany: Kamphausen Media GmbH.

Perizonius, Maroesja (2008): *Der Traum meiner Mutter. Meine Kindheit in einer Bhagwan-Kommune.* Germany: Bastei Lübbe.

Rajneesh, Bhagwan Shree a. o.: *Meditation: The First and Last Freedom. A Practical Guide to Meditation.* Germany: Rebel Publishing House GmbH.

Rajneesh, Bhagwan Shree a. o. (1968): *From Sex to Super-Consciousness.* India: Harper Collins Publishers.

Rajneesh, Bhagwan Shree (1984, 2008): *Das Orangene Buch. Die Osho Meditationen für das 21. Jahrhundert.* Köln: Innenwelt Verlag (Neuauflage).

Rajneesh, Bhagwan Shree (1998): *Glimpses of a Golden Childhood. The Rebellious Childhood of a Great Enlightened One.* Germany: Rebel Publishing House GmbH.

Sannyas-Wiki: https://www.sannyas.wiki

Netflix-Dokuserie: *Wild Wild Country* by Maclain Way & Chapman Way (2018)

Das Verzeichnis erhebt keinen Anspruch auf Vollständigkeit, sondern stellt lediglich eine persönliche Auswahl dar.